LA CASA
DE LOS
SECRETOS

MARÍA DE LOURDES VICTORIA

LA CASA DE LOS SECRETOS

Diseño de portada: Estudio la fe ciega / Domingo Martínez
Fotografías de portada: © Shutterstock

© 2016, María de Lourdes Victoria

Derechos reservados

© 2016, Editorial Planeta Mexicana, S.A. de C.V.
Bajo el sello editorial PLANETA M.R.
Avenida Presidente Masarik núm. 111, Piso 2
Colonia Polanco V Sección
Delegación Miguel Hidalgo
C.P. 11560, Ciudad de México
www.planetadelibros.com.mx

Primera edición: julio de 2016
Primera reimpresión: diciembre de 2016
ISBN: 978-607-07-3495-3

Impreso en los talleres de Litográfica Ingramex, S.A. de C.V.
Centeno núm. 162, colonia Granjas Esmeralda, Ciudad de México
Impreso y hecho en México – *Printed and made in Mexico*

Esta novela es tuya, Talí

…ne ndaani' ti xiga ndo'pa' ri de'du telayú
[…y en una jícara enorme nos servían la madrugada]

Yoo lidxe', Natalia Toledo

1

El pequeño 'xhin

Tlaxiaco, 1838

Lo dictaba la Palabra: tendría que abandonar a su hijo.

Zynaya despertó con el aullido lastimero del coyote. Aturdida, arrojó las sábanas a un lado, se vistió a tientas y salió de la recámara al primer patio de la casa grande. El velo de la neblina la abrazó. Se cubrió con su rebozo y caminó apurada a lo largo de aquel pasillo de arcos hasta el zaguán. Descolgó del gancho su morral con sus menesteres para tejer, asió su vara y abrió el portón. Salió sigilosamente para no despertar al vigilante que roncaba en una banca, como un bendito. Fijó la mirada en el cerro y hacia allá se encaminó. Atrás quedó la hacienda sombría y callada, sin alma que deambulara dentro de sus muros gruesos. El molino estaba quieto. El fogón, apagado. El pueblo mixteco dormía al canto de los grillos.

El sendero pronto la entregó a las faldas del monte. Ascendió resuelta bajo la luna menguante, el morral bamboleaba sobre su espalda. No temía la oscuridad, conocía bien aquel camino empinado de veredas estrechas y barrancas sin fondo. Seguido subía para estar sola y tejer porque sólo así, trenzando sus hilos a la primera luz del día, bajo las ramas del viejo encino, solía desenmarañarse su pensar que, sobre todo últimamente, iba y venía a la deriva, como los soplos del volcán. Anoche los Abuelos habían entrado en sus sueños a quebrar su dormir. Habían abierto su mente en dos, como semilla de cacao, y en la mera oreja le habían soplado la Palabra: «No puedes seguir ignorando tu llamado, hija. Tú eres la elegida. Eres estrella. No niegues tu destino de *Yibedao*».

Subió. Se aferró a las ramas y enterró los huaraches. Hartos habían caído al precipicio de esa tierra acolchonada, tierra mixteca de don

José García Allende, su señor. El patrón. El hacendado. El padre de su pequeño *'xhin* –su hijo Gabino–. A don José también tendría que dejarlo. *Los Abuelos habían hablado.*

Apuró el paso. Tan pronto aclarara, los peones echarían a andar el trapiche y entonces sí no tendría ni un minuto de descanso. Las bodegas reventaban de caña que había que moler. La gente llegaría a ayudar con la molienda y a todos había que darles su taco. Mucho trabajo la esperaba allí, pero antes, en esa única hora de sosiego, cuando el cielo vestía su primer huipil color grana y añil de jiquilite, los hilos le dirían qué hacer, cuándo irse, cómo irse, y a quién dejarle el niño.

Alcanzó por fin la cima y se encaminó directo a saludar al encino. El árbol, soberbio y fuerte, esparcía sus ramas a las alturas en gloriosa plegaria. Lo abrazó y cerró los ojos. Abrió su sentir a esa corteza áspera. Y así, en comunión con aquellas ramas frondosas, sintió la paz de su viejo consejero.

En algún momento el grito agudo del *bsiá*-águila rayó los cielos. Abrió los ojos y lo vio volar en círculos sobre los pinos. Miró su entorno. ¡Qué bella era esa tierra ingrata! ¡Qué hermosas aquellas escarpadas montañas que de mala gana daban paso a valles de esmeralda y después a cañadas profundas! Los ríos, como grietas de mujer preñada, culebreaban en un vientre de pináceas. Y las nubes, ¡ay!, esas colchas abombadas que besaban el nudo mixteco con tanta pasión. *Nihu sabi*: País de las nubes, Tierra amada. ¡Qué dolor tener que dejar a su señor! ¡Qué dolor tener que abandonar a su pequeño *'xhin*!

Se dispuso a tejer. Barrió la hojarasca, tendió el petate sobre la tierra peinada y sacó sus herramientas del morral. Amarró el enjulio en el encino y se ajustó la banda en la cintura, alejándose del árbol para tensar el telar. Se sentó, abrió la canasta y extrajo los hilos, acomodándolos, uno por uno, según su color. Por impulso los olió. Olían a cedrón y a copal, a leña, a mazorca y a petril de ladrillo. Olían a su infancia.

Tejió. Por debajo y por arriba entrelazó los hilos, ahora de la trama, ahora de la urdimbre. Sube y baja el alzador, la espada, el tramero, ajusta, rota y gira, ida y vuelta, ida y vuelta, ida y vuelta... El baile de sus dedos la llevó atrás. Muy atrás. Y así vio su pasado con la vista aguda de aquel *bsiá*-águila en los cielos. ¡Qué claro se miraba el camino andado! Ahí estaba su pueblo zapoteco y ahí su torpe comienzo; ahí su atropellada adolescencia, y ahí el desvío; el camino chueco que ella misma había elegido por amor. Amor a los ojos *biche* de don José.

Todo lo había dejado por él: su pueblo, su gente zapoteca, su familia. Y ahora todo lo tendría que dejar de nuevo. Lo dictaba la Palabra. Otra sería su vida. Otro su andar. La mujer que hasta ahora había sido querida de trapichero, amante de terrateniente, esa, *esa no era más*.

Mucho se lo había advertido su propia *nñiaabida*-abuela: «Ese trapichero nada bueno quiere contigo», había dicho; «regresa conmigo al pueblo, regresa a tu tierra, hija». Pero no. Tapados habían estado sus oídos a la voz sabia de la anciana. Ciegos sus ojos a nada que no fuera él, don José. Y ahora… ahora ella misma tendría que arrancarse de un jalón de esa tierra mixteca, como se arranca la mala hierba. Dos veces se marchitaría su corazón al dejar a su señor y luego a su niño.

El silbato del fogón se dejó escuchar. El rechinar del molino hizo eco. Ahí estaba la caída de agua de saldo, y luego las voces de los torcedores urgiendo a las bestias. La casa grande había despertado. La ocupaban abajo.

No bajaría, decidió. De ahí no se iría hasta que los hilos contestaran sus preguntas.

Hoy, otras manos tendrían que atender la hacienda. Hoy, pasara lo que pasara, terminaría ese, su último *quexquémitl*. Tejería hasta que se le cayeran los brazos.

Sube y baja el alzador, la espada, el tramero, ajusta, rota y gira, ida y vuelta, ida y vuelta, ida y vuelta…

La primera luz acarició el telar. Su pensar igual se iluminó y el caudal de entendimiento le mostró de golpe el camino a seguir con toda claridad: el día del mercado llevaría a su hijo Gabino a vender el *quexquémitl* a la Gran Ciudad, Oaxaca. Sí, ahí dejaría a su niño.

Ese sería el día del final y del comienzo.

La Gran Ciudad

Zynaya se echó encima el último cántaro de agua. Temblando de frío, alcanzó el paño que colgaba de la rama del ciprés y se secó, frotándose la piel con aceite de *yixó*. Se había levantado al alba y bajo la luz de la luna había acudido al pozo a darse un baño dominguero, antes de que los huéspedes de aquella casa de alquiler se despertaran. Un muro de adobe cercaba el espacio, dando privacidad a los alojados. Los rayos plateados de la luna abrazaban su cuerpo desnudo.

No era la primera vez que se hospedaba en ese lugar. Seguido, cuando don José la llevaba a pasear a Oaxaca, ahí la instalaba, en aquella vivienda de techo apachurrado y patios enormes, ubicada a las afueras de la ciudad, lejos de su familia legítima. En esta ocasión había viajado por cuenta propia y con el niño, sin avisar a su señor. Don José jamás comprendería el llamado de los Abuelos. Tampoco entendería su decisión de dejarlos para ir a cumplir su destino.

Se frotó el cuerpo con el resto del aceite. Tenía la espalda adolorida tras aquella jornada de tres días en mula por camino malo. ¡Qué trabajo le había costado conseguir quién la llevara hasta la ciudad! Nadie quería contrariar al patrón. Qué miedo le tenían. Después de mucho suplicar, por fin uno de los arrieros había accedido a regañadientes y a cambio de unas cuantas monedas y un saco de maíz. Además le había pedido que salieran ya, para no despertar sospecha. Y así, antes de que amaneciera, partieron por el camino empinado en su recua de dos mulas. Era un viaje peligroso de curvas y subidas resbaladizas. Con frecuencia las bestias reventaban de cansancio. Los encuentros con otros arrieros, que viajaban en dirección opuesta, era lo más arriesgado. Los carreteros tocaban la corneta en la distancia, para avisar que ahí venían, y cuando se divisaban, alistaban a sus mulas para que no se pelearan el espacio y cayeran todos al abismo. A veces se ponían nerviosas y no obedecían. Por eso muchos acababan así, en la panza del precipicio. Hubo un momento en que pensó que se morían. Se le habían acabado los rezos, pero al final, de puro milagro, las nobles mulas los habían llevado sanos y salvos a la Gran Ciudad.

Por su parte, Gabino había disfrutado enormemente de la aventura. El arriero, bonachón y paciente, rápido se había encariñado con el chiquillo y en todo le había dado gusto. Se detuvo en los ríos para que chapoteara, y en los huertos para que agarrara chicozapotes o magueyes. Aquella era la primera vez que Gabino salía de la hacienda La Magdalena. Todo lo maravillaba.

Se acabó de secar, se ajustó el refajo y, cuidando de no ensuciarla, se puso la enagua rabona de encaje tronchado. El huipil que había elegido para la ocasión era su mejor prenda. La piel de durazno, suave y fresca, era uno de sus mejores bordados. Las sandalias se las había traído don José de regalo durante uno de sus tantos viajes al puerto, donde arribaban los barcos enormes que venían de muy lejos cargados con sedas, porcelana y perfumes. Muchas veces le había prometido llevarla a ver el mar. Y ella siempre pensó que cuando eso sucediera, regresaría a Tlaxiaco con una carreta cargada de paños que bordaría hasta el final de sus días. Como fue, su señor nunca cumplió la promesa, pero ahora ella, que sería estrella, quizás llegara a ver la Gran Agua desde las alturas. Y si no, igual vería el mar a través de los ojos de su hijo Gabino. Con eso le bastaría.

Se colocó la última prenda. Fijó el enredo con el ceñidor y así, engalanada, se encaminó de regreso a la casa de albergue. Se sintió bella, digna de respeto y eso, respeto, era lo único que le pediría a esa señora, doña Catalina, la esposa legítima de don José.

Lo tenía decidido: a ella le entregaría el niño. Lejos estaba el chiquillo de saberlo... En el corredor buscó una silla y se sentó a trenzar su pelo húmedo con cintas de colores intensos como el matiz de los geranios. Las rosas y nardos igual se erguían en esas macetas de Atzompa. Los gorriones y canarios la observaban con curiosidad desde sus jaulas colgadas a lo largo del pasillo. Trenzó su tocado alto como corona.

Debería sentirse bien, pensó, ahora que comenzaba el camino derecho. Lejos de ello, se sentía insegura y pequeña, más pequeña que el alpiste ahí regado. ¡Qué enojado se pondría Gabino cuando se supiera abandonado! ¡Qué triste se sentiría en las noches cuando la luna se esconbdiera! La oscuridad le daba miedo, y ahora ¿quién iba a consolarlo? ¿Quién le arrullaría los sueños? No pensaría en eso, se dijo a sí misma. De nada servía atormentarse. Mejor disfrutar esas últimas horas que le quedaban con el chiquillo. Lo llevaría al mercado, decidió. Sí. Eso haría. Después de misa llevaría a su pequeño 'xhin a la plaza y le compraría aquello que tanto venía deseando: su flauta. Ese sería su regalo de despedida porque ¡cómo le gustaba la música! Desde pequeñito, con cualquier tiliche hacía instrumentos. Amarraba piedras a palos y hacía baquetas; las ollas de barro eran sus tambores; los pocillos de calabaza llenos de semillas, sus maracas. Estaría feliz con su flauta y quizás, soplándola, se le pasaría su enojo más rápido. Quizás algún día la perdonaría por dejarlo a la merced de esa señora…

Le haría bien vivir con don José, se dijo. A la hacienda ya casi no iba su señor; ocupado con sus asuntos, cada día llegaba menos a Tlaxiaco. Mucho le había pedido Zynaya que se ocupara del niño, pero él no hacía caso. Necesita a su padre, le decía, y ella ya había hecho su parte; ya le había enseñado a usar sus manos. Gabino sabía hacer hilo, sabía atender la milpa, sabía levantar insectos y labrar madera. Pero de los libros, nada sabía. Ya era hora de que fuera a la escuela y aprendiera a pensar y a hablar la castilla. Ya era hora de que don José le diera su lugar y lo reconociera como hijo suyo ante la sociedad. Para acallar sus súplicas, don José le había puesto un tutor, un joven seminarista que a veces se arrimaba a ayudar al párroco del pueblo. Hablaba en esa lengua liada que llamaban francés, además de la castilla, pero Zynaya no lo había aceptado. No. El niño necesitaba un lugar propio y por eso ahora, en vez de tutor, tendría de maestra a la única mujer que la Iglesia reconocía como esposa de su señor: doña Catalina.

Poco sabía Zynaya de doña Catalina, pero lo que sí sabía, de boca de aquellos que la habían mirado, era que la mujer no tenía ningún don que ella no tuviera. Que no era agraciada, decían; y que ella, Zynaya, se llevaba las palmas. Cosa que poco importaba, porque al final, por muy fea que estuviera la señora, ante Dios y el pueblo doña Catalina era la esposa legítima de don José. Y ella, su querida.

Un mequetrefe de la servidumbre, que ya emprendía las faenas matutinas, comenzó a despertar a los huéspedes. Alguien barría la calle. Alguien más molía el café y el chocolate. En breve se rezaría el primer rosario en la capilla y de ahí los alojados serían convidados a degustar las aromáticas bebidas con pan de yema. Era hora de despertar a Gabino.

Amarró la última cinta de su tocado y se levantó. Justo entonces una mujer salió de la cocina y comenzó a regar las macetas del patio. Por su vestimenta, bajo el mandil, se veía que era *mixe*. Cuando giró y vio a Zynaya, no pudo disimular su asombro. Se le acercó con timidez, picando plantas, sin poder ocultar su curiosidad. Al llegar a su lado no resistió. Le agarró la orilla de la blusa y la miró de cerca.

–Bonito –dijo en idioma, señalando el bordado.

Zynaya aprovechó para pedirle, en lengua, un chocolate con leche. La mujer se lo trajo y ella, con el pocillo de talavera en mano, partió a despertar a su hijo.

El *último* quexquémitl

En el jardín de aquella casa de huéspedes esperaban al arrendador que habría de llevarlos al mercado. Gabino correteaba al gato y Zynaya se apuraba a terminar el *quexquémitl*. Sumida en su faena, no percibió el momento en que el niño se sentó a su lado a juguetear con el carrizo.

—¿Por qué no anduvo a jugar con los otros niños? —le preguntó sobresaltada cuando por fin lo vio. ¡Ese chiquillo era como el humo!, pensó. De por ahí salía y por cualquier recoveco se colaba, aunque nadie lo convocara. Tenía las mejillas pintadas de *nocheztli*-cochinilla de tanto correr. Los niños del hostal lo habían convidado a ir con ellos, pero Gabino se había negado.

Él no contestó. Por respuesta, se alzó de hombros y siguió manoseando los hilos.

—¿Por qué no anduvo con los chiquillos? —insistió ella.

Sabía que la pregunta sobraba. De un tiempo para acá Gabino prefería quedarse con ella a tejer en vez de salir a jugar con los amigos. Era como si sospechara que algo iba a pasar. No la perdía de vista. De por sí le gustaba escuchar los cuentos que Zynaya le contaba cuando tejía, cosa que ella venía haciendo desde niña: contar cuentos a la hora de trabajar los hilos. A veces contaba los relatos de los Abuelos. Otras veces se los inventaba. Y conforme iban saliendo las palabras, iba plasmando las historias en el telar. Con hilos multicolores dibujaba las escenas sobre la tela. Por eso la gente decía que sus mantas eran para «leerse».

—¿Cuál cuento va a tejer hoy, señora?

Los ojos enormes la observaban con entusiasmo.

¡Cómo iba a extrañar esa sonrisa!, pensó ella. Era el único hijo que le quedaba después de haberse muerto su niña. Dos niños había concebido con don José, el niño Gabino y la niña Benita, pero ella, la chiquilla de ojos de luna que tanto había amado, ya no era más. Pero no, hoy no pensaría en ella. Hoy no había tiempo para remover tristezas. Hoy tendría que acatar su destino, pero antes le contaría a su hijo un último cuento.

—En esta manta tejeremos la historia de *Itu Yabi* —contestó, y le acarició la cabeza. Le quitó el carrizo y le entregó la canasta de lana. Las manitas, a sus ocho años recién cumplidos, eran demasiado pequeñas y torpes.

—Anda y haz hilo —ordenó.

Tenían que apurarse si la prenda iba a estar lista para el día del mercado. El último día que compartirían juntos.

—¿*Itu Yabi* es una flor? —preguntó él.

—Sí. La flor de Tlachquiauhco, la *Italli*. ¡Más linda esa flor que ninguna! Gabino no pudo ocultar su desencanto.

—Pero señora, usted ya sabe que los cuentos que a mí me gustan son los de guerras.

—Yo sé. Otra historia de guerra es esta, niño. Matándose andan los hombres desde siempre por la tierra. Hasta por las flores se matan los hombres. Necios que son.

Gabino caviló las palabras de su madre. De entrada, ese cuento no le gustaba. No prometía nada interesante. Se arrepintió de haberse quedado; mejor hubiera sido irse a jugar con los niños, y ya nada podía hacer para alcanzarlos. Ahora tendría que escuchar ese cuento aburrido de flores.

Resignado, comenzó a enrollar el pelambre de mala gana. Ese trabajo no le gustaba. Prefería teñirlos, especialmente de carmín. Le gustaba hacer ese color. ¡Mucho se divertía en la hacienda cuando iba con sus amigos a recoger *nocheztli*-cochinilla! Por todo el campo corrían atrapando los pequeños insectos en forma de araña pegados al nopal, que luego reventaban en las palmas de sus manos. La sangre de los bichos les pintaba la piel de un color diferente. Las manos de uno quedaban de un rojizo-café; las de otro se les pintaban de morado; las suyas, esas sí que quedaban rojas, ¡más rojas que la sangre! Cosa que probaba que él, cuando creciera, sería el guerrero más temible de toda la mixteca, más aún que *Iya Nacuaa Teyusi Ñaña*-Ocho Venados

Garra de Jaguar. Y allá sus amigos si querían seguir burlándose de él. Sorpresa que se iban a llevar el día que llegara el Che Gorio a la hacienda a buscarlo a él, a Gabino García Allende, para enlistarlo en su batallón de juchitecos. Seguro que hasta caballo le daría el Che Gorio. Una yegua grande, quizás, como la de don José. Y claro que se iría con él a pelear.

Rápido agarraría su rifle y sus tirantes de plomo y él mismo lincharía al manco aquel, el sinvergüenza de Santa Anna, para que dejara de molestar a la gente.

—Entonces, señora, ¿le paso el hilo rojo para tejer la sangre?

Necio que era ese niño, pensó ella. Igualito a su padre. ¡Nunca cedía su pensar! Su voluntad se hacía, y nada más, aunque la razón le mostrara otra luz. Lo ignoró. Ató los hilos al lizo y comenzó a alternar la varilla, entrecruzando las hebras de la urdimbre.

—¿Quiere el rojo? —volvió a preguntar.

Zynaya rascó un puñado de tierra húmeda, agarró exasperada la pequeña mano del niño y abriéndosela lo obligó a agarrarla.

—Escuche, niño —le dijo solemne—. Hartos mueren por esta tierra. Tristeza deben darle las guerras, no alegría. Los Abuelos bien lo dijeron: la tierra es de todos o de nadie.

Gabino bajó la mirada. Otra vez la doña andaba de malas. Mejor no mover un dedo. Mejor quedarse así, tieso como piedra, con el puñado de tierra al aire.

La madre le bajó el brazo de un manotazo.

—Mire el sol —exigió y le alzó el rostro, obligándolo a mirar las alturas—. ¿De quién es el sol? ¿Quién lo saca en las mañanas? ¿Quién lo recoge en las noches?

Gabino trató de mirar la bola que ardía en el cielo. Los ojos le dolieron al hacerlo.

—Y allá en los altos —señaló ella—. Mire el monte. ¡Mírelo bien! ¿De quién es el monte?

Esa pregunta era una trampa, pensó él. Todos sabían que aquel monte era de la Virgen. No por nada se llamaba así: el monte de la Virgen. Pero lo mejor era no abrir el pico. Mejor esperar a que la señora se calmara. Se mordió los labios. En mala hora no me fui a jugar, pensó. Seguirito los niños ya estaban colgándose de las ramas o atrapando lagartijas. En cambio aquí nada más había malos tratos. ¡Tonto que era! Antes de quedarse, debió haber tanteado los humores de la doña. A veces así se ponía, de malas. Y lo mejor era irse lejos de ella, bien lejos. A saber por qué le daban esos enojos que la hacían mirarse tan fea. La cara se le arrugaba como un frijol remojado. Antes no era así. No. Antes siempre andaba alegre, cantaba y reía, y seguido lo abrazaba. Pero ahora tenía rato que no jugaba con él. Prefería andar sola. La culpa la tenían los volcanes, decidió. ¡Cerros que a cada rato se sacudían! Desde aquel día que se habían zarandeado como maraca, dizque para acomodarse mejor, la doña era otra. Y ¿qué culpa tenía él, Gabino, de que el techo de la iglesia se hubiera derrumbado sobre su hermana Benita? ¡Ninguna culpa! Él nada había hecho. La doña debería estar enojada con la Virgen y no con él. Y aquella Virgen, si era tan milagrosa como todos decían que era, ¿por qué no había revivido a Benita, que en cambio ahí quedó, aplastada?, ¡bien *petateada*! Por más que le habían rezado para que su hermana volviera a ser, ni caso que les había hecho. Benita ahí quedó como muchos otros, ¡tantos otros! Él se había salvado porque no había ido a misa. Tenía la fiebre y su madre se había quedado en la casa con él a cuidarlo. Sólo por eso ahí seguían los dos, vivitos y coleando. Pero los demás estaban requetemuertos. Malditos volcanes.

Gabino esperó a que los enojos soltaran a su madre. Cuando vio que las arrugas se le planchaban, y que volvía al telar, se atrevió a soltar la lengua.

—Entonces, si no es carmín, ¿qué color quiere que le pase, señora?

¡Ay, ese muchacho!, suspiró ella. No entendía. Pero tampoco quería regañarlo más. Poco tiempo tenía para disfrutarlo.

—El blanco —contestó—. Para la nieve.

—¿La nieve?

—Sí, niño, la nieve. A las montañas hay que tejerles merengue en las puntas.

—¡Ah! Usted quiere decir el aguanieve.

—No, niño. La nieve es más finita que el aguanieve. Como las cenizas del rescoldo. Tan fina como la harina, pero esponjadita.

—¡Nunca he visto nieve en estas montañas!

—Ya no hay. Se la bebió todita el sol. Pero en los tiempos de nuestro cuento sí que había. Había harta nieve. Coronaba las montañas como la espuma de blanquillos bien batidos.

Gabino obedeció. Le pasó los hilos blancos y se acercó lo más que pudo para no perderse ni media palabra porque ahí estaba, por fin, ese tono que tanto amaba en la voz de su madre. El tono de la cuentacuentos.

—Hace muchos años cayeron de las nubes copos de algodón helado —comenzó—. ¡Tanta fue la nieve que cubrió los campos de Tlachquiauhco…! El rey Malinalli tenía unos hermosos jardines en Yucuñae. Ahí, entre ocotales y encinos, estaba su suelo cargado de flores. ¡Mucho le gustaba al rey pasearse por ahí! ¡Tantas las aves! ¡Harto el perfume de sus plantas! Un día, cuando el sol subió al cerro alto, por allá lejos llegaron sus siervos de Achuitla cargando semillas. Habían ganado a los mexicanos en Guiengola. Venían contentos a dar tributo al rey con sus semillas. ¡Qué feliz se puso!

Rápido mandó a plantar las semillas. Y rápido creció la *Itu Yabi*, blanca, con puntitos rojos, la más bella flor de todas.

—¿A cuántos mataron en esa guerra, señora?

—Mataron hartos.

—¿Les cortaron la lengua?, ¿la cabeza?

—Mucho les cortaron los mexicanos. Brazos y piernas y otras partes por allá… que mejor no nombramos.

Gabino la miró con ojos de plato. La madre alargó la pausa. En el lienzo, el color marrón ya estampaba la montaña y el blanco moldeaba la nieve de los picos.

—El rey quedó contento —siguió ella—. Más todavía cuando vio la flor del árbol. Ninguna tan bella como la *Italli*. Malo fue que Moctezuma, el gran rey de los bravos mexicas, pronto supo de la planta y la quiso para él mero. Mandó así con este mensaje a sus delegados: que Malinalli le mandara la flor de regreso para sus jardines reales. Pero eso no se dio. Malinalli, que era grosero y arrogante, mucho se enojó. Respondió él que no quería dársela, que se contentara Moctezuma con lo que ya había agarrado hasta el volcán de Popocatépetl, que mucha era ya su tierra, y que dejara de querer lo de otros que a él no lo tenían por señor, sino por enemigo.

—¡Era valiente Malinalli! Como el Che Gorio.

—Más valiente. Pero necio, como tantos… —lo miró con la ceja arqueada, pero el niño no se dio por aludido—. Harto se enojó Moctezuma con la respuesta.

Rápido mandó un ejército grueso, con miles de guerreros. Desde allá, lejos, se oyeron los gritos de guerra. Tambores y aullidos sacudieron los cerros. La tierra tembló. Los cielos rugieron. Por el campo chorreó la sangre, mucha sangre. La nieve blanca se salpicó de rojo, como los pétalos de la *Italli*. Muerta la gente, se llevaron al rey Malinalli a la fuerza.

El niño contuvo el aliento. Que la voz de su madre girara a lenta quería decir que ya venía lo mejor de la historia. El punto donde la gran maraña se peinaba lisita, como la lana.

—Los mexicas se vengaron y quemaron la ciudad. Moctezuma agarró al rey, robó el árbol y además la tierra: Tlachquiauhco y de paso Achiotlán. Sacrificaron los presos a su dios, Huitzilopochtli. Lo más triste fue esto: el árbol se secó. No volvió a dar sus flores.

Gabino esperó un buen rato a que su madre continuara, pero ella siguió tejiendo, satisfecha con su cuento. ¿Eso era todo?, se preguntó él. ¿Esa era la gran tragedia? ¿Un árbol seco? ¡Pero si los árboles se secaban a cada rato! Muchas mejores historias había contado la señora, y ahora ahí estaba, mirándolo con esa sonrisa suya que buscaba su aplauso. Ese cuento no lo merecía, decidió. Ahí lo único interesante era el dios de los mexicas. Ese sí que daba miedo.

Fue entonces que le entró en la cabeza una gran idea:

—Señora, ¿verdad que Huitzilopochtli es el dios que le cortó la cabeza a su mera hermana?

Zynaya lo miró sorprendida. Las aguas de la enseñanza empapaban la cabeza del niño.

—Es él. Le cortó la cabeza a su hermana Coyolxauhqui y luego la arrojó a los cielos. Es ella la luna.

—Y lo hizo para que su madre pudiera verla todos los días y ya no estuviera triste, ¿verdad?

—Por eso lo hizo. Alegrar a su madre quería ese dios.

—Y a sus hermanos, que eran muchos, también los mató, ¡a todos!, y luego los arrojó al cielo. ¿Verdad que así fue? Ahora ellos son las estrellas.

—Bien te acuerdas de ese dios, hijo mío. Largo es tu pensar.

El niño hizo a un lado la canasta y desbordando de emoción le tomó la mano.

—Señora, dejemos de rezarle a la Virgen de la Iglesia —suplicó—. Ya ve que es mentira que hace milagros. Mejor le rezamos a Huitzilopochtli para que agarre la cabeza de Benita, la aviente al cielo y haga con ella una estrella brillante. ¡Así podríamos verla todas las noches! ¡Y así espantará su tristeza!

Un sollozo profundo escapó de la garganta de Zynaya. Retiró su mano, que el chiquillo agarraba, se jaló el telar de la cintura y sin mirarlo más ordenó.

—Alístese, niño, que ya nos vamos.

El mercado

Gabino no quería salir del mercado. Nunca en su vida había visto tantas cosas. Aquel patio cercado por los cuatro vientos, con galeras de horcones, carrizo y teja, reventaba con cosas y más cosas. La mercancía estaba tendida en petates, en puestos de palo, en el brocal de las fuentes, en láminas y encima de costales esparcidos sobre la loza. A Gabino le dolían los ojos de ver tantos colores vívidos. Pirámides de frutas y verduras –limones, chiles, pepinos, mangos, sandías y nanches–. Víveres extraños que jamás había visto y mucho menos probado.

En la entrada, afuerita de los portones, las marchantes abanicaban sus anafres de carbón, leña y ocote, asando su barbacoa, menudo, coloradito, tamales de chepil, carnes fritas y tripas frescas o secas. El olor delicioso de aquellos manjares lo mareó, y se le hizo agua la boca.

–Señora, si no como algo, se me van a poner las tripas así de secas –advirtió a su madre, señalando unas culebras disecadas.

Zynaya pidió unas tetelas. La marchante se las sirvió en un tazón enorme y además les convidó tejate en jícaras, para que se las bajaran.

En una esquina del puesto se sentaron sobre unos banquitos. Gabino comió ávidamente, saboreando cada mordida.

–Seguro que aquí se enseñó la Chata a hacer sus tortillas –comentó, chupándose los dedos.

–La Chata nunca bajó a esta ciudad, niño. No tuvo quien la arrimara –contestó Zynaya.

Él quedó pensativo. Era cierto. La señora que trabajaba en la cocina de la hacienda nunca bajaba del cerro. Lo más que se alejaba, según le había contado un día, era para ir a la cueva a llevarle su ofrenda a la virgencita. La peregrinación era costumbre de todo el pueblo y la

Chata siempre se retrasaba unos días para dejarle algo más a la Patrona porque más eran sus pecados, decía, siendo ella tan vieja.

—Pues no le diga usted nada, señora, pero estas tetelas están más buenas que las de ella. Un día, cuando yo sea soldado, me voy a llegar hasta la hacienda en mi yegua pinta, y me la voy a traer hasta Huaxapan. Yo mero la voy a arrimar, *pa'que* se enseñe a hacer de estas.

—Acabe, niño, que se nos va el día.

La madre y el hijo caminaron a lo largo de los corredores hacia la sección de las semillas. Grandes costales de maíz, trigo, frijol, garbanzo, alfalfa y calabaza atiborraban el corredor. Los granos los traían de la Alhóndiga, donde los almacenaban para regular su precio. Seguían los puestos de jarcia, con reatas, cordeles, gamarras y gruperas, y después los de palma, con zoyates, sopladores, escobas y tenaces. Gabino se probó varios sombreros, pero todos eran para el campo, poco apropiados para un guerrero como él, pensó. Por su parte, Zynaya se detuvo ante la loza y la marchante se apuró a mostrarles muchas cazuelas y macetas. Pero lo que ella admiraba era una virgencita esculpida en barro negro. Era como la que le habían puesto al retablo de Benita.

—Mi hermanita ya se nos fue —le explicó Gabino a la marchante, antes de que le hiciera muchas preguntas a su madre y la pusiera triste. ¡Tan alegre que andaba!

La marchante sonrió con compasión, envolvió la figurilla y se la metió al morral.

—Ándele pues, mi doña, llévesela *pa'que* no ande sola su niña allá *pa'onde* se le *jué*.

—Se fue con los ángeles —se apuró a explicar Gabino—. Es que le hacía falta a la Virgen y por eso se la llevó.

—¡Ay qué ocurrente niño este! —rio la marchante.

—¡Shis! Ya cállese, niño —lo regañó Zynaya.

Zynaya no quiso ofender a la marchante y aceptó la virgencita pero insistió en pagarle cuando menos unos centavos. La mujer se resistió un poco y al final aceptó las monedas, se persignó con ellas y las guardó en su huipil. Era su primera venta del día.

Gabino se paró enfrente de los pajareros. Quería ver el espectáculo de aquellos gorriones y canarios amaestrados para entresacar los papelitos de la suerte.

—Dígale al pajarero que me lea mi suerte, señora —suplicó.

El dueño del puesto se apresuró a complacerlo, antes de que la madre protestara. Jaló el papelillo del pico de un canario, lo ofreció a las alturas como ofrenda y recitó una misteriosa plegaria. Leyó en zapoteco, para que Gabino entendiera.

–Hoy cambia tu camino, muchacho –dijo con voz de profeta–. Ojalá no olvides nunca la Palabra vestida de la verdad de nuestros viejos *Sas*, aquellos Abuelos que fueron águilas y tigres, relámpagos y árboles.

Zynaya miró al pajarero molesta, jaló abruptamente de la mano de su hijo y se adentró en la plaza haciendo caso omiso de su torrente de preguntas.

–¿De qué camino hablaba el pajarero, señora? ¿Por qué tenía el ojo tuerto? ¿Es cierto que los *Sas* eran tigres y águilas? ¿Dónde se cazan esos pájaros que todo saben? ¡Cuando yo sea general, voy a tener miles de ellos en mi patio, y al que no me diga mi buena suerte, lo fusilo y me lo como en caldo!

Rumbosas mujeres, enjoyadas de pies a cabeza, exhibían con toda ostentación las valiosas cadenas de doble vuelta y las filigranas de mucho precio.

–Marchante, tenga aquí su prueba –decían otras, melosas, alargándoles trocitos de *nicuatole*, un pedazo de camote, taquitos de gusanos de maguey o rebanadas de quesillo.

Zynaya seguía de largo, despreciando los suculentos manjares. Por su parte, Gabino los aceptaba todos, agradecido, ¡nunca había comido tanto! Cuando estaba a punto de reventar comenzó a guardar las probaditas en el morral de su madre, para llevárselas de vuelta a sus amigos. Esos comían de todo, hasta hormigas vivas. ¡Qué envidia les iba a dar cuando lo vieran llegar con el morral abultado!

–Le va a dar empache, niño –advirtió Zynaya–, deje de comer y vamos a ver qué están feriando.

Zynaya se acercó al tumulto de gente que con gran atención participaba en el trueque. Buscó un buen lugar, cerca de los que feriaban, y esperó pacientemente a que ofrecieran lo deseado. El regateo comenzó con furia. Alguien cambió una taza de atole por fósforos. Alguien más salió con una canasta de asa, cargada con pescaditos del Atoyac, a cambio de una cabra. La señora de los hilos feriaba agujas.

–¡Agarre usted esas agujas, señora! –sugirió Gabino–, y pídale también jiquilite que ya casi no tenemos en casa.

Del fondo de su morral Zynaya sacó su preciado *quexquémitl* y lo extendió. Al hacerlo, un murmullo de asombro emergió de la concurrencia. La prenda era majestuosa. Varias personas se acercaron a admirarlo en respetuoso silencio.

Zynaya se dirigió a la mujer de los hilos.

—Eso que ofreces, lo quiero todo —dijo y luego mirando al hombre de las flautas añadió—: pero también quiero esa flauta.

Gabino miró a su madre, pasmado.

El anciano que vendía flautas, al verse aludido, saltó como resorte.

—Yo le doy todas estas flautas, señora —ofreció—, a cambio de esa hermosa prenda.

—No quiero yo todas —contestó Zynaya—, quiero una sola, la que mi hijo escoja. También quiero los hilos, las agujas y el jiquilite. Ande y arréglese con la marchante.

Gabino pensó que la había oído mal.

—¿Quiere usted que escoja una flauta, señora?

—Sí, niño, dígale al señor cuál quiere.

Gabino pensó que estallaba de alegría. ¡Una flauta! Se abalanzó a abrazar a su madre pero recordó, a tiempo, que él era el guerrero más bravo de toda la mixteca. El abrazo se lo daría después, decidió, cuando nadie lo viera. Desvió su andar y se acercó al flautero. Revisó los instrumentos con reverencia. ¡Eran todos tan bellos! De pronto vio aquella, la más bonita de todas. Ninguna otra la igualaba. Era de barro, con cuatro pitos y dos flautas más en los costados. La acarició con timidez. A urgencia del flautero, la aproximó a sus labios. Silbó, zapateando sus yemas sobre los seis agujeros, asombrándose al escuchar aquel millar de notas que escapaban al aire.

¡Hermoso! La gente comenzó a taparse las orejas y a burlarse de él. No le importó. Siguió tocando hasta que una señora le jaló una oreja para que ya se callara. Todos rieron pero él ignoró el abuso, se apartó un poco y siguió tocando. ¡Cuánta música salía de la flauta! Ahí estaba el dulce cantar del mirlo, ahí la sinfonía de petirrojos, los jilgueros y los cenzontles. Sintió que el corazón le estallaba de alegría. No cabía en sí de agradecimiento. Zynaya sonreía.

El estira y afloje que a continuación se dio le pareció a Gabino que duraría una eternidad. Era obvio que el flautero quería el *quexquémitl* y de lo mismo quería aprovecharse la mujer de los hilos quien, a cambio de ellos, exigía unos huaraches de doble suela y una canasta de nopalitos. El regateo se complicó todavía más cuando la mujer exigió, además, dos pitos a cambio de un costal de habas y garbanzos. Zynaya se mantuvo firme, confiada de que la paciencia le redituaría. Y así fue. Por fin, después de lo que a Gabino le parecieron mil años, los marchantes hicieron su trueque; el flautero repartió flautas y pitos a cambio de hilos y garbanzos que a su vez pudo entregar a Zynaya. Ella entregó al flautero el *quexquémitl* y el trato quedó sellado. ¡Gabino era dueño de la flauta más bella que ni en sus sueños hubiera imaginado poseer!

–Le prometo que de ahora en adelante limpiaré la milpa sin que me lo pida, señora –juró en un arranque de agradecimiento. Y ahora sí la abrazó, sin importarle que lo vieran–. Y le juro que me levantaré a traer la leña sin que me regañe. Verá que desde mañana yo solito podaré a los borregos sin respingar. Aunque me pateen. Nunca, nunca más me comeré una caña sin pedir permiso, ¡se lo prometo!

Zynaya lo sacó del mercado y en la plaza le compró una horchata de nuez, más que nada, para callarle la boca. El chiquillo no dejaba de hablar. Después, con el alma en los pies, lo encaminó rumbo a la casona amurallada donde vivía la familia legítima de su señor. Gabino caminó a su lado tocando su flauta y bebiendo su horchata. Aquel era, sin duda alguna, el día más feliz de su vida.

La casona

En el zaguán de aquella casona chata que abarcaba toda la manzana, Zynaya y Gabino llevaban media mañana esperando a que la señora Catalina se dignara a recibirlos.

—La doña de esta casa debe de estar muy ocupada —se quejó Gabino—, mejor volvamos otro día.

Zynaya amonestó a su hijo con una mirada severa.

—Mucho avanza el que sin prisa anda —respondió cortante—. Aquí esperaremos.

Gabino desistió. Sabía que cuando su madre fruncía la frente así, como si le doliera pensar, no quedaba más que acatar su voluntad. Pero, ¡qué difícil era estarse quieto cuando había tanto jardín! Los pies le picaban por correr a treparse en las frondosas ramas de aquellos árboles cuajados de fruta —chicozapotes, nísperos coloraditos, toronjas criollas enormes, ¡más grandes que un melón!—. La fruta estaba regada por todo el pasto, pudriéndose. A nadie parecía importarle que las hormigas se la estuvieran robando en pedazotes. Iban en hileras, alzando las patas como soldados, marchando hacia esa ave tiesa que, en medio del jardín, echaba agua por el pico. ¡Qué ganas de tocarla! Primero pensó que era de verdad pero ya después, cuando se acercó, se dio cuenta de que era de piedra, como aquella que los labradores trabajaban en la hacienda. Sintió envidia mirando a los pajarillos que chapoteaban en esa fuente. ¡Qué ganas de salpicar el agua, o corretear a esos guajolotes tan raros que nunca antes había visto!

Esos sí eran de verdad. Se paseaban presumidos con la cola abierta en un abanico de plumas de muchos colores, como albóndigas emplumadas. Si la doña tan sólo lo dejara caminar tantito, recogería esas plumas larguísimas que ellos solitos se arrancaban.

¡Rápido se haría un penacho digno del guerrero más feroz de la mixteca! Pero no, nada de eso lo dejaba hacer ella. Tenía que esperar sentado ahí hasta que la señora de la casa los atendiera. ¡Cómo se tardaba! Si por él fuera, ya se hubieran ido. Nadita de ganas le daban de entrar a esa casa enorme y oscura, con tantas puertas y pasajes. De seguro adentro la gente se perdía. De seguro los duendes se aparecían en los cuartos cuando salía la luna.

Aburrido, jaló su flauta del refajo y comenzó a silbar quedito. Afinó la oreja y comenzó a imitar el piar de los periquitos que, inquietos, brincoteaban en sus jaulas. Al oírlo se quedaron quietecitos. Giraban sus pequeñas cabezas con curiosidad, viéndolo con un ojo y después con el otro. Gabino decidió que les gustaba su canción y, animado ante la amable recepción, tocó con más ganas.

En la cocina, Amalia, la cocinera, lo oyó tocar. Se asomó por la ventana y observó, con desmayo, que la indígena y su chamaco ahí seguían, justo donde los había dejado. Muy tempranito habían tocado el portón de la casona. Mucho le había sorprendido la presencia de aquella mujer de hermoso huipil, que con grave serenidad había exigido audiencia con su patrona. Le había hablado en lengua, adivinando que Amalia la entendería. Pero ¡vaya atrevimiento!, doña Catalina jamás recibía a mujeres como ella, por muy engalanadas que estuvieran. Mucho menos a esa hora.

—La señora no está dispuesta —se limitó a decirle.

Se lo dijo en zapoteco, además, para que la entendiera. La indígena no contestó. Amalia se dispuso a despacharla de vuelta a su pueblo, pero algo en aquella mirada fría y serena la detuvo. Fue entonces que la mujer pronunció aquellas palabras que la pusieron a temblar:

—Me voy al monte —dijo, así nada más, y luego agregó—: pero antes debo ver a tu señora. Déjame hablar con ella.

Amalia sintió que le daba un soponcio ahí merito. ¡La mujer era una bruja! Le abrió la puerta, horrorizada, y alejándose lo más que pudo de ellos, los instaló en la terraza. De ahí corrió derechito a la capilla para averiguar con la virgencita qué cosa debía hacer con ese par. Se hincó y se persignó ante la sagrada imagen y oró. «¡Ayúdeme, Madrecita! ¿*Ora* qué hago con esa mujer? Ya ve qué enojada se pone la patrona cuando la importuno a estas horas. Y luego con el día tan atareado que tiene la pobre».

Era cierto, don José llegaba esa misma noche después de una larga ausencia y su señora quería, con justa razón, que su marido encontrara todo perfecto. ¿Qué hacer? Si le anunciaba la visita de la mujer, se le empeorarían los humores. Pero si no lo hacía, la indígena había amenazado que se iba al monte. ¡Se iba a refundir allá para hacer sus sortilegios! Si le negaba lo que pedía, al rato la estaría maldiciendo a ella y ¡eso sí que no!, ya de pesares tenía de sobra con los que venía sufriendo.

Amalia rezó con ardor golpeándose el pecho hasta que le dolió la costilla y se le acabaron las alabanzas. «Ayúdeme, Madrecita. ¿Qué hago?», rezaba. Pero aun así la Virgen no aportó consejo. ¡Nada decía la Santa Inmaculada! Seguro andará atareada también, pensó sin ofenderse. O a lo mejor ese es su consejo, que no hiciera nada…

¡Claro! ¡Eso era! La Santísima le estaba advirtiendo que no moviera un pelo. Y eso justamente haría, decidió. *Nada*. Dejaría que las cosas se asentaran solitas, como los frijoles. Allá la indígena si quería esperar. Allá ella si quería arrugarse como pasita esperando a que doña Catalina la atendiera. Ese no era asunto suyo. Ella ya había cumplido con dejarlos pasar. Y si luego la bruja la maldecía desde el monte, pues ni modo, ya tendría que pedirle a Hortensia, la lavandera de la casa –que también sabía de curas–, que le diera una buena limpia.

La cocinera se persignó y se incorporó, sintiéndose mejor. Iría al mercado para que se le acabara de pasar el susto, resolvió. Eso haría. Nada más sano que perderse un rato entre la bulla de sus marchantitas. Así resuelta, regresó a la cocina por su morral.

Amalia fue y vino del mercado, espulgó los frijoles, preparó el repollo, la pasta para el mole y recogió los huevos del gallinero. Con tanto quehacer, la inquietante visita pasó al olvido y no fue hasta que oyó al chamaco tocar la flauta que se volvió a acordar de ellos. ¡Ahí seguían! ¡Qué terca era esa gente!, pensó. El niño de segurito tendría hambre. Ya había pasado mucho tiempo. ¡Qué mala madre era esa mujer! A saber hasta qué horas se quedaría ahí esperando y de mientras, el chiquillo, con las tripas retorciéndole la panza. Y luego, el señor don José llegaría en cualquier momento. ¡Qué enojado se iba a poner el patrón si llegaba a su casa y se topaba con aquella indígena sentadita en su portal! Quizás eso era *pior*: no avisarle a la patrona, pensó acongojada. Quizás la señora sabría mejor cómo despacharla.

Se lavó las manos, las secó en el mandil y se encaminó a la recámara de su patrona dispuesta a darle cuenta para que ella mera dispusiera qué cosa hacer con la visita.

–Señora –tocó la puerta con timidez–, una indígena lleva rato queriendo verla a usted, y dice que no se va hasta que la reciba.

Frente a su tocador, Catalina terminó de colocarse la peineta. Se puso las arracadas de oro y se empolvó la nariz, revisando su perfil en el espejo por última vez. Hoy regresaba José y quería verse bonita.

–Atiéndela, Amalia, por favor.

–No quiso, señora. Dice que ella sólo con usted se entiende.

Qué desgracia tener que empezar el día así, pensó Catalina. Con todo lo que había que hacer: arreglar la casa, pedir las flores y ver que el *amarillito* quedara bien picoso, justo como le gustaba a José. Los compadres Oneto vendrían a celebrar con ellos el triunfo de la patria contra los franceses, y bien merecido que tenían ese festejo. José llevaba meses en el puerto de Veracruz, atendiendo esa horrorosa situación. Hoy por fin regresaba a casa y ella no tenía tiempo para otra cosa que no fuera prepararle su debida bienvenida.

–Ofrécele comida y despáchala, Amalia.

–¡Ay, doñita! Discúlpeme, pero esta mujer no viene a pedir limosnas. Otra cosa quiere ella.

–¿Y qué cosa quiere? –preguntó impaciente. Algo en el tono de Amalia no le gustó.

–Eso tendrá que preguntárselo usted, mi doña. Conmigo no quiere nada.

Catalina se puso las zapatillas de mal humor y se ajustó las medias. Que Amalia no hubiera podido correr a la importuna mujer quería decir que era una de aquellas que hacían fandangos cuando no se les atendía. ¡Qué mal momento había elegido para ir a dar lata! Y luego eran tercas y ahí se quedaban instaladas hasta que se les diera audiencia. De seguro echaría raíces por los huaraches ahí mismo, en el andén de la casa, hasta que se le atendiera.

–Pásala al recibidor –dispuso, resignándose.

Sólo Dios sabía qué cosa le venía a vender, o qué queja le traería de la hacienda. José luego hacía promesas que no cumplía y acá venían a cobrárselas a ella, como si pudiera hacer algo. Creían que ella, por ser esposa del patrón, sabía cómo remediar sus tropiezos. ¡Si supieran lo equivocados que estaban!

Asió su abanico y se encaminó a la antesala, zigzagueando sus vaporosas faldas de seda y encaje, decidida a despedir a la visita tan pronto le fuera posible.

Amalia abrió la puerta que comunicaba la terraza con el recibidor.

—Que dice la señora que pasen —le dijo a la bruja sin mirarla.

Zynaya se levantó despacio de la banca, se alisó su enredo y agarró a Gabino de la mano. Con paso airoso y resuelto penetró a la alcoba cavernosa. La oscuridad la cegó de golpe. La sala olía a humedad. Amalia abrió la cortina de la ventana y una luz se filtró por la rendija. Fue entonces que la vio. Doña Catalina estaba al fondo de la sala, sentada en una silla de enorme dorso, como reina.

Zynaya repasó abiertamente el ser de esa mujer que la Iglesia reconocía como esposa legítima de su señor. Miró, con curiosidad, los rasgos que tantas veces se había imaginado. Ahí estaba el cabello color de nuez, la nariz recta, los ojos grandes y tristes, caídos, el abultado mentón y una sonrisa capaz de desarmar al más cruel. No se parecía para nada a la imagen que su mente había forjado de ella, tras escuchar a las mujeres de la hacienda, las chismosas que en el río o a la sombra del huave tantas veces hablaron de ella, jurando que la conocían. Era obvio que nunca la habían visto. La esposa de su señor era hermosa, mucho más hermosa de lo que ellas habían platicado. Se parecía a alguien, sí, a alguien que Zynaya había visto muchas veces pero que de momento no podía ubicar. Se le acercó, indiferente al protocolo que de otra forma la hubiera mantenido a discreta distancia, y la miró de arriba abajo con desvergüenza. La repasó, una y otra vez, hasta que la reconoció de golpe. ¡Era la versión encarnada de la Virgen de La Concepción! Sí. Ella. La Virgen amada. La Virgen odiada. La misma cuya estatua de barro le acababan de regalar en el mercado. La única diferencia era que esta, la que tenía enfrente, era blanca, más blanca que aquel piso de mármol. La otra era de barro. Negra, como ella.

Quiso odiarla pero no pudo. Quiso sentir rencor y en cambio sintió vergüenza.

Vergüenza por haberse dejado llevar por la vanidad y haber creído que quizás era cierto, y que ella, Zynaya, era más bonita que la señora, y que por eso su señor corría a cada rato a la hacienda a buscar su lecho. ¡Ilusa ella! ¡Tonta ella! Aquí, en esta casa, nada le faltaba a su señor…

Parpadeó. No iba a llorar. ¡Eso nunca! Convocó toda su fuerza de voluntad y estancó las lágrimas que amenazaban con doblarle el cuerpo. Se estiró y así, crecida, recibió la mirada de curiosidad –y de desconfianza– de la dama. Sosteniéndola buscó en esos ojos suaves de paloma la respuesta a la pregunta que su alma anhelaba saber, más que nada. ¿Sería capaz de amar a Gabino? La respuesta era evidente. Sí, Gabino estaría en buenas manos, concluyó con alivio. Aquella mujer, aunque quisiera ser mala, no podría serlo.

No había un hueso de maldad en toda ella. Tarde o temprano su pequeño 'xhin se ganaría el afecto de la esposa de su padre.

A su lado, Gabino seguía mudo de asombro. Cosa rara en ese niño a quien le costaba amarrarse la lengua. Cuando no pudo más soportar su propio silencio, balbuceó emocionado lo que Zynaya venía pensando:

–Señora, ¿verdad que la doña se parece a la virgencita que le regalaron? ¡Mire cómo se parece!

Zynaya le dio un coscorrón. No era propio hablar enfrente de la dama sin que se le dirigiera la palabra.

Por su parte, Catalina seguía con el abanico suspendido en la mano. No sabía qué pensar de aquel par. La sirvienta le había dicho que una indígena quería verla.

Efectivamente, que aquella mujer pertenecía a alguna de las etnias era obvio, pero también era innegable que por su sangre corría la nobleza de su raza. El rango lo vestía en su garbo, en la altivez de su mirada y sobre todo en la manera en que lucía su atuendo cuyo importe caro, tanto en tela como en hilo, no escapó a su ojo experto.

¡Nunca había visto a una indígena igual! De pronto sintió bochorno. Le urgía alejarse de ellos y salir de la habitación cuanto antes. Se abanicó nerviosa.

–Amalia, trae unas aguas frescas y algo de comer para el niño, por favor.

Zynaya entendió cada una de sus palabras. No hablaba bien el castellano, pero sí que lo entendía, de eso se había encargado don José, de que cuando menos comprendiera su lengua. De haber querido, podría hablarle a la señora sin la ayuda de nadie, pero no quiso. Tampoco iba a permitir que se burlara de sus torpezas.

–A tomar aguas no vengo, señora –dijo en zapoteco–. Dígale eso a su patrona –ordenó a Amalia con autoridad.

La sirvienta no supo qué hacer. Estaba claro que aquella bruja estaba acostumbrada a que se acatara su voluntad, pero tampoco podía traducir semejante respuesta a doña Catalina. Primero muerta. Negar su hospitalidad era una majadería y en ella no estaba el ofender a nadie. Mucho menos a su patrona.

—La visita dice que no está cansada, que muchas gracias y que no tienen sed.

Catalina miró de lleno a Zynaya. Aquella le aguantó la mirada sin parpadear. El reto de miradas se alargó sin que ni una ni otra cediera. Había algo misterioso en aquella mujer, decidió Catalina, algo que no cabía en el perímetro de su percepción. Se movió incómoda en su silla y se resignó a esperar. Así solía ser esa gente. Lentos en expresar el propósito de sus visitas. Lanzaban su típico preámbulo: una letanía de agradecimientos y bendiciones para los patrones y ya después, mucho después, daban a saber qué querían. Así eran. Primero le besaban a uno la mano y luego exigían las perlas de la Virgen. Los minutos transcurrieron y la mujer seguía sin hablar, mirándola de hito en hito, de una manera desconcertante. Se desesperó.

—Pregúntale qué cosa quiere —ordenó a Amalia, ya molesta.

La sirvienta se dirigió a Zynaya con un diálogo que a Catalina le pareció excesivamente largo.

Por única respuesta, la madre agarró a su hijo de los hombros, se le acercó y se lo puso enfrente. Lo presentaba como si su sola presencia bastara para explicarlo todo.

Que lo viera bien. Eso quería la india. Que apreciara la redondez de sus mejillas, el perfil respingado de su nariz, el color blanco de su tez… eso, sobre todo, que viera bien el color del niño.

Catalina sintió un cosquilleo en todo el cuerpo. Arrojó a un lado el abanico, se levantó y se acercó al niño. Lo tomó de la mano sin miramientos y lo acercó a la luz de la ventana. Le quitó el sombrero y le alzó el rostro.

Gabino la dejó hacer con él lo que quisiera. Le daba miedo esa señora que tanto se parecía a la Virgen, esa que se había llevado a Benita a vivir con sus ángeles.

La dama repasó la fisonomía del pequeño rostro. Ahí estaban esas cejas. Espesas. Indiscutible estampa genética. Ahí estaba la barba partida. Imposible negar el parecido impresionante, no tanto con su marido, sino ¡con su propio hijo Ignacio! Si tuviera los ojos verdes, y no cafés, sería su gemelo.

—Mírame, niño —ordenó.

Gabino, que torcía su mirada al suelo, la elevó con lentitud. Por respeto no quiso mirarla, y en cambio clavó la mirada tras ella, en la pared. Así fue que vio los cuadros que colgaban en el muro. Un óleo mostraba la imagen de esa misma señora vestida de negro. En el otro cuadro figuraba un señor malhumorado, muy arropado también, con muchas medallas en el pecho. Gabino lo reconoció de golpe.

–Señora, mire –gritó sorprendido–. ¡Ahí está mi señor padre!

Catalina lo entendió perfectamente, sin que nadie se lo tradujera.

Zynaya se fue al monte. Se alejó de la casona y sin mirar atrás cruzó la plaza, atravesó el riachuelo por el puente y a la altura del panteón giró rumbo a la salida de la ciudad. En la carretera se unió discretamente a la caravana de gente que volvía a sus pueblos después del mercado, antes de que cayera la noche. Cargaban a espaldas, o en los lomos de sus animales, sus *chiquihuites* de carrizo que desbordaban con víveres recién comprados y con la mercancía despreciada. Igualó su paso y así, en peregrinación, pasó de largo pueblos circundantes, ranchos y chozas, corrales y huertas. Caminó de frente, hacia el ocaso, donde las nubes ya descendían perezosas. Pronto, las cabras y los borregos comenzaron a esparcirse. Las mulas tiraron impacientes hacia los humildes jacales. En algún momento, pasaron por un recodo del camino cercano a las faldas del primer cerro. Zynaya dobló y se separó de los pocos que quedaban. Enrollándose la falda, se encaminó a la estrecha vereda que llevaba al monte. Subió empujando arbustos y matorrales llenos de espinas. El camino se tornó inhóspito pero ella igual subió, decidida, ignorando los cactos crecidos, macizas copas de pitayos y tornillos que hacían su andar cada vez más doloroso y punzante. Las piedras se le enterraron en sus huaraches, los nopales rasgaron su huipil, el frío entumió sus pies, pero ella, espoleada por el deber atrasado, subió hincando el talón, aferrándose a las ramas y a las piedras. Cuando por fin alcanzó la cima, cayó de rodillas, alzó los brazos a las alturas y cantó esa plegaria que años antes, ahí, en ese mismo monte, había cantado su abuela.

Quince años había cumplido Zynaya en aquel entonces, cuando su abuela decidió llevarla a Oaxaca por primera vez. «Es hora de que los cauces de agua fresca abran el pensar de la niña y ensanchen su deseo de aprender», alegó la anciana a los padres de su nieta. «Miren qué ágil es la chiquilla con los hilos; bien le haría mirar cómo otras manos adornan telas, no vaya a pensar que lo suyo es lo mejor». Y sus padres, confiando en la sabiduría de la matriarca, le habían dado su bendición. La abuela rápido había empacado los menesteres en los rebozos, las frazadas gruesas de borrego para espantar el frío y las faldas bordadas para vender. Encima puso el comal. Y así, desde el pueblo habían viajado por la ruta del río, hasta aquella ciudad más verde que la esmeralda.

Dura había sido la jornada para los pequeños pies, pero la abuela se la había endulzado hablándole de la Palabra de los viejos *Sas*, enseñándole de lo bueno y de lo malo, contándole cosas de risa y de asombro. Con el corazón hinchado de alegría al saberse una sola –abuela y nieta–, caminaron por muchos días. Despertaban con el quejido del *bsiá*. Dormían arrulladas por las chicharras. En el fresco caudal del río se bañaban y al caer la noche, sobre la leña, salaban la masa de las tortillas. En su comal asaron los molotes e hirvieron el café que endulzaban con trozos de panela. Al cerrar el día se arrimaban al ganado, que nunca faltaba, y las bestias les hacían un hueco sin protestar. Acurrucadas en las panzas mansas, robaban de su calor y se protegían del susto. Así atravesaron montañas inmensas, coloradas, buscando la sombra de los laureles y los almendros; recogiendo insectos, raíces, tallos y frutas que la abuela bendecía antes de meterlas en su morral, agradeciendo a la tierra madre y al padre sol por el sustento. Mucho había aprendido Zynaya de la abuela en ese, su primer viaje a Oaxaca.

Al despuntar del último día, el canto de la abuela la despertó. Ahí, en ese mismo lugar bailó la anciana con los brazos al aire, exaltada, las plantas de sus pies bebiendo la fuerza de la tierra. Saludaba al amanecer. Cuando terminó, se postró de rodillas y rezó su plegaria para dar gracias por lo recibido y por lo que seguía. Entonces, triunfante, le señaló la Gran Ciudad. Y Zynaya vio, por fin, los muros de cantera bañados de luz. Habían llegado a su destino.

Empacaron y descendieron deprisa, deleitándose en aquel suntuoso amanecer.

Siguieron el atajo que pronto se hizo ancho para dejar pasar las hileras de otros, ¡muchos otros!, que igual que ellas dejaban sus huellas en la tierra hinchada. Zynaya los miró de reojo. Las telas que vestían lucían bordados que nunca antes había visto.

Túnicas de tres y cuatro paños. ¡Hermosas! Los otros hablaban su lengua, quedito, para no interrumpir el sueño de los oaxaqueños. Lenguas que ella nunca había escuchado.

Al llegar a la ciudad, el sereno anunció la hora y el tiempo: «Las seeeeeis y nublado». Los candiles con manteca, colgando de los faroles, iluminaban las calles empedradas de pátina azul-verde de cantera.

La peregrinación se dirigió derechito al atrio de la Virgen de la Asunción. En el patio, los marchantes ya alzaban sus puestos. Vendían rosarios, escapularios, estampillas y cordones; colocaban su mercancía aquí y allá para que los feligreses no dejaran de verla. En algún momento, el sacristán abrió el portón del templo. El repique de la primera campanada se dejó escuchar y tanto indios como mestizos se postraron unidos de rodillas en respetuosa plegaria. Una multitud de lenguas entonó el alabado y con ese himno grandioso saludaron a la Señora quien, vestida en un manto azul cielo, les sonreía desde su púlpito.

¡Cuántas cosas le entraron por los ojos a Zynaya aquel día! ¡Cuántos ruidos llenaron sus oídos y cuántos olores colmaron su nariz! Pero harta vida había pasado desde aquel día que recordaba como si fuera ayer. Y hoy, lo que más recordaba era la mirada *biche* de su amado José. En aquel atrio de esa hermosa iglesia él la miró con sus ojos de agua. ¡Nunca nadie la había mirado así! E igual, como agua limpia y fresca, se le había metido el amor por los ojos, derechito al corazón.

Todos los días había llegado don José al puesto de la abuela. Compraba cualquier manta y sin siquiera desdoblarla, la pagaba. La abuela comenzó a subir el precio y él siguió pagando sin regatear. El pago se lo daba directo a ella, que desconcertada, no se atrevía a mirarlo de lleno. ¡Qué hermoso era ese señor!

La abuela observó en silencio, y con creciente disgusto, los ires y venires del joven hacendado. El quinto día, al verlo llegar, mandó a Zynaya a hacer un mandado.

—Anda por la masa —ordenó, dándole morralla del jarrito.

—Pero es muy temprano, señora. Se nos va a agriar.

—Anda igual. No averigüe. ¡Córrale!

Zynaya obedeció y cuando regresó se encontró con que la abuela ya había empacado el puesto. Metió la masa en su abultado rebozo y decretó.

—Aquí ya acabamos de estar, niña. ¡Vámonos!

Emprendieron el regreso por la avenida ancha y ahí, a la altura del parque, se les atravesó don José. Largo rato habló con su abuela pero ella le negó su bendición. Pero era tarde. Ella ya era una con don José.

La abuela quiso salvarla de su error. Su reproche, cuando rehusó regresar al pueblo con ella, todavía retumbaba en sus oídos.

«No rompas la armonía y el respeto, hija mía. ¿Qué voy a decirle a mi hijo y a mi hija si regreso sola? Te dejaron a mi cuidado y yo te traje aquí para que aprendieras, no para que te arrejuntaras con este señor. ¡Con un hacendado! Dime, niña, ¿con qué cara les digo a tus padres que te quedaste atrás con este hombre? Abre la mente y piensa. Este señor, que el día de hoy te deslumbra por todo lo que tiene y por lo que te promete, ¿qué vida puede darte? ¿No ves que para su gente tú no eres nadie? ¿Qué pasará cuando se harte de tus caricias? Te repudiará, hija. Eso pasará. Al fin para él eres una india. Además, entiéndelo, tu destino es otro, y bien lo sabes. Eres la elegida. Los Abuelos a ti te eligieron. Eres luz, luz *Yibedao*. Tu deber es ayudar a tu pueblo.

»Abre bien tu pensar, hija. Escucha de mi saber que los años me lo han dado. Esto no puede terminar bien. Y tú. Tú que te has criado en el bienestar y en la bondad de la Palabra. Nada te falta. Nada. Mejor mereces. Ten piedad de mis canas. Haces mal a la comunidad. Haces mal a tus padres. ¡Me haces mal a mí! No está bien que me mandes sola a la montaña a enfrentar animales. Éramos una, tú y yo, cuando bajamos. ¿Así es como pagas todo el amor que te he dado? ¡Malagradecida! ¿Dices que te quedas? ¿Insistes? Está bien. En mí existe la bondad, pero también la maldad. Y con estas palabras te maldigo. Te maldigo a ti, a tu hacendado y al fruto que salga de su semilla. Algún día te acordarás de mí».

Todo eso había hablado la abuela, pero sordos habían estado sus oídos. Y ahora se cumplía su maldición.

Hoy era ese día.

¡Venga en mí lo que tenga que venir!, gimió, bailando la danza de su abuela. De su rebozo sacó la imagen de barro de la Virgen y la alzó a los cielos. Su grito desgarrador subió a las nubes y estas, como si las hubieran convocado, descendieron presurosas a tragársela con su abrigo vaporoso.

2

El secuestro

Oaxaca, 1920

¡Mi hija! ¡Mi niña!

Patricia despertó de golpe. Sintió frío. Frío y miedo. Hizo a un lado las sábanas, se recostó en la cabecera y escuchó alerta, con el corazón latiéndole desbocado. Juraba haber oído un grito. Alguien pidiendo auxilio. Aguzó el oído y rastreó entre los ruidos de la noche aquella voz que con tanta violencia la había despertado. Nada. Afuera una terrible tempestad azotaba la ciudad. La lluvia zapateaba las tejas de la casona. El ventanal, entreabierto, crujía, zarandeando las cortinas abultadas de viento. A lo lejos, el amortiguado aullido de un perro coreaba el trote lento de caballos. De seguro que aquel grito horrendo había sido una pesadilla, pensó, tratando de calmarse. Se hurgó el pecho, asió su escapulario, se persignó y dirigió una plegaria hacia el Cristo postrado en un pedestal en una esquina de su cuarto. La luz titilante de una lámpara de higuerilla iluminaba su rostro. No tenía nada que temer, pensó, sintiendo tranquilidad con sólo ver aquella faz, infinitamente bondadosa. El santísimo Patrón la protegería de cualquier desgracia. Arregló la almohada y se volvió a acostar, resuelta a conciliar el sueño. Poco a poco el eco de aquel grito fantasmal se fue acallando en su mente. El susurro del viento la fue arrullando. Sólo una leve inquietud la mantenía despierta. La voz aquella le recordaba a alguien… a alguien muy próximo a ella… ¿pero a quién? Evocó la lista de posibilidades y las fue eliminando una a una hasta que llegó a *ella.* ¡Eso era! Aquella voz que había creído escuchar era idéntica a la voz de Dolores, su hija. Un escalofrío le recorrió la espalda. ¡Qué cosas se me ocurren!, pensó furiosa consigo misma. Aquello había sido una pesadilla y nada más. Regresó a la oración, ahora con más ahínco. Padre Nuestro que estás en el cielo… Santa María, madre de Dios… Padre Nuestro que estás en el cielo… Los párpados cedían. Su respiración emparejaba el vaivén de las cortinas. De pronto, sus enmarañados sentidos distinguieron el murmullo de voces alteradas, gritos entrecortados y después, con más claridad, el chapoteo de huaraches que corrían apurados a lo largo del patio. Se sentó en la cama. Algo andaba mal, pensó. Hizo las sábanas a un lado, jaló su chalina y, cubriéndose los hombros, corrió a la ventana. Apartó las cortinas de par en par. Un trueno estalló retumbante y la luz de un relámpago iluminó su rostro.

—¡Mamá! —se oyó el grito inconfundible de su hija—. ¡Se robaron a Luchita!

La monja

La misión de aquel viaje atropellado era internar a la tía Cienne en el manicomio.

Patricia García Allende viuda de Sáinz se había resistido a la drástica medida por mucho tiempo, pero el susto que la anciana monja les había dado la noche previa había sellado su decisión de que por el propio bien de la tía –y de la familia–, lo mejor era entregarla al hospital general. Y ahora mismo hacia allá se dirigían, hacia el exconvento de San Francisco, donde las abnegadas monjitas atenderían la locura de la tía que, día con día, empeoraba.

La carroza avanzaba lentamente. Pánfilo, el cochero, toreaba con destreza el desastre que había dejado la tormenta. De cuando en cuando paraba a los caballos con un jalón de riendas y descendía a quitar troncos que impedían el paso embarazoso de las bestias.

–No se preocupe, señora, ya casi llegamos –ofreció a manera de disculpa.

¡Qué susto les había dado la tía!, pensó Patricia, todavía sobrecogida por el recuerdo. La monjita se había levantado a medianoche. Descalza y en camisón había atravesado el patio, desafiando la tormenta, y se había metido en la recámara de Dolores a sacar a Luchita de su cuna. Con el revuelo del aguacero nadie había advertido su ligero andar. Tampoco habían oído el llanto de la bebé. No fue hasta que los gritos desesperados de Dolores la despertaron que Patricia, con el alma en un hilo, imaginándose lo peor, había corrido a su auxilio. En cuanto entró al cuarto sospechó de la tía Cienne. La recámara olía a jazmín, el aroma peculiar que siempre había impregnado los hábitos de la anciana. Sin tiempo que perder había corrido, resbalándose, hacia la recámara que ocupaba en el segundo patio. Y ahí había encarado esa escena que, de sólo recordarla, le erizaba la piel. La monja estaba sentada en la cama con el camisón alzado, empujando su seno flácido a los labios de la pequeña, tratando de amamantarla. ¡La estaba ahogando! Patricia se arrojó sobre ella y le arrebató a la criatura, y la bebé, ¡bendito Dios!, había roto en llanto. ¡Estaba viva! ¡Había llegado a tiempo!

La monjita reaccionó como una fiera, dando de alaridos. *Give me my child! My baby!* Patricia la aplacó con una cachetada que la botó al suelo. Y fue ahí, en ese preciso instante, con la palma todavía ardiéndole, que tomó la decisión irrevocable. La tía estaba loca. Tenía que internarla en el manicomio. Al despuntar el día ordenó empacar sus pocas pertenencias y pidió a Pánfilo enganchar los caballos. Tras una despedida rápida y triste a los pocos sirvientes que quedaban en la casona, y que por años habían procurado las necesidades de la monjita, partió con ella rumbo al hospital general. Y ahora ahí estaban, de camino al viejo inmueble.

—¿A qué santo nos encomendamos hoy, *a stóirín*? —preguntó la ancianita, acariciando las cuentas de su rosario.

—Está usted en libertad de rezarle a quien quiera, tía. Pero al santo que elija, ¿por qué no le pide usted por esta gente? Mire nada más qué mal los ha dejado la tormenta.

La tía miró por la ventanilla.

—*Aye*. Recemos por ellos, *a stóirín*.

Patricia observó los estragos del diluvio. El río se había desbordado una vez más. Las campanadas de la iglesia todavía no anunciaban la primera misa y los feligreses, no obstante, ya iban de camino a dar gracias por lo salvado, y a pedir fuerzas para encarar las pérdidas —chozas deshechas, campos inundados y ganado ahogado—. De los cerros bajaban los indios recogidos a buscar ayuda. ¡Duros tiempos vivía Oaxaca!, pensó con amargura. Los caprichos de la naturaleza, las guerras y las pestes habían dejado a familias enteras en la pobreza. La terrible epidemia de tifo había diezmado la población apenas hacía unos años, seguida por los calamitosos días de hambre en los que tanta gente había muerto de inanición. Lo peor era esa maltrecha revolución encauzada por la ambición de hombres sedientos de poder que cambiaban de bando como de calzones, sin lealtad alguna en un *quítate tú, para ponerme yo*. ¡Una vergüenza! Carrancistas, serranos, obregonistas, soberanistas, ¡todos iguales! Sólo Dios sabía qué cosa peleaban o por qué, pero ahí estaban, matándose entre ellos y matando a la gente inocente que lo único que quería era vivir en paz. ¡Qué coraje le hubiera dado a don Porfirio ver aquel caos! Tanto que se había esforzado el señor presidente por poner el país en orden, por modernizarlo y realzar la belleza de su amado estado natal. Porque dijeran lo que dijeran los rezongones, bajo el mando de don Porfirio Díaz el país había alcanzado prosperidad. Ningún otro presidente había traído tanto inversionista a México, por ejemplo, o tirado tanto riel por los caminos, o logrado el respeto internacional que su predecesor, don Benito Juárez, siempre había soñado. Gracias a él Tlaxiaco se había puesto de domingo. Hasta le decían el pequeño París. La hacienda, que por milagro de Dios todavía pertenecía a la familia García Allende, ¡nunca había estado tan hermosa! Pero ahora, desde la incursión de los carrancistas para sacar a los soberanistas, el pequeño París estaba de nuevo en las ruinas. ¿Y todo para qué? Al final los líderes igual habían dado su brazo a torcer. Muerto Dávila, muerto Mauxerio, Zapata y Carranza, y con los obregonistas en el poder, los rebeldes habían tenido que aceptar la Constitución. Ahora mismo allí andaba en Oaxaca García Vigil paseando su Carta Magna, codiciando la gubernatura del estado. Todos tras el poder. ¡Todos!

—Olvidamos las mantillas —comentó la tía, tocándose la cabeza.

—No vamos a misa, tía, no se preocupe —le contestó Patricia.

La monjita frunció el entrecejo, confusa. Patricia le acarició la mano y ella, conformándose con el mimo, cerró los ojos y volvió a dormitar. La carroza continuó adelante con su jaloneo.

En realidad, ella tenía mucho que agradecer, pensó Patricia, tratando de ver el lado bueno de las cosas. Su pequeña familia —su hija Dolores, su nieta Luchita y la tía Cienne— aún tenían albergue y sustento. Contaban con la casona, la hacienda y las casitas cuyas rentas, bastante módicas, daban lo suficiente para vivir con tranquilidad y con modestia. Lo difícil era saber hasta cuándo, porque los gobernadores, amparados por sus nuevas leyes, amenazaban con arrebatar propiedades de los ciudadanos sin respetar lo que por título, o por sangre, les correspondía. Y ella, siendo viuda con una hija soltera, y una nieta que mantener, ¿qué podía hacer para defender lo propio en ese mundo de hombres bárbaros? Luego estaba su propio hermano, Antonio, otro bueno para nada que lo único que hacía era gastarse lo poco que le quedaba de su herencia en el trago y el juego. De él también tenían que cuidarse, por desgracia, y si el gobierno no los llevaba a la ruina, de seguro lo haría Antonio. Afortunadamente ella, Patricia, no gastaba un centavo en balde. Aun así, a pesar de su frugalidad, no era fácil sufragar los gastos, cada día más grandes. Encima, ahora habría que pagar por la estancia de la tía Cienne en el asilo. Dios sabrá cómo proveer, pensó, mirando a la anciana que ahí, sentadita enfrente, contaba las perlas de su rosario y le sonreía con ternura cada vez que se encontraban sus miradas. La tía ignoraba el propósito de aquel paseo matutino y creía que iban a la primera misa. Confiada y alegre, sobaba las perlas ennegrecidas, arrullándose con el tambaleo del carruaje.

–¿Por qué no vino Dolores a misa? –preguntó la anciana.

–No quiso dejar a la bebé, por eso –le contestó.

–La bebé… ¿cuál bebé?

Patricia se arrepintió de haber mencionado a la pequeña. La tía se ponía muy mal con el tema de Luchita.

–¡Mire a esa mujer! –exclamó para distraerla, y señaló hacia fuera–. Mire nada más qué mojada está la pobre.

La anciana miró hacia donde le señalaba ella y cuando se cansó de mirar volvió a dormitar.

¡Pobre monjita!, pensó Patricia con tristeza. Por algún motivo inexplicable su enfermedad había empeorado a raíz del nacimiento de la bebé. Desde entonces, deambulaba por la casona en un estado de estupor, platicando con apariciones, en inglés, irlandés y español, en un revoltijo de lenguas que nadie entendía. Y cuando Luchita lloraba, se ponía peor. Un día que la bebé lloriqueaba, en uno de sus arranques se arrojó al suelo, se tapó los oídos y se revolcó por todo el comedor como una poseída. Días después se volvió a poner mal. Esa vez la encontraron escarbando febrilmente las macetas. Arrancaba las flores, enlodándose de pies a cabeza, gritando desaforada: «¡Se nos viene la plaga! ¡Escarben! *Rotten potatos! Rotten!*».

La tía había nacido en Irlanda, y a pesar de haber vivido en México casi toda su vida, nunca había perdido su acento ni su idioma. Algo había oído Patricia que, de niña, la tía Cienne había padecido hambre en Irlanda por la llamada Gran Hambruna. Ignoraba los detalles de esa historia, porque a la tía no le gustaba hablar del tema. Pero lo interesante, cuando menos para ella, era que el augurio de la monja finalmente se había cumplido. El hambre había llegado a Oaxaca. ¡Vaya que había llegado! Al ver que el pronóstico de la anciana se había cumplido, dos de las sirvientas se fueron de la casa.

«La señora está endemoniada», dijeron espantadas. Patricia trató de apaciguarlas, pero aquellas igual se fueron, y ella las dejó ir porque de por sí, con la situación económica tan difícil que afrontaban, de cualquier manera las iba a tener que despedir.

La tía volvió a despertar.

–¿A dónde va tanta gente? –preguntó, señalando la calle.

–A trabajar –contestó sin dar más explicación. Lo prudente era mantenerla tranquila.

Se le va a extrañar a la tía, pensó con amargura. Ya nada sería igual en la casona. De por sí ¡cómo había cambiado todo! No era el mismo hogar que su abuelo, don José García Allende, había construido con tanto amor. Desde el poblado de Santa Lucía del Camino había traído la cantera verde para la construcción de la casona. El escudo heráldico de la familia, que adornaba su entrada de arcos, lo había fabricado el mejor escultor de México. En aquellos tiempos de auge, que recordaba con añoranza, la casona había lucido en todo su esplendor. Los jardines eran parques de árboles cuajados de frutas. Fuentes de mármol y macetas de barro negro, fabricadas en San Bartolo Coyotepec, mandadas a hacer al gusto de la abuela Catalina, bordeaban las terrazas. Los interiores igual habían sido salas de museo, decorados con muebles, alfombras y lámparas importadas de Europa. Un séquito de sirvientes había mantenido el inmueble impecable. ¡Lejos estaban de aquellos tiempos! Hoy, los tres sirvientes que apuradamente podían emplear no se daban abasto con tanto quehacer. El jardín era una vergüenza. La maleza cerraba atajos antes floreados. Las rejas, desprendidas de sus goznes, se abrían a un huerto seco y desolado. Las raíces de los árboles, la mala hierba y las enredaderas devoraban los muros cuarteados por tantos temblores. El último terremoto, ocurrido apenas en la primavera, había deshecho parte de la barda. ¡Qué tristeza les hubiera dado a los abuelos ver el estado de abandono de la casona! ¿Quién iba a decir que, a pesar de tanta sangre derramada en la última guerra, el país iba a acabar en ruinas?

Lo único que les quedaba como consuelo, y que ni las guerras ni los gobernantes peleoneros podrían arrebatarles jamás, era el buen nombre de la familia. Y en ella estaba, como matriarca de su pequeño clan, transmitir el orgullo de su estirpe. A ella le tocaba defender el honor de los suyos. Y primero muerta que permitir que su familia cayera en la desgracia, como tantas otras familias venidas a menos que vivían de la caridad de sus semejantes. ¡Eso nunca! Mientras Dios le diera fuerza no permitiría que nada, ni nadie, le arrebatara lo propio o mancillara el apellido García Allende. Algo nada fácil en esa ciudad que era un potaje de pobreza y de lodo.

Por fin, el cochero detuvo la carroza. Se bajó, enlazó las riendas a un poste y se acercó a tocar la gran puerta de nogal del impresionante inmueble con el mango de su chicote. Después de mucho insistir, les abrió la celadora.

—Doña Patricia, ¡qué agradable sorpresa! —la saludó. Se acercó a la carroza cojeando, apoyándose en su bastón.

—Buenos días, hermana —contestó.

El cochero le ofreció el brazo y Patricia descendió del carruaje. Lloviznaba. Se cubrió con el rebozo, se alzó las enaguas que igual se empaparon en los charcos y se encaminó con la celadora a resguardarse en el zaguán, mientras Pánfilo ayudaba a la tía.

—Pasen, por favor —dijo la monja, abriendo más el portón.

Patricia entrelazó sus brazos con los de la tía y juntas la siguieron a la sala de recepción. El cochero caminó tras ellas, a respetuosa distancia, cargando al hombro el baúl con las pocas pertenencias de la anciana.

—¡Qué terrible tormenta!, ¿verdad? —comentó la celadora—. ¡Viera usted qué noche pasamos, señora! Los pacientes se pusieron malitos con tanto trueno y relámpago.

—Me lo puedo imaginar. En casa también la pasamos muy mal. Sobre todo aquí, la tía Cienne. Precisamente por eso venimos a dar molestias.

La celadora lanzó una mirada furtiva a la anciana.

—Claro, con la edad el corazón ya no aguanta los sustos, ¿verdad? ¡Pero mire nada más qué bien se ve la hermana! Parece una chiquilla, ¡ni una arruga tiene usted! —y dirigiéndose a ella, agregó—: ¿cómo está usted, sor Cienne? —le tomó la mano y se la palmeó—. ¡Qué gusto verla!

La tía la miró con parquedad y le arrebató la mano.

—Siéntense aquí, por favor —dijo la celadora sin ofenderse. Señalaba unas mecedoras—. Enseguida les mando a la administradora para que venga a atenderlas.

Patricia acomodó a la tía en una de las sillas pero ella se mantuvo de pie. Caminó, recorriendo el salón amplio y sobrio. La única decoración en sus altísimas paredes era un lienzo de la Virgen de la Soledad, la patrona de la ciudad.

Conocía bien aquel viejo edificio. Lo visitaba cada Navidad, en víspera de la Nochebuena. Ese día sagrado se presentaba con el comité de las damas de la iglesia del Carmen Alto. Iban a cumplir con su encomienda anual, a llevarles a los pacientes las donaciones de la parroquia: mermelada de camote morado, turrón de Alicante o frazadas tejidas a punta de gancho. Ella misma, a pesar de ser la más joven, encabezaba la fila de señoras oaxaqueñas que, ataviadas en tápalos finos y enaguas acampanadas, llegaban a repartir sus dádivas. La portera las recibía en esa misma sala, con la misma sonrisa. Las religiosas, por tradición, acogían la visita con un espumoso chocolate de agua. Era su especialidad. Nadie sabía prepararlo tan exquisito. Lo servían en tazas de porcelana en el comedor, donde lo degustaban en compañía de los pacientes que, bien bañaditos y peinados, salían a saludarlas. Y ellas, ostentando su buena cuna, platicaban con ellos, disimulando la repugnancia que les provocaba su embatada presencia. Año tras año se daba ese encuentro. Lo que Patricia jamás imaginó era que uno de esos días ella misma llegaría al asilo a entregarles, no una cesta de ofrendas, sino a su querida tía Cienne.

Giró a mirarla. Qué diferente aspecto el suyo ahí sentada, su rostro era un derroche de paz. ¡Qué mirada tan ajena a aquellos ojos desquiciados de hacía apenas unas horas! El desagradable incidente no tenía por qué hacerse público, decidió. Por ningún motivo avergonzaría a la tía. Además, nadie la creería capaz de cometer semejante indecencia. Sólo había que verla ahí, acunada en los cojines acolchonados de la mecedora, con el verde esmeralda de la tela resaltando su cabello rojizo-canoso, para exonerarla de cualquier falta. La portera tenía razón. Ni el despiadado andar del tiempo había logrado menoscabar su belleza. La tía Cienne, a sus ochenta años, seguía siendo una mujer bella.

El frufrú de enaguas almidonadas anunció la llegada de la administradora. Era una mujer bondadosa y menuda, de armas tomar. Llegó acalorada, enjugándose la frente con su pañuelo. El bochorno matutino, después de la lluvia, ya comenzaba a sentirse.

–Le traigo a usted una encomienda, hermana –le dijo, y sacó del bolso la carta que había preparado, detallando la enfermedad de la tía–. Léala con calma.

La monja abrió el sobre y leyó el documento detenidamente. Cuando terminó, lo guardó en la manga de sus hábitos.

—Comprendo perfectamente la situación, doña Patricia. No se preocupe.

La tía seguía meciéndose en el sillón, con la mirada clavada en los pliegues del austero y recogido manto de la Virgen de la Soledad. La administradora se le acercó.

—¿Y cómo está usted, hermana? —le preguntó, asiéndole la mano. La aludida brincó como si la hubieran electrocutado.

—¡Suéltame, desgraciada! —aulló—. ¡Y regrésame a mi niña!

Se levantó, alzó los brazos raquíticos y los dejó caer en una furiosa lluvia de golpes sobre la administradora.

—¡Regrésame a mi *baby*! —gritó, repartiendo golpes.

La administradora trataba en vano de protegerse. La anciana, desquiciada, repartía golpes a la deriva. Patricia se abalanzó a contenerla pero aquella se agitaba sin misericordia, con el cabello revuelto y los puños al aire. Las mujeres forcejearon. Sus gritos estallaron en el salón y en un santiamén otros pacientes rompieron a hacerles coro. El escándalo de aullidos se volvió ensordecedor. Pánfilo llegó corriendo y al ver la situación enjauló en sus brazos a la anciana, sujetándola con fuerza. La tía gritó más fuerte, trastornada, hasta que la voz se le quebró y, sabiéndose subyugada, se acurrucó en los brazos del cochero y dio rienda suelta a su llanto.

—Mi niña —sollozó—. *My girl*, mi niña, *my little baby… Give me back my child!*

La administradora sudaba copiosamente. Temblaba.

Patricia se sentó en el sillón más próximo. Estaba mareada. Cuando se recuperó, se incorporó y se acercó al cochero para librarlo de aquel embarazoso abrazo. La anciana cedió, poco a poco, y por fin se dejó llevar a la mecedora. Patricia la sentó en sus piernas y la arrulló, como si fuera una criatura. Su cuerpo menudito no pesaba.

El suave zapateo de la lluvia en el tejado las arrulló. Las campanas de la capilla repicaron, convocando a la primera misa, y alzaron vuelo las palomas. Copos de plumas descendieron, zigzagueando sobre el jardín.

Los muertos

Los muertos comenzarían a llegar a la hora del pan. Si no se apuraban a poner el altar, las visitas no tendrían a quién saludar y los muertos no tendrían qué comer.

Patricia eligió la llave más pequeña del manojo, abrió el armario afrancesado del comedor y sacó, una por una, las bandejas de cristal prensado. Con cuidado las fue colocando a lo largo de la mesa, asignándoles servilletas bordadas con punto de cruz que ostentaban las insignias de la familia García Allende.

En la casona el Día de Muertos comenzaba en cuanto se terminaba de rezar el primer rosario, a las cuatro de la mañana. A esas horas, en el último patio, se ponían a hervir los tejocotes y la calabaza con piloncillo sobre el anafre. Bajo un cielo alboreado se desgranaba el *nicuatole* para que la masa de los tamales quedara esponjadita. Petra, la cocinera, salía al molino con la primera campanada de la iglesia, para que le molieran las cantidades exactas de cacao, canela y almendras, según dictaba la receta de la familia. Desde esas horas la calle era un hervidero de mujeres que volvían apresuradas cargando sus ollas con la fragante pasta, para moldearla a su antojo, antes de que el chocolate se cuajara al enfriarse.

En la tarima, las tabletas que Petra había moldeado eran de dar envidia. Simplemente perfectas. La receta de la familia García Allende dictaba chocolate amargo con almendras y una pizca de canela, pero sólo una pizca y muchas almendras, no fuera la gente a pensar que eran otra familia venida a menos. Ese año, sin embargo, y por orden de Patricia, la pasta llevaba más canela que almendras, pero afortunadamente sólo dos personas sabían esa penosa situación: Petra y el molinero. Ninguno de los dos se atrevería a comentar las escaseces de la familia.

–¡Nicolasa! –llamó a la muchacha que ayudaba a la cocinera, haciendo de todo un poco–, ven a ayudarme a armar los platones, por favor.

–Ya voy, señora –contestó aquella–. Estoy decorando las gelatinas con las caritas. ¡Están quedando *rebonitas*!

Era cierto. Estaban divinas las calaveritas de azúcar color de rosa. Ya podía armar las fuentes de dádivas en las bandejas y despachar a Nicolasa a la calle a repartirlas a los vecinos, tal como dictaba la costumbre oaxaqueña. «Ahí le manda esto doña Patricia para sus muertos», diría Nicolasa al entregarlas. Y los agasajados, fieles a la tradición, devolverían la atención mandándola de regreso con otras ofrendas y con la típica encomienda: «Anda y dile a mi comadre Patricia que se meta estos bocadillos en la muela».

Los más allegados llegarían en persona a presentar sus respetos a los difuntos y a admirar el altar que cada familia alzaba en sus capillas. Por eso, a ella le gustaba enviar sus muertos temprano, para quedar libre de compromiso y poder recibir la visita en la terraza con toda tranquilidad.

Se hacía tarde. Comenzó a amarrar con cintas de seda las tabletas de chocolate en bultos de diez en diez. Las torres las colocó, una por una, en el centro de cada bandeja.

Los muertos. ¡Qué triste estará la celebración este año!, rumió con amargura.

¡Tiempos infames! No cabían los difuntos en el camposanto. Por suerte, los oaxaqueños, a pesar de todo, no interrumpían sus costumbres. No señor. Las tradiciones eran las tradiciones y nada, ni la presencia de los uniformados, o los toques de silencio, la leva, los cateos o el silbido de las balas les impediría honrar a los ya idos. Los muertitos merecían su parranda.

Por fin, Nicolasa entró al comedor con las gelatinas y las depositó ceremoniosamente en la mesa.

–Mire *usté* qué bonitas. Y *ora* sí, señora, dígame *pa'qué* le sirvo.

–Anda y arma los platones. Ya sabes cómo: las manzanitas de tejocote van en las orillas, luego los tamales y después las gelatinas. Las torres de chocolate las pones en el centro. Yo me voy yendo a la capilla a ayudar a Dolores con el altar. ¡Ah!, y no olvides ponerle a la bandeja de la señora Chencha su mole, ya sabes cómo le gustaba el mole a mi comadre, en paz descanse.

–Sí, doña Patricia, yo se lo pongo.

–Cuando termines aquí, vente a la capilla a ayudarnos con el altar, por favor.

Patricia atravesó el patio y entró a la capilla. Dolores ya extendía los manteles recién planchados sobre el retablo. A su lado, en una cunita, la bebé Luchita dormía un sueño bendito y profundo. ¡Esa niña era un poema!

Se abrió paso como pudo, entre las cajas de decoraciones y las cubetas llenas de agua con flores. Le hizo un mimo a la nieta, sin despertarla, y se dispuso a ayudar con el altar.

–Hija, ¿te trajeron el baúl de retratos y recuerdos?

–Todavía no, mamá.

–Qué lata con esta Nicolasa. ¡Nicolasa! –gritó de nuevo–. Te pedí que trajeras el baúl a la capilla.

–No la regañe, mamá –suplicó Dolores–. Ahorita viene, y rápido terminamos.

Entre las dos armaron el monumento con flores de nube, cempasúchil y cresta de gallo. En los costados fijaron largas cañas secas de maíz con todo y hojas. Abrieron las cajas y sobre el retablo diseminaron la monigotería macabra: tumbas de cartón, estatuillas de barro que representaban a las ánimas consumiéndose en un fuego de penitencia, entierros de padrecitos de papel lustre con cabezas de garbanzo, calaveras de barro y de dulce y demás. En una esquina colocaron el vaso de agua para que los muertitos saciaran su sed, a un lado el plato de sal para que sazonaran sus alimentos y bastante copal para ahuyentar a los malos espíritus. Las velas eran para que alumbraran su camino. No podían faltar.

Ya casi terminaban cuando Nicolasa entró arrastrando el baúl.

–Ábrelo, por favor –pidió–. Ve sacando los retratos y pásamelos. Pero primero quítales el polvo con el trapo.

En el centro del enmantillado retablo, Patricia colocó la pintura en óleo de los abuelos, José y Catalina. Posaban muy serios ambos, el día de su boda, en 1821. ¡Hacía ya cien años! Era un lienzo hermoso. Lo colgaría en la pared de la sala cuando terminaran los festejos, decidió, así podrían honrarlos todos los días. Tenían mucho que agradecerles.

Nicolasa le pasó el siguiente cuadro. Un retrato de sus padres, Papá Ignacio y Mamá Gloria.

–¡Qué bonita señora! –comentó Nicolasa, mirándola de cerca–. ¿Quién es?

–Es Mamá Gloria, mi madre, o mejor dicho, la mujer que nos adoptó a mí y a mi hermano Antonio. Fue una santa.

–¿Pero entonces ella no la parió a *usté*?

¡Pero qué manera tan vulgar de expresarse tenía esa muchacha! La mandaría a la escuela, decidió, aunque fuera por las tardes y aunque no quisiera, para que aprendiera a hablar con decencia.

–Los animales «paren», Nicolasa –la corrigió–, y las mujeres «damos a luz». Mamá Gloria no fue la mujer que *me trajo al mundo*. Dios no le concedió el privilegio de tener hijos.

–Entonces, oiga, ¿*pa'qu*é la crio a *usté* y a su hermano?

–Esa es una historia muy larga, pero si te apuras a sacudir esos retratos, te la platico rapidito.

Nicolasa se apuró con el trapo.

–Mis padres, Mamá Gloria y Papá Ignacio, vivían aquí con los abuelos, en la casona. El abuelo José murió casi después de que mis padres se casaron. Lo mataron en la hacienda defendiendo a don Porfirio Díaz. La abuela Catalina se encerró en su cuarto, y al final murió de tristeza, pero antes de eso, un día salió de su recámara, convocó a Mamá Gloria, su nuera, y le puso en su regazo a una bebé. Esa bebé fui yo. Mamá Gloria no podía concebir hijos y la abuela Catalina, que era una mujer práctica, le dijo que, por si no lo sabía, Papá Ignacio tenía una pila de chamacos regados por todo el cerro y que yo era una de ellas. Le dijo, además, que mi verdadera madre había muerto dando a luz, y que por eso estaba de Dios que Mamá Gloria me criara.

–¿Pila de chamacos?

–Sí. Papá Ignacio era un hombre de faldas, como lo fue su padre, mi abuelo José, y como lo han sido tantos otros…

Esto último lo dijo con tono de sarcasmo, lanzando una mirada fugaz a su hija. Dolores comprendió la indirecta. Su semblante se ensombreció de tristeza y Patricia inmediatamente se arrepintió de su comentario. ¿Qué lograba con lastimar a su hija?, se reprochó a sí misma. Ella no tenía la culpa de que el padre de su hija Luchita, ese patán, no se hubiera casado con ella y, en cambio, se hubiera largado con otra mujer. Claro que se había cansado de advertírselo. «No andes con ese tipo, hija», le dijo, «es un mujeriego, te va a hacer sufrir». Pero Dolores, deslumbrada por la labia del hombre, y por su físico –tenía que reconocer que era bien parecido–, no había entrado en razón. Se había enamorado a pesar de su advertencia, y aquel, tal como Patricia había augurado, inmediatamente la dejó cuando supo que estaba embarazada. A ella le había tocado ser el paño de lágrimas de su hija. ¡Cómo había sufrido! Lo peor era que el hombre no la había dejado en paz. La siguió buscando y ella, esperanzada de que asumiría su responsabilidad y le propondría matrimonio, lo siguió aceptando.

Un día Patricia la encontró con el rostro morado. Fue la primera vez que le deseó la muerte a un semejante. ¡Qué ganas de matarlo con sus propias manos! No lo agredió porque su buena cuna le prohibía rebajarse de tal modo, pero inmediatamente comenzó una demanda legal contra él. El litigio, a la larga, concluyó con una negociación mediante la cual, a cambio de una cierta cantidad, el desgraciado aquel le cedía la custodia de Luchita a Dolores. Prometía, además, nunca jamás acercarse a ella. Todo eso estaba bien, pero el problema ahora era la sociedad oaxaqueña que jamás olvidaba, o perdonaba, el estado vergonzoso de madre soltera de su hija. Por eso Dolores no era prospecto para ningún caballero de buen nombre.

Su comentario provocó un silencio incómodo.

–¿Y qué dijo su padre, don Ignacio? –se atrevió a preguntar Nicolasa. Patricia enderezó una palma en el altar y retomó su relato.

–Dicen que Mamá Gloria le preparó una comida espléndida y que a media sopa, cuando mi padre se relamía los bigotes, le planteó su gran deseo: que le permitiera criarme como si ella fuera mi madre. Papá Ignacio no tuvo más que ceder. Y esa es la historia.

–Pero, y entonces, ¿quién fue su madre de verdad? –preguntó.

–Lo ignoro, pero tampoco me preocupa. Murió cuando yo nací. La única madre que yo conocí fue Mamá Gloria.

Dolores le sonrió con ternura. Esa era la mejor virtud de su hija, pensó Patricia. Nunca guardaba resentimientos y así de fácil le había perdonado su cruel comentario.

–Pero, patrona, ¿y de dónde salió don Antonio?

–¿Mi hermano? A él también lo adoptó. Un día, cuando yo tenía dos años, el sacerdote lo trajo a la casona. Explicó que la mamá del niño era la mujer que limpiaba la iglesia, y que ahí en la iglesia había abandonado al chiquillo, no sin antes declarar que el padre de su hijo era Papá Ignacio. Mi padre no pudo negarlo, muchas veces se había confesado con ese sacerdote y ambos sabían que esa era la verdad. Mamá Gloria no hizo mucho tango porque para entonces ya se había acostumbrado a los deslices de mi padre. Además, en cuanto vio a Antonio se enamoró. Era un bebé hermoso. Todos estuvieron de acuerdo en que lo mejor para mí sería tener un hermanito con quien jugar.

–¡Con razón no se parece *usté* a su hermano! No se vaya a molestar, patrona, pero don Antonio me provoca ñáñaras. No es lo mismo ese señor que *usté*, patrona.

Nicolasa no era la única sirvienta que se quejaba de su hermano Antonio. Y con toda razón. Antonio era de mano larga, y cada que podía les hurgaba las enaguas, o las tentoneaba. Varias veces había tenido que hablar con él.

–¡Qué triste que se le *jueron* sus papás juntos! Y luego tan rapidito, patrona.

–Y sí, Nicolasa. Muchos murieron por culpa de esa terrible epidemia de tifo hace cinco años. Nos queda el consuelo de que vivieron una vida larga, él ya tenía ochenta y cinco años cuando murió y ella ochenta. Dios quiera concedernos tantos años.

Nicolasa le pasó otro retrato.

–Y este joven tan guapo ¿quién es? –Dolores se acercó a mirarlo.

–Es el tío Gabino, el hermano de Papá Ignacio. Lo quise mucho.

La foto mostraba a un joven gallardo, uniformado, montado en una yegua pinta. El soldado marchaba en algún desfile donde el ejército se cuadraba ante la bandera mexicana. El saludo rígido del jinete dejaba claro su lealtad por la patria. Numerosas medallas colgaban de su solapa.

–Es cierto. ¡Qué guapo era el tío, mamá! –comentó Dolores–, y por todo lo que usted nos platica de él, es una lástima que no me tocara conocerlo.

–Sí, hija. El tío Gabino era un consentidor. Y muy guapo, aunque no tanto como tu padre, Javier. Pásame ese último cuadro, Nicolasa –pidió, y señaló el marco más grande–. Mira qué apuesto era tu padre.

–¡Se parece *usté* a su papá! –comentó Nicolasa, dirigiéndose a Dolores–. ¡Qué joven se le mira! ¿Y de qué murió su señor? –le preguntó a Patricia.

–Murió de una pulmonía. Llevábamos escasos cinco años de casados. Un día regresó de la hacienda y decidió darse un baño de cántaro ahí, en el patio. Venía muy sucio y acalorado. Traté de disuadirlo pero no me hizo caso. Se resfrió y se me murió. Fue una enfermedad fulminante. Tú, hija, acababas de nacer.

–¡Qué joven se quedó *usté* viuda!, señora. Ha de haber sido duro.

–Fue duro. Muy duro. Pero ya lo ves, con la ayuda de Dios y de la familia salimos adelante –giró a ver a su hija y preguntó–: ¿en dónde quieres que pongamos a tu padre?

Dolores tomó el marco y lo colocó mero enfrente. Sabía que eso era lo que su madre quería.

–¿Y por qué no se volvió a casar? –preguntó Nicolasa con una chispa pícara en la mirada–. Seguro que tuvo pretendientes. Todavía está *usté* joven y guapa, patrona. No debería estar sola…

El piropo de la muchacha, lejos de agradarle a Patricia, la mortificó. En primer lugar, no le gustaba que la gente le quitara los años y con ello el respeto. Bastante duro era darse su lugar en esa sociedad que ignoraba la voz y mando de la mujer, por mucho que fuera viuda. Tampoco le agradaba que Nicolasa se estuviera entrometiendo en su vida privada. ¿Qué le importaba a la sirvienta si tenía o no pretendientes?

–Jamás he estado sola –le respondió con firmeza–. Tengo a mi hija y a mi nieta. No necesito más compañía.

Aquella charla la puso de mal humor. La culpa la tenía Dolores, decidió, que seguido se ponía al mismo nivel de aquella gente. Ahí estaba el resultado. Ahora, la sirvienta se sentía con todo el derecho hasta de darles consejo. ¡Vaya atrevimiento! Al rato les estaría dando órdenes. Tendría que ponerle un alto a Nicolasa, y mientras más pronto, mejor. Cuando estuvieran solas también hablaría con Dolores. No era correcto que intimara así con la servidumbre.

En el fondo, lo que más temía era que Nicolasa indagara más por su propia cuenta. Era una chismosa. Ahora mismo, por fortuna, lejos estaba de saber la verdad. Y la verdad, que a nadie le importaba más que a ella, era que el luto lo llevaba sólo en sus prendas. No en el alma. Bajo los pliegues de aquella tela negra, calurosa, su ser padecía un amor prohibido que nunca confesaría a nadie. Un amor que jamás la haría feliz. El solo pensar en ello –en él– le provocó un bochorno. Se acercó a la ventana y la abrió de par en par. Se alzó el cabello y se lo ajustó con la peineta para disimular el rubor que ya le ardía en las mejillas. Cuando el bochorno pasó, levantó de la cuna a su nieta Luchita que lloriqueaba.

–Venga, mi niña –la arrulló, y dirigiéndose a las demás agregó–. Anden, apúrense que el tiempo apremia.

Las mujeres colocaron las veladoras de cera y cebo en su lugar y asignaron a cada pariente su copal fragante. Al frente del altar dejaron un hueco vacío para los platillos que los muertitos pronto degustarían en aquel banquete compartido entre vivos y difuntos.

–No te lleves el baúl, Nicolasa –pidió Patricia–. Deja que saque unos retratos para la tía Cienne. Se los voy a llevar al hospital. Por favor tráeme el morral y ayúdame a empacarlos.

–¿Le va a llevar sus muertos a la tía, mamá? –preguntó Dolores.

–Sí, hija, las monjitas también están alzando su altar. Les prometí que les iría a ayudar. Nicolasa, aparta una bandeja grande para las hermanas, por favor.

La muchacha partió a cumplir su tarea. Patricia regresó a Luchita a la cuna y Dolores la ayudó a elegir los retratos. En eso estaban, hurgando el baúl, cuando Dolores extrajo un objeto de forma irregular. Lo miró de cerca, tratando de identificarlo.

–¿Qué cosa será esto, mamá? –preguntó, dándole vueltas.

Patricia enseguida lo reconoció. Se lo quitó de las manos, lo colocó en sus labios y lo sopló.

–Es la flauta del tío Gabino, hija. Su objeto más preciado…

El altar

Patricia se presentó en el hospital con su bandeja de manzanitas. Pánfilo la acompañaba, cargando el morral con los retratos y las reliquias que habían apartado para la tía.

–¡Doña Patricia! –los saludó la portera con su acostumbrado entusiasmo–. Qué bueno que vino usted. Pasen, pasen. Le dará mucho gusto a su tía saber que vinieron a verla. Es una santa sor Cienne, ¿sabe? Se la quiere mucho. Y oiga, ¡qué chistoso habla nuestra monjita inglesa! ¡Y qué bien habla el español!

–Es irlandesa, hermana –le aclaró, y la siguió a la capilla–. Y por supuesto que habla bien el español, lleva muchos años viviendo en México.

–Pero, dígame, ¿de qué enfermedad padece su tía?

–Tiene demencia senil, hermana. Recuerda bien todo lo referente al pasado, pero la memoria corta le falla. Y de vez en cuando tiene unos arranques inexplicables, como el que usted presenció, por desgracia, el día que la interné.

–No se ha vuelto a poner malita, para nada, señora. Viera usted qué bien se porta. Siéntese donde guste –ofreció, y señaló las butacas–. Enseguida la traigo.

El ambiente en la capilla era alegre. Varias familias se afanaban en alzar un inmenso altar cuya decoración dirigían las religiosas. Repartían adornos y asignaban labores a los pacientes, ayudándolos con sus retablos para que, sobre el mantel, colocaran las ofrendas a sus ánimas benditas. Un aroma recargado a flor de muerto, ceras, aceite de higuerilla y platos de diversas conservas avivaba el ánimo de los participantes. ¡Qué bien que las monjitas hicieran ese tipo de actividades con los enfermos!, pensó Patricia. Se veían contentos, libres de los síntomas de su aflicción, cuando menos por ahora.

Era una pena que los últimos años de la tía se perdieran de esa manera, en el laberinto de la locura. Sólo Dios sabía si su enfermedad era algo que padecían en su familia. En realidad, era poco lo que Patricia sabía sobre la tía Cienne. Desconocía, por ejemplo, cuáles eran exactamente los lazos sanguíneos que la emparentaban con esa mujer. Un día cualquiera el tío Gabino la había llevado a la casona a vivir con la familia, y que Patricia supiera, nunca había dado gran explicación al respecto.

Recordaba la ocasión como si fuera ayer. El tío se había presentado a la hora del almuerzo sin avisar, como era su costumbre. Era militar y sus visitas siempre eran así, breves e inesperadas. «Mis andares acatan el capricho de la patria», decía, justificándose, «y la señora patria, para variar, anda como pollo guillotinado, sin cabeza que la dirija». Que llegara de sorpresa, o no, lo mismo daba. En la casona sus visitas siempre eran motivo de fiesta. El portón se abría de par en par para dar paso a su larga caravana de soldados, perros, caballos y mulas. En la parte trasera del jardín se tendía el campamento, con cuidado de no estropear las flores de Mamá Gloria. Y ella, que adoraba a su cuñado, prontamente mandaba matar un par de guajolotes. Amalia, la cocinera de aquel ayer –que también quería al tío como si fuera su hijo–, en un dos por tres preparaba el mole negro en inmensas cazuelas; era su plato favorito. Las sirvientas salían disparadas al molino a comprar masa y en enormes comales echaban las tortillas por docenas, los soldados se las arrebataban aun antes de que acabaran de inflarse.

A nadie le daba más gusto la llegada del tío Gabino que a su hermano, Papá Ignacio. Se querían mucho los hermanos. Enseguida convocaba al padre Jacinto para que oficiara la misa en la capilla y para dar gracias a Dios de que el tío había regresado ileso de tanta guerra. Patricia y Antonio, sus únicos sobrinos, igual se regocijaban de verlo. El tío siempre llegaba con los baúles repletos de regalos –mantillas y telas para Mamá Gloria, pipas y cigarros para Papá Ignacio–, y para ellos, dulces típicos de la república: cajetas de Celaya, ates de Morelia, camotes de Puebla, mazapanes de Veracruz, y no podían faltar las trompadas de Morelos, el delirio de Patricia. ¡Qué fuerte y qué guapo le parecía su tío en uniforme! ¡Cuántas las medallas que colgaban de su percha!

Después de comer, a la hora del ocio, el tío Gabino tocaba su flauta. La casa entera bailaba al compás de sus alegres melodías. Acabado el concierto, cuando los adultos se retiraban a dormir, él, que no era de siestas, montaba su acto de magia y los deleitaba con sus trucos. ¡Cómo los hacía reír! Más tarde, al caer la noche, los vecinos llegaban a tomar jerez y a escuchar de su boca bigotuda las últimas noticias sobre aquella terrible situación que vivía el país. Hasta entrada la noche se debatía de política, al calor del fuego, mientas que ellos, los niños, empachados de tanto caramelo, dormían un sueño azucarado en el regazo de alguna de las damas.

Aquel inolvidable día, el tío Gabino los había sorprendido con su mejor truco de mago. Un par de soldados, en acatamiento a sus órdenes, arrastraron a la sala una enorme valija. El tío mago se quitó la capa, la sacudió sobre el baúl con toda la pompa y circunstancia que el acto requería, y lo abrió. ¡Zaz! De la caja «apareció» la tía Cienne. El tío le extendió la mano y la monja salió del baúl, sonriendo con timidez. Los niños quedaron mudos de asombro. La luz se filtró por la ventana y enmarcó la silueta de esa mujer arropada en su túnica negra y toca alada, conforme a los hábitos de las hermanas vicentinas. Un halo de arcoíris se formó a su espalda. Patricia jamás había visto a una señora así: más blanca que la harina, rizos colorados que se escapaban de su imponente sombrero, y mejillas salpicadas con gotitas de miel. La monja, ruborizada, hacía su papel de aparecida lo mejor que podía, para no estropear la función.

Patricia estaba segura de que el tío había convocado a un hada de cuento. Se armó de valor, se le acercó y la tocó. Necesitaba constatar que era de carne y hueso. Fue entonces que percibió, por primera vez, aquel aroma peculiar de la señora: olía a flores. Ella le acarició la cabeza y la atravesó con una mirada celeste. La niña se recogió con cautela. ¡El hada bella la estaba encantando! Y para no sucumbir a su hechizo, salió disparada de la sala a todo lo que le daban sus pequeñas piernas, para ir a buscar a sus amigas. Le urgía que vieran a esa señora extraña que el tío Gabino había aparecido.

Cuando regresó con una pila de niñas encontró a sus padres tomando el café en la terraza. Platicaban con el hada, como si la conocieran desde siempre. Sólo entonces el tío se las presentó formalmente a los chiquillos.

—Aquí tienen a sor Cienne —dijo—. De ahora en adelante va a vivir con nosotros, en esta casa. Necesito que me la cuiden bien.

Agregó, además, que la monja era de Irlanda y que hablaba irlandés pero que masticaba bastante bien el castellano porque en ese idioma hablaba con Dios.

–¿Y dónde está su patria? –preguntó Antonio.

–En una isla muy lejana, donde viven los duendes.

Sus palabras confirmaron la sospecha de Patricia: la visita no era de este mundo.

Esa noche Patricia no durmió. Los barrotes de la ventana de su recámara se le quedaron marcados en las mejillas por tanto espiar la habitación de enfrente, el cuarto asignado a la monja. Estaba segura de que a medianoche el hada abriría sus alas, volaría por la rendija y se iría a brincar con sus duendes al bosque. Toda la noche espió, hasta que el cansancio le ganó.

La tía Cienne se adaptó a la rutina de la familia como si siempre hubiera sido parte de ella. Se levantaba temprano, a las cuatro de la mañana, y salía a recorrer las calles rezando el rosario con la procesión del convento de los dominicos. Regresaba de la temprana devoción a tomar el refrigerio con chocolate. El resto de la mañana se ocupaba en ayudar a Mamá Gloria con las faenas ligeras del hogar, o bien acompañaba a Amalia al mercado. Los miércoles y los domingos, días que permitía el Ayuntamiento la barrida de las calles, agarraba la escoba y se abocaba a la labor en un acto de humildad. A mediodía, después de tomar su fruta, rezaba sus tres avemarías. A las dos de la tarde comía con el resto de la familia y luego se retiraba a dormir la siesta.

Después del descanso, se sentaba con las mujeres en la terraza a coser, aguardando la hora de las oraciones vespertinas, al crepúsculo, cuando las campanas de la catedral llamaban y toda la familia asistía, incluidos los sirvientes. A las siete ayudaba a servir la cena y una hora más tarde, cuando las campanas de las iglesias volvían a tocar un «doblecito», regresaban todos a la capilla. Finalmente, a las nueve de la noche, se retiraban a dormir pero antes a la tía le gustaba dar una última ronda para «velar las velas» que quedaban prendidas en recipientes puestos en palanganas de agua.

El aroma de los hábitos de la joven monja pronto impregnó los cuartos de la casona. Seguido, su callada presencia se percibía sólo así, con la nariz. Patricia no la perdía de vista y cuando esto pasaba, la rastreaba con el olfato. Sentía una curiosidad tremenda por ese extraño ser que a la vez le inspiraba ternura, y algo de miedo. Cuando la monja iba a la capilla, algo extraño le sucedía. Se postraba de rodillas ante el Cristo crucificado, clavaba la mirada en Dios y comenzaba a temblar. Un día que rezaba, Patricia se le acercó, de puntitas, muerta de miedo, a arrancarle una fibra de cabello colorado de sus hábitos. Llevaba días con ganas de hacerlo porque había leído en algún libro que los cabellos de las hadas son mágicos. Sigilosa, mientras la monja rezaba con ese ardor, alargó el brazo y desprendió de su hábito un cabello suelto. De ahí corrió a esconderse con su tesoro en la butaca del confesionario. Jugueteó con el cabello, estirándolo, maravillándose de lo ensortijado que era, más rizado aún que el pelo de la mulata modista que les hacía los uniformes. Lo guardó en su cajita de tesoros y acto seguido le pidió deseos para comprobar que era mágico. Al final comprendió que de magia nada tenía y perdió el respeto por la monja, y también el miedo. Entonces la comenzó a querer bien, como se quiere a cualquier tía.

La portera regresó con la tía del brazo. Al ver a la ancianita, Patricia apenas pudo contener su asombro; ¡parecía otra mujer! Lucía más lozana, más alegre y mucho más tranquila. Lo más sorprendente era su peso. Estaba más rellenita. Otro cambio era su túnica. Vestía los hábitos de las hermanas capuchinas –túnica larga ceñida con cordón de *ixtle* y el escudo de San José al cuello– que le sentaba mucho mejor que el hábito de su propia orden. ¡Qué honor que las monjitas la aceptaran en su hermandad así, sin grandes complicaciones! ¡Qué gesto tan hermoso de solidaridad!

–*A stóirín!* –exclamó la anciana cuando la reconoció. Se soltó del brazo de la monja y cojeó apurada a su encuentro.

Las mujeres se abrazaron. Patricia la besó en ambas mejillas, como era su costumbre. La tía la miraba con la ternura de siempre. Su aroma a jazmín perduraba no obstante el cambio de hábito.

–¡Qué bien se ve usted, tía! –exclamó feliz de que la reconociera.

–¡Qué va! Estoy gorda, *a stóirín* –sonrió aquella con picardía–. Me atraco comiendo de lo lindo, ¿sabes? Pero es que la cocinera hace unos pastelillos sublimes. *Delicious!* Vieras cómo me consienten por aquí. Nada me niegan. ¡Nada! Con tanto mimo ¡jamás me voy a ganar el cielo!

–El paraíso ya se lo tiene ganado, tía.

–Me hará falta vida para pagar por mis pecados. –Le palmeó la mano, juguetona, y la abrazó de nuevo.

Colgadas del brazo, se acercaron a admirar el altar.

–*My goodness!* Mira nada más qué hermoso monumento.

–A eso vine, tía, a ayudarla a poner sus muertos.

–¡Qué fastidio! A esos pobres mejor dejémoslos descansar en paz. Bien merecido lo tienen.

–De ninguna manera. Dígame a quién acomodar y dónde. ¡Pánfilo! –llamó–. Acérqueme usted el morral, por favor.

Se sentaron en la banca más cercana al altar. El cochero acomodó el morral justo a su alcance. Patricia sacó el primer objeto que Dolores, a propósito, había dejado hasta arriba.

–Mire, tía. ¿Recuerda usted esto? –preguntó, y le mostró la flauta. La tía observó el instrumento con curiosidad infantil.

–No... ¿qué es?

Patricia se la colocó en los labios, bailó las yemas de sus dedos sobre las pipas y entonó la única melodía que sabía tocar. Era una canción dulce que el tío Gabino le había enseñado de niña. ¡Pobre tío! Cómo había querido que Patricia aprendiera a tocar. Pero no, la música nunca había sido lo suyo. Las cabras hubieran sido mejores pupilas que ella.

El templo se llenó con la melodía y el cuchicheo inmediatamente cesó. Tanto las religiosas como los pacientes atendieron el pequeño concierto con visible deleite.

Cuando acabó, Patricia se dispuso a recibir el merecido aplauso. Miró a la tía con esa expectativa pero lo que encaró la sorprendió. La monja estaba desencajada. Los labios se le torcían en una mueca indescriptible. Las mejillas se le convulsionaban de manera grotesca.

–¡Tía!, ¿qué le pasa? –preguntó alarmada. La anciana no miraba nada, ni a nadie.

–¡Tía! –la sacudió.

La monja le arrebató la flauta y la colocó en su seno.

–*Give me that!* –exclamó sombría.

Aprisionaba el instrumento en los pliegues de su túnica con el recelo de quien protege el sagrado cáliz. Sus dedos trémulos, artríticos, acariciaron los cuatro pitos, la esbelta redondez de los cuellos y los hoyos alineados.

–Gabino –murmuró.

Patricia no supo cómo reaccionar. El comportamiento de la tía era insólito.

¡Vergonzoso! La concurrencia las miraba con curiosidad. Alguien soltó una risita nerviosa. Patricia contuvo el impulso de quitarle el instrumento a la anciana. Temía su reacción, pero tampoco podía permitir que el espectáculo continuara. Ahora mismo la monjita comenzaba a besar la flauta de una manera... indecorosa.

—Muéstreme usted su recámara, tía —exclamó para distraerla, y se incorporó de golpe. La jaló del brazo—. ¡Pánfilo! —agregó, llamándolo—. Ayúdeme, por favor.

La tía se dejó llevar sumisa, pero sin soltar su preciado tesoro. Caminó balbuceando incoherencias en su típico revoltijo de lenguas. Patricia la sacó apresurada de la iglesia, lamentando el repentino cambio.

En la recámara, la sentó en la mesita junto al ventanal. Abrió las cortinas de par en par y luego las ventanas, para que el aire fresco le aclarara la mente tanto a ella como a la anciana. Se sentía abochornada. Tocó la campanilla y enseguida llegó la enfermera.

—¿Qué tal quedó el altar? —les preguntó sonriendo.

—Muy lindo, gracias —contestó Patricia por decir algo—. ¿Nos puede traer un poco de agua, hermana, por favor?

—No faltaba más. Enseguida regreso.

La mujer no tardó en volver con una bandeja que además del agua traía el chocolate y el pan de horno para la merienda. Les sirvió el agua y después midió una cucharada de jarabe para la tía.

—Aquí tiene, hermana. Tómesela usted, despacito.

La tía tomó el medicamento y Patricia se empinó su propio vaso de agua. Ninguna de las dos tocó la merienda. La anciana seguía sosteniendo la flauta, dándole vueltas, mirándola como si quisiera cerciorarse de que ahí seguía, en su mano.

Se veía mejor, pensó Patricia. Poco a poco el color le volvía a las mejillas y la luz a sus ojos. Ahora miraba su entorno confundida, como si apenas despertara de un sueño profundo. Cuando reparó en Patricia sonrió feliz, como si la estuviera viendo por primera vez.

—*A stóirín!* —le dijo con gran alegría—. ¡Qué bueno que viniste a verme!

Patricia sintió que el alma se le partía en dos.

—¿Qué tiene usted ahí, tía? —le preguntó, fingiendo no saberlo.

—Es la flauta de Gabino.

—Platíqueme del tío y de su flauta, ¿qué sabe de eso?

—Es una historia muy larga.

–No tengo prisa.

–Triste también, y tú ya has sufrido tanto… ¿Para qué remover tristezas? Además, ¿quién quiere oír los lamentos de una vieja monja? *Nobody!*

–Yo. Yo los quiero oír, tía. Cuénteme.

La tía sollozó. Patricia la abrazó.

–Hagamos algo –le dijo, sin poder soportar su llanto un minuto más–. Si no le enfada, me gustaría venir a hacer los rezos con usted antes de la cena, así podríamos cumplir con la devoción primero y ya de ahí usted me comparte el relato. ¿Le parece?

El rostro de la tía se iluminó.

–*Aye*, me parece. Pero la historia, ¿por dónde empezar? ¡Hay tanto que contar! Además, no podemos hablar de Gabino si no hablamos de Rogan, mi hermano.

Patricia jamás había oído ese nombre, Rogan. Tampoco sabía que la tía había tenido hermanos.

–Pues entonces platíqueme usted de su hermano. ¿Rogan dice que se llamaba?

–Sí, *a stóirín*, Rogan, era tan guapo…

La tía miraba por la ventana hacia algo intangible.

–Entonces lo hacemos así –dijo Patricia comprometiéndola antes de que cambiara de opinión–. Yo vengo a rezar con usted y usted me platica la historia.

–*Aye* –cedió ella–, pero primero los rezos.

Patricia convocó a la enfermera una vez más, y entre las dos ayudaron a la anciana a cerrar su día. La desvistieron, le dieron su baño y la vistieron con su ropa de cama. Al hacerlo, Patricia constató lo que desde siempre venía sospechando: el olor a jazmín provenía de sus carnes flácidas.

Acabadas las plegarias la acostaron y la tía se dejó llevar a esa vida que, de pronto, le pareció ajena…

Many, many years ago, *por los años cuarenta del siglo vivido, azotó en Irlanda una plaga terrible que destruyó las cosechas de papa. Así como el maíz nos alimenta aquí en México, a* stóirín, *así allá, en los prados verdes de mi patria –una isla hermosa que parece un tazón de esmeralda–, el* más pobre de los pobres, de por aquel entonces que te vengo contando, saciaba su hambre con papas.

Por voluntad divina llegó a acabar con los campos ese hongo que los científicos hoy conocen como el Phytophthora infestans, o algo así se llama… pudrió hasta el más tierno brote con la voracidad de un fuego infernal. En Irlanda nosotros llamamos a dicha tragedia: An Gorta Mór, «La Gran Hambruna». De la noche a la mañana miles de gentes quedaron en la miseria, y entre ellos nosotros, los McDana. Ese es mi apellido. Aye, it is! Antes de haber aceptado el llamado de Nuestro Señor Jesús Cristo, y con ello el nombre de sor Cienne, mis padres vieron a bien bautizarme con el nombre de Cienne McDana.

Dicen que más de un millón murieron de inanición, muchos vagando por los caminos después de que nos corrieran de nuestros hogares. Así fue, a stóirín, nos corrieron porque no podíamos pagar el alquiler. Verás, la tierra no era nuestra. La tierra era, en su gran mayoría, de los ingleses. Ellos eran los terratenientes, ellos los conquistadores, ellos los dueños de Irlanda. Cuando se vino la plaga, llegaron presurosos de Inglaterra a salvar lo que pudieron de sus cosechas. Rápido llenaron los barcos cargados de alimentos y rápido zarparon las naves lejos de Irlanda. Ese fue el pecado. Los barcos rebosaban con trigo, ganado y otras especies mientras que nosotros los mirábamos ir desde el muelle, sin poder detenerlos. Horrible people! Imagínate la crueldad, la impotencia, la desesperación. Barco tras barco se iba, con suficientes alimentos para abastecer toda la isla. El gobierno británico —la reina esa, Victoria, y su corte de interesados, todos unos desgraciados— no hacía nada por detenerlos.

Mucha gente, loca de hambre, brincó a las gélidas aguas tratando de abordar los buques, y así murieron, ahogados, que quizás fue mejor muerte que el hambre. No lo sé.

Éramos tres los hermanos y vivíamos en un pueblito pintoresco muy verde y fragante, a la orilla del río Lee, cerca del puerto de Cork. ¡Cómo añoro mi villa! A veces aún escucho el canto de las aves marinas, los frailecillos, las gaviotas; y el olorcito salitrado de la bahía adonde solíamos despedir a las orcas, a los patos y becadas que en invierno huían a partes más cálidas. Qué paisaje eran aquellas praderas salpicadas de ovejas de patas negras de Escocia, o las Suffolk de vellón hinchado que pastoreaban libres por las llanuras grandísimas que rodeaban los lagos. Aún veo las praderas tapizadas de liquen y rododendros… Siempre quise volver a mi pueblo pero ya lo ves… Dios tenía para mí otros planes.

Rogan, mi hermano mayor, ¡qué guapo y qué intrépido era! Aye, he was! *Era la dicha de mi madre. Ella nunca ocultó su preferencia por él, y nadie la culpaba porque mi hermano era el favorito de todos. Era amoroso, alegre, por lo general tranquilo, pero eso sí, cuando alguien finalmente le colmaba la paciencia,* watch out!*, porque tenía genio de diablo; la furia lo cegaba.*

Mi hermana Edena era una chica cariñosa, ¡dulce y buena!, como pan recién horneado. Ella sí que fue una santa. Aye, she was! *Quizás por eso el Señor se la llevó tan joven. No era de este mundo. En cambio a mí, ya lo ves, aquí me tiene, sufriendo el castigo de la vejez para ver si me compongo, pero ¡qué va!, ni con eso escarmiento. No te rías, que es muy cierto. En nada nos parecíamos mi hermana y yo. Ella, la buena, y yo, la niña rebelde, la chiquita, la que todos consentían.*

Fuimos felices en aquel pueblito hermoso. Éramos gente humilde, pobres, aunque no tan pobres como nuestros mexicanos que mira con qué resignación viven sus carencias. Hacen bien, yo digo. Ya ves lo que dice San Lucas en las bienaventuranzas: «Dichosos los que pasan hambre, porque serán saciados…». Éramos gente de campo pero sabíamos leer, y todas las noches mamá nos leía a la luz de la vela sus leyendas célticas que todavía recuerdo: cuentos con bosques y cascadas donde figuraban duendes, gnomos y hadas hermosas.

Vivíamos, como ya dije, de la tierra, igualito que aquí nuestros indios en la sierra. Así como ellos procuran las milpas de los patrones y pagan sus rentas, impuestos y dan tequio para subsistir, así igual nosotros en Irlanda cultivábamos el trigo de los terratenientes, alimentándonos de la papa que cosechábamos en esos pedazos de tierra que les rentábamos. ¿Ves qué tan parecida es nuestra historia? Los ingleses llegaron a Irlanda y la conquistaron, como los españoles llegaron aquí a conquistar estas tierras. Aquí derrumbaron pirámides y construyeron iglesias. Allá igual, alzaron iglesias protestantes y pasaron leyes para que los católicos no pudiéramos educarnos, o poseer tierras. Al final el conquistador busca no sólo adueñarse de la tierra, a stóirín*, sino además imponer su fe.*

Era poco lo que teníamos, repito, pero poco también lo que necesitábamos. Al final de la jornada, con el calor del fogón, el potaje y el amor que compartíamos, teníamos lo suficiente. El pueblo era pequeño y todos corríamos con la misma suerte.

Cuando la cosecha era buena, celebrábamos al parejo. Cuando la cosecha era mala, compartíamos lo que teníamos. Igualito como aquí hace nuestra gente. Y así, la vida pasaba tranquila y vivíamos felices, hasta aquel día fatal en que la peste atacó los campos. Nada volvió a ser igual. Irlanda quedó marcada para siempre. Y nosotros con ella. Fue eso, el hambre, lo que nos trajo a Ameriki...

3

El abecedario

Oaxaca, 1839

Había que conectar los puntos con el lápiz para formar las letras. Gabino ojeó su cuaderno con zozobra. ¡Qué trabajo aprender esos garabatos! La panza de la «a» debía quedar redondita; el punto de la «i» justo arriba de su cabeza, y a la «o», a esa había que hacerle un sombrero, que más bien parecía un rabo de puerco.

Era sábado por la mañana, no había escuela y la familia García Allende no tardaría en llegar a almorzar. Cumplían con el primer rosario y Gabino se había salvado del tormento, porque tenía que terminar la tarea antes de que llegara su tutor. Y ahora ahí estaba, empinado sobre la mesa de la cocina, abocado a la faena de llenar el cuadernillo, esmerándose para ganarse la tortilla calientita con sal que Amalia le venía prometiendo de premio. Llevaba toda la mañana en su labor y todavía le faltaban dos larguísimas páginas por llenar. Las tripas le crujían. El aroma de las tortillas, asándose en el comal, le hacía agua la boca. Agarraría esa, decidió desde ya, eligiéndola; aquella que se esponjaba como globo, ¡la más grande de todas! La enrollaría como flauta y en dos mordidas se la tragaría todita. Quizás Amalia le convidaría dos.

Hoy andaba de buen humor la señora. Canturreaba una canción de rancho mientras aplanaba las bolitas de masa.

Gabino trató de concentrarse para terminar de una vez, pero el lápiz no lo obedecía. Era un mal soldado aquel lápiz, concluyó, igual de rebelde que el Che Gorio. En lugar de acatar las órdenes del general, que era el puño, y marchar derechito sobre el camino punteado de las letras, se desviaba voluntarioso a trazar nuevas brechas fuera de los renglones. Quizás era un caudillo valiente como él, pensó. Quizás lo que quería era salvarle el pellejo al pobre de San Martín de Porres, aquel padrecito pelón pintado en la portada de la libreta. Sí. Eso quería el lápiz-soldado desobediente, decidió. Ser héroe. Y pues claro, para salvar al padrecito, tenía que pintarle una muralla muy alta a su alrededor; un fuerte más alto que el de San Juan de Ulúa. Le pintó la muralla y se detuvo a admirar su obra de arte.

–¿Pero qué hace, niño? –preguntó Amalia, a media tortilla.

Lo miraba horrorizada, señalando el cuaderno rayado con su dedo enharinado.

–Estoy salvando al negrito pelón –explicó Gabino, hablándole en lengua.

–¡Madre purísima! –se persignó la sirvienta–. Mire nada más qué ha hecho con la tarea. Y vaya majadería llamar así a nuestro mártir.

Amalia se limpió las manos en el delantal, agarró a Gabino de la oreja y lo jaló hacia la puerta.

–Ahora mismo va usted a la capilla a pedir perdón. ¡Y ya verá qué zurra le va a poner el maestrito respingado cuando vea lo que hizo usted con la tarea!

Gabino caminó de puntitas con la cabeza ladeada. Cada paso era una punzada de dolor, pero la oreja no le dolía tanto como le dolía el haberse perdido la tortilla prometida.

–¡Ay! –gritó, tratando de defenderse.

En la capilla, Amalia lo obligó a arrodillarse enfrente de la virgencita.

–¡Rece usted! –le ordenó.

Gabino se sobó el lóbulo, se persignó y comenzó la obligada plegaria con resentimiento.

–Señora Virgen, perdone usted a Amalia, que por poco me arranca la oreja y me deja sordo. ¡Ay! –gritó por el coscorrón que ella le propinó al instante.

–No se haga usted el chistoso, que le va a ir *pior*.

Gabino trató de no mirarla, porque cuando la veía así, roja como chile, le daban ganas de carcajearse. Se tragó la risa como pudo, se tapó los ojos para no verla, y volvió a su plegaria.

–Señora Virgen, le pido que me amarre la lengua para que no diga las cosas como las veo, pero usted que sí conoce a San Martín, que vive allá con Usted en el cielo, estará de acuerdo en que el santito es más negro que un guajolote y que tiene el coco más liso que una maraca.

¡Ese niño no tenía remedio!, pensó Amalia. Le sacaba canas verdes. Si no fuera tan simpático y tan alegre, y si don José no estuviera tan encariñado con él, segurito ya lo hubieran mandado de regreso a la hacienda. Pero no era tonto el chamaco. Eso no. Bien sabía enterrarse en el corazón de la gente. ¡Harto se daba a querer! Hasta doña Catalina le había agarrado cariño, aunque claro, la patrona a todo el mundo quería. Era muy buena. ¡Un alma de Dios era ella! Y don José ¡cómo quería al hijo de la bruja! Y es que lo había embrujado al patrón esa mujer. Eso era. ¡Qué berrinche había hecho don José cuando supo que la india se había largado dejándolo *pior* que a un perro! Eso, según decían las malas lenguas. Que en la hacienda el patrón se había *amuinado* tanto, que hasta las paredes había pateado. Nadie supo darle razón del paradero de la bruja y eso lo puso mal. Rápido dio órdenes de que todas las cosas de la mujer se arrojaran al fogón, como si tuviera la peste. Sus telares, tan hermosos, los regaló. Que no quedara rastro de esa mujer, fueron sus órdenes, en esa escena vergonzosa que la gente repetía, con todo y sus exageraciones. Estaba tan molesto que incluso, días después, cuando vio a una de las sirvientas con el rebozo de la bruja se lo arrancó y a la pobre mujer la corrió casi a patadas. ¡Mal había quedado don José! Lo bueno que ahí, en la casona, se comportaba decente, porque todo le aguantaba doña Catalina, ¡todas sus indiscreciones!, pero nunca los malos tratos. Ahí merito le pintaba la raya la patrona bonita y ahí merito se cuadraba don José, gracias a Dios.

Y ahora había que criar a ese chamaco, tan diferente al niño Ignacio. Ignacio no daba lata; él era como doña Catalina, callado y obediente, y eso desesperaba a don José. «Está mudo, tu hijo», le reclamaba a la patrona, como si ella tuviera la culpa, «¿Así cómo quieres que abogue y defienda los negocios cuando sea adulto? No sé a quién salió este chiquillo, pero de García Allende no tiene nada». Todo eso le decía el señor a la pobre patrona. Y ella nomás se callaba y se resignaba a escuchar la misma historia de cómo el bisabuelo había defendido la hacienda contra los insurgentes durante la Independencia. Y todo lo demás. Y la doña, en lugar de resentir a Gabino, lo quería. «Es el hermanito que me hubiera gustado darle a Ignacio, y que Dios no me concedió», decía la santa mujer.

Amalia lo quería también, debía reconocerlo. Se había encariñado harto con el chiquillo. Más que nada, le daba lástima que la indígena aquella lo hubiera abandonado así, sin decirle adiós siquiera. ¡Cómo la había llorado el pobre escuincle! Y hasta hoy día, no se resignaba al abandono de su madre. Creía que en cualquier momento regresaría por él y por eso, al lado de su colchón, tenía su morral preparado con la misma ropa y los mismos huaraches que traía puestos el día que llegó. Quería estar listo para irse de vuelta con ella cuando viniera por él. Y eso era precisamente lo que Amalia temía en los meros huesos. Que algún día regresara esa malvada del monte a reclamar al chamaco y a vengar los cocotazos y jaladas de orejas que Amalia tenía que zurrarle.

Pero ¡Dios era testigo de que lo hacía por su propio bien! Alguien tenía que educarlo para que se hiciera un hombre de provecho, como bien decía don José.

—No me gusta aprender estas letras, Amalia —exclamó Gabino, arrojándose a sus brazos.

La sirvienta quiso rechazarlo pero no pudo. Los bracitos la asían con fuerza y los ojos enormes la miraban suplicante. Le acarició la cabeza.

—Tiene usted que aprender, niño; la ignorancia es perversa.

—Los Abuelos no saben dibujar estos garabatos, Amalia, y no son malos.

—Es verdad. Pero los Abuelos quieren que usted aprenda, para que no sea pobre como ellos.

—¿Y por qué no quieren que sea pobre?

—Para que no sufra, niño.

—¿Usted sufre, Amalia?

—¡Ya deje de averiguar! Y si tanto quiere saber esas cosas, aprenda usted de esos libros. Para eso están. Ahí mero están todas las respuestas.

Gabino se apuró a hacer la última pregunta:

—¿Pero verdad que sí me va a dar usted mi tortilla? Sólo me faltan dos páginas.

—Ese cuaderno ya no sirve, así es que primero vaya usted a ponerse los zapatos, que ahora mismo vamos donde doña Lupe a comprar otro. Pero apúrese, que ya pronto llegan los patrones y todavía tengo que hacer los chilaquiles.

—Es que esos zapatos me sacan ampollas, Amalia.

—*Pos* ni modo. La gente decente no anda descalza. Ándele y le doy su tortilla.

El niño no discutió más. Tenía hambre y además le encantaba salir a la calle con Amalia. Cada vez que salían, se le llenaban los ojos de cosas nuevas.

La cocinera le dio sus dos tortillas, se quitó el mandil y apagó la salsa para los chilaquiles. De ahí salieron a comprar el cuaderno a la tiendita de doña Lupe.

Caminaron rumbo a la placita del Marquesado. La mañana estaba húmeda, el rocío de la lluvia pintaba todo de verde esmeralda: la cantera en los muros de las casonas, los guijarros del empedrado cubierto de musgo, el bronce manchado de las campanas que llamaban a misa. El ojo verdoso de la luz iluminaba el camino, allá estaba el panadero amasando su harina al calor del sol; allá el alfarero moldeando jarrones y más allá el herrero forjando su metal. Las carretas bajaban pausadas por las calles y en las esquinas; las sirvientas esperaban su turno en las fuentes, con el cántaro de agua al hombro. Gabino moría por quitarse los zapatos y brincar aquellos charcos que se iban desperdiciando por el camino.

Al llegar a la plaza, Amalia lo jaló de la mano y en lugar de dirigirse hacia la tienda de la marchante, caminó directo al kiosco, donde unos indios se preparaban para tocar su música. Tocaban sólo entre semana. Los domingos y días festivos tocaba la retreta, la Banda del Estado, en tanto los paseantes saboreaban la rica nieve de los neveros. Esos días el tránsito estaba reservado a las personas acomodadas, lo mismo que el uso de las glorietas, mientras que las bancas corridas de las plataformas del kiosco y las escaleras las ocupaban los indígenas y los sirvientes. Ahí, en esas escaleras afinaban los indios sus instrumentos. Uno de ellos, el más viejo, seco y moreno como semilla de almendra, inflaba los cachetes enjutos y soplaba su chirimía.

Gabino, atraído por el embrujo de la triste melodía, soltó la mano de la sirvienta y se le acercó a mirarlo embobado. ¡Qué bonito tocaba ese señor! Y qué raros se veían sus ojos, de tan dulce mirada, encajados en aquel rostro resquebrajado y rugoso. Le pareció que en algún lugar lo había visto antes a ese abuelo. Algo en él le resultaba conocido.

El anciano alzó la mirada. Al ver a Amalia dejó de tocar y le sonrió. Amalia se acercó con timidez, cabizbaja, y le ofreció sus manos rectas. Apenas se tocaron los dedos, haciendo ambos una profunda reverencia.

—Salude, niño —urgió Amalia a Gabino, y lo empujó al frente–. Es mi señor padre.

Gabino creyó haber oído mal.

—¿Su padre? —preguntó sorprendido. ¡Nunca hubiera imaginado que Amalia tuviera padre! O que su padre se pareciera tanto a los Abuelos. O que tocara esa música tan bonita con aquel instrumento tan parecido a su flauta.

La mano del niño se perdió entre las manos rudas y sarmentosas del músico. El hombre le acarició la cabeza y Gabino aprovechó para mirar de cerca esa flauta flaca que nunca antes había visto y que le colgaba del cuello.

—Al niño le gusta soplar también —explicó Amalia, dirigiéndose a su padre en un zapoteco extraño que a Gabino le sonó enredado. Ya había oído a la gente en el mercado hablar de esa manera. Venían de otros pueblos.

El anciano sonrió, complacido.

—Ande por la libreta, niño, *orita* lo alcanzo —le dijo Amalia, señalando el otro lado de la plaza—. Pídale el cuaderno a la marchante y un poco de *tenmeacá*. Y cómprese un dulce de panela con lo que sobre. Ahí espéreme.

Gabino corrió a la tienda de la viejita. En cuanto pudo, se quitó los zapatos y feliz recorrió el resto del camino brincando charcos.

En la tiendita, la marchante le regaló una doble ración de dulce, a cambio de que Gabino le espulgara las canas.

—No me gusta verme vieja —le dijo en el mismo zapoteco rebuscado que hablaba Amalia.

—Es que, señora, si le quito todas las canas, se quedará usted pelona —comentó él. La mujer rio de buena gana y le regaló también un polvorón.

Al cabo de un rato llegó Amalia por él. La iglesia ya daba el toque de la misa de nueve. Pagaron por el cuaderno y se despidieron.

—¡Ándele, muchacho! *Ora* sí nos vamos a llevar los dos una regañada. Caminaron apurados de regreso por las calles empedradas.

—Qué viejito está su señor padre, Amalia —comentó él, igualándole el paso—. Y qué bonito toca la flauta.

—No es flauta, niño, es chirimía, pero también sabe soplar la flauta.

—Debe de ser muy pobre, Amalia, porque toca muy triste. Yo así quiero ser, pobre y triste, para tocar esa música que hace agua en los ojos.

—Pues qué bueno que quiera *usté* aprender, porque mire lo que me dijo mi señor padre, que si aprovecha usted la escuela y hace bien sus tareas, que lo traiga aquí al parque tempranito los sábados, y que él mismo le enseña.

–¡Entonces vamos ahora mismo por mi flauta! –exclamó loco de alegría.

–No, muchacho. Hoy tiene que terminar su cuaderno, y si su maestrito respingado le da buena nota, entonces lo traigo de vuelta el sábado que entra. ¡Córrale!

En la casona, por fortuna, la familia todavía no regresaba de la iglesia. Amalia puso la mesa y terminó la salsa lista para freír las tortillas. En un abrir y cerrar de ojos el lápiz-guerrero llenó el cuaderno con letras punteadas. De premio, Amalia le regaló otra tortilla inflada.

Esa misma noche, después de encomendarse al Santo Ángel de la Guardia, tal como le había enseñado el sacerdote, Gabino sacó su flauta del morral al pie de su cama y silbó quedito para no despertar a nadie. Buscó las notas que el papá de Amalia había tocado en el parque y las repitió exactas, una y otra vez, hasta que sacó su tristeza y el sueño le cerró los ojos.

La hechicera y el gigante

Oaxaca, 1840

Gabino atrapó la lagartija, la encerró en su lata agujereada y se la presentó a Ignacio con exagerada ceremonia.

–Yo doy esta. Tú dame esa.

Señalaba la canica más grande. En el cuarto refundido en el segundo patio, donde apilaban los sacos de maíz y frijoles, los hermanos orquestaban una escena en la que ellos eran reyes. Ignacio era el rey de Tenochtitlán y Gabino era el rey Malinalli quien visitaba a su enemigo para pedirle la mano de su hija, la princesa mexica. Era una negociación complicada en la que ofrecía, además de algunas canicas, su más preciado tesoro: la lagartija. Si no se hacía la alianza habría guerra entre sus reinos.

–No acepto –dictó Ignacio–. Quiero la lagartija pero también esos dos grillos, los más gordos. Y si no acepta, ¡prepárese a morir!

Gabino no entendió ni la mitad del vehemente discurso del emperador, pero la manera en que fruncía el ceño y le apuntaba su espada –una rama de encino– dejaba claro que ese rey emplumado no aceptaría ningún trueque. No era un buen rey, decidió. Era codicioso, ¡eso era! Le hubiera gustado poder decírselo en castellano, para que le entendiera pero, por desgracia, él todavía no hablaba bien esa lengua enredada como trapo. Ni modo, ahí no había más remedio que meterle una zurra al rey insolente.

Gabino agarró la lagartija por la cola y se la arrojó a la cara. Ignacio brincó hacia atrás y Gabino aprovechó la retirada, le arrebató una de sus canicas y salió por piernas.

Los niños corrieron por todo el jardín, tropezándose con las macetas y enredándose en la ropa del tendedero. Los pavos reales pegaban gritos de guerra y corrían encrespados lejos de ellos.

—¡Apláquense, mocosos! —gritó Amalia desde la cocina—. ¡Lencho! ¡Lencho! Agarre usted a esos diablos. ¡Apúrese que acaban con las matas!

Gabino se trepó al eucalipto y desde lo alto de una rama alta se burló de Ignacio.

El hermano, furioso, trató de encaramarse al árbol, pero no pudo llegar más allá de la primera rama. Airado, recogió cuanta piedra había a su alcance y comenzó a disparárselas con su honda. Un proyectil de piedras desatinadas zarandeó las jaulas de los pericos en la terraza que, asustados, armaron escándalo.

—¡Te voy a sacar las tripas! —rugió Ignacio furibundo.

—¡Lencho! —gritó Amalia, desesperada—. ¡Agarre a esos chamacos por caridad de Dios!

El jardinero, que en ese momento podaba la palmera, soltó el machete, se sacudió el herbaje y se encaminó obediente a aplacar a los pillos. Era el hombre más grande y más feo que Gabino jamás hubiera conocido. El primer día que lo vio, pensó que se había topado con un gigante. Estaba encuclillado, pintando los troncos de las macetas con cal, su piel morena salpicada de blanco de pies a cabeza. Parecía un hongo picoteado. Cuando se paró y lo miró de frente, ¡qué miedo le dio, porque además, el gigante estaba tuerto! Un párpado delgado, rajado justo al centro como alcancía, le cubría la cuenca vacía. Gabino estuvo a punto de pegar de gritos pero de pronto reconoció la verdadera entidad de aquel espécimen. ¡Claro! Era uno de esos monos que su madre había bordado en una de sus mantas, pensó. ¡Eso era! El personaje del cuento favorito de Gabino que contaba la historia de la gente de San Juan Diuxi. Según esto, en aquel tiempo no había luz y los reyes, que eran gigantes, hablaban con las rocas. Vivían en un mundo de tinieblas. No tenían que cuidarse del frío ni del calor, ni de ellos mismos, porque todavía estaban en unión con todas las cosas. Con sólo desearlo, podían volverse culebras, águilas, tigres, árboles o estrellas. Un día el sol comenzó a alumbrar la tierra y un viento malévolo trajo otra Palabra, una Palabra que anunciaba que venía un nuevo tiempo y un nuevo hombre, pequeño y blanco. Así fue que los gigantes se habían encerrado en sus cuevas para siempre y ahí habían muerto. Todo eso le había contado su madre al tejer el paño. La manta le había quedado hermosa. Cuando los señores del pueblo de San Juan Diuxi se acercaron a la hacienda a recogerla, ¡qué agradecidos habían quedado! Y ahora de pronto ahí estaba uno de esos gigantes, en aquella casona, enfrente de él. ¡Qué ganas de platicarle su hallazgo a su madre! ¡Qué ganas de llevárselo a la hacienda para presumírselo a sus amigos y pasearlo por todo Tlaxiaco como marmota de calenda!

Gabino quiso saber más sobre el jardinero. Por eso, una tarde lluviosa de ocio, cuando no podía salir a jugar al jardín y espiarlo de cerca, se sentó a espulgar los frijoles con Amalia para interrogarla.

—Cuénteme de Lencho, Amalia —dijo, viendo que andaba de buenas.

—No hay mucho que contar, niño —replicó ella, y acto seguido se lo contó todo—. Don Lencho metió la mano en el mole y se quemó.

—¿Se quemó la mano?

—Ay, niño. No. Usted no entiende. Metió la pata, pues.

—¿A dónde metió la pata?

—¿No le digo? Oiga bien. Le echó ojitos a una niña de bien y le fue mal. Eso.

—¿Así fue como se le salió el ojo? ¿Se lo sacó y se lo echó a una niña de bien?

—¡Dios me dé paciencia! No. Ponga atención y entienda, niño.

Gabino espulgó con más cuidado y Amalia le explicó el enredo.

—Resulta que el padre de la muchachita era un rico malo, sin corazón, y le mandó su gente a Lencho para escarmentarlo. A filo de navaja le sacaron el ojo por andarse fijando en lo que no le correspondía. Por eso uno nunca debe olvidar su lugar. Ni mirar lo ajeno.

Gabino se sintió defraudado. ¿Esa era toda la historia del gigante? ¿Y qué más había pasado? Amalia contaba los cuentos muy mal, pensó.

—¿Y cuál es su lugar, Amalia?

—¿*Pos* no está viendo? Mi lugar es este. La cocina.

En el patio, Lencho arregló el pleito de los mocosos. Con una mano agarró a Ignacio por el cuello de la camisa y lo alzó. El rey de Tenochtitlán revoloteó los pies al aire como pollo al matadero. Con la otra mano, Lencho zarandeó con fuerza el tronco del eucalipto. De las ramas desprendió una lluvia de conitos de resina. Gabino se abrazó del árbol con fuerza. La rama comenzó a crujir. Era hora de rendirse, decidió el rey Malinalli y antes de que algo peor sucediera, se bajó como pudo, implorando clemencia.

El jardinero arrastró a los chiquillos de las orejas hasta la lavandería —el lugar de las sentencias—. El castigo siempre era el mismo: ayudar a Hortensia con la ropa. Para Ignacio no había nada peor; detestaba la faena, no tanto por las ampollas que le salían al exprimir y cargar las cubetas de ropa empapada al tendedero, sino por el terror que le inspiraba la lavandera, una viejita cascarrabias. Decían que Hortensia era hechicera y por eso Ignacio la evitaba a como diera lugar. Gabino, en cambio, temblaba de emoción ante la posibilidad de que fuera una hechicera de verdad. Muchas noches había pasado en vela espiándola, esperanzado en verla convertirse en fuego, porque eso decía la gente, que las hechiceras, cuando salía la luna, se hacían pelotas de lumbre y rodaban desde la cima del Monte Albán hasta el río, donde por fin se apagaban. Seguro que Hortensia, con eso de que estaba en la ciudad y no en la hacienda, rodaba al río Atoyac, pensaba Gabino, y por nada del mundo quería perderse el espectáculo. No le daba miedo la anciana. Para nada. Tampoco creía lo que decía Ignacio, que las hechiceras eran malas. Al contrario. Esas señoras eran buenas porque curaban enfermedades como el empacho, o el mal de ojo, y espantaban los malos espíritus con conjuros poderosos. Eso sí, había que respetarlas, porque si uno las hacía enojar, entonces sí convertían en chinche hasta al guerrero más valiente. Para Gabino lo mejor era que Hortensia hablaba la lengua de los Abuelos y por eso, mientras más la conocía, más convencido estaba de que era una de ellas. No había más que verla para constatarlo. Era negra como la pasta del cacao y los ojos se le hundían en sus cuencas como chapulines mojados. Tenía las manos como garras y en la espalda una imponente joroba. Sí. Había que tenerle respeto a la señora, pero no miedo.

Los niños se sobaron las orejas y se pusieron a trabajar. Ignacio asió su cubeta y salió cuanto antes al tendedero, alejándose de Hortensia. Gabino se acercó a mirar las manos morenas que de momento se agitaban laboriosas bajo la blanca espuma del jabón. Luego, sin que la mujer se lo pidiera, agarró una de las prendas y comenzó a restregarla fuerte sobre la piedra. Le gustaba hacer burbujas de jabón. Se desprendían y como bolas de cristal flotantes reflejaban su entorno: los oros del sol, los azules del cielo y el verde de los árboles. Todos dentro de una bola mágica… de brujas.

–Dígame cómo hechizar al burro de Ignacio para que me deje de molestar, Hortensia –suplicó Gabino.

La lavandera rio. Tenía una dentadura carcomida por tanto chupar caña y tabaco.

–Saque el Mal de su pensar, muchacho. Ese niño es su sangre. Su hermano.

–No es mi hermano. Yo sólo tenía una hermana, se llamaba Benita, pero ya se fue con los ángeles.

–No hable palabras-basura, niño –lo regañó–. Este muchacho también es su hermano. Aunque *usté* no quiera. Arrímeme la cubeta.

Gabino le acercó la palangana y comenzó a exprimir la ropa. Hortensia lo miraba de reojo. Estaba creciendo rápido, pensó ella. En poco tiempo había aprendido mucho de las maneras de los señores: ya andaba con zapatos de suela dura; ya no se empujaba la comida con tortilla, sabía usar el común y hasta aguantaba los calzones apretados esos. Lástima que ya también comenzaba a juntar su pensar con el de los patrones.

Muy pronto se borraría de su memoria la Palabra de los Abuelos y la luz no entraría más a su razón. *Tozaalalalla.* ¡Lástima! El niño estaba olvidando su esencia.

Comenzaba a desperdiciar su alma.

–Abra los oídos y escuche, niño, *pa'que* aprenda lo bueno de lo malo –le dijo con ganas de remediar ese mal–. Si la discordia entra a jugar con *usté* y con su hermano, no deje que les contagie su maldad. No deje que le embarre palabras que lastiman. No invite *usté* a la discordia a su juego.

Gabino la miró decepcionado. Las hechiceras de verdad no hablaban así, de aquellas cosas que hablaban los Abuelos.

–¿Usted no se pelea, Hortensia?

–No, niño.

–¿Nunca?

–No. A mí me enseñaron a ser humilde.

–Y si la insultan, ¿no se enoja?

–Sí, me enojo. Pero no peleo. Los enojados son como los borrachos, tienen la cabeza llena de humo. No ven bien. Mejores maneras hay *pa'arreglar* las diferencias.

–¡Con hechizos! ¿Verdad? ¡Enséñeme a hacer hechizos, por favor, Hortensia!

La lavandera soltó la carcajada. El niño era un cabezadura. Estaba a punto de contestarle, cuando Amalia entró apurada a la lavandería. Cargaba una cesta de ropa en la cadera.

–¡Se nos viene un aguacero! –anunció, y depositó la canasta en el suelo–. Le quité esto de la reata, Hortensia, y ya mandé al niño Ignacio a la casa. Y usted, señorito, corra por el pan antes de que nos caiga el agua. ¡Píquele que ahí vienen los panaderos!

No se lo tuvo que pedir dos veces. Gabino adoraba salir al encuentro de los panaderos de Xochimilco que todas las tardes recorrían las calles, pregonando su mercancía con un: «¡pan!, ¡pan calientito!». Llevaban en la cabeza los grandes canastos de pan recién horneado. Ignacio y Gabino se peleaban el privilegio de ir a comprarlo para así elegir la mejor pieza. Agarró el dinero que la mujer sacó del mandil y corrió feliz a cumplir con su encomienda.

Las mujeres metieron la ropa e improvisaron un tendedero bajo el techo del patio. Ahí colgaron el resto de las prendas. En eso estaban, cuando en el cielo estalló un relámpago. El torrente de lluvia azotó los árboles y el techo.

La servidumbre corrió a refugiarse en la cocina, al amor del fuego. Uno por uno fueron entrando en la cocina y se acomodaron alrededor de la hoguera, a esperar a que pasara el diluvio. El jardinero entró también con sus ayudantes. Sus sombreros de palma escurrían la lluvia en el piso, en ríos diminutos de agua. Las llamas de la hoguera, bailoteando, pintaban sus rostros morenos con tintes de bronce rojo.

Empezó la charla lenta.

—Nos llegan malos tiempos —comentó un peón—. Dicen que el señor don José se nos va de nuevo a la guerra. ¡Que Dios nos lo proteja!

Hortensia y Amalia repartían tazones humeantes de café con panela.

—¿Y *ora* con quién va a pelear el patrón? —preguntó la lavandera.

—Lo mismo de antes, con los *bolados* —dijo Lencho.

—*Borlados* —aclaró Amalia—, los liberales moderados, así se llaman.

—¡Ah! Yo pensé que eran *bolados*, pero de la cabeza.

Soltaron las carcajadas.

—Explíquenos entonces, Amalia. Ya que *usté* es la más entendida.

—No hay mucho que explicar. Están los tres partidos: los «aceites», que son los conservadores, los que quieren que sigan las cosas como siempre; los «vinagres», que todo lo quieren cambiar, dizque para que ya no haya pobres, y de ahí los borlados, como don José, que quieren que las cosas cambien, siempre y cuando no les quiten sus tierras.

—Y *pos* luego están encima los indios —agregó el peón, mascando tabaco—, que agarran pleito según les convenga.

—Sí. Como los serranos.

—Sí, pues.

–Las guerras nunca acaban –suspiró Amalia.

Un trueno los interrumpió. La tarde agonizaba entre penumbra y agua. La pausa se prolongó. Amalia le alargó a Lencho otra taza humeante de café.

–Se va a crecer el río –comentó él.

–Sí. ¡Qué manera de hacer agua! Y ese niño, ¡se va a empapar! Es capaz de arrimarse a la corriente, ya ve qué averiguado es. No debí haberlo mandado. ¡Jesús me ampare si algo le pasa!

–El niño Gabino sabe cuidarse. No es tonto.

–No. No es –terció Hortensia–. A ese *'xhin*, si no le cortan las alas, volará alto.

–Pero eso es exacto lo hay que hacer, Hortensia –opinó Amalia–. Cortarle las alas para que no acabe en el monte, como su madre. ¡Desalmada mujer!

–Dejen que goce –opinó Lencho, sorbiendo de su taza–. Tiempo tendrá *pa'sufrir*.

De pinta

Oaxaca, 1841

En cuanto pudiera se escaparía de la escuela, decidió Gabino. No soportaba un minuto más tener que llenar esas hojas de símbolos negros, misteriosos, que llamaban números, y que a fuerzas tenía que aprender. Eso de arrejuntar manzanas y palitos, y luego tener que separarlos con tablas y fórmulas complicadas, era una aburrición. Hoy más que nunca, cuando el sol brillaba esplendoroso después de una semana de lluvia, era un suplicio estar encerrado en aquella escuela de ventanas enrejadas y paredes descarapeladas. ¡Qué ganas de volar como las tórtolas que justo ahora, en el jardín, brincaban bulliciosas de los fresnos a los cielos! Segurito el río estaba lleno de víboras. Segurito otros niños más afortunados –que nadie obligaba a ir a aprender números– ya estaban columpiándose en las ramas del sauce llorón. Qué ricos clavados se estarían echando en las aguas frescas del Atoyac.

El maestro comenzó a acercarse a su pupitre. Gabino trató de concentrarse pero la angustia de ver a aquel hombre venir lo distraía. Si el señor se daba cuenta de que no había resuelto una sola suma, le metería una paliza. Era de mano suelta, y ahí venía, avanzando airoso como avestruz, meneando su instrumento favorito de tortura, la vara. Con sólo verla le dolió el trasero.

–¿Y por qué hay que aprender tanta cosa, maestro? –preguntó para distraerlo. Sabía que al avestruz le gustaba declamar, y tantito que lo animara, seguro se lanzaría feliz a uno de sus largos discursos. Y dicho y hecho. El letrado se arregló el chaleco con autoridad, se atizó el bigote y se largó con el sermón de la montaña.

–El que no se aplica no alcanza, jovencito –dictó severamente, alzando la voz–. Y hable usted bien, muchacho, que cada «cosa» tiene su nombre común. Si no sabe el sustantivo, apréndalo. Ahora bien, en respuesta a su impertinente pregunta, sepa lo siguiente: uno ha de aprender las ciencias para no ser un ignorante, como los indios.

Los estudiantes rompieron a carcajadas. Se burlaban porque ahí, en esa escuela de primeras letras para niños ricos, el único *indio* era él. Cosa que el maestro no se atrevía a reclamarle abiertamente por el recelo que le tenía a su padre, don José García Allende. Según le había platicado Amalia, su padre era el benefactor más generoso de esa institución. La escuela prácticamente era suya.

Gabino se tragó la rabia y redobló su decisión. En cuanto pudiera, huiría de aquel infierno y no volvería jamás, ¡jamás! Aunque lo castigaran, aunque le reventaran el trasero con la vara y aunque lo mandaran a vivir al último patio con Amalia. Al fin y al cabo con ella estaba mejor. Ella sí que lo entendía. Y en cuanto al profesor aquel, algún día se arrepentiría de haberlo tratado así. Cuando él fuera coronel regresaría a buscarlo a punta de fusil. Y con esa misma vara desplumaría al avestruz, para que dejara de humillar a la gente.

La campanada del recreo interrumpió sus planes de venganza. Un murmullo de entusiasmo corrió por el aula. Los estudiantes aguardaban impacientes la señal que les permitiera salir. Cuando el maestro por fin la dio, con un gesto despectivo de la mano, los niños se abalanzaron a la puerta en estampida. Gabino en primera fila.

En el patio buscó a Ignacio. Se lo llevaría de pinta, decidió. Eso era lo prudente, porque cuando compartía los delitos con su hermano, a la hora de las sentencias a doña Catalina se le ablandaba el corazón. No resistía contrariar a ese hijo suyo, consentido, que a todo le tenía miedo.

Encontró a Ignacio jugando al balón al fondo del patio de recreo.

–Vente –le ordenó.

Aquel ni siquiera levantó la vista, seguía la movida de su contrincante con gran atención. Gabino corrió tras él y lo jaló de la camisa.

–Vente –repitió.

–Déjame en paz –se soltó Ignacio–. Me vas a hacer perder.

Gabino le bloqueó la jugada con una patada. La pelota voló sobre el muro.

–¡Mira lo que hiciste! –se quejó Ignacio furioso.

–Ahora vas por ella –exigieron los demás jugadores.

—Está bien —dijo Gabino—. Yo voy por la pelota. Pero tú te vienes conmigo —ordenó a Ignacio, y sin darle a escoger lo arrastró hasta la entrada de la escuela.

Ignacio se dejó llevar a regañadientes. Algo le picaba a Gabino. Sólo él sabía qué lío tramaba esta vez, ¡siempre se metía en problemas! Bien. Lo seguiría pero sólo por pura curiosidad. Sólo por eso.

En el portón pidieron permiso para ir por la pelota. El conserje miró a Gabino con desconfianza pero les abrió la puerta. El niño Ignacio era de confiar. Nunca daba guerra.

Afuera, tan pronto doblaron la esquina, Gabino salió por piernas.

—¡Corre! —gritó.

Ignacio obedeció por inercia. Gabino corría como loco, zigzagueando entre los transeúntes, tropezándose con los puestos de los marchantes que, molestos, le lanzaban majaderías. Ignacio trataba de alcanzarlo, pero no podía.

—¡Espérame! —gritaba.

Gabino divisó al lechero a la altura del parque, y corrió más rápido para alcanzarlo.

Era el señor que todas las tardes llegaba a la casona a repartir sus tinajas de leche, por muy malo que estuviera el tiempo. Y ahora ahí estaba, tantito adelante, andando sin penas con sus mulas mansas. Traía las cestas vacías después de su jornada.

—¡Lechero! —lo llamó—. ¡Lechero!

El lechero tiró de las riendas y giró a verlo. Esperó perplejo a que lo alcanzaran.

A saber qué cosa querían esos chamacos que corrían a su encuentro.

—Señor lechero, arrímenos al río, por favor —suplicó Gabino cuando llegó a su lado. Jadeaba, después de su alocada carrera.

El hombre lo miró con detenimiento. No lo reconocía. Y no fue sino hasta que Ignacio los emparejó que de pronto supo quiénes eran. Sí, pues. Eran los mocosos de la casona. Los hijos de don José García Allende, el trapichero.

—¿Y *pa'qué* quieren irse *pa'llá*? —preguntó dudoso—. ¿No *stán* en la escuela *orita* mismo?

—Sí. Pero mire qué bonito está el sol —Gabino señaló los cielos—. Ya nos dio la calor. Nada más queremos remojarnos tantito y de ahí volvemos. ¡Palabra de hombre!

El lechero rio con gusto.

–*Usté* es un escuincle nomás –le dijo–. ¡Harto le falta *pa'hacerse* hombre!

Pero ¡qué colorado estaba ese chamaco!, pensó. Y sí, pues. Viéndolos bien, los dos muchachos estaban toditos mojados de sudor, *pior* que los mayates que ahí se zambullían en los charcos del parque. Eso tampoco era bueno, decidió. Luego, por pasarse tanto rato en la escuela, agarraban la fiebre de los libros y se ponían mal. No. Eso tampoco era sano.

–*Tá* bueno, pues –dijo–. Trépense.

Gabino ayudó a Ignacio a encaramarse al hueco de las cestas. Ni eso podía hacer su hermano. ¡Era un inútil! No sabía viajar así, colgado de un burro. Él, en cambio, desde niño andaba a canasta. Muchas veces la cesta había sido su única cuna.

El lechero echó a andar las bestias y los niños, apoyándose del borde de las canastas, comenzaron a disfrutar del paseo. El olor a carrizo llenó a Gabino de nostalgia, le recordó su casa. Así solían acarrear el maíz de la cosecha, la ropa lavada o las espigas doradas de trigo en esas canastas de palma. Con los retazos de las vainas, Gabino y sus amigos hacían figurillas para vender en el atrio de la iglesia el Domingo de Palma. Hacían gallitos y cruces. ¿Qué estarían haciendo ahora mismo sus amigos?, se preguntó. De pronto, al recordarlos, sintió que una piedra de cantera le aplastaba el pecho. Tenía que ir a verlos, decidió. No podía esperar a que su señora madre viniera por él. Amalia le aconsejaba que tuviera paciencia, que cualquier día regresaría por él para llevárselo de vuelta; pero los días pasaban y la luna se hacía chiquita y luego grande otra vez y nada. No llegaba. ¡No podía seguir esperando! Lo decidió de golpe: en cuanto llegara a pedir albergue algún arriero, se largaría con él. Sacaría su morral que tenía escondido bajo la cama y se iría a la hacienda. Nadita de miedo le daba atravesar el Nudo de Zempoaltépetl de nuevo. ¡Qué feliz se pondría su madre al verlo!

En el río no había nadie. Una mujer anciana estaba sentada a la orilla mirando correr el agua. Por el bordado y color de su huipil, Gabino supo que era del istmo, seguro *mixe*. Muchos de ellos habían llegado a la ciudad porque, según Amalia, el hambre los había corrido de sus pueblos.

Los niños le dieron las gracias al lechero y corrieron al sauce. Sin tiempo que perder, se despojaron de sus chaquetas, sus camisas, medias y botines, y colgándose de las ramas del árbol se aventaron al río, una y otra vez, hasta que se les entumieron los brazos. Chapotearon hasta hartarse y cuando se cansaron, rastrearon la ribera buscando piedras chinas para sus hondas. De ahí se acercaron a la anciana *mixe* para ver qué cosa miraba con tanto detenimiento. Se echaron de panza y luego de espaldas para que el sol les fuera secando los pantalones. En la quietud de la tarde sólo se oía el canto de los zanates. El viento murmuraba entre los carrizales y una vaca mugía en la distancia. De los campos llegaba el aroma de la tierra recién llovida. Los eucaliptos botaban sus conitos de resina.

—¿Qué cosa hace usted, señora? —le preguntó Gabino con curiosidad. La anciana sonrió. No tenía un solo diente.

—Dicen que aquí llegan las Almas.

—¿Las Almas?

—Sí. Las Almas —dijo, y se volvió a quedar callada. Era corta de la lengua la señora, pensó él.

—¿Y para qué quiere usted verlas?

—Para pedirles un milagro.

—¿Qué cosa quiere pedirles, señora? —terció Ignacio, a quien la plática no le gustaba nada. Esa señora hablaba cosas raras. Tenía la voz rasposa. Cuando giró y los vio de frente, quiso salir corriendo. Tenía cara de murciélago.

—Vengo a pedirles que curen a mi hijo.

—¿Qué tiene su hijo? —preguntó Gabino.

—Le dio maldad.

Ignacio brincó y se alejó a toda prisa. En el sauce se vistió, apurado. Abultó sus bolsillos con sus chinas y se dispuso a irse lo más lejos posible de aquel lugar tétrico. La señora murciélago no era de fiar. Además, el sol ya comenzaba a bajar. El cielo se tapaba con nubes negras.

—Vámonos, Gabino —lo llamó ansioso.

Gabino no hizo caso. Estaba feliz con la plática y no tenía nada de ganas de que acabara. Le intrigaba esa viejita engarabatada. Además, ¡nunca había oído hablar a nadie de las Almas! Se las imaginó transparentes, como hermosas mujeres hechas con humo de neblina. Y si era cierto que concedían gracias, como decía la *mixe*, más razón para esperarlas. Mucho tenía él que pedirles. Que le mandaran a un arriero pronto para que lo llevara hasta la hacienda. ¡Eso les pediría!

—Vete tú —le dijo a su hermano—. Yo aquí me quedo hasta que lleguen las Almas. Tengo que hablar con ellas.

Ignacio no supo qué hacer. Gabino era más terco que una mula. Por otro lado, tampoco podía dejarlo ahí, solo, con la viejita murciélago. Además, no sabía cómo regresar a su casa. Estaba lejos, muy lejos de la casona, y para llegar tendría que atravesar el panteón. Solito.

Un relámpago estalló en los cielos.

—Te digo que nos vayamos, Gabino. ¡Ahora mismo! Anda, vístete —ordenó, y le aventó la ropa.

Gabino sintió las primeras gotas de lluvia. El viento soplaba más fuerte. Sintió frío. Más valía arroparse, pensó. No quería agarrar un resfriado porque ¿qué tal que las Almas le concedían su deseo y llegaba el arriero por él y lo encontraba agripado?

Agarró su ropa y se vistió con toda calma. De ahí se encuclilló junto a la mujer, a seguir esperando.

A Ignacio se le acabó la paciencia. Armó su honda y se le acercó, apuntándole directo a la cabeza.

—O nos vamos o te rompo los sesos —amenazó, temblando de furia y de frío.

A Gabino le entró la risa. Cuando Ignacio se enojaba, se ponía colorado, y mientras más se reía uno, más enojado se ponía el otro. Y eso fue exactamente lo que sucedió. Ignacio, furioso, arrojó su arma y se le fue encima a los golpes. A diestra y siniestra volaron los puños. Rodaron por el pasto. Gabino, más ágil, montó a su contrincante y le prensó los brazos, paralizándole el torso. Ignacio, ciego de coraje, pateaba como potro desbocado.

El estallido rimbombante de un trueno detuvo el pleito. La lluvia los azotó y los niños corrieron a refugiarse bajo las ramas del sauce. Gabino buscó a la anciana con la mirada, pero esta había desaparecido. ¡Se le había ido su oportunidad de hablar con las Almas! Lleno de coraje, le dio una patada a su hermano.

—A este niño le pegó el susto —pronunció Hortensia.

Le esculcó el estómago y le abrió los ojos, para confirmar su diagnóstico.

Gabino yacía acostado en la cama de Amalia, a donde se había ido a refugiar a medianoche. La sirvienta, viendo que tenía fiebre, no había tenido corazón para regresarlo a su recámara. Cuando la temperatura lo puso a hablar incoherencias, se espantó y corrió a despertar a Hortensia quien, a su vez, fue por el jardinero.

–¿Y el susto cómo se cura? –preguntó Lencho preocupado–. Observaba el ir y venir de las mujeres con sentimiento de impaciencia. Las enfermedades le daban desconfianza. Eran hijas de la calaca.

A él le había tocado ir a buscar a los niños la tarde previa, cuando llegaron a avisar de la escuela que se habían escapado. Amalia no había querido alarmar a la patrona y le había dado la encomienda. El jardinero rápido resguardó las macetas de la tormenta con la lona y corrió directo al río. Estaba seguro de que para allá habían jalado los chamacos. Y ahí merito los había encontrado, debajo del gran árbol, titiritando de frío.

–El susto no se cura –acertó Amalia–. Se saca del cuerpo. A este niño le pegó porque esa madre suya, desalmada, lo vino a botar aquí, sin despedirse siquiera. ¡Pobre mi niño! Le pegó la tristeza. Usted haga lo suyo, Hortensia; mientras yo, por si acaso, le rezo a la virgencita una novena. Hínquese usted también, Lencho, en vez de estar ahí paradote, sin hacer nada.

Así diciendo puso el ejemplo. Se persignó, se hincó y comenzó su plegaria. El jardinero se quitó el sombrero y se hincó a su lado. La lavandera abrió su cesta y sacó sus instrumentos. Había llegado preparada con leña, el jarro, el ocote y las hierbas.

–Deje *usté* el rezo y ande por agua hervida –ordenó la lavandera al jardinero quien, con alivio, rápido obedeció.

Lencho acarreó el agua caliente desde la cocina en una palangana pesada. Hortensia preparó el ramo, seleccionando hierbas amargas y hierbas insípidas. Agregó de las dulces también, las que calman las emociones: la ansiedad, el enojo, la nostalgia; porque Amalia tenía razón, al niño le dolía el corazón. Ató las hierbas propias en el ramo y lo sumergió en el agua. Mientras tanto, Amalia desvistió a Gabino y entre los tres lo sentaron en un banco, sosteniéndolo porque la debilidad lo adormecía. Colocaron la palangana humeante entre las pequeñas piernas y de ahí lo taparon con la sábana, haciendo casita, para que el vapor no escapara.

–Respira hondamente, muchacho –ordenó Hortensia.

Hortensia preparó el sahumerio mientras Amalia atendía el baño vaporoso y Lencho avivaba la leña. Recitó sus conjuros en verso, y a la vez arrojó la resina del copal y las hierbas a las brasas: caléndula, ajo, diente de león, pirul, hierbabuena, romero, cáscara de albahaca, cola de caballo, toronjil, llantén y malva. Cuando calculó que el humo blanco, aromático, había regresado el alma del niño al cuerpo, lo tendieron de nuevo sobre la cama. Hortensia, con sus manos callosas y milagrosas, le sobó su ungüento en el pecho cerca del corazón. Sabía que aquellas hierbas combinadas con agua, fuego, viento y tierra propiciarían que Gabino tuviera un encuentro consigo mismo. El torito le regresaría la energía.

Esperaron un buen rato hasta que Hortensia supo, con angustia, que ni las novenas a la Virgen, ni las hierbas y los baños le habían sacado la tristeza al niño. Los fríos le fueron hundiendo los ojos. La piel se le fue marchitando.

Desesperada, Amalia lo sacudió por los hombros.

–¿Qué tienes, hijo mío? ¿Qué cosa te pasa? –se lo dijo en lengua y Gabino, al escucharla, abrió los ojos con gran esfuerzo.

–¡Señora! Pensé que no venía por mí… *ora* mismo voy por mi morral, no se me vaya… no me deje… no me deje…

Amalia se soltó a llorar. Lo abrazó y le acarició el cabello.

–Sí, *m'hijo* –le contestó–. Ya llegué y *orita* mismo nos vamos. Pero primero tiene usted que curarse. Tiene que ponerse *juerte* para aguantar el viaje. Dígame ya, hijo, ¿qué le pasa?

–La *mixe* me robó mi Alma –contestó él, y trató de explicarle algo más, pero lo venció el cansancio. Cayó en un sueño febril, titiritando de frío.

–Lencho, vaya usted por su señor padre –ordenó Amalia, sollozando–. Apúrese y tráigalo, aunque esté en conferencia con el presidente. Mientras tanto, yo voy por la señora. ¡Qué enojada se va a poner!

4

El rosario

Oaxaca, 1920

–Se nos va el Estandarte, *a stóirín* –exclamó la tía Cienne alterada en cuanto la vio llegar.

Patricia se sorprendió de encontrarla despierta. Le había prometido ir a rezar el primer rosario, y fiel a su promesa, se había levantado al alba para ir a verla al hospital. Pensó que la encontraría dormida pero lejos de ello, ahí estaba la ancianita, totalmente despabilada, con la chalina en los hombros y el rosario en la mano, lista para salir a la calle.

–Ya se fueron, tía –le dijo–. Mejor no salga usted que está muy fría la mañana. Le va a dar un resfriado.

La tía se encogió de hombros.

–¡Qué va! A mí ni los bichos me quieren. ¿Estás segura de que ya salieron?

–Me temo que sí… Discúlpeme que llegué tan tarde.

La anciana no pudo ocultar su desencanto. Su costumbre, desde que vivía en la casona, era madrugar para acompañar a la procesión que salía puntual a rezar el rosario a las cuatro de la mañana desde la iglesia de Santo Domingo de Guzmán. Caminaban varias cuadras hacia el sur, daban vuelta en la esquina de San Agustín y, dirigiéndose al norte, entraban por el costado del templo a la Capilla del Rosario. Asistían aunque no hubiera luz, o aunque lloviera; los pobres cargando sus cacharritos encendidos y los ricos su candil de aceite.

–¿Por qué no vamos a la capilla aquí mismo? –sugirió Patricia para consolarla. La monjita suspiró con resignación.

–Vamos pues. La bandera ya será para otro día.

Las mujeres ligaron sus brazos y atravesaron los corredores arcados del patio que bordeaban el jardín. Entraron al oratorio silenciosamente y postrándose se unieron en plegaria a las religiosas que ya iban por el segundo misterio glorioso. Sus voces se alzaron en alabanza, rezaban el coro de Laudes, a la par de las campanadas que convocaban a la primera misa. Terminado el canto de las horas litúrgicas se dirigieron al comedor a degustar el almuerzo.

El refectorio era un amplio salón, amueblado austeramente con mesas largas y bancas de madera. Olía a pan recién horneado. Las hermanas fueron entrando, se sentaron en sus lugares asignados y tras dar gracias por sus alimentos, rompieron en discreto cuchicheo.

–A mí tráigame por favor un cafecito, hermana, si fuera tan amable –pidió Patricia a la novicia que se acercó a la mesa a batir con su molino, vigorosamente, el espumoso y fragante chocolate.

–No sé si le comenté, tía, pero me pidieron que fuera la madrina para La Soledad.

–¡Qué honor! Nadie mejor que tú.

–Pues no crea que me da tanto gusto, le confieso. Ya ve cómo andamos con los centavos. Rascamos de donde podemos.

–El señor proveerá, *a stóirín*, no te preocupes.

Tenía razón la tía, reflexionó Patricia. De nada servía preocuparse. Ya después vería cómo financiar los gastos que siempre eran muchos. La tradición dictaba que la madrina elegida convirtiera su casa en «estación» y recibiera a la calenda para dar el «cumplimiento» –un banquete–. El convite se alargaba con aquellas paradas, cada día más costosas. Pero como bien decía la anciana, a cada momento su solución.

Dejó ir su inquietud, y se dispuso a saborear su café de olla.

–Ya me mandaron a hacer mi corona de flores. Es enorme. Ojalá no me dé jaqueca.

–¿A fuerzas te la tienes que poner?

–Sí. Ya ve que coronar a las madrinas es parte de la tradición. Pero, yo ya no estoy para esas exhibiciones.

–*Aye*, ¡tonterías! Ya quisiera yo estar tan joven o tan guapa. Seguro alguien muere de amor por ti…

Lo dijo sonriéndole con picardía. Patricia comprendió hacia dónde iba la tía con aquel piropo. Quería sacarle el tema prohibido. La monjita no entendía su censura. Creyó habérselo dejado claro aquel día, hacía ya un tiempo, cuando la tía le aventuró su opinión.

Regresaban de un concierto en el teatro Casino Mier y Terán. Caminaban sin prisa, deleitándose en el límpido aroma de los sabinos, con los sentidos aún embriagados por la sinfonía que acababan de escuchar. Y ahí, en ese concierto, sentado en el palco de enfrente, se había topado con la persona amada. Quizás la tía había adivinado su corazón. Quizás se había percatado de aquella mirada fugaz, cargada de pasión, que atravesó el espacio y enredó la suya. Los ojos negros, llenos de reproche, la habían acariciado sin pudor. Patricia a duras penas disimuló el placer que recorrió su ser.

–No es sano que sigas de luto, *a stóirín* –le había aconsejado aquella noche estrellada, cuando caminaban de regreso a casa–. Estás joven todavía. No te cierres al amor…

Que lo dijera así, nada más, con tanta sencillez, le había dado coraje. ¿Quién creía que era para darle su opinión? Y además, ¿qué podía saber una monja del amor?

–¡Ni pensarlo! –había dicho airada–. Y perdóneme, tía, pero si me enamoro o no es asunto que sólo me concierne a mí.

Nunca antes le había hablado a la anciana en ese tono. La tía se había limitado a mirarla con tristeza. Y desde ese día, nunca más le había abordado el tema. Hasta ahora. En el comedor, Patricia levantó su pocillo y bebió deprisa, quemándose la lengua. El dolor acrecentó su disgusto. Pero no. Esta vez no se iba a enfadar, decidió. La anciana estaba enferma. No tenía la culpa de nada. Mejor cambiaría el tema y nada más.

–Pues aquí me tiene, tía. Ansiosa por escuchar sobre su Irlanda.

La monja sonrió y se comió otro pedazo de pan.

–¿Seguro que no te aburre esta historia de viejos?

–Al contrario, me cautiva.

–Entonces ayúdame a retomar el hilo.

–Vamos a ver… la última vez me contaba sobre la plaga que acabó con los campos.

–*Aye*… la Gran Hambruna…

Era yo una niña y mis hermanos hicieron lo que pudieron por ahorrarme tristezas. Primero murió mi madre y lueguito mi padre, ambos contagiados de la epidemia. Mi hermano, ¡pobre Rogan!, estaba desesperado. No sabía qué hacer. Nadie podía ayudarnos. Todos sufríamos… Un día decidió que no podíamos seguir así y se marchó a la ciudad con la intención de cobrarle al inglés, nuestro arrendador, el último salario de nuestro padre que le había trabajado el campo hasta el último aliento.

Sir William no quería pagarnos. Aye, era malo el hombre. Mi hermano fue a cobrarle y le sacó el dinero a la fuerza –nunca nos quiso decir cómo. De ahí, consiguió una carreta y regresó por nosotros, porque claro, ¡nos corrieron de la casa!

Empacamos lo poco que teníamos y fuimos a pasar la noche en una fonda que atendía una señora muy buena. Con parte del dinero cobrado comimos un banquete que jamás olvidaré. Pan de trigo, ¡imagínate!, y leche de cabra. Comimos hasta saciarnos, que no fue mucho, porque traíamos las tripas pegadas a los huesos. También había mantequilla, y eso es lo que más recuerdo, las risas y la mantequilla chorreándonos por los cachetes, ¡un lujo!

Al día siguiente partimos a la ciudad. Por el camino recogimos a varios vecinos y amigos que andaban a pie. No sabían cómo agradecernos el favor. En algún momento me quedé profundamente dormida. Cuando desperté, ya estábamos instalados en una chocita a las afueras del puerto. Yo estaba feliz de que teníamos techo en donde dormir.

Mientras Rogan encendía el fogón nos platicó que el dueño de aquella choza había muerto. No dio más explicación. Yo, que siempre fui curiosa, de inmediato me puse a revisar cada rincón. Sobre una butaca encontré los retratos de una señora y un señor que posaban con una chica muy linda. En un cajón había unas cartas. Le propuse a mis hermanos que las leyéramos. Se negaron, rotundos, y me regañaron por andar de tentona. Te vas a enfermar, dijeron, ¿no ves que el hombre era un contagiado? Por aquello de su enfermedad, sacamos todo de la casa, como habíamos hecho con las pertenencias de papá y mamá, e hicimos una gran hoguera. Quemamos todo. Todavía recuerdo cómo el fuego lamió la fotografía de la familia. Lo único que se salvó de las llamas, gracias a mi hermana Edena, fue un violín que encontramos sobre una de las camas. No sé si ya te lo había mencionado, a stóirín, pero mi hermano ¡no sabes lo lindo que tocaba el violín! Mi madre le había enseñado desde pequeño porque ella fue muy aficionada. Por muy tristes que estuviéramos nos hacía bailar y a mí me hacía cantar. Le gustaba mi voz y ya ves que aún ahora, de vieja, me quieren en el coro. El instrumento de mi hermano era el violín, y el mío mi voz… Hacíamos un buen par, Rogan y yo, y con cualquier pretexto nos refugiábamos en la música, el canto y el baile.

Así somos los irlandeses, ¿sabes?, muy alegres. Aquí hago pausa para contarte que hubo un tiempo en que los ingleses protestantes prohibieron el uso del violín.

¡Imagínate! Sí. Pasaron una ley que decía que aquel era un instrumento «del demonio» y que nuestros bailes irlandeses eran «indecentes» y conducían al pecado. Los ingleses ¡no sabes cómo nos repudiaban! Nos quitaron todo: nuestro idioma, nuestros dioses, nuestra música. Y ¿sabes qué es lo más interesante?, pues que aquí, en Oaxaca, sucedió algo muy parecido. Las autoridades también pasaron una ley que obligaba a los indios a pagar impuestos cuando bailaban. Aye, el prejuicio es tremendo.

Pero volviendo a la noche aquella, Edena convenció a Rogan que se quedara con el violín. Con eso de que nuestros padres estaban enfermos, mi hermano había vendido el suyo y ahora, como caído del cielo, estaba ese otro. ¡Un regalo de Dios! Esa noche, alrededor de las flamas de aquella gran hoguera, cantamos, bailamos y reímos como no lo habíamos hecho en mucho tiempo.

No sé exactamente cuánto tiempo vivimos en la casa del viejito. No sabría decir.

Todos los días, tempranito en la mañana, antes de que la bruma alzara su velo de las lomas, Rogan salía a trabajar al puerto. A qué se dedicaba, no nos decía, pero agradecíamos que tenía trabajo. Qué cansado llegaba pero, ¡dicha de dichas!, siempre traía algo de comida. Eso sí, apestaba a muerto. Aye, ¡a eso olía! Qué asco me daba abrazar a mi hermano. Un día nos enteramos que aquella carreta la usaba para trasladar cadáveres de gente contagiada a la morgue colectiva. Así nos mantuvo mi pobre hermano, cargando muertos por toda la ciudad. ¡Imagínate el sacrificio!

Por las noches, cuando creían que yo dormía, mis hermanos discutían mucho. Edena quería buscar trabajo en el puerto para que Rogan dejara esa labor infame, que además era peligrosa. Temía que se fuera a contagiar y a morirse, como papá y mamá. Mi hermano no lo permitió. La ciudad era un infierno, alegaba él, un hervidero de criminales, de gente desesperada, enferma. Ahí no podría protegernos. Su plan era que en cuanto ahorráramos lo suficiente, compráramos nuestros boletos y zarpáramos fuera de Irlanda. Mientras tanto, ahí estábamos mejor, en aquella choza donde nadie nos molestaba. ¡Pobre mi hermano! Al final, su peor pesadilla se volvió realidad. No pudo proteger a Edena. My poor brother.

Un día mi hermano llegó a la choza loco de alegría, tenía en sus manos los pasajes de barco. Era hora de partir a Ameriki.

El camposanto

El cochero se presentó puntual a recogerlas para llevarlas al Panteón General. Patricia y Dolores vestían sus mejores prendas. Era domingo y había que ponerse de luces.

Para Patricia los domingos, lejos de ser un día de descanso, eran los más atareados de la semana. Primero estaba la rigurosa visita al panteón seguida por la misa en la catedral. Después había que volver a casa a atender a la familia y al gentío que el párroco convidaba a almorzar, cada vez en mayor número. Los invitados comían opíparamente y nadie se retiraba hasta no haber limpiado el fondo de la «olla de la censura», o sea, el postre. Lo peor era que los domingos no contaba con la ayuda de Petra y de Nicolasa. Se iban a sus pueblos y todo el trabajo caía sobre ella. Hoy mismo hablaría con el sacerdote, decidió. Aquella situación, como estaban las cosas, no era sostenible.

Aquel sería un domingo todavía más pesado. Después del panteón tenían que pasar al hospital a recoger a la tía. Le había prometido llevarla a la misa en la catedral. Después darían un paseo por el zócalo.

El carruaje avanzó lentamente, toreando a la multitud que se encaminaba al camposanto a dar sus respetos a los difuntos. Dolores arreglaba los moños del primoroso mameluco de Luchita y esta jugueteaba en su regazo, entreteniéndose con los collares de su madre. Se veía linda su nieta, pensó Patricia, y su hija con ese vestido todavía más. Lo había estrenado en el baile de la Cámara de Diputados para celebrar la soberanía del estado y el nombramiento de García Vigil como gobernador electo. Uno de los últimos eventos sociales a los que habían asistido, antes de que las cosas se pusieran tan mal.

El cochero se detuvo. La entrada del panteón era una romería. La gente llegaba desde lejos a arreglar las tumbas de sus deudos y a celebrar el tiempo compartido con ellos. Algunos venían a bordo del tranvía, otros en calandrias, en mulas o a pie, cargando su ofrenda de velas de cera, lamparillas de aceite y canastas de comida.

Patricia contempló aquel entorno desolado. Los estragos de las guerras eran evidentes. Se palpaba el sufrimiento, incluso en los rostros de las floristas que ahí, apiñonadas, se peleaban por los marchantes. Sus petates estaban llenos de gladiolas, pompones, cempasúchil y manos de pantera que nadie compraba. Sus chiquillos, escuálidos y enfermos, dormían sobre aquellos colchones de flores que se marchitaban tristes bajo los pequeños cuerpos. Uno de esos niños estaba comiendo una rosa. Su madre se la arrebató y lo escarmentó con un coscorrón.

¡Tanta miseria!, pensó. Vergüenza debía darles a los gobernantes. Hoy los pobres ni siquiera podían comprar unas florecitas para alegrar el último albergue de sus muertos. Incluso ella misma había tenido que empeñar un anillo de plata para poder comprar los ramos y las coronas que ahora mismo Pánfilo bajaba de la carroza. Debió haber comprado las flores ahí a la entrada, pensó. Aquellas mujeres se las hubieran dado más baratas. Aunque tampoco hubiera estado bien restarle esa entradita a la administradora, la señorita Mier, que por tradición le hacía esa labor a la familia García Allende. Todos los domingos, a la hora del desayuno, se presentaba la mujer a entregarles las flores para el panteón, y de paso, a tomarse su chocolate de agua. La mujer, madura en años, pero cuya doncellez nunca había sido puesta en duda, era de lo más comunicativa. Entre sorbo y sorbo le recetaba el reporte semanal de los ires y venires de la sociedad oaxaqueña: que si a fulana le había dado el soponcio al encontrarse a su hijo enredado con la criada; que si a zutano le habían robado un puerco de su huerta; que si al sacristán lo habían corrido por alzarle el hábito a las novicias. Patricia, que odiaba los chismes, se los toleraba porque la mujer le daba lástima. Pero eso sí, en cuanto veía el momento oportuno, le pasaba su «domingo» con discreción para apurar su visita. Le entregaba el dinero envuelto en una servilleta y aquella rápido se lo embolsaba, sin contarlo, haciéndose la disimulada. Después, con un último sorbo se despedía, poniendo de pretexto que alguien la estaba esperando en casa. Cosa que ambas sabían que no era cierto. El único ser que acompañaba su vida solitaria era su gato Mimón. ¡Pobre mujer! Había hecho bien en darle su entradita, decidió Patricia, aunque las flores le hubieran salido más caras.

Sacó del morral unos centavos y se los alargó al niño que comía la rosa.

—Háblale al vigilante —le dijo a señas, pues era obvio que el mocoso no hablaba castellano—. Dile que nos venga a ayudar.

El chiquillo salió corriendo y en breve llegó el vigilante a ganarse su propina. Pánfilo lo guio hasta la carroza y en breve regresó cargando las flores y además su escoba y su cubeta. Las damas lo siguieron y así caminaron, abriéndose paso entre la multitud hacia los lotes de la familia García Allende.

—Qué bonitos claveles le pusieron al licenciado Muñoz —comentó Patricia al pasar por esa lápida—. Lástima que sean tan poquitos. Póngale usted unas azucenas en ese macetero, si me hace favor —ordenó al vigilante.

A unos pasos volvió a detenerse.

—Mira nada más qué asquerosa está la tumba de la tía Tomasa. ¡Qué vergüenza! Y ella que era tan pulcra. ¿Así cómo quieren que descanse en paz? Ahora que termine usted con nuestras lápidas por favor regrese a darle una manita a esta, señor.

El hombre accedió con la cabeza. Dolores jaló con sutileza el brazo de su madre.

—Deje de meterse con los muertitos ajenos, mamá —le dijo—. Bastante tenemos con los propios.

—Tienes razón, hija. Vámonos por el camino corto porque no soporto ver el abandono en el que tienen el último reposo de estas personas que estando en vida tanto hicieron por sus semejantes.

Terminaron el recorrido sin más comentarios, cada una sumida en sus propias cavilaciones.

En el lote de la familia García Allende el vigilante limpió y adornó las losas. Cuando acabó, las mujeres se arrodillaron y se unieron en plegaria. A media plegaria algo llamó la atención de Patricia, era la inscripción de un humilde mausoleo al lado de la tumba del tío Gabino. Varias veces la había visto, por supuesto, pero nunca antes había despertado en ella esa curiosidad que de pronto la poseyó, sin saber por qué. Se acercó a examinarla de cerca. Era una lápida sencilla, marmoleada y cuarteada que apenas se podía leer por el maltrato del tiempo.

Leyó en voz alta el único nombre ahí inscrito: Zynaya. ¿Zynaya? Jamás había oído mencionar a nadie con semejante nombre. ¿Y por qué no tenía apellido esa persona?

–¿De quién será esa tumba? –preguntó, sabiendo que Dolores no tendría respuesta.

–Mamá, si usted no lo sabe, yo menos.

–Vente, vamos a preguntar.

Caminaron hacia la administración deteniéndose a admirar las tumbas de los «angelitos». Eran unas obras de arte, mucho más decoradas y vistosas que las de los difuntos adultos. La gente humilde adornaba a los niños fallecidos con comida, juguetes y figurillas de colores alegres.

En la oficina de la administración Patricia tocó la campanilla para convocar al encargado. Después de mucho insistir, por fin salió un hombre visiblemente molesto. No había tenido un minuto de descanso. Ese era el día más concurrido en el panteón. Al enterarse del propósito de las mujeres su disgusto aumentó. Eso que pedían se llevaría su tiempo. De mala gana anotó en un cuaderno el nombre y el número de lote por el que Patricia averiguaba y se dirigió a las arcas de los archivos a revisar varios tomos empolvados. Eligió un libro grueso y regresó al mostrador. Lo abrió de par en par. Con un dedo calloso recorrió las hileras de caligrafía hasta hallar la cédula correspondiente. Giró el tomo y se lo mostró a Patricia, sin quitar el dedo del índice de la entrada.

–Aquí sólo dice que el lote fue pagado por un tal Ignacio García Allende, con órdenes de que fuera sepultada junto al señor Gabino García Allende, hijo natural de un tal licenciado don José García Allende y de madre desconocida. La identificación de los restos no dice más que ese nombre que usted menciona, Ziraya.

¿Hijo natural el tío Gabino? Era la primera vez que Patricia se enteraba de esa peculiaridad. Papá Ignacio jamás había dicho que el tío Gabino era su medio hermano. Los abuelos Catalina y José tampoco lo habían mencionado nunca.

–No, señor. El nombre en la lápida dice Zynaya. Z-Y-N-A-Y-A.

–Lo que usted diga, señora. Pero como puede ver, aquí no dice nada más. Y sepa que ese es un nombre de india, eso sí le puedo informar.

–¿De india?

–Sí, señora, debe de ser nombre mixteco o zapoteco. A eso me suena. Se lo digo por si ahí quiere parar su averiguación.

–¿Y por qué habría yo de dejar de investigar quién fue esa mujer? –preguntó, ahora igual de molesta que él. Algo en el tono de voz y en los gestos del hombre no le gustaba.

–Mire, señora, usted no tiene por qué enojarse conmigo –zanjó él–. Allá usted sabrá qué le conviene más. Yo sólo digo que nada gana uno con andar rascando las cosas de los muertos.

Este tipo es un entrometido, pensó ella. A punto estuvo de contestarle, pero su mirada penetrante, casi majadera, la detuvo. De pronto sintió un repentino escalofrío. Necesitaba alejarse de aquel hombre cuanto antes.

–Muchas gracias –dijo sin más–. Véndame por favor una de esas jarras.

El administrador le cobró la mercancía, contando el dinero con aparente desprecio.

Patricia tomó a su hija del brazo y salió deprisa, sacudiéndose el desagradable encuentro.

Afuera, el vigilante se apuró a llenar la jarra con agua. Con la escobeta limpió aquella lápida mal atendida. Cosa curiosa, pensó el hombre, que en todos los años que llevaba cuidando esos lotes nunca antes le habían pedido que se ocupara de esta. Así había estado mejor, pensó. Esa piedra le daba mala vibra y de no andar tan necesitado, le hubiera dicho a esa señora que mejor se buscara a otro que la limpiara, pero no se atrevió. Si la contrariaba, al domingo siguiente se buscaría otro que hiciera su voluntad. Limpió rapidito con su trapo procurando no tocar la piedra.

El cochero fue por la carroza y ayudó a las damas a subirse.

–¿Pasamos por su tía al hospital, doña Patricia?

–Sí, por favor.

Las mujeres hicieron la travesía en silencio. Patricia cargaba a la bebé en su regazo y Luchita, arrullada con el paseo, pronto se durmió.

Al terminar la misa, se encaminaron a los portales con la tía a tomar un agua de frutas. La anciana se veía feliz, tranquila y lúcida. Pidió su agua de chía, como siempre, y la bebió con ganas, saboreando cada trago. Sólo entonces, cuando ya casi terminaban, Patricia se atrevió a abordar el tema que la venía inquietando.

–Dígame, tía ¿sabe usted quién fue una tal Zynaya?

La anciana la miró confundida.

–¿Cómo dices que se llamaba?

–Zynaya. Fuimos al panteón a arreglar las tumbas y vimos un sepulcro con ese nombre, junto a la tumba del tío Gabino. ¿Sabe usted quién era o por qué está enterrada junto al tío Gabino?

Una chispa iluminó los ojos celestes de la monja. Se limpió los labios y le sonrió con ternura.

–Zynaya fue la madre de tu tío Gabino. Una indígena zapoteca.

Patricia se atragantó con el agua de chía.

–¿Cómo? ¿Entonces usted sabía que la abuela Catalina no fue su madre?

–*Aye*…, sí lo fue. Catalina fue su madre adoptiva. Pero la madre natural de Gabino fue Zynaya. Una india. ¿No lo sabías?

–¡Por supuesto que no!

La tía sonrió y le acarició la mejilla.

–Bueno, *a stóirín*, ahora recuerdo por qué tus padres no querían ventilarlo.

–¿Porque era indígena?

–*Aye*, no. Eso pasa a cada rato. Los hacendados se meten con las mujeres del pueblo y luego tienen dos familias, una en la ciudad y otra en sus ranchos. El problema con Zynaya era otro.

–¿Cuál? Dígame, tía.

–Dicen que era bruja… pero ya ves cómo son ellos. Supersticiosos.

–¿Pero si eso creían, por qué está enterrada junto al tío Gabino en el camposanto?

–Porque así dispusieron tus padres para honrar el deseo de tu abuela Catalina quien, en su lecho de muerte, ordenó que cuando Zynaya muriera se recogiera su cuerpo para que fuera sepultada en el camposanto, en las fosas de la familia, donde también descansarían sus huesos. Así dispuso y tenía razón. Después de todo, ambas habían criado a Gabino. Poco le importó lo que pensara la gente. Ella era así, ¿sabes? Indiferente al «qué dirán».

–¡Entonces la historia se repitió conmigo y con Antonio! Mamá Gloria también nos adoptó, porque no éramos sus hijos legítimos.

–*Aye*, se repitió la historia. Y por eso Ignacio y Gloria no dudaron en adoptarlos a ustedes. Tenían el ejemplo de la abuela Catalina. Sabían que los hijos no son de quien los trae a la vida, sino de quien se gana su afecto…

¡Qué poco sé de mi propia familia!, pensó Patricia; aunque eso no debería sorprenderla, los García Allende no eran de andar repitiendo indiscreciones. Consideraban que los chismes eran desperfectos de la chusma y algo despreciable para la gente decente como ellos. Por eso los secretos de familia, que de seguro existían, se guardaban en baúles con candado. ¡Patricia jamás se hubiera imaginado que el tío Gabino era medio hermano de Papá Ignacio! Porque además, se parecían mucho. El saberlo picó su curiosidad. ¿Qué otro secreto sabía la tía?, se preguntó. Quizás todavía estaba a tiempo de descubrirlo. Se mostraba lúcida y tranquila.

–¿Le apetece seguir con la historia, tía? –le preguntó con más curiosidad que nunca–. Me tiene usted en suspenso.

La monjita rio.

–Muy bien, *a stóirín*, pero pídeme otra agüita de chía, y uno de esos bizcochos de anís, por favor.

Después, con la mirada perdida en los recuerdos, retomó su relato.

–El peor viaje de mi vida fue en aquel barco infestado. *Horrible boat!* Con decirte que los historiadores después los llamarían los Barcos Tumba…

El 28 de mayo de 1846 por fin nos embarcamos en aquella nave con nombre de mujer: Katie. Habíamos esperado en el puerto dos días, durmiendo en la calle, aguardando nuestro turno para abordar. Tratamos de comer y beber lo mínimo para que no nos hiciera falta nada durante la peligrosa travesía de más de cinco mil kilómetros por el Atlántico. Pero ¡vaya si nos hizo falta sustento!

Desde que abordamos tuve un presentimiento, algo feo que me aguijoneó el pecho. Aye, no quería partir. Protesté y le supliqué a mis hermanos que no hiciéramos ese viaje. No hicieron caso. Rogan me subió al barco a la fuerza. ¡Estaba avergonzado de mi actitud! Yo hice un berrinche y repartí patadas. Sabía que algo terrible iba a acontecer. De nada sirvió. Igual mi hermano me subió al barco.

Para él aquel viaje era nuestra única salvación. A veces me pregunto qué habría pasado si no nos hubiéramos embarcado, ¿sabes? Si nos hubiéramos quedado en Irlanda. ¡Qué diferente habría sido nuestra vida! O quizás no. Quizás no hubiéramos sobrevivido a la Gran Hambruna. Nunca lo sabremos.

El viaje fue terrible. ¡Infame! La compañía naviera subió a más pasajeros de los que tenía permiso para transportar. A los de la tarifa más barata, como nosotros, nos relegaron hasta abajo del galeón. La gente, apiñonada, se apropiaba a codazos del espacio limitado, dispersándose en el cavernoso vientre del barco, arrebatándose los espacios pequeñísimos. Rogan, con un par de puñetazos oportunos, tuvo que proteger nuestra cabina, dos literas diminutas, una sobre la otra. De no haber estado él, creo que mi hermana y yo habríamos acabado pisoteadas por la muchedumbre.

En algún momento nos convocaron en la cubierta para pasar la inspección. Ya desde entonces el capitán discutía con el médico sobre algunos pasajeros que, en su opinión, no deberían someterse a las dificultades del largo viaje. Pensé que tenía razón. Un anciano estaba tan enfermo, que parecía que estaba a punto de morir. Aun así, el médico empleado por la compañía lo aceptó.

El capitán pasó la lista por última vez y de ahí repasó las reglas y la asignación de las despensas. Cada familia tenía derecho a una libra de harina o de pan por cada adulto, media libra por cada persona menor de catorce años de edad y una tercera parte de una libra por cada niño menor de siete años. Luego luego comenzaron los problemas. El contrato que mi hermano había firmado prometía seis libras por persona y no decía nada de reducir la cantidad de los menores. Y ahora el capitán decía que no, que en vez de seis libras de harina nos tocaban dos libras y media, por mi edad.

Algunos pasajeros protestaron cuando les hicieron lo mismo. El capitán rápidamente los invitó a bajarse del barco y por supuesto que nadie lo hizo. Se alzaron las velas y zarpamos. Así comenzó la pesadilla que a veces todavía me quita el sueño.

Uno se acostumbra a todo, a stóirín, pero yo, desde aquel viaje fatal, no soporto la oscuridad. Imagínate, éramos campesinos, no conocíamos otra cosa que no fuera el aire fresco; las praderas verdes y fragantes de mi pueblo, tapizadas de líquenes y rododendros, habían sido mi jardín. Mi baño diario era a la orilla del río. Las ovejas de patas negras, mis compañeritas de juegos. Vivíamos acostumbrados al silencio y la paz; días de ocio donde el partir de las orcas, o el vuelo de las gaviotas, eran los grandes sucesos del día. Y ahora, de pronto, ahí estábamos, refundidos en esos agujeros oscuros e indecentes. No había luz. No había aire. ¡Y qué hedor! Apestaba a enfermedad, a humedad, a vómito porque, como podrás imaginar, tan pronto el barco se puso en marcha, comenzaron los mareos. La gente se vomitaba una sobre otra, y no había nada que pudiéramos hacer para evitarlo. Para subir a la cubierta teníamos nuestras horas designadas y sólo nos permitían hacerlo cuando había buen tiempo.

Salíamos en grupos de veinte y treinta personas, desesperadas por respirar el aire puro. Ya arriba, nos aseábamos, lavábamos la ropa y cocinábamos lo que podíamos. A cada lado de la cubierta de la proa colocábamos nuestras chimeneas. En parrillas improvisadas guisábamos el potaje y horneábamos los bizcochos cuya corteza salía quemada y recubierta con humo, el centro de los panecillos siempre estaba crudo. Esos eran nuestros alimentos diarios. Aye! Eso comíamos. Cuando había mal tiempo, teníamos que permanecer abajo en la oscuridad total. Pasamos frío, hambre y angustia. Hacíamos nuestras necesidades también ahí, enfrente de todos. The indignity! Se perdía el pudor por completo. La privacidad era un lujo con el que no contábamos. Las miradas libidinosas que nos lanzaban los hombres esos, asquerosos, sacaban a mi hermano de sus cabales. Algunos pasajeros, indignados, desobedecían las reglas, subían de cualquier manera y así perecían, arrastrados por las olas. Los más sensatos nos quedábamos en las literas, porque a pesar de la falta de espacio, era más seguro que la cubierta.

¿Sabes?, circunstancias como aquellas nos despojan de nuestra humanidad. Poco a poco nos fuimos volviendo animales. Comenzó a escasear la comida y luego se desató esa terrible enfermedad. ¡Horrible! Cuando se reportaron los primeros casos de los contagiados, se dieron los primeros signos de insubordinación entre los hombres sanos. Mi hermano encabezó una delegación que subió a la popa a presentar al capitán sus quejas. Se quejaron de hambre y de falta de agua con que preparar bebidas para sus esposas y niños enfermos. El hombre no los escuchó y cuando aquellos amenazaron con romper el almacén de suministro, sacó su rifle y les disparó. De ahí repartió armas a la tripulación y esta prontamente defendió su autoridad. La delegación se escabulló pero a Rogan lo agarraron y, para que escarmentara, lo encerraron en una celda. ¡Qué angustia pasamos esa noche sin él! En algún momento el capitán lo sacó de su celda y lo llevó a la despensa para que viera, por sí mismo, el origen del problema. Así comprendió él que el capitán de buena gana habría escuchado las quejas, si estuviera en su poder el aliviar su angustia. La culpa la tenía la compañía naviera, que desde que zarpamos había limitado la despensa.

Mi miedo más grande no era el hambre. Mi temor era quedar atrapada para siempre en las entrañas del barco. El calafateo de las tablas del suelo era flojo y los espacios entre los tablones se abrían y cerraban con el movimiento de la nave. Varias veces mis enaguas quedaron atrapadas así, y para no rasgar la poca ropa que traía, porque no había otra forma de abrigarme, me tenía que quedar inmóvil por horas, en una misma posición, hasta que el barco se volvía a mover con un nuevo curso y las tablas aflojaban. A mí aquel barco se me figuraba una ballena monstruosa que me devoraba y que en cualquier momento me llevaría al fondo del océano. Aye! Qué miedo me daba. Mis hermanos, viendo cómo me afectaba la situación cuando el mar se ponía difícil, me cedían la litera de arriba.

Entonces Edena se enfermó.

Te lo digo de una vez, a stóirín. Mi hermana murió en aquel Barco Tumba. Aye! ¡Qué duro recordar esa última mirada suya! Esa caricia que todavía siento aquí en mi mejilla. Edena. Mi dulce Edena… Se nos enfermó justo cuando comenzaron a negarnos el agua. Se contagió, ¿sabes?, o quizás ya estaba enferma, nunca lo sabremos. Los cuerpos se acumulaban y nadie se atrevía a sacarlos por temor al contagio. Ni siquiera los parientes. Estábamos débiles y apenas si podíamos movernos. No teníamos fuerzas ni para llorar. La pestilencia se volvió insoportable. Un día, el capitán, rifle en mano, amenazó con encerrarnos con los cadáveres enfermos si no los sacábamos.

No sé de dónde sacó fuerzas Rogan, pero él sí levantó el cadáver de Edena en cuanto murió y la subió, a pesar de mis gritos y patadas. Cuando arrojó su cuerpo frágil al mar, traté de aventarme con ella. Fue la única vez que mi hermano me golpeó. Después me abrazó, llorando, y en sus brazos perdí la conciencia.

El resto de aquel terrible viaje me la pasé así, en un estado de delirio. No recuerdo nada más. Mi hermano veló por mí. Agradecía mi estado de inconsciencia que me salvaba de los horrores de aquel infierno.

En algún momento la nave Katie nos entregó a Ameriki. Las autoridades, al constatar que el barco estaba «contagiado», no permitieron que nadie pisara tierra. Nos tuvieron así, en cuarentena, por varias semanas. Por fin, un día lluvioso cualquiera, mandaron las balsas que nos acercaron a este bendito continente.

Las perlas

En el sillón de la terraza Patricia tejía una frazada para Luchita. Llovía. Era una lluvia menudita que estremecía los pétalos de los geranios y resbalaba, serpenteando, a lo largo de los pilares. En la fuente, las gotitas picoteaban el agua, dibujando aros que corrían y se desbordaban en secuela en las orillas de la piedra.

Llevaba una semana así, de puras aguas, calculó. Seguro los ríos se hinchaban y cuando rebasaran sus cauces arrastrarían sauces y ganado. Una vez más los campos quedarían devastados. Las campanas del templo ya llamaban a la súplica. En las casas, los oaxaqueños encendían ceras benditas y quemaban romero. Hasta el canto de los periquitos parecía protestar el sol negado; acurrucados en sus nidos, piaban quedito.

—Doña Patricia, la viene a buscar la joyera —anunció Nicolasa.

Qué extraño que doña Panchita viniera a verla a esas horas, pensó. No hacía ni una semana que le había empeñado el anillito de plata para poder comprarle a la señorita Mier los ramos y las coronas de los difuntos. En esa última ocasión le había participado, sin miramientos, que la situación estaba muy difícil y que para Patricia esa era su última compra. Entonces ¿qué querría la joyera?

—Pásala a la sala, por favor. Y pídele a Petra que nos prepare el chocolate.

Patricia ensartó la aguja capotera en la bola de estambre y guardó su labor en el costurero. Se levantó del sillón, se acomodó el tocado y se encaminó hacia la sala resuelta a despachar a la mujer cuanto antes. Ni siquiera la dejaría abrir su maletita de tesoros, decidió. No fuera que el diablo le tentara el alma. Se lo había prometido a sí misma; antes de comprar algo, primero pagaría por el anillo empeñado que era herencia de su nieta.

En la sala apartó las cortinas, abrió la ventana y arregló los cojines del sofá. Olía a humedad. Rara vez recibían visitas en aquella estancia enorme de finos brocados y óleos. Mucho más ameno era platicar en la terraza, porque a pesar de tanta lluvia, el jardín estaba hermoso. Con la joyera, sin embargo, y aunque hubiera buen tiempo, tenía que hacer una excepción. No podían poner a la vista tanta alhaja. En la sala tenían privacidad. ¡Qué vergüenza que oliera tan mal!, pensó mortificada. En cuanto se fuera la visita, ordenaría que levantaran ese polvo porque ¡qué barbaridad! Había que apalear las alfombras y dejar entrar el fresco de la tarde.

—Hola, chica —saludó la joyera desde el umbral. En una mano cargaba la maleta de seducción y en la otra el paraguas que de momento agitaba, sacudiéndole los residuos de la llovizna. La visita se despojó del rebozo y se lo entregó a Nicolasa. En el otro puño sostenía su maletita como si su vida dependiera de ello.

Las mujeres se abrazaron.

—Qué sorpresa verla tan pronto, Panchita —le dijo, marcando el tono. Quería dejarle claro, de entrada, que esa visita no se iba a alargar.

—Sí, chica, y perdón mil veces, pero el asunto que vengo a tratar no podía esperar un minuto más.

—Siéntese usted. Ahora mismo nos traen el chocolate.

—Es que no quisiera dar molestias.

—No es molestia. Dígame, ¿cómo sigue su señora madre?

—Bien de todo, menos de la cabeza. Sigue mal, la pobre. No se acuerda de nada…

—¿Le dio su caldo de sesos, como le receté?

—Sí. Pero no le gustó. Rehusó rotundamente tomárselo.

Nicolasa entró a la alcoba y colocó la bandeja sobre la mesa.

—¿Algo más, señora?

—No de momento, ciérranos la puerta, por favor.

Patricia hizo los honores y sirvió el chocolate. Le alcanzó su taza humeante a la visita y, tras servirse el suyo, se recostó en su sillón. Las mujeres sorbieron en silencio. El ruido de la calle, amortiguado por la lluvia, se colaba por la ventana enrejada. Algo molestaba a la joyera, observó. Estaba rara. Le esquivaba la mirada; los ojillos iban y venían, desde las lágrimas del candelabro hasta las figurillas de dragón bordadas en el tapiz del mueble. Esperó. Tarde o temprano la mujer desembucharía su asunto, fuera lo que fuera. Pasó un buen rato, y cuando el silencio se volvió eterno, e incómodo, perdió la paciencia. Tampoco podía pasarse así toda la tarde.

–¿Y a qué debo el placer de su visita, Panchita?

La joyera enrojeció. Depositó su taza deliberadamente en la bandeja, se limpió la boca y se aclaró la garganta.

–Ay, chica, me da tanta pena tener que traer esto a colación, pero pensé que si yo fuera usted, preferiría saberlo.

–¿Saber qué?

–Me da tanta pena mencionarlo –dijo ofuscada–. Temo darle un disgusto.

–No se preocupe, Panchita –el nerviosismo de la mujer comenzaba a preocuparla–, ya sabe que entre nosotras siempre ha habido confianza. Dígame de qué se trata.

La joyera sacó un pañuelo de su blusón y se enjugó la frente. De ahí levantó su maleta y la colocó sobre la mesa. Se tanteó el chongo y extrajo de su enmarañado cabello un alfiler largo de carey. Con su punta abrió el pequeño candado de la valija.

Patricia la había visto hacer la operación infinidad de veces. Siempre la maravillaba.

–Panchita –dijo, deteniéndola–, no quiero que se me ofenda, pero como le dije la última vez, por desgracia, no estoy en posición de comprarle a usted nada hasta que soplen mejores vientos.

El rostro de la joyera se encendió.

–No, chica. No le vengo a vender nada. Entiendo su situación. Pero hay algo que tengo que mostrarle.

La dejó hacer. La joyera abrió la maleta y hurgó entre los repliegues de franela. Una hilera de cajitas, todas de piel, estaban ordenadas de acuerdo a su tamaño. Eligió una de ellas, de color marrón, y se la entregó a Patricia.

–Vea usted lo que me trajeron a empeñar –dijo así nada más.

Patricia aceptó la caja con desconfianza. La abrió. Extendido a lo largo de la caja, sobre el forro de terciopelo, estaba un hermoso collar de perlas. Al verlo sintió desazón. Alzó la joya y la vio contra la luz natural de la ventana. Su sospecha se confirmó. ¡Era el collar de la abuela Catalina! Lo sabía por aquel broche inconfundible de diminutos diamantes. Ya nadie hacía prendas tan exquisitas.

–¿Cómo llegó a sus manos? –preguntó confundida, su mente forjando toda clase de probabilidades. ¡Alguien se lo había robado de la caja fuerte! ¿Pero quién? ¿Cómo? La caja estaba escondida bajo los peldaños del piso del despacho y sólo dos personas tenían acceso, su hija y ella. Nadie entraba al aposento que no fuera de la familia. Nadie excepto... Lo supo de golpe. ¡Claro! Tenía que ser él. ¿Quién más sabía el valor de la joya?

–¡Chica! No me haga usted decírselo, por favor. Recuerde que en esta profesión no podemos delatar el nombre de los clientes. Me demandaría. Pero supongo que usted lo adivina. ¿O no?

Lo adivinaba. Su hermano Antonio se lo había robado. ¡Semejante patán! Una cosa era que anduviera de vago gastándose su herencia en el juego y el trago, y otra que estuviera aprovechándose de la familia entera. ¡Qué humillación! Quienquiera que viera el collar en manos de doña Panchita lo reconocería. Era una reliquia de la familia y en incontables noches de gala, concurridas por los círculos más distinguidos de la sociedad, Patricia lo había lucido para envidia de todas las damas presentes. Y ahora, la mujer más indiscreta de la ciudad lo tenía en sus manos. Seguro el nombre de la familia –y su desgracia– ya corría de boca en boca por todo el estado.

–¿De cuánto es la deuda? –preguntó con fingida indiferencia. Reprimió las ganas de correr a la joyera a patadas, pero no. Primero muerta que hacer una escena y darle más de qué chismear.

Doña Panchita arregló el collar de nuevo en su cajita, la cerró y la colocó en la mesa.

–Chica, mejor no le digo. Se va a enojar usted. El hombre me aceptó una miseria.

–¿Cuánto? –volvió a preguntar controlando su enojo.

–Le ofrecí lo mínimo. A propósito, claro está, porque sabía que usted iba a querer recuperarlo.

–¿Cuánto? –volvió a preguntar con voz severa.

La joyera bajó la mirada. Patricia sintió furia y lástima a la vez.

Controló su coraje recordándose que, después de todo, la joyera le estaba dando la oportunidad de remediar aquella situación vergonzosa. Lo correcto era mostrar su buena cuna y tratarla con deferencia. No obstante, algo en aquella visita le sabía a burla o ¡a soborno! Daba igual. La joyera, quizás sin merecerlo, había caído de su gracia para siempre.

–Se llevó una de oro y una de plata –susurró finalmente.

Patricia se incorporó abruptamente y sin verla a los ojos, por miedo de que su mirada revelara repugnancia.

–Enseguida vuelvo –le dijo. Le dio la espalda y salió.

Afuera, respiró bocanadas del aire húmedo. Sentía que se ahogaba. Se apoyó en los pilares. Aquel desgraciado ahora sí que le oiría la boca, ¡borracho y fanfarrón! El sólo imaginárselo manoseando el collar de su gentil abuela le dio náuseas. Se encaminó despacio al despacho y al llegar cerró la puerta, empujó el sillón y se hincó en el suelo, en el lugar preciso. Levantó los peldaños. La caja estaba en la cavidad, en su lugar de siempre. La extrajo. Localizó la llave apropiada de su manojo de cintura y abrió el pequeño candado que la sellaba. Una vez abierta inspeccionó su contenido, objeto por objeto. Lo único que faltaba era eso, el collar, pero nada más. Lo demás estaba intacto.

No. No era tonto Antonio, pensó. Sabía que no podía llevarse más, porque entonces sí que se darían cuenta del hurto. La falta de dinero hubiera dado pie a una investigación inmediata. En cambio, nadie se percataría de la ausencia del collar por un buen tiempo. Ya nadie acudía a los banquetes, con la situación como estaba. Seguro pensó que, con suerte, podría regresarlo intacto, después de desempeñarlo, el día que ganara una de sus apuestas. Ese día que, por supuesto, nunca llegaría.

Contó las monedas, una por una, hasta llegar a la cantidad exacta. Cuando terminó, le puso llave a la caja, la volvió a depositar en el piso, acomodó las losas y regresó a la sala con el dinero en su monedero.

La visita se entretenía mirando los enormes óleos de los antepasados.

–¡Cómo se parecen esos dos señores! –comentó por decir algo–. ¿Eran hermanos?

–Sí, mi padre Ignacio y su hermano Gabino.

–¿Y la señora? ¡Qué elegante mujer!

–Mi abuela Catalina, la dueña de este collar. Aquí tiene, doña Panchita –le alargó el dinero. No tenía la más mínima intención de prolongar aquella situación tan desagradable.

La joyera se retrajo sorprendida.

–Espere chica. Usted se equivocó. Yo no vine a cobrarle nada. El collar ya fue refrendado. Sólo vengo a entregárselo.

Patricia la miró sin comprender.

–Sí, señora. La deuda está liquidada, y en nombre de todos los santos, por favor no me pregunte quién la pagó. Eso sí no puedo decírselo. Me metería en graves problemas.

Patricia sintió como si le hubieran dado una cachetada. Que alguien, ¡quien fuera!, se hubiera entrometido en los asuntos de su familia era más que humillante. ¡Era degradante! De nuevo sintió vértigo. Se sostuvo en el respaldo del sillón y cuajó la expresión de su rostro, prohibiéndose mostrar emoción alguna. Le urgía que la tipa se largara.

Tocó la campanilla y Nicolasa llegó corriendo.

–Anda por el paraguas y el rebozo de doña Panchita, que ya se despide –dijo, mordiéndose la lengua.

–Sí, chica –la joyera se encaminó a la puerta, apurada–. Tengo que ir a ver a mi madre. Muchas gracias por el chocolate.

En cuanto el portón de la casa se cerró, Patricia mandó a Nicolasa por el cochero.

–Dile a Pánfilo que vaya en este instante a buscar a mi hermano. Y que no regrese a esta casa sin él.

Antonio lo negó todo. Negó que él fuera el ladrón de la joya. Juró, indignado, que la joyera mentía, y encima amenazó con meterla en la cárcel por la calumnia. ¿Cómo podía Patricia creerle a esa chismosa antes que a él, su propio hermano?

Patricia lo escuchó sin interrumpir. Estaba borracho, para variar, y por supuesto que mentía. Lo sabía por la forma en que se le hinchaban las venas del cuello. Ese gesto involuntario lo venía delatando desde que era niño. Lo dejó hablar hasta que se cansó de oírlo ladrar sus barbaridades paseándose por toda la sala en un estado de frenesí. Lo miró acercarse a la barra y tomar la botella de mezcal sin pedir permiso. Se la empinó. Cuando se cansó de hablar, se sentó en el sofá con la botella en la mano y cerró los ojos. De pronto rompió en llanto como un chiquillo.

–Estoy en un aprieto –sollozó.

Patricia estaba harta de esas escenas. Lo último que se le antojaba era oír sus justificaciones.

–Eres un vicioso –atajó sin conmoverse.

–¡No! Llevo meses sin jugar. Te lo juro. Hice una promesa.

–¿Y ahora a cuál de todos los santos le tocó la promesa? –No sabía si reírse o llorar con él.

–A ninguno. La promesa me la hice a mí mismo.

Sintió ganas de abofetearlo. Estaba cansada de protegerlo. Lo venía haciendo toda su vida ¡desde siempre! De niño le escondía sus fallas, temerosa de que algún día Mamá Gloria, cansada de sus travesuras, los echara a ambos de la casa. La mujer había sido una santa, pero la realidad era que Antonio desquiciaba a cualquiera. Pero ya no más, esta vez lo reportaría a las autoridades. Ya era hora de que asumiera su responsabilidad. No podía seguir solapando ese comportamiento indigno que acabaría llevándolos a todos a la ruina.

–No me interesa tu situación –le dijo cortante–. Estoy cansada de tus aprietos. Esta vez, a ver cómo los resuelves tú solo. Empaca tus cosas y vete de esta ciudad –le ordenó–. Si no te vas, te reporto con la policía.

Antonio la miró estupefacto.

–No serías capaz –dijo.

Su tono de voz, cargado de odio, la estremeció.

–No puedo permitir que tus vicios mancillen el buen nombre de la familia, Antonio. Eso no lo permitiré jamás.

Antonio rompió a carcajadas.

–¿El buen nombre de la familia? Te recuerdo que ambos somos bastardos, hermana. Somos hijos de una puta, no se te olvide. Además, si alguien va a mancillar el buen nombre de la familia, esa serías tú.

–¿A qué te refieres? –preguntó con el alma en un hilo.

–¡Claro! Mira nada más qué nerviosa te pones. Sí. No creas que no sé tu secreto. Estoy perfectamente enterado de tus andares. Y tú sabes bien a qué me refiero.

Patricia se sentó despacio, sin soltarle la mirada. ¡El muy salvaje! El hombre, aquel espectro miserable que apenas conocía, no podía ser su hermano. No. Era el demonio personificado. ¡Eso era!

–¡Lárgate! –le ordenó, y para darse fuerza asió su escapulario.

Antonio se le acercó tambaleando. La agarró de las muñecas y de un jalón la levantó. El hedor de su aliento alcoholizado ahogó a Patricia. Libró un brazo y le plantó una cachetada. Luego, escabulléndose fuera de su alcance, corrió fuera de la alcoba.

–¡Nicolasa! –gritó–. Corre por Pánfilo. ¡Apúrate!

El cochero llegó de inmediato. Una mirada le bastó para apreciar la situación. Se abalanzó sobre Antonio, lo asió por las axilas y lo encaminó al portón a empujones.

Antonio no se resistió. Se reía a carcajadas. Al pasar al lado de Patricia, le susurró con voz cargada de rencor.

–Te arrepentirás, hermana –y partió.

En el escritorio del despacho, a la luz de la vela, Patricia escribió en una hoja de papel perfumado lo que desde un principio debió haber escrito.

«No me busques más».

Dobló el papel en cuatro, lo metió en su sobre y lo selló con cera.

De ahí salió a la cochera y se lo entregó a Pánfilo. El buen hombre lo aceptó, y sin necesidad de averiguar más, salió a la calle a despacharlo.

5

Don José

Oaxaca, 1841

José llegó a la casona en la madrugada. Había cabalgado a galope toda la noche desde la sierra, castigando con el látigo al caballo hasta que el animal se desplomó en la loma. Ahí, sin perder un segundo, le arrebató su yegua al mozo que lo acompañaba y siguió su alocada carrera a pelo hacia su destino.

El guardián oyó llegar a su patrón y abrió el portón de par en par.

–Están en el último patio, señor –le dijo, sujetando las riendas.

–¿Y mi señora?

–Ahí también, con el niño…

José le entregó la vara y apurado se encaminó al patio por el jardín. Otra vez se había metido el chamaco en los aposentos de las sirvientas, pensó furioso. Se lo tenía prohibido. Qué mala costumbre la suya de arrejuntarse con la servidumbre. ¡Qué difícil era educarlo! Pero eso poco importaba en esos momentos. Ahora mismo lo urgente era comprobar que la mujer arpía aquella, la señora Muerte, no le hubiera ganado la carrera.

¡A mi niño no te lo llevas, maldita vieja!, murmuró resuelto. ¡Te lo arranco de las garras!

Al llegar al cuarto cochambroso, empujó la puerta con furia. La humedad lo sofocó. Olía a medicamento y no a muerto. Respiró con alivio el aire pesado y trató de serenarse. ¡Había llegado a tiempo! Poco a poco sus ojos se fueron acostumbrando a la oscuridad. Gabino estaba tendido en la cama. Las mujeres iban y venían, afanadas, obedeciendo las órdenes que daba el doctor Treviño quien, inclinado sobre el niño, le hurgaba el pecho. Catalina, a un lado del lecho, remojaba y exprimía paños en agua caliente y los frotaba sobre el pequeño cuerpo afiebrado. Amalia alineaba las palanganas de agua limpia.

José se quitó el sombrero y cerró la puerta tras de sí.

—Saquen a mi hijo de este muladar —ordenó con airada autoridad.

Sobresaltados, todos giraron a verlo.

Amalia nunca había visto al patrón así. Estaba enlodado de pies a cabeza, como si lo hubiera revolcado un toro. Tenía el rostro lívido, contraído en una mirada violenta. Por el cabello, castaño y revuelto, le chorreaba el sudor. Un ligero temblor sacudía las guías de su bigote. ¡Qué descompuesto se veía! Y aquello que exigía era una insensatez, pensó preocupada. Al chiquillo no debían moverlo a ningún lado, ¿no estaba viendo lo mal que se encontraba? A veces don José se portaba peor que un escuincle. ¡Qué ganas de darle un coscorrón para que le volviera el juicio!

—Tiene alta la fiebre, mi patrón —le dijo con gravedad—. Si nos obliga a que lo saquemos, lo matará de una pulmonía. Pero, allá usted. Es su hijo. Nomás yo le digo que si lo saca, primero mande usted por el párroco para que le venga a dar los santos óleos.

El tono enérgico de la sirvienta enmudeció a José.

—Razone usted —insistió ella—. Deje al menos que pase el sereno. Deje que entre la calor y ya entonces sí lo movemos adonde usted ordene.

El médico se apuró a apoyarla.

—La señora tiene razón, don José. De ninguna manera debemos sacar al niño a la intemperie.

Catalina, que hasta entonces no se había atrevido a intervenir, soltó la frazada, se acercó a su marido y lo abrazó con fuerza, sin importarle que se le enlodara su vestido.

¡Qué alivio verlo! ¡Qué difícil había sido tener que tomar por él todas las decisiones sobre la salud de Gabino! Sabía que si algo le llegara a pasar en su ausencia, José nunca se lo perdonaría. Le tomó el rostro entre las manos, miró con ternura sus ojos azules y le peinó las cejas espesas en esa caricia que nunca fallaba para calmarlo, por muy enfadado que estuviera.

La caricia tuvo el efecto deseado. José besó a Catalina en la frente y la apartó con suavidad. De ahí, ya serenado, se aflojó la chaqueta y se encaminó hacia su hijo. Se hincó a un lado de la cama, tomó una de las pequeñas manos entre las suyas y le habló.

–Vengo por ti, soldado –le dijo–. ¿Ya me oíste? Necesito a un valiente.

Gabino respiraba con dificultad. Tenía las mejillas encendidas y el cabello empapado en sudor. Al oír la voz de su padre, gimió y entreabrió los ojos. Trató de sonreír, pero la sonrisa se le retorció en una mueca de dolor.

Al ver la mirada afiebrada de su hijo, José recordó a Zynaya. Esos ojos enormes con pestañas de lluvia eran idénticos a los de su madre. ¡Maldita mujer!, pensó con rabia. ¿Por qué nos abandonaste así? ¿Por qué te largaste sin dar explicación alguna? La maldijo con todo el rencor del que era capaz. Eso era lo que más le dolía, el no tener la respuesta a tantas preguntas. ¿Qué había hecho él para merecer su traición? ¿Acaso no le había dado todo? ¡Todo! Jamás le había exigido nada. ¡Nada! Iba y venía a su antojo, sin darle razón de sus andares, o de sus gastos, o de sus quehaceres. En la hacienda, ella había sido la Doña. Y si alguna vez fregó los pisos, fue por su propia voluntad y no porque él se lo hubiera exigido. A su mando había colocado un séquito de sirvientes, listos para complacer cualesquiera que fueran sus caprichos. Y ahora ahí estaba el resultado de su cariño. ¡Malagradecida! A los dos los había dejado como perros. ¡Maldigo el día en que vi esos ojos igualitos a los tuyos, hijo!, pensó, acariciando su cabeza calenturienta. Mal hice en dejarme seducir por esa *patarrajada*. Pero ya verás, hijo, le prometió sin hablar. Algún día la vamos a encontrar. Seguiré revolviendo milpas, haciendas y pueblos, hasta que dé con su paradero. Y cuando la encuentre –porque la voy a encontrar– te la voy a traer de los pelos y aquí de rodillas tendrá que pedirte perdón. A ti y a mí. Eso te lo prometo.

José le quitó el paño a Catalina y frotó el brazo pequeño.

–Te voy a decir algo que nadie sabe todavía, soldado –le dijo–. El general, don Antonio de León, tomó el poder ejecutivo y me nombró secretario de gobierno del estado. El presidente está reorganizando el ejército, muchacho. Este país es un desorden. Necesitamos hombres valientes como tú.

Gabino abrió los labios para contestar.

–Sería mejor que el niño no se esforzara –sugirió el médico con sutileza. José lo calló con una mirada.

–En cuanto te alivies, te reportarás a la escuela militar. ¿Me oyes? La patria no puede esperar, ¡te necesitamos! Pero antes aprenderás a montar. Si te curas, mañana mismo te llevo con el potrero para que escojas tu caballo. Hay una yegua pinta que te va a gustar. Está bronca. Tendrás que domarla. A la brava.

Gabino abrió los ojos como plato. Amalia suspiró. ¡Ay, ese patrón! ¿No estaba viendo el daño que le hacía al niño? Con tanta habladuría de armas y potros nomás lo ponía nervioso. Y *ora* mismo trataba la pobre criatura de sentarse.

¡Qué rojo se estaba poniendo con el esfuerzo! A punto estuvo de regañarlo, pero después de la mirada asesina que le lanzó al doctorcito, si se metía, segurito la correría de la casa.

Se amarró las manos bajo el mandil y se mordió la lengua. José asió a Gabino por los hombros y lo obligó a mirarlo.

–Prométeme que te curarás ya, hijo, y ahora mismo le aviso al caballerango que nos tenga lista a la Pinta.

Gabino asintió con la cabeza; luego cerró los ojos y cayó en un profundo sueño.

La Pinta

El caballerango la sacó del establo y Gabino quedó prendado irremediablemente de aquella potranca tricolor, salpicada con manchas blancas, negras y de color caramelo. Era de contextura macho, grande y robusta. Poderosa. El hombre la tiraba de la cuerda, pero la yegua se resistía áspera, ladeando la cabeza, las orejas nerviosas, la mirada altiva, el hocico jadeante, mordisqueando el freno. Era hermosa, mucho más hermosa que cualquier caballo entero, pensó Gabino.

Se acercó a tocarla, sin miedo. Quería sentir esos músculos tensados, hundir su nariz en su crin y olerla. Temía que en cualquier momento se iba a despertar en su cama, empapado en sudor, y que se llevaría el chasco de que todo era un sueño. Pero no. La yegua ahí estaba, alzando polvo con los cascos, al alcance de su mano. Se encaminó hacia ella, temblando con anticipación. Le urgía pasarle la palma a aquel lomo sudado, salpicado con pimienta y cajeta.

—¡Espérate, muchacho! —ordenó José—. Está bronca y debemos quebrarla.

Con gran satisfacción, José contemplaba la escena desde el barandal de la rotonda. De chamaco, con sus propias manos, había ayudado a construir ese círculo al que llevaban los caballos al torno —a dar vueltas a la redonda hasta que aprendieran a caminar de izquierda a derecha y de derecha a izquierda—. Ahí merito había pasado incontables horas, dando vueltas y vueltas, para ejercitar a los equinos. A la edad de Gabino ya había domado su primer alazán. Aunque más bien había sido al revés. El caballo lo había domado a él, y ahora ahí estaba su hijo. Igualito a él. Sólo había que verle esa cara de ansiedad. Hasta en eso era García Allende, pensó con orgullo. Tenía sangre de jinete.

Gabino agarró a la potranca con los ojos, no fuera a esfumársele.

—Dele usted las riendas, maestro —ordenó José al entrenador.

El hombre obedeció. Llamó al niño a su lado y Gabino corrió lo que quedaba de distancia. Se acomodó enfrente del entrenador y este, rodeándolo con los brazos, le agarró las manos y le entregó el cuero. Lo manejó como títere. Lo guio, mostrándole cómo soltar y retraer la cuerda, acechándola, sujetando el exceso.

—Agárrala fuerte —le dijo.

Gabino igualó los pasos del maestro en aquel baile hacia adelante y hacia atrás. Se mecieron con gracia, a la par, en un ritmo suave pero firme. El hombre chasqueaba la lengua. La yegua respondía con recelo; paraba las orejas vivas y alzaba la cola.

Relinchó. Mordió la cuerda y brincó de un lado a otro, en dirección opuesta, participando, sin querer, en la danza de hombre y bestia.

—Mira. A esta le gusta la música —comentó el caballerango y comenzó a silbar quedito.

La yegua alargó el cuello, irguió las orejas y cesó su brío. Los miró con desconfianza. El caballerango se le acercó, despacio, recortando la cuerda, y cuando alcanzó el freno, la sujetó. Soltó la mano al chico, que por fin pudo acariciarle la frente ancha y plana.

—¡Qué mandíbulas tan fuertes! —exclamó extasiado.

La yegua lo abrazó con ojos vivos y brillantes, poblados con espesas pestañas.

Nadie pudo haber anticipado el descalabro que a continuación se suscitó. El animal se encabritó. Se alzó de manos, imponente, y pataleó furioso. El caballerango reaccionó justo a tiempo. Empujó a Gabino fuera del alcance de los cascos, pero al hacerlo, soltó las riendas. La yegua salió disparada y corrió, encabritada, a lo largo de la ronda. El caballerango corrió tras ella y a sombrerazos trató de acorralarla, pero aquella se defendía, bronca. En medio de tal conmoción se escuchó, de pronto, una dulce melodía. La yegua se paró en seco, sacudió la cabeza y resopló. Se quedó quieta, jadeando hipnotizada. Gabino tocaba su flauta.

Gabino no faltó un solo día a su entrenamiento. A las cuatro de la madrugada se despertaba feliz, se aseaba con rapidez, se tomaba un chocolate con pan de yema y corría a las caballerizas. Ahí se quedaba hasta la hora del almuerzo que compartía con el caballerango: champurrado con un plato de chilaquiles, o bien, de chilmole con tasajo. De ahí se iba a la escuela, a cumplir con la única condición que le había impuesto su padre: si quería ganarse su caballo, tenía que sacar buenas calificaciones.

Bajo el ojo vigilante del caballerango, Gabino aprendió a peinar, bañar y ensillar a la Pinta, poniéndole desde el cabezal hasta los amarros. Aprendió a quebrarla, echando la cabeza del caballo de un lado al otro, para que aflojara y para que a la hora de andar la mantuviera recta. Memorizó las técnicas de arrendar con mano dura pero con la sutileza de un cirujano. Adquirió destreza para ponerle la barbadilla y ejercitarla durante treinta minutos antes de salir al campo, o a la pista. Todo quería saber Gabino, desde el cepillado del pelaje hasta cómo aplicar una vacuna. Uno a uno se fue robando los secretos que el caballerango guardaba debajo del sombrero.

–Si un herrero hace mal su trabajo –decía el maestro–, uno debe saber cómo quitar las herraduras y volverlas a poner bien. Nadie lo va a ayudar cuando esté usted allá, solito en el monte, y la yegua se quede sin zapatos.

En la casona, a la hora del almuerzo, Gabino mareaba a la familia con su minuciosa descripción de su aprendizaje. No tenía otro tema.

–Ya cállate –se quejaba Ignacio. Sentía como si hubiera perdido a su hermano, y mejor amigo, por un caballo. Aquellas escapadas al río ya no se daban. Las batallas imaginarias en el último patio tampoco. Desde que Gabino tenía a la Pinta, lo único que quería hacer era montar o hablar de su yegua.

Ignacio no tardó en exigir su propio caballo. A José le agradó que su hijo legítimo mostrara interés en los caballos, pero sabía que en el fondo no tenía sangre de jinete.

–Me da mucho gusto que quieras un caballo –le dijo–. Pero entiende que aquí no se trata nada más de montar, sino de cuidar al animal. Te vamos a prestar el alazán, pero escucha bien, el derecho a ser su dueño te lo tienes que ganar. Ve con Gabino a la cuadra y a ver qué cuentas me dan de ti después.

Ignacio no aguantó ni una semana. Eso de levantarse a medianoche y embarrarse los botines con mierda de caballo no era para él. Gabino jamás se caía de su yegua y él, en cambio, se la vivía revolcado en el lodo. Traía las posaderas negras por los moretones de cada zurrada.

Al final, por puro orgullo, aprendió a montar; pero cuando llegó el momento de tener que asear al caballo, pintó su raya. ¡Aquel caballerango quería que fuera su esclavo! Y además de despacharle órdenes se burlaba de él cada vez que podía.

El dictamen de su padre fue inapelable: Ignacio no estaba listo para un caballo.

El Cotizudo

Oaxaca, 1846

Amalia sirvió el café de Talea en pocillos de barro. Era el regalo que su padre le había traído del rancho, en su último viaje a Natividad. Cada seis meses iba el anciano músico al pueblo y de ahí cruzaba de Natividad a Talea, a pie, a buscar el café. Llevaba su *pizcador* lleno de pan de yema, manzanas y duraznos de la huerta para hacer el trueque: los frutos a cambio de café, que en Talea, por ser un clima cálido, se daba en abundancia. El día previo, en el parque, al terminar de soplar la flauta con Gabino, le había dado ese regalo. Sabía cuánto le gustaba a Amalia moler en el metate y hervir el cafecito. Nadie lo preparaba como ella.

En el patio, Lencho y Hortensia aceptaron la taza humeante que Amalia les ofreció junto con un marquesado de membrillo, también de su pueblo. Esa era la rutina. Al anochecer, tan pronto terminaban sus faenas, se reunían en el patio a platicar los sucesos del día y tomar su café. El pretil de adobe a lo largo del corredor les servía de asiento. Las macetas de begonias, lilas y geranios, que Lencho cuidaba con tanto cariño, alegraban las veladas. El jardinero se sentía muy orgulloso, particularmente, de la hermosa enredadera que llegaba al techo y que siempre estaba dando flores amarillas. A la luz de la luna, abrigados con sus sarapes y el calor de sus pocillos, platicaban hasta que el cuerpo se rendía.

–Don José está estropeando a ese muchacho –comentó Amalia.

Hortensia sorbió ruidosamente. Le gustaba tomarse el café así, hirviendo.

–Ay, Amalia, ya va *usté* de nuevo a meterse donde no la llaman –dijo–. Allá sus padres que saben lo que hacen.

–Está muy tierno para que le estén enseñando esas cosas de hombres, Hortensia. Ya vio usted qué susto nos dio cuando se le fue la bala. ¡Por poco y mata al guajolote! Ahí nomás quedó un hoyo en la pared de este tamaño, más grande que el hueso del aguacate. ¡Hágame el favor! Si no puede ni cargar el rifle el chamaco, dígame nomás usted, ¿cómo quiere el patrón que defienda la patria? Está mal, don José. Lo dejó loco la bruja, eso hizo, y *ora* el que paga por sus pecados es el niño.

Lencho pizcaba las flores marchitas de las macetas. Antes de que estallara el primer trueno sintió el agua en los huesos. Alzó la vista y lo confirmó. El fleco de lluvia se colgó de los árboles como un chal gris. Las mujeres se cubrieron las piernas con sus sarapes.

—Anoche me volví a encontrar al Cotizudo —dijo el jardinero—. Venía de vuelta del figón cuando lo hallé, ahí en el camino.

—¡Ave María Purísima! No diga usted —exclamó Amalia, entre dudosa y crédula. La piel se le puso chinita. Se persignó por si acaso.

—Estaba en el mismo sitio de siempre, bajando la cuesta.

—Ya le dije que en ese monte pasan cosas raras, Lencho —lo regañó—, pero ahí va usted de terco. Un día de estos el Cotizudo se lo lleva. No sería usted el primero en desaparecer.

Hortensia soltó una risita.

—¿*Pos ora* qué hoja le convidó doña Ramona en la pulquería? —preguntó—. ¿Qué le dio? ¿Un *amargo pa'bajarse* su taco de rajas?

El jardinero rio con gusto.

—Eso hubiera estado bueno. Viera *usté* cómo estaba lleno de soldados el changarro. Se acabaron toditito el tepache; los militares, ni las rodajas de rabanitos y limón dejaron. Me tuve que regresar más seco que estas flores.

Lo dijo señalando el cerrito de flores marchitas que había pizcado. Sus palabras alarmaron a Amalia.

—Oiga, ¿y por qué había tanto militar si ayer no fue día de raya?

—Eso les pregunté. Dijeron lo mismo que don José. Los tienen encerrados más de la cuenta. Se vienen tiempos malos... hay pleito al norte, por allá por Texas.

—¿Otra vez? ¿Y *ora* por qué pelean esos revoltosos?

—*Pos* ya ve cómo son. Primero que porque ya no querían ser mexicanos. Así *jué* que se quedaron solitos con su república. Y *ora* porque se quieren juntar al país de arriba, a los Estados Unidos.

—*Pos* que se vayan a donde quieran, ¿no cree? ¿Aquí para qué los queremos? De por sí no alcanzan las tortillas.

–No, oiga, el problema es que el vecino ya se quiere llevar todo el taco. No sólo quieren Texas, sino el norte completito. Al rato ya no habrá México. Y luego, ¿a quién va a mandar el Manco? No, si *pos* por eso el señor presidente no los suelta.

El silencio los abrazó. A lo lejos, el grito del coyote rayó la noche.

Hortensia se empinó el resto de su café y se levantó. Sacudió su sarape y lo dobló.

–Es cierto lo que dicen los soldados –dijo–. En mi pueblo, el ejército se está llevando a los muchachos a la *juerza*. Por eso, mire *usté*, Amalia, está bien que el niño Gabino aprenda a defenderse. Y *usté*, Lencho, cuídese bien, porque si no se lo lleva el Cotizudo, seguro se lo lleva el señor presidente.

6

Nuestra Señora de la Soledad

Oaxaca, 1920

¡Qué hermosa se ve la iglesia!, pensó Patricia al entrar. La Basílica de la Soledad estaba decorada de lujo la víspera de aquella fiesta mariana, la más celebrada en la ciudad, el aniversario de la Patrona. Eran las seis de la tarde y en el atrio ya comenzaba a congregarse la peregrinación del convite. Su obligación, como madrina de la fastuosa calenda, era encabezar aquel desfile que invitaba a los vecinos del barrio a la celebración. Por tradición, el cumplimiento dictaba que se recorrieran las calles, regresando al templo entre la una y dos de la madrugada.

Voy a acabar con los huesos molidos, pensó; pero eso no era lo más grave, lo peor era aquella corona enflorada de su atuendo. Pesaba más que un saco de mazorcas y el peso le estaba provocando jaqueca. No se la iba a quitar, decidió, eso no. Se la habían traído especialmente del pueblo de Trinidad de las Huertas y no podía hacer la majadería de despreciarla. No. Aguantaría el suplicio así como Cristo había aguantado su corona de espinas y le ofrecería el sacrificio a Ella, la Reina de los Cielos, por ser su cumpleaños.

Se ciñó el rebozo y atravesó el pabellón dirigiéndose a la sacristía a buscar al párroco. El templo, estilo barroco, era simplemente suntuoso. Los muros de cantera verde contrastaban con la piedra amarilla de su portal espléndido. El diseño de biombo, las obras de arte y las esculturas exquisitas en el interior exaltaban la fe de cualquiera. Un verdadero tributo para la Patrona.

Al sacerdote lo encontró en el confesionario. Atendía a una última penitente con la cortina abierta. Cuando vio a Patricia, el hombre de Dios rápidamente recetó la penitencia a la arrepentida, le extendió una bendición desganada y la despachó. De ahí se acercó, cojeando, a saludarla.

—Mi querida señora —dijo, asiéndole el brazo para apoyarse en ella—. ¿Cómo está usted, hija? ¿Lista para la caminata?

El párroco era un hombre entrado en años, cojo por la artritis y con fama de ser un testarudo. Las malas lenguas decían que era alcohólico, pero a Patricia lo único que le constaba era ese carácter difícil y de modo tan rudo, que seguido lo metía en problemas con las autoridades.

—No sé si lista, padre, más bien resignada. No sabe lo incómodo que es este disfraz.

El sacerdote rio y le palmeó la mano. Cuando menos hoy andaba de buenas, pensó Patricia. Eso era algo.

—Y dígame, señora, ¿qué pasó con nuestro señor gobernador?

—Eso vengo a contarle, padre. No sabe usted qué lío. Sentémonos aquí tantito y le cuento.

El peso del hombre comenzaba a lastimarle el brazo. Se sentaron en una de las butacas.

—Ahora sé, a ciencia cierta, que García Vigil es enemigo de las cosas santas —dijo ella—. Imagínese que no quería permitir la celebración.

—¿Pero qué me dice? —exclamó él.

—No, padre. No quería. Tuvimos que rogarle. Por fin, después de muchas caravanas, nos concedió el permiso, pero ya sabe, a condición de que pagáramos los derechos.

—¡Claro! Siempre sacándole dinero a la Iglesia. Dígame, ¿cuánto hay que pagar?

—De eso no se preocupe, padre. Gracias a Dios, un alma generosa donó la cantidad. Lo que sí lamento decirle es que exigió, rotundamente, que cambiáramos las marmotas y los monos por faroles japoneses.

—¡Hágame el favor!

—Sí. Alegó que las marmotas y los gigantes son «adefesios insoportables a los ojos de la cultura».

—¡Y qué cosa sabe ese hombre de cultura! ¡Las marmotas han sido parte de nuestras calendas oaxaqueñas desde el siglo XVII!

—Lo mismo quisiera yo saber, padre. Pero qué le vamos a hacer...

—¡Tontos y arrogantes que son los hombres cuando están lejos de Dios!, hija. El poder y la avaricia, eso es. Vicios que encarroñan el alma de nuestros gobernantes. Ya lo ve, en nombre de la «igualdad» arrebatan las tierras, cierran los templos, obligan a los chicos a pelear guerras sin sentido. Y luego se dicen ser justos. ¿A eso le llaman justicia? El pueblo quiere trabajar, comer y rezar a sus santitos. Vivir en paz. Nada más quiere nuestra pobre gente.

La ira del sacerdote iba en aumento. Temblaba de coraje.

—No se altere, padre. Nada pasa. Mientras más pretenda el señor gobernador quitarnos la fe, más venimos a venerar a nuestra virgencita. Escuche nada más el gentío que se está juntando allá afuera. Pase lo que pase, aquí estamos.

—Dios la bendiga por encargarse de esos trámites tan engorrosos, hija. A mí, el señor gobernador me tiene negada la audiencia. Mejor así. No vaya yo a decir algo que perjudique a mi congregación. Ya ve que luego se me va la lengua.

—De nada, padre.

Patricia pensó que quizás ese era el momento de abordarle el otro tema. Ahora mismo que estaba tan agradecido con ella.

—Padre, tengo un favor que pedirle…

—Por supuesto, hija, dígame en qué puedo servirla.

—Es sobre las comidas de los domingos, padre. Usted bien sabe cómo está nuestra situación en estos momentos. No me están pagando las rentas. He tenido que recortar gastos. La quincena no me alcanza para alimentar a tanta gente. Cada día vienen más…

El semblante del sacerdote se oscureció. Frunció el ceño, severo. El tipo cambiaba de humores en un instante, pensó ella. La fama de ser una persona difícil, colérica, no se la había ganado gratis.

—A ver, hija. Recuerde que precisamente en estos momentos de necesidad es la obligación de todo cristiano seguir el ejemplo de Nuestro Señor y compartir. Dios es grande y proveerá. No lo dude. Oremos por ello. Y ahora discúlpeme, pero me espera el sacristán.

A Patricia le quedó claro que el sacerdote jamás la absolvería de esa responsabilidad. Su realidad económica no le interesaba, seguiría considerándola como la rica de su congregación. Insistir sería perder el tiempo. Ahí no había más remedio que echarle más agua a la olla de frijoles y servir tortillas en vez de pan.

—Pase usted, padre. Yo aquí me quedo, tengo mucho que pedirle a nuestra virgencita…

Si el sacerdote captó su ironía, no lo demostró.

—Buenas noches, doña Patricia. Me quedo tranquilo sabiendo que la calenda está en sus manos.

Se despidieron.

Patricia se acercó al nicho de oro de la Virgen y tras persignarse se arrodilló ante la Santísima. Le urgía entibiar su cuerpo y su espíritu con su amorosa mirada. Le encendió una veladora y al hacerlo la luz titilante iluminó las perlas y piedras preciosas bordadas en su manto de terciopelo. De inmediato sintió esa paz que solía abrazarla cada que se encomendaba a la Milagrosa.

–Aquí me tiene, virgencita –rezó–. Yo, mujer de pensamientos impuros, sé que no tengo derecho de pedirle más de lo que ya me ha concedido, pero por favor, apiádese de mí. ¡Arránqueme este amor errado que me consume! A usted le consta que trato de alejarme de la tentación, pero ayúdeme, que yo sola no puedo. Siento que enloquezco. Y por favor, Señora, ayúdeme con Antonio. Ya ve que el vicio lo está matando. Interceda por él, se lo ruego. Si mi hermano ya vendió su alma a Satanás, entonces aléjelo de mí y de mi familia. Es lo único que le pido, Madrecita; y de paso, bendiga usted al alma caritativa que pagó la deuda a la joyera. ¡Qué vergüenza! Confío que tan fina persona tendrá la prudencia de ser discreta. ¡Ah! Por último, cuídenos de estos gobernantes que hacen todo con las patas. En cualquier momento nos dejan en la calle. Denos fuerzas para seguir luchando por lo nuestro, Madre mía. Se lo suplico por el amor a su Hijo que descansa en su regazo. En el nombre del Padre, del Hijo y del Espíritu Santo. Amén.

Afuera, las primeras ruedas de cohetería detonaron escandalosas. La peregrinación comenzaría en cualquier momento.

Se persignó, se incorporó y salió de la iglesia.

Los conocidos prontamente salieron a su encuentro. «¿Cómo está usted, comadre?», la saludaban y ella correspondía con las reverencias acostumbradas: «¡Mire qué guapa se está poniendo su niña, doña Fulana!». Y: «¡Qué gusto verla, doña Zutana!».

El bullicio de las catrinas –los cohetes– y la alegría general llenó el atrio. Patricia se abrió paso entre la muchedumbre y se colocó al lado del sacristán, en la primera fila, en el lugar asignado a la madrina. La banda de alientos se acomodó al final de la cola. Los músicos afinaron sus instrumentos, aportando algarabía. Era la hora del convite.

El maestro dio la señal y la orquesta entonó la música. La peregrinación comenzó su marcha y avanzó bailando y cantando a lo largo de la calle. De pronto, al doblar la esquina, aparecieron las marmotas. Eran globos de dos metros de diámetro, construidos con carrizo y madera, cubiertos con mantas. Un joven con actitud desafiante cargaba la marmota más grande. Tras él arribaba un grupo de muchachos que también parecían retar al mundo con sus «gigantes»: los monos prohibidos.

Al verlos, la multitud se detuvo y la música murió. El silencio se alargó hasta que alguien en la orquesta comenzó a aplaudir con timidez. El resto de los peregrinos no se hizo esperar, rápidamente se unieron al aplauso con entusiasmo estrepitoso: «¡Que bailen las marmotas!», gritó alguien. «¡Que vengan los monos!», gritó otro.

El sacristán no supo qué hacer y Patricia, viéndolo vacilar, inmediatamente tomó riendas en el asunto. No podía permitir una revuelta, porque eso sí le daría pretexto al gobernador para cancelar la calenda.

–Ustedes, los de los faroles, vengan conmigo –ordenó, y se encaminó decidida al encuentro de los jóvenes. Los faroleros la siguieron obedientes.

Patricia abordó directamente al chico que lideraba el grupo.

–Buenas noches, muchachos –los saludó, mirándolo a él fijamente. El joven la miró de hito en hito, altanero.

–Ni se le ocurra detenernos, señora –le advirtió.

–Por el contrario, joven –contestó–. Aquí todos son muy bienvenidos. Lo único que queremos pedirles es que si van a marchar con nosotros, por favor cuelguen estos faroles a los muñecos –así diciendo, los señaló. Los faroles estaban raquíticos y horrorosos.

–¿Y para qué quiere usted que hagamos eso? –preguntó.

–Porque si se los colgamos cumpliremos con el mandato de las autoridades y así no les daremos pretexto para que nos arruinen la fiesta.

–Por eso no se preocupe –contestó el bravucón–. Eso no lo permitiremos.

Es un necio, pensó Patricia. Otro joven ansioso por corregir los males de los políticos y qué mejor que defendiendo a la Madre de Oaxaca.

–Recuerden que aquí lo importante es honrar a nuestra Patrona –dijo en voz alta para que sus compinches la escucharan–. Sigamos su ejemplo de bondad, caridad y obediencia. Bien dijo nuestro señor Jesús Cristo: dadle al César lo que es del César y a Dios lo que es de Dios. Aquí los faroles son del gobernador y nuestra fe, con marmotas o sin ellas, es de la Patrona.

–¡Hágase a un lado, señora, por favor! –exigió el joven. Venía preparado para la lucha y no quería escuchar ninguna negociación que le impidiera mostrar su heroico fervor.

–Espera. Tiene razón la señora –se atrevió a intervenir uno de los seguidores–. Hay que pensar en la Virgen. Después de todo, esta es su fiesta.

Un murmullo de aprobación se dejó escuchar entre las filas. El chico miró a los suyos con resentimiento.

–¡No se acobarden! –gritó–. Sigan adelante. Apártese, señora.

Justo entonces se escuchó la voz que Patricia tanto amaba y tanto temía.

–¡Hagan lo que les dice la señora! –ordenó imperiosamente–. Ustedes dos, cuelguen los faroles a las marmotas.

Patricia sintió desfallecer. Ahí estaba, enfrente de ella, el amor negado. El hombre era alto, gallardo, de pelo rubio, entrecano y ojos negros, intensos, enmarcados por unas cejas espesas. Patricia hubiera reconocido esa voz aun sin verlo.

La mirada que entretejieron los detuvo en un espacio inalcanzable, donde sólo ellos existían. No cruzaron una sola palabra. No había necesidad. El diálogo entre ellos iba más allá del léxico. El hombre se acercó con paso decidido y, en un último instante, le quitó los ojos de encima y los plantó en los faroleros, quienes se apresuraron a acatar el inapelable mandato.

Decoraron la marmota y regresaron a sus lugares.

Los peregrinos rompieron en aplausos. El joven líder comprendió que había perdido el poder de mando.

–Está bien –dijo renuente–. Pero le advierto a usted, señora, que si la policía nos bloquea el camino no responderemos.

–No lo harán –dijo ella.

Patricia se colgó del brazo de uno de los faroleros y juntos regresaron a formarse. No volvió a mirar al hombre amado pero tampoco volvió a pensar en otra cosa que no fuera en él. Todo su ser temblaba con la caricia de aquellos ojos. Sus oídos repetían la voz en un eco tormentoso: «Hagan lo que dice la señora… la señora… señora… señora». Le urgía regresar a casa y darse permiso de perderse en el recuerdo de él. Le urgía terminar con ese desfile. Le urgía quitarse esa corona.

La música comenzó de nuevo y la peregrinación retomó su marcha. Los peregrinos alzaron las varas de carrizo, adornadas con papel de china y flores, y marcharon bailando. Bailaron las marmotas, sacudiendo los faroles entre cohetes y repiques de campanas. Patricia caminó como sonámbula.

Volvieron al templo a las doce de la noche en punto a cantarle a la festejada *Las mañanitas*. Acabada la misa, se dispersaron y recorrieron los puestos alzados a lo largo de las calles: fritangas, empanadas, frutas, dulces regionales y nieves oaxaqueñas. La fiesta de la Virgen alegró el resto de la noche, con todo y marmota, hasta las cuatro de la mañana. A la hora acordada la recogió Pánfilo.

En la carroza, Patricia se despojó de la corona y se aflojó los botines. Estaba agotada. Se sobó las sienes adoloridas y cerró los ojos. ¡Qué ganas de llegar a casa y encerrarse en su recámara! Necesitaba olvidarse de todo. Sobre todo, necesitaba olvidarse de él.

En el portón de la casona los esperaba Dolores. Estaba en camisón, con el cabello desordenado. Al verlos llegar, corrió a su encuentro. Que estuviera ahí, esperándolos, quería decir que algo andaba mal.

—¿Qué pasa, hija?

—Nos vinieron a avisar que la tía Cienne se enfermó. Las monjas quieren que vaya usted a verla cuanto antes. ¿Por qué no voy yo, mamá?

—De ninguna manera. Pánfilo, lléveme al hospital en este instante. ¡Apúrese!

La tenían amarrada a la cama pero, a pesar de las ataduras, dormía como una niña. Por su aspecto —el cabello desparramado y las sábanas revueltas— era obvio que la monjita había resistido el ultraje con cada fibra de su frágil ser. Yacía acurrucada en posición fetal, las cuerdas alrededor de sus tobillos y sus muñecas. En una mano sostenía, como si fuera una cruz, la flauta del tío Gabino.

Al verla, Patricia sintió piedad. Algún día, no muy lejano, así estaría igual que ella, a la merced de otros, sin voz ni palabra para protestar decisiones ajenas. ¿A quién le tocaría decidir por ella?, se preguntó acongojada.

Se acercó a la cama y comenzó a soltarle las ataduras.

—El doctor ordenó que la tengamos amarrada, doña Patricia —protestó sor Elena, la monja que la atendía.

—No se preocupe —dijo ella, aflojando la siguiente cuerda—. Al doctor déjemelo a mí.

La monja no se atrevió a contradecirla.

–Si viera qué mal se puso su tía, señora –dijo ofuscada.

–Lo sé. Así suele ponerse. Y por eso precisamente aquí la traje, para que la cuidaran, no para que la amarraran así, como si fuera un animal.

–Es que está bien fuerte la hermana. Mire nada más la patada que me metió –y así diciendo se alzó la manga del hábito y le mostró un moretón–. Fue el ruido de los cohetes. La pusieron muy nerviosa.

Eso era verdad. Los ruidos parecían afectar a la tía más que cualquier otra cosa, pensó Patricia.

Eso y los lloriqueos de Luchita.

Le desamarró los pies y le sobó los tobillos. La tía gimió.

–My baby… give me back my baby…

–Tráigale algo de beber, por favor –pidió Patricia.

Sor Elena vaciló pero al final obedeció y salió del cuarto. Patricia terminó de soltar las cuerdas. La anciana tenía llagas en las muñecas. La piel, delgada como papel de china, estaba ensangrentada. ¡Y qué mal olía! Ella, que siempre olía a jazmín. Alguien le había puesto un pañal de tela. Tendría que bañarla.

Se dirigió a la ventana, abrió las cortinas y dejó entrar el aire fresco de la mañana. Regresó a su lado y se sentó junto a ella.

La tía Cienne entreabrió los ojos y miró a su alrededor confundida. Al ver a su sobrina, le sonrió con dulzura.

–A stóirín…

Ella la besó en ambas mejillas y le acarició el cabello.

–Le mandé a pedir su chocolate, tía.

La monjita le apretó la mano en agradecimiento. Trató de moverse y sólo entonces cayó en cuenta de que su otra mano sostenía la flauta. Miró el delgado instrumento, extrañada, como si lo viera por primera vez. Finalmente se lo entregó a Patricia con un suspiro. Esta lo colocó en el buró.

–Me parece que pasé muy mala noche. –Se miraba las manos, inspeccionándose las llagas–. No sé qué pasó. Creo que tuve un accidente… *Aye!* Qué dura es la vejez. Dios mío, mejor ya llévame a tu reino…

–No hable así –la regañó Patricia–. Dios se la va a llevar cuando le dé la gana y no cuando usted disponga. Usted se lastimó porque se alteró con el escándalo de la fiesta, tía. Eso es todo. Pero no se preocupe, ahora mismo le damos un baño y le curamos esas heridas.

–Haz de mí lo que quieras, *a stóirín*.

La ayudó a levantarse, la encaminó a la tina y con amoroso cuidado la desvistió y la bañó. La tía se dejó hacer. De cuando en cuando la abrazaba agradecida.

Sor Elena regresó con la vajilla y encontró a las mujeres ya instaladas en la salita, platicando campechanamente. Patricia le vendaba las llagas con gasa.

–¡Qué bien la atienden a usted! –exclamó y colocó el chocolate en la mesa.

–Ya lo ve, hermana –sonrió la paciente–. Estos mimos se los gana una con las canas. ¡Qué bien huele el chocolatito! Tengo mucha sed.

–¡Qué bueno! Y por eso aquí le traigo un pancito de manteca también. Lo acaban de hornear. A usted también le traje el servicio, doña Patricia. Se le mira cansada.

–Gracias –contestó la aludida–. Déjelo ahí, por favor, y váyase a descansar. Yo aquí voy a estar un rato con la tía.

La monja la miró dudosa.

–¿Está segura?

–Sí, sí. La llamo cuando me vaya.

–Muy bien. Pero no se olvide de darle el jarabe. Son dos cucharaditas por la mañana y dos por la noche. Hay que dárselas con el almuerzo.

–No se preocupe, yo se las doy.

La monja se retiró y Patricia sirvió el almuerzo. El cansancio se le había espantado. ¡Demasiadas emociones fuertes para un día!, pensó. El dolor de cabeza también había desaparecido milagrosamente. No cabía duda que el mejor remedio para olvidar las penas propias era atender las ajenas.

Por su parte, la tía se notaba serena, casi alegre. La brisa de la mañana y el cucurrucucú de las palomas se filtraba por la ventana. El cielo, despejado, anunciaba un día de mucho calor.

Las mujeres se miraron con afecto, cómplices en aquel momento de armonía.

–Yo sé que no estoy bien, *a stóirín*.

La tía soltó la frase así, sin preámbulo. Patricia no supo qué decir. Apuró el último trago y colocó la porcelana en la vajilla.

–Mira nada más qué cara pones. ¿Te sorprende tanto que esté consciente de mi locura? *I'm as mad as a box of frogs.*

Patricia abrió la boca para protestar pero la tía la interrumpió.

–*Aye*, estoy loca –dijo.

–Usted no está loca, tía –dijo finalmente, pero el rostro le hirvió al instante. No sabía decir mentiras, por piadosas que fueran–. Usted está enferma. Eso es todo.

–Deja de afligirte. Tengo que aprovechar estos momentos de lucidez para darte las gracias. Bastante ya has hecho por mí. Lo mejor que Dios me dio fue tu familia. Tus padres, Ignacio y Gloria, con nada les pago que me hayan acogido así, con tanta generosidad. Tus abuelos, don José y doña Catalina, ni se diga, siempre cariñosos. ¿Y sabes qué es lo que más aprecio de todos ellos? Su discreción. Su recato. ¡Nunca me cuestionaron! Y luego, al faltar ellos, tú, sin tener por qué hacerlo, asumiste la responsabilidad de mi cuidado. Y aquí estás todavía, velando por el bienestar de esta pobre vieja, a pesar de los tiempos tan difíciles que vivimos.

–¡Pero si usted es mi tía! Además, ya sabe cuánto la queremos. Deje de hablar tonterías.

–Escúchame, *a stóirín*. No soy tu tía y yo sé que lo sabes. *Aimnt!* Tengo tanto que contarte y tan poco tiempo… tenemos que apurar la historia antes de que esa mujer perversa, doña Loca, me reclame todita. No sé quién ganará la carrera, si ella o su compinche, doña Muerte, pero lo que no quiero es que me lleven con todo lo que tengo que confesar. Necesito ventilar mis pecados.

–Le prohíbo que hable así –dictó Patricia–. Y ya sabe que para nosotros usted siempre será nuestra tía.

La anciana miró hacia afuera. Las palomas recorrían las vigas vigilantes de sus nidos. Su mirada se volvió lejana.

De pronto Patricia sintió la necesidad de compartirle sus propias preocupaciones.

–Tuve un encuentro desagradable con Antonio, tía. –La monja volteó a verla.

–¿Y ahora en qué lío anda metido tu hermano?

Patricia le contó del robo de las perlas.

–¿Recuerda usted ese collar de la abuela?

–Por supuesto que me acuerdo del collar de tu abuela. Era hermoso. Las perlas grandes, de un tono blanco concha nácar con destellos azul y rosa. Fue un obsequio de tu abuelo José. ¿Sabes? Y luego Catalina se lo dio a tu madre, Gloria, en su lecho de muerte.

Ahora sí que estaba lúcida la tía, pensó Patricia. Era como si los recuerdos le dieran vida. Lo mejor era llevarla por ahí, decidió, por el camino del pasado.

–A decir verdad, no me sabía la historia de ese collar. Cuéntemela, tía.

La anciana no se hizo esperar.

Dicen que la joya fue pertenencia de la emperatriz Carlota de Bélgica. Y puede que sea cierto, ¿sabes? A tu abuelo José le tocó vivir aquellos tiempos enrevesados cuando Juárez corrió del país a los franceses. Muchos años después, estando Castro de gobernador de Oaxaca, muere Juárez. Rápidamente le asignaron a tu padre, Ignacio, la lectura del discurso oficial por el patriota fallecido. ¡Qué te puedo decir! Fue una ceremonia verdaderamente solemne y triste. Tu madre salió al palco del palacio municipal colgada del brazo de su marido, vestida de luto, sin más adorno que ese collar de perlas que tu abuela Catalina, su querida suegra, le había heredado. La concurrencia quedó embelesada con Gloria. Su elegante apariencia fue de lo más platicado y también de lo más criticado, ya ves que eso nunca falta. Como cualquier político, Ignacio tenía enemigos de sobra. Era sabido que quería desbancar al gobernador y eso fue exactamente lo que hizo después, con el apoyo de Lerdo de Tejada. Aye!, la política. La ambición por el poder. Pura vanidad humana. Pero, dime tú, ¿de qué sirve ser reina, presidente o gobernador? A la tumba vamos todos con las manos vacías, sin títulos ni joyas...

Por eso, a stóirín, lo mejor es no aferrarse a las cosas materiales. ¿Qué importa que el collar haya sido de tu abuela? Las cosas de este mundo aquí se quedan. Mira los árboles, mira el viejo ahuehuete de Santa María del Tule, ahí seguirá, erguido en sus raíces, mucho después de que tú y yo pasemos a mejor vida. Sólo Dios sabe a dónde irá a parar a la larga el collar de la loca emperatriz. Ya vendrán otras mujeres que lo gocen y que lo lloren. Por eso desde ahorita suéltalo. Me da gusto que a pesar del robo de tu hermano la joya haya vuelto a tus manos. Pero no te apegues de nuevo. Eso del valor sentimental son necedades. Lo único que vale la pena sufrir es la pérdida, no de un objeto, sino del amor... No me mires así, ¿acaso crees que yo, por ser monja, no sé nada del amor? Te equivocas. Pero eso lo vendrás sabiendo a su debido tiempo...

Las posadas

Patricia decidió caminar a la tiendita de doña Trinidad para comprar lo que hacía falta para la posada. La tarde estaba hermosa y en esa temporada de Adviento la ciudad se preparaba para recibir al Niño Jesús. Era lindo perderse por las calles empedradas y contemplar los arreglos navideños. Miró el reloj. Tenía tiempo de sobra para ir a la iglesia a ver el Belén, pero primero pasaría a la tiendita por el musgo para el nacimiento. También faltaban pastorcitos; quedaban sólo dos, uno manco y otro decapitado, y con ese par de lisiados, las pobres ovejas estaban desamparadas. Si no estaban muy caros, compraría unos cinco pastorcitos, para tenerlos de reserva. Siempre se rompían.

Salvo el nacimiento, todo estaba listo para recibir a los santos peregrinos que, en este, el último día de las posadas, llegarían a la casona a pedir albergue. Por tradición, la novena del vecindario se celebraba ahí, en la casona. El final de los nueve días –que representan los nueve meses de embarazo de la Virgen– se festejaba con piñata, tamales, chocolate y mezcal. Ese año, ella había hecho la piñata con sus propias manos. No me quedó tan mal, pensó. Los siete picos, simbolizando los siete pecados capitales, resultaron un poco chuecos, pero eso nadie lo notaría. Igual la rompería alguien con los ojos vendados, para representar la ignorancia ante el mal. Con el palo de la «fe» la harían pedazos y los invitados correrían a arrebatarse los bienes: limas, naranjas, jícamas, cañas, cacahuates y manzanas. Ese año el aguinaldo eran bolsitas de cacahuates con tejocotes. También eso hacía falta, recordó, más tejocotes. Lo demás estaba listo para abrirles las puertas a los peregrinos que llegarían cantando sus villancicos, arrebujados contra el frío, y haciendo copa con la mano para proteger la flama débil de sus velas.

En el portal eligió su rebozo, empuñó su morral y salió a la calle. Hacía frío. El aire helado de las montañas, atrapado en el valle, se le coló hasta los huesos. Apuró el paso para entrar en calor. Olía a pino, a leña y a tejamanil mojado. Olía a Navidad. ¡Qué alegre se ponía la ciudad en esa temporada!

En lo alto de la calle se detuvo a mirar los *chachacuales*, ya instalados en los portales de la plaza. Vendían chucherías de la temporada, estampillas de la escena navideña, figurillas de palma y de barro, velas, incienso, rosarios y demás. Mantas teñidas cubrían los techos de sus puestos sostenidos con palos. En conjunto, desde arriba, semejaban una gran manta de cuadros. Los faroles, decorados con estrellas, colgaban de los postes. Cadenas de banderas picoteadas zigzagueaban como telarañas atravesando las calles.

La tiendita de doña Trinidad estaba en una esquina, a unas cuatro manzanas de la casona. Era un changarro de *no hay*, porque esa era la respuesta que invariablemente le daba la doña a sus clientes, por lo reducido de su mercancía. Patricia de cualquier manera iba ahí, y seguido, para salir del apuro y evitarse un viaje al mercado. Además, con los años le había agarrado cariño a esa mujer luchona y sonriente, agradable de trato. Era de las pocas que todavía obsequiaban un *algo* cuando los marchantes le compraban. El *algo* era un dulce, un trocito de ate o una fruta de temporada. A ella siempre le convidaba una trompada. Sabía que esos dulces eran su debilidad.

—Buenas tardes, doña Trinidad —la saludó al entrar.

—Pase, pase, doña Patricia —contestó desde el mostrador—. ¿Cómo está usted? ¿Y su familia? ¿Y cómo está la nieta?

—Seguimos de pie, gracias a Dios. Y la nieta cada día más grande. ¿Y usted?

—Aquí dando lata, para no perder la costumbre. Dígame qué le ofrezco.

—Busco musgo. También me hacen falta pastorcillos y tejocotes.

—Pues está usted con suerte, doñita, acaba de pasar el indio con sus figurillas de barro. Están muy bonitas, ya verá. Ahorita le traigo la caja. El musgo está allá, mire usted —señaló el armazón—. Agarre usted lo que necesite, con confianza.

Patricia se dirigió al retablo donde se alineaba todo tipo de productos: latas de manteca, botes de ciruelas, chiles en vinagre, chocolateras de hojalata, estropajos, escobas de otate y demás disímbola mercancía.

A un lado estaba un costal de reata lleno de musgo. Calculó la cantidad que necesitaba y la metió en su morral. La marchanta regresó con la caja de figurillas; la abrió, eligió varios pastores y los colocó en la vitrina.

–A ver cuál le gusta, señora. Este se ve simpático.

Le mostró la figurilla de un pastorcito gordito, con la camisa alzada. Se le veía el ombligo. Patricia eligió ese y dos más.

–¿Cuánto le debo?

–Deme usted dos monedas. Y el gordito lléveselo usted a su nieta, ahí cuando crezca que se acuerde de esta vieja.

–Ay, doña Trinidad, eso no se lo prometo, ¡ojalá se acuerde de mí!

Rieron. Patricia abrió el monedero y pagó. Después, por impulso, le pidió una bolsita de buñuelos. Los hacía sólo en esa temporada. Había quedado de verse con la tía de regreso en la casona y los buñuelos eran el delirio de la anciana. Se los llevaría de regalo.

–Aquí tiene, marchanta –dijo ella, entregándole la compra y además su *algo*.

Patricia se disponía a salir cuando la detuvo.

–¡Espérese tantito! No se vaya. Por poco y se me olvida que aquí le vinieron a dejar un encargo.

Buscó bajo el armario.

–Aquí está. Tome usted. Lo vino a dejar una sirvienta. Me encargó mucho que se lo diera. ¡Qué bueno que me acordé!

Le alcanzó una caja envuelta en periódicos.

–¿Y no le dijo quién me la mandaba? –preguntó Patricia, mirando el bulto con curiosidad.

–Nada dijo la mujer. Sólo que se lo diera yo a usted y a nadie más. Perdón, pero es que andaba yo bien apurada. Nomás le dije que me la dejara ahí. No averigüé, para qué le miento.

Aceptó el paquete que no pesaba. Lo metió en su morral, se despidió y salió de la tienda.

Caminó sin prisa, saboreando su trompada, deteniéndose en los puestos esparcidos aquí y allá a espulgar la mercancía. Había manualidades preciosas. Lástima que no hubiera para más de lo que ya había comprado, pensó. Cuando pasó por la Basílica de la Virgen de la Soledad, entró. Tenía tiempo de sobra.

Hoy la iglesia recibiría un gentío; era falta imperdonable para un oaxaqueño no asistir ese día al santuario. Los feligreses vendrían de todos los confines del estado a rendir culto ferviente a la Milagrosa

Matrona, porque sólo así, una vez preparadas las almas y dispuestos los corazones por el místico rezo, podían recibir al niño Dios que ya llegaría la noche de Navidad.

Buscó una butaca cerca del altar. Se hincó y se persignó. Después de un breve rezo se sentó a admirar el nacimiento. Estaba precioso. Un hombre tocaba el órgano. ¡Qué paz se sentía en el templo del Señor!

De repente se acordó del paquete. Abrió su abultado morral y lo sacó. La caja tenía el misterio propio de todo lo cerrado. Observó con detenimiento la envoltura de periódico. ¿Por qué lo habrían dejado en la tienda de doña Trinidad? ¿Por qué no se había hecho la entrega a su domicilio? ¿Quién lo habría mandado? La curiosidad se convirtió en desconfianza. Algo en ella le decía que no lo abriera, pero mientras más repasaba los ángulos inflexibles de aquella caja, más aumentaba su estremecimiento y su curiosidad.

Una campanada detonó sobresaltándola. Era hora de regresar. La tía seguro ya estaba esperándola. Lo abriré después, decidió, y lo volvió a meter en el morral. Se levantó, pero enseguida se volvió a sentar. No. Era mejor encarar lo que fuera ahí, pensó, en la santidad de la iglesia. Rasgó el periódico y lo abrió. Adentro, en el fondo de la caja, estaba una prenda. No tuvo que levantar el hermoso pañuelo perfumado para reconocerlo. El pecado estaba doblado en dos. A su lado yacía un mensaje escrito con mala caligrafía en un papelillo. Con el alma en un hilo y el puño tembloroso, lo leyó.

«Mándame mi aginaldo», decía el papel. La firma era de Antonio.

El nacimiento estaba en el lugar de honor de la sala, sobre una mesa cubierta de lino blanco. La tía Cienne ayudó a Patricia a poner el musgo y a colocar a los pastores. Cuando acabaron, esparcieron pétalos de rosas en el suelo recién lavado de los amplios corredores para señalar el camino que la procesión de la posada había de recorrer.

Satisfechas, se sentaron en la terraza a esperar a los santos peregrinos.

—Aprovechemos el tiempo, tía —sugirió Patricia. Necesitaba ocupar su mente en algo que no fuera la amenaza de su hermano—. Cuénteme qué pasó cuando llegaron a América.

—Está bien. Pero ¿qué tal si probamos los buñuelos? Voy a necesitar algo que endulce mis recuerdos.

Patricia sonó la campanilla y le pidió el postre. La tía lo devoró con ganas.

Fue triste nuestra llegada a Ameriki. Nadie nos quería en ese lugar. ¡Qué iban a querernos! Bajábamos de aquellos barcos hechos unos cadáveres, sucios y enfermos. La gente nos despreciaba, tenían miedo de que los contagiáramos o peor, que les quitáramos su trabajo. Sí. Los neoyorkinos nos miraban con asco, nos trataban como si fuéramos ratas porque esa era la propaganda que nos hacían los periodistas de la época. Nos dibujaban como una peste de ratas que invadía los muelles del puerto. Aye! El prejuicio es tremendo, pero ¿sabes qué era lo que más detestaban? Nuestra religión católica. En todos lados nos cerraban las puertas. Ya te podrás imaginar qué chasco fue para nosotros que pensábamos que en este continente encontraríamos una vida mejor, y en vez de ello encaramos humillaciones por nuestra raza y nuestra religión. Éramos los indeseables.

Acabamos en la calle mendigando y al final la única puerta que se me abrió a mí fue la de la iglesia, y a mi hermano, la del ejército de los Estados Unidos.

Te cuento.

Llevábamos días pidiendo limosna cuando me enfermé de gravedad. Rogan se espantó mucho y me llevó a una clínica en donde las Hijas de la Caridad de San Vicente de Paúl atendían a los pobres. Como sabes, la misión de mis hermanas vicentinas siempre ha sido recoger a niños abandonados, ancianos enfermos y mujeres derrotadas por el desencanto.

Por gracia de Dios, a mí me atendió sor Bernardina, ¡una santa! La monjita, muy joven por cierto, veló por mí, día y noche sin descanso. Yo, en mi delirio, entre sueños veía su rostro y creía que era mi hermana Edena. Varias veces la llamé así, Edena. Sor Bernardina se encariñó conmigo, digamos que me adoptó, y conforme me fui recuperando bajo sus amorosos cuidados, el cariño aumentó. Cuando supo que vivíamos en la calle, habló con la madre abadesa y le pidió que me dieran albergue en el convento. La priora accedió siempre y cuando mi hermano me diera en custodia a la hermandad. Al principio, mi Rogan no quiso. Temía no volver a verme. Como ya te conté, él andaba desesperado por encontrar trabajo. Se enteró que el ejército estaba reclutando soldados, que llevaban años peleando con México y que enlistaban a los jóvenes irlandeses recién llegados que no tenían ningún proyecto de vida. Les prometían salario, hasta tierra, y la legalización de sus documentos. Rogan no había considerado esa alternativa porque no quería dejarme sola, pero de pronto, las monjas nos daban la oportunidad de que él se enlistara mientras yo quedaba acomodada con ellas.

Al final, yo misma lo convencí de que me entregara al convento. Nos enteramos de que la madre abadesa estaba a punto de mandar una delegación de monjas a México para apoyar a las hermanas, quienes cumplían su misión en ese país. Ahora, con el advenimiento de la guerra, no se daban abasto en el Hospital de San Pedro y San Pablo atendiendo a las personas heridas en la batalla. La abadesa ofreció mandarme a México con la delegación para que, terminada la guerra, mi hermano pudiera reclamarme. «Estar en México me hará sentirme en comunión contigo», le dije a Rogan, para convencerlo. Al final, sólo por eso accedió, por la posibilidad de que nos volviéramos a ver. Así fue que me quedé con las monjitas y él se enlistó en la Armada de los Estados Unidos.

El día que me dieron de alta en la clínica nos despedimos. Rogan me prometió que en cuanto pudiera, iría a buscarme al hospital y que tan pronto acabara la guerra nos compraríamos un ranchito en un lugar bonito en México, con vastas praderas, verdes y fragantes, y ovejas de patas negras como las de nuestro pueblo irlandés. Un ranchito cerca del mar, donde viéramos el partir de las orcas y nos despertara el canto de las gaviotas. Aye, a stóirín! Ese fue nuestro último abrazo…

Mi hermano desertó de la Armada norteamericana. Te cuento los antecedentes para que comprendas por qué lo hizo. Cuando Polk, el presidente de los Estados Unidos, evocó su «destino manifiesto» para apoderarse de tierras mexicanas, muchos de nuestros soldados irlandeses se sintieron incómodos con las justificaciones de la invasión. «Es que son católicos», decía la prensa allá, mientras en el Congreso decían: «es que el destino de la raza anglosajona es apoderarse de todo el continente». Mis compatriotas no querían participar en ese abuso, pero igual que Rogan, no veían alternativa.

Resulta que justo un mes antes de que llegáramos a Nueva York, un irlandés de Galway, de nombre John O'Reilly, organizó a un grupo de soldados que habían sido testigos de las atrocidades en contra de los mexicanos y de la Iglesia católica. O'Reilly comenzó a escribir volantes de propaganda para que dejaran el ejército norteamericano y se unieran a la causa de México. Muchos acudieron a su llamada, aun cuando sabían que México seguramente perdería la guerra. Por su parte, los generales *mexicanos, al mando de las tropas que guarnecían la frontera, rápidamente iniciaron su propia campaña de reclutamiento. Les prometían a los soldados que en México obtendrían buena paga y tierras al final de la contienda. Apelaron a su sentido patriótico, además, haciéndoles ver que México, al igual que Irlanda, sufría por el acoso y la hostilidad de una nación protestante, así como su isla natal había sufrido por el abuso de Inglaterra. Todo esto despertó el amor propio de nuestros soldados irlandeses. Muchos decidieron apoyar lo que consideraron como una causa justa: la causa de México, la defensa de una nación católica invadida injustamente por su poderoso vecino, guiado por su afán expansionista.*

Durante las primeras batallas de Texas y Tamaulipas, varios irlandeses ya formaban parte de las huestes mexicanas y siguieron incorporándose otros, mientras los estadounidenses avanzaban hacia el sur. Uno de los grupos más nutridos de desertores irlandeses se dio tras la toma de Monterrey. Los estadounidenses bombardearon a propósito todos los templos de la ciudad y luego los saquearon, destrozando las imágenes de nuestros santos. ¡Imagínate! Los irlandeses recordaron los recientes incendios de templos católicos en Boston y Filadelfia. Sus conciencias fueron sacudidas y, por eso, decidieron cambiar de bando.

Dicen que en total llegaron a ser casi cuatrocientos soldados irlandeses. Formaron dos compañías de artillería y como artilleros demostraron extraordinario rendimiento en varias batallas, especialmente en Monterrey, donde defendieron con éxito La Ciudadela. En la batalla de La Angostura, igual. Diezmaron un batallón atacante y capturaron dos cañones estadounidenses. Sí, eran bravos mis soldados. Decían que en el combate eran «valientes como leones».

No sé cómo fue pero en algún momento O'Reilly cambió el nombre de la Legión al de Batallón de San Patricio y mandó a hacer una bandera: de seda verde, tenía de un lado la imagen de san Patricio, nuestro patrón de Irlanda, y por el otro lado un arpa y un trébol.

Te cuento todo esto porque, como ya te habrás imaginado, mi hermano Rogan fue uno de ellos. Cuando se enlistó quedó colocado bajo el mando del general Taylor en la frontera. Después de participar en la primera batalla, fue uno de los primeros en acudir al llamado de O'Reilly. Sí. Se cambió de bando, a stóirín. No lo pensó dos veces. Ya ves que era intrépido y arrebatado. Es más, mi hermano fue quien empuñó esa bandera verde que mostraba las palabras Erin go bragh: *Irlanda para siempre.*

Y mira cómo es el destino. En la batalla de Molino del Rey, Rogan y tu tío Gabino se conocieron. Fue un encuentro breve y trágico, pero ahora no puedo seguir. El alma me duele demasiado…

Nochebuena

Eligió el vestido color azul pastel. Si se iba a quitar el luto, lo haría con su mejor prenda. Patricia se acercó al espejo y lo modeló sobre su ropa negra y severa. Sí. Ese vestido largo de seda y holanes era el atuendo apropiado para la fiesta de Nochebuena. Algo sencillo pero elegante.

Se dirigió al baño. En la casona todo estaba listo para recibir al Niño Jesús, podía arreglarse con calma. Llenó la bañera con agua tibia y sales. Se sumergió y se dio un baño lánguido hasta que el agua se enfrió. Se secó y se vistió con cuidado, estirando las medias y ajustando las enaguas. Abrochó el último botón de su vestido y se sentó en el tocador a peinarse. Por impulso sacó de un cajón aquella caja empolvada que contenía los polvos de maquillaje. Tenía tiempo de no usarlos. Su aroma dulce y recargado la transportó de golpe a tiempos más gratos, tiempos de fiestas y banquetes a los que solía asistir del brazo de Javier. Tiempos aquellos cuando no había que regatear con las marchantas del mercado, cuando, ni por equivocación, se hubiera pasado el día en la cocina, como lo había hecho el día de hoy. Se olió las manos, olían a ajo y cebolla.

Se empolvó la nariz con las brochas y luego las mejillas, mirándose en el espejo con creciente curiosidad. ¿Qué hacían ahí, al lado de los ojos, esas líneas delgadas? Se puso las gafas. Estiró la piel por si la almohada le había marcado el cutis a la hora de la siesta. Pero no. Inútil negarlo. Las finas ranuras eran, sin lugar a dudas, patas de gallo. Los años no pasan en balde, pensó, y apartó los polvos con brusquedad. Se quitó la capucha que había usado en la bañera y se soltó el cabello que alisó con el peine, mirando su reflejo con detenimiento, como no lo había hecho en mucho tiempo. Pero ¿en qué momento se me aclaró el pelo?, se preguntó sorprendida. Se partió la raya mirándose el cráneo de cerca. ¡Ahí estaban! Las hebras blancas se entretejían aquí y allá. Las miró fascinada y después, tratando de no verlas más, se alzó los rizos en un chongo con la peineta. Se colocó los aretes, se colgó el collar de la abuela Catalina y regresó al cuarto a mirarse en el espejo de cuerpo entero. Giró de frente y de espaldas, estudiándose con ojo crítico. Su vanidad le dio un ataque de risa. Soy una ridícula, pensó. Perder el tiempo así, en contemplación del cuerpo, es un pecado, y a mi edad ¡un sacrilegio! La culpa la tiene él, decidió. Ese hombre la hacía sentirse como la jovencita que no era más. Hombre embustero…

Calzó los botines, asió su chalina y salió de la recámara con la cabeza hecha nudos. Lo vería en la Misa de Gallo. Esa era su preocupación. De tal manera que en lugar de acudir a la casa de Dios con el corazón limpio, ahí iba, inquietada por ese señor que nunca podría ser suyo. Te estás volviendo loca, se dijo, odiándose más que nunca.

El comedor lucía espléndido. El mejor mantel, la mejor vajilla y las mejores copas eran de ley ese día, el más festejado del año. El aroma delicioso del pavo relleno con castañas y nueces emanaba de la cocina. Petra y Nicolasa se habían esmerado para que el banquete quedara de lujo, aunque no incluyera el bacalao. No. Los pleitos con los soberanistas tenían parados los trenes. Los comerciantes que se habían aventurado con sus mulas a traer el pescado salado habían sido asaltados por los de la sierra. Ellos sí gozarían del platillo, pensó, bendiciéndolos de cualquier manera. Ojalá que lo compartan con sus familias, en vez de venderlo para emborracharse mientras sus chiquillos se mueren de hambre.

La sala en donde sería el baile después de la cena también estaba adornada para la ocasión. Enormes jarrones de flores decoraban el salón. Las sillas, alineadas en los corredores, estaban listas para que los bailarines pudieran descansar después de cada pieza. Farolitos de muchas gamas iluminaban los corredores y el zaguán. En una mesa larga, junto al pesebre, estaban los regalos ya envueltos. Eran pocos ese año. En el patio colgaba la piñata. Sí. A pesar de las penurias, la casona lucía linda para la Nochebuena.

Nicolasa entró a la sala con un jarrón de flores. Al ver a Patricia, por poco lo suelta.

–¡Doña Patricia! No la reconocí –exclamó, mirándola de arriba abajo. Ella, ofuscada, se afanó en mover las sillas.

–Ayúdame a sacarlas al corredor, por favor.

–¡Pero qué guapa se ve *usté*, oiga! –insistió la muchacha.

–Gracias, Nicolasa. Tú también te ves muy linda.

Era cierto. Este día los sirvientes se vestían *de limpio* y Nicolasa, en especial, se había esforzado. Traía puesto su estreno, un vestidito que Patricia le había comprado en el mercado. Sobre este traía su mandil blanco, almidonado y, gracias a Dios, pensó Patricia, hoy sí se había peinado las trenzas sin que nadie la regañara.

–Anda, pon esas flores en aquella esquina y ayúdame a sacar más sillas.

En eso estaban cuando llegó Dolores.

–¡Mamá! Se ve usted hermosa –exclamó igualmente sorprendida. Se le acercó y la abrazó.

–¡Ya vámonos! –contestó ella, sacudiéndose el piropo como si fuera una mosca–. Anda, que se nos hace tarde.

La que sí se veía hermosa, pensó Patricia, era su hija. Dolores se había dejado el pelo suelto, y ya casi le llegaba a la cintura. La mantilla enmarcaba su rostro acentuando sus ojos enormes, igualitos a los de su padre. Pero su mayor atractivo, sin lugar a dudas, era su sonrisa. A propósito, Patricia había invitado a la fiesta a la familia Sogaroi, una familia de abolengo con la que habían sostenido lazos desde hacía años, antes de que ellos se mudaran a la Ciudad de México. El hijo primogénito, Everardo, seguía soltero. Era un buen partido pero nunca se había casado porque padeció polio de pequeño. La enfermedad lo había dejado cojo. No era feo y a Patricia siempre le había parecido un excelente prospecto como yerno; pero por desgracia, su hija era de aquellas para quienes el físico lo era todo. Por eso, más que nada, se había enamorado del imbécil aquel que la había golpeado. Quizás ya escarmentó, pensó Patricia, esperanzada. Quizás la vida por fin le ha abierto los ojos para mirar la belleza que de verdad cuenta.

El primer repique de la campana del templo rayó la noche, convocando a la Misa de Gallo. A lo lejos se oyó también la voz del sereno cantando: «Las once y nuuubladooo». El sereno tenía una voz ronca y potente. Se apostaba en la mera esquina de la casona a cuidar la salud pública. Para que constara su vigilia, tenía que cantar la hora que daban las campanadas del reloj de la catedral, y además anunciar el estado del tiempo. Por tradición, el 25 de diciembre los serenos recorrían las calles acompañados de música de viento y a todos había que gratificarlos. Patricia ya tenía guardada la Nochebuena del hombre. Le entregaría su dinerito de pasada a la iglesia.

—¡Vámonos! —dijo—. Nicolasa, tráeme al Niño, por favor.

La costumbre dictaba que la madrina llevara al Niño Jesús en brazos desde su casa hasta la iglesia. A Patricia también correspondía la hechura del ropón de la sagrada imagen, así como los gastos de la fiesta.

Las mujeres salieron a la calle, Dolores cargando a Luchita y Patricia con la santísima imagen arropada en un manto de encaje que ella misma le había cosido para ahorrarse el gasto, sobre un mullido almohadón de seda de perfumadas rosas. Atrás iban Nicolasa y Petra con las velas apagadas, y al final Pánfilo.

La calle era un jolgorio. A esa hora salían de las casas del barrio las procesiones, las cofradías, las hermandades con velas apagadas, conducidas entre música y silbidos de pitillos de hojalata. Las señoras, cubiertas de bordados pañuelos multicolores; y los señores, luciendo sus mejores trajes, discurrían por la calle en abigarrado conjunto, en un ambiente de sana y piadosa alegría, unidos en la jubilosa peregrinación.

En la puerta de la iglesia esperaron al capellán quien, a las doce en punto, revestido de capa pluvial y a los acordes de la alegre música, recibió de los brazos de Patricia al Niño Jesús. El sacerdote lo colocó en la bandeja de plata cubierta con un rico mantel bordado y, alzándolo en lo alto, lo llevó hacia el nacimiento.

Patricia ocupó el lugar de la madrina en la primera gradilla. El resto de la banca estaba reservada para el padrino y su familia, que no tardaron en llegar.

No tuvo que girar para saber la identidad del señor que llegó a colocarse a su lado; hubiera reconocido el aroma de su loción en el más recóndito rincón del mundo. Era el mismo aroma de aquel pañuelo que en un arrebato imprudente le había entregado al declararle su amor. El mismo pañuelo que tanto había atesorado y que de alguna manera había llegado a manos de su hermano Antonio. El señor licenciado don Ramón Guzmán de la Calle estaba ahí.

Tomó su lugar junto a ella, y la saludó con la cortesía rígida que la situación ameritaba. Su única indiscreción fue, si acaso, retener entre sus manos la mano de Patricia, un segundo más de lo prudente. Ella la retiró avergonzada para recibir el saludo del chico delgado y pálido que lo acompañaba, su único hijo quien, con toda formalidad, le regalaba las acostumbradas finuras. El espacio asignado para la esposa del licenciado quedó vacío. La señora Guzmán de la Calle siempre estaba enferma y no salía de su casa ni siquiera para ir a misa.

Patricia se sumió en un trance del cual ni el sermón del capellán logró sacarla. Siguió la letanía como sonámbula, ahora persignándose, ahora hincándose, ahora caminando a recibir el cuerpo del Señor. Apenas si percibió la salpicada del agua bendita. Al llegar la hora de la limosna, cuando le pasó la canasta a Ramón, no tuvo alternativa. Alzó los ojos y albergó esa mirada intensa que le quemó las pupilas. ¡Tanto decían esos ojos negros! Ofuscada, no volvió a mirarlo y cuando se dio cuenta, la misa había terminado. ¡Qué alivio sintió!

Salió en cuanto pudo a respirar el aire frío y fresco de la noche. Sentía que se ahogaba. Afuera, las nubes se agitaban y dejaban caer una llovizna delgada. Los paseantes se despidieron presurosos y partieron a sus moradas. Otros tardaron, guareciéndose en los amplios portales de la plaza de armas, bajo los techos de los *chachacuales*, para jugar la rifa del año o comprar sus buñuelos, turrones y demás dulces.

–¡Vámonos, mamá! –exclamó Dolores. No quería que Luchita agarrara un resfriado.

Patricia agradeció esa lluvia que apremiaba a que los feligreses regresaran a sus hogares y además disimulaba sus lágrimas. No quería permanecer en el atrio, en forzosa recepción de abrazos y enhorabuenas.

Huyó con la figura del Niño Jesús abrazada a su seno, segura de que el pequeño Dios la ayudaría a mantenerse lejos de la tentación. Ese era su firme propósito. El amor clandestino por aquel hombre había acabado, acabado, acabado… para siempre. ¡Qué ironía que ahora, cuando por fin se había quitado el luto, su alma sufriera el peor de los duelos!

Al doblar la esquina se toparon con las empleadas estanqueras de la fábrica de cigarros. Por tradición, esa noche recibirían el rumboso título de operarias y ahí iban, en lujosa procesión, llevando de regreso a sus propios niños dioses. Ocupaban toda la calle, por lo que tuvieron que esperar refugiándose de la lluvia bajo el techado de los palenques. Por fin, al final del callejón, una casa abrió sus puertas y recibió a las operarias. Patricia y Dolores pudieron seguir su rumbo deprisa. ¡Los invitados las estarían esperando!

De regreso en la casona la donadora de muñecos ya estaba ahí en compañía de un músico viejito. Los Sogaroi también ya habían llegado y Patricia inmediatamente los invitó a la mesa.

Los Sogaroi eran hacendados de ascendencia española. Habían hecho su fortuna con el cultivo del tabaco, café y maíz. Después, durante el auge agrícola que Oaxaca había disfrutado gracias a la política inversionista de don Porfirio Díaz, don Jorge Sogaroi había aprovechado para diversificar sus bienes. Se asoció con los extranjeros en el negocio de las minas. En Tlacolula estaba ubicada la compañía Magdalena Smelting & Mining, dedicada a la explotación de plomo, oro y plata. Don Jorge manejaba sus intereses de la empresa y de la hacienda desde la Ciudad de México.

Doña Julia era una mujer bonachona, siempre alegre y de muy buen comer. Don Jorge, su marido, era un hombre severo y pragmático, que vivía añorando su patria como muchos de sus compatriotas españoles.

—Por favor, siéntense donde les guste —indicó Patricia a los invitados—. Usted, don Jorge, tome la cabecera, y usted, doña Julia, siéntese aquí, al lado de su marido, si me hace el favor.

El joven Everardo, muy para deleite de Patricia, eligió sentarse junto a Dolores. Ella se ruborizó y Patricia, para aligerar su bochorno, se apuró a decir la oración de gracias.

Acto seguido se sirvió el magnífico banquete.

—¡Pero qué buena sazón tiene su cocinera! —comentó doña Julia, relamiéndose el pavo de los dedos.

—Muchas gracias. Y sí, Petra ya lleva mucho tiempo con la familia, gracias a Dios.

—Le mandaremos a nuestra cocinera para que la adiestre en su arte culinario —comentó don Jorge, su marido.

Terminada la cena, iluminaron el nacimiento y comenzó el baile.

Everardo, dada su condición, se mantenía en su silla. Así estuvo hasta que Dolores, en un momento de osadía, rompió con el protocolo y lo invitó a bailar. Bailaron en rueda al sonido de la guitarra del viejecito. A la hora propicia, Patricia acostó al Niño en la camita del portal y todos sonaron tenazmente sus pitos de hojalata al compás del villancico que el viejo entonó con voz gangosa:

Esa sí que es Nochebuena
noche para comer buñuelos;

en mi casa no los hacen
por falta de harina y huevos.

La donadora de muñecos se subió a una silla y comenzó a arrojar puñados de confites: tejocotes, cacahuates, trozos de frutas y dulces que tomaba de una canasta que Patricia le detenía.

En eso estaban, a los empujones, cabezazos y risotadas, cuando de pronto se dejaron oír los gritos aterrados de las sirvientas.

—¡Suélteme, desgraciado! —gritó Petra—. ¡Auxilio, doña Patricia!

La música cesó de golpe. Una comitiva de bandoleros irrumpió con violencia. Los hombres, visiblemente borrachos, entraron volteando sillas, estrellando copas y quebrando los faroles con la culata de sus rifles.

Antonio los encabezaba.

Los invitados, espantados, se retrajeron en una esquina, alejándose lo más posible de aquellos fulanos de miradas salvajes.

—¡Pánfilo! —gritó Patricia, pero sabía que su llamada de auxilio era en vano. El cochero jamás les hubiera abierto el portón de buena gana a esos tipos. El corazón se le encogió. ¿Qué le habían hecho al pobre cochero?

Antonio sonreía divertido. Gozaba de su protagonismo. Caminó hacia la mesa, caminando con arrogancia, y de un jalón asió una pata de pavo que había sobrado en la bandeja. Comenzó a comérsela, chasqueando la mandíbula con vulgaridad y escupiendo los pellejos en el piso. Se acercó a Patricia quien, congelada a medio baile, palidecía de vergüenza y de asco.

—Tu protector está un poco ocupado, hermanita —le dijo, y soltó la carcajada. Sus cohortes rieron con él.

—¿Qué le hicieron? —preguntó temblando de coraje—. ¡Váyanse de aquí!

El señor Sogaroi dio un paso adelante.

—Ya escuchó usted a la señora. Haga el favor de retirarse, caballero.

Antonio alzó la pistola y disparó al aire. Don Jorge se retrajo con los brazos abiertos, en un gesto que protegía a los que habían quedado atrás.

Antonio está más que borracho, pensó Patricia con desmayo, ¡está poseído! No podía creer que aquel tipejo era el mismo hermano con el que había compartido su infancia.

–¿Qué cosa quieres, Antonio?

Antonio eructó y se le acercó. Con la mano que chorreaba de grasa le arrancó el collar de perlas.

–Me parece que esto es mío –dijo.

Patricia intentó abofetearlo pero él le agarró la muñeca en el aire.

–Quieta, hermanita –bramó.

–¿Conoce usted a este hombre? –preguntó sorprendido el señor Sogaroi.

Patricia no pudo negar el parentesco.

–Me temo que es mi hermano aunque ahora mismo no lo reconozco –contestó con un hilo de voz.

Antonio eructó y soltó otra carcajada. Se embolsó el collar.

–No me invitaste a tu fiesta, hermanita; pero ya ves, no me ofendo. Sólo vine por mi aguinaldo. Este collarcito me lo llevo de anticipo. Y oye, ¡qué moza te ves de azul! Ahora sí que vas a romper corazones.

–No tengo por qué pagarte nada y aunque tuviera, ¡bien sabes cómo están las cosas! –respondió ella airada. Trató de zafarse pero él le torció el brazo. Ella gimió de dolor pero se mordió los labios. No iba a llorar. ¡No le daría ese gusto!

–¡Es usted un sinvergüenza, tío! –Dolores se arrojó sobre él pero no alcanzó a llegar. Uno de los bandidos la agarró por la cintura. La joven forcejeó y el hombre rio con ganas, pasándole sus burdas manos sobre el cuerpo, libidinosamente.

–*Pos* yo aquí mero me cobro mi aguinaldo, jefe –dijo, y trató de besarle el cuello.

Everardo brincó.

–¡Déjela! –rugió.

A pesar de su cojera, se abalanzó sobre el bruto como un energúmeno. Y aquel, sorprendido por la embestida, soltó a Dolores y asió su rifle. Lo golpeó en la cabeza con la culata y Everardo cayó al suelo. La cabeza comenzó a sangrarle copiosamente.

–¡Everardo! –gritó doña Julia. Se arrodilló al lado de su hijo y en un instante su vestido quedó teñido de sangre.

–¡Salvajes! –lloró.

–¡Estense quietos! –ordenó Antonio–, si no quieren que algo peor suceda. Y tú ¡cálmate! –ordenó a su compinche–. Aquí venimos a cobrar lo nuestro y nada más. Tú tienes la culpa –acusó a Patricia–. Te mandé a pedir lo mío por las buenas, pero me ignoraste…

–Lo tuyo se te entregó hace mucho –exclamó ella–. Pero ya te lo gastaste en el trago y la jugada. Y ahora mira qué bajo has caído. ¡Lárgate de aquí! ¡Lárguense todos!

Antonio regresó a la mesa, aventó el hueso de pavo carcomido y se limpió las manos en el mantel. Caminó tambaleándose hacia la barra. Asió una botella de tequila y se la empinó. La botella pasó de mano en mano entre sus compinches hasta que el último la estrelló contra la pared.

–Quizás necesitas más tiempo –dijo Antonio–. Está bien. Soy un hombre paciente. Te doy dos días. Cuando me pagues te regreso tus perlitas. Y más vale que me pagues. Si no, capaz que se me sale tu guardadito. ¡Ja! Mira qué carita pones… No te preocupes, hermanita. Por lo pronto aquí se queda tu secreto –dijo, haciendo como si pusiera candado a sus labios–. Hasta que me pagues.

De ahí dio la orden de partir a su escolta. Los hombres retrocedieron. Antonio salió al final y al pasar por la sala se detuvo un instante ante el cuadro de la abuela Catalina. Sacó el collar de perlas del bolsillo, se lo mostró a la imagen y lo besó.

–Gracias, abuela –se despidió y se fue, carcajeándose.

Encontraron al cochero en el almacén de granos. Estaba golpeado y atado a uno de los sacos de maíz. Cuando vio a su patrona entreabrió los labios y con gran dificultad se expresó:

–Discúlpeme, señora.

Los Reyes Magos

Habían quedado de verse y hablar en Santa María del Tule. Patricia llevaba días sin pensar en otra cosa que no fuera ese deseado y temido encuentro con Ramón. Desde que fijó la cita con él, no tenía apetito y tampoco lograba conciliar el sueño. Los días desfilaban como soldados, uno tras otro, marchando al compás de las manecillas del reloj sin nada que los distinguiera más que alguna trivialidad cotidiana: que si alguien no había pagado su renta, que si escaseaba el frijol, que si se había mojado la ropa en el tendedero, que si la buganvilia no quería florear...

El día llegó y las damas de la iglesia del Carmen Alto se presentaron muy temprano a la casona para salir con ella, en caravana, al campo. La encomienda del párroco era llevarles a los niños pobres sus regalos de los Santos Reyes a esa congregación hermana de la parroquia. Hubo que rentar otra carreta más, pues las cuatro señoras, con sus sirvientas, no cabían. A la hora indicada, las señoras se acomodaron en una y las sirvientas, alegres y vivarachas, en la otra junto con la pila de juguetes y la ropa de la colecta.

El cochero azotó el chicote a las bestias y los carruajes salieron perezosos por el camino empedrado, escoltados por un par de caballeros bien montados y armados, listos para protegerlas. Con aquello de las guerras, asaltaban las diligencias aunque no llevaran nada de valor. El sacerdote había insistido en que había que proteger el honor de las damas a como diera lugar. El señor licenciado don Ramón Guzmán de la Calle era uno de esos caballeros.

Ramón llegó retrasado. Cabalgó a todo galope y finalmente alcanzó la caravana a la altura del cementerio. Al pasar trotando por la ventanilla de la carroza, saludó a las damas con una inclinación leve del ala ancha de su sombrero pardo de fieltro. Montaba un magnífico animal retinto oscuro, de cabeza pequeña y viva, con orejas erguidas, su extremado brío reprimido por la diestra mano del jinete.

Patricia trató de no mirarlo y se concentró, en cambio, en el libreto de oraciones que el sacerdote había repartido para rezar en la travesía, a fin de que San Miguel Arcángel, protector de los viajeros, las mantuviera lejos de todo peligro.

—Oigan, chicas —comentó doña Cleta—. No me lo tomen a mal, pero ¡qué apuesto es el licenciado Guzmán! —Doña Cleta era una anciana zalamera, de tez morena, frente arrugada y mirada pícara. Sonreía cada que podía, sin vergüenza de mostrar sus encías desdentadas.

—Pues a mí no me lo parece, doña Cleta, creo que usted ya no ve bien. Póngase las gafas —el comentario lo hacía doña Octavia, una mujer de edad, quisquillosa, consumida por temores, reales e imaginarios. Gozaba apuntando los defectos de sus semejantes y los desperfectos de cualquiera que fuera el tema en discusión—. El licenciado no es ni la mitad de lo que fue su padre, Dios lo tenga en su regazo —agregó con tono de autoridad—. Ese caballero sí que era apuesto. Y alto. En cambio el hijo, digamos que es agradable. Pero nada más.

Era cierto. Ramón no era un hombre guapo, pero tampoco mal parecido. De complexión robusta, rubio canoso, tenía un donaire varonil y elegante. Su presencia se imponía donde quiera que fuera, por su carácter enérgico e impaciente. Tenía los ojos negros, grandes, y la mirada fuerte con el ardor de un alma susceptible al arrebato de las grandes pasiones. Uno de esos arrebatos lo había llevado a casarse con la señorita María del Carmen Domitila Suárez, a escasos días de conocerla. La vio por primera vez cuando la iglesia organizó un día de campo en un rancho ganadero a las afueras de la ciudad. La joven, de mediana talla y cuerpo ligero, muy blanca y de ojos negros, bailarines, corría por el prado recogiendo flores. Ramón quedó cautivado al verla correr traviesa, huyendo de su nana, alzando por delante la falda llena de flores. Tenía una risa escandalosa y con eso lo atrapó. Ahí mismo decidió hacerla su esposa. Al día siguiente anunció su intención a sus progenitores y su padre, un abogado meticuloso, santanderino, se opuso rotundamente a bendecir esa unión descabellada.

—Cuando menos termina la carrera —exigió al hijo—. Nada tenemos en contra de la señorita Suárez —aclaró—, la joven viene de una familia decente, pero por si no te has dado cuenta, es una niña enfermiza y mimada en exceso.

La censura paterna bastó para que Ramón redoblara su intención de casarse con Carmen. Poco le importaron las amenazas de que perdería la herencia que le hizo su padre, o de que lo correría de la casa. Si lo iba a correr, le rebatió, que lo hiciera ya y en ese instante empacaría; pero eso sí, que lo diera por muerto, porque jamás volvería a verlo. Su madre, el único ser sensato en esa casa, además del loro, tuvo que intervenir. Imploró que ambos cedieran algo y que si Ramón insistía en ese matrimonio, que la niña se fuera a vivir con ellos, para que ella misma acabara de criarla como Dios manda. Ella se encargaría de que engordara para que les diera nietos. Y en cuanto al padre, si tanto le preocupaban los estudios de Ramón, que se lo llevara a trabajar a su despacho, desde ahora, para que aprendiera más rápido y sobre la marcha. Al final, el padre comprendió que nada disuadiría de su propósito al enamorado hijo y accedió a hacer lo correcto. Sin nada de ganas y presintiendo lo peor, se presentó a pedir la mano de aquella criatura que, nada más de verla, daba lástima.

El día de la boda el santanderino lloró amargamente. Los invitados no sabían qué pensar, parecía que el hombre asistía al velorio y no a la boda de su hijo. Pero el abogado no podía evitarlo, sabía que aquel matrimonio sería un fracaso y que su primogénito, el que más amaba de todos sus hijos, de alguna manera había muerto. Y así fue, Ramón sufrió su primera decepción esa misma noche en el lecho nupcial.

Carmen rehusó rotundamente sus avances apasionados, con algo parecido al asco, y él, inmaduro e impaciente que era, apenas si pudo contenerse para no tomarla a la fuerza. El rechazo lo humilló y desde ese instante su corazón albergó un resentimiento que con cada desdén fue creciendo. Un día de plano se desesperó. Tragándose el orgullo, acudió a consultar con su padre.

—Te lo advertí —lo amonestó el letrado abogado—. Eso te pasa por casarte con una chiquilla mimada. —Y sin una gota de compasión lo despachó al prostíbulo.

Ramón no le hizo caso porque lo que el joven deseaba no era el acto carnal con cualquier mujer de la calle, sino con esa mujer que tan audazmente lo había seducido para después negarle su derecho como esposo. Y a pesar de que nunca había sido un hombre de fe, acudió a la iglesia a consultar con fray Bernal. Estaba desesperado. El párroco, después de aconsejarle mucha paciencia, le ofreció hablar con los padres de Carmen, para que le recordaran a su hija que su obligación, ante Dios y ante la Iglesia, era someterse a la voluntad de su marido y procrear hijos. De otra forma, le dijo, él mismo se vería obligado a anular ese matrimonio, cosa que sin duda resultaría bochornoso para ambas familias. Los padres de Carmen hablaron con ella, y la joven finalmente aceptó cumplir con su deber. Esa misma noche Ramón se presentó a la recámara listo para reclamar su negado derecho, pero al verla ahí, lloriqueando aterrada, cual víctima que acude a su verdugo, no la quiso más. Hastiado de ella, y de él mismo, corrió a refugiarse en el lecho de la primera y única mujer que desde siempre le había enseñado a disfrutar los placeres del cuerpo: Lupe, la sirvienta de sus padres. Fue ella, Lupe, la que posteriormente lo convenció de que volviera a abordar a su mujer.

—Tiene usted que poner de su parte —le dijo—. A la niña déjemela a mí. Yo me encargo de quitarle el susto, pero primero vamos a engordarla un poco porque así como está, flaca como chintele, la va usted a romper.

La sirvienta tenía callo en los placeres de la vida. Poco a poco fue educando a Carmen y esta, que lo único que quería era que la dejaran en paz, la dejó hacer como quisiera.

—Cierre *usté* los ojos y póngase suavecita, niña —le aconsejó Lupe—, y ya verá que no le va a doler nadita y ¡hasta gusto le va a agarrar! Deje que el *sinior* le haga un huevito en su nidito *pa'que* luego salga un pollito güerito como él.

Después de unos meses, y ante la insistencia de Lupe, Ramón volvió a abordar a su mujer. En esta ocasión Carmen no lloró. Se desvistió, se acostó y le sonrió con timidez. Él no perdió tiempo. Se arrancó el traje y la embistió, aprisionando el cuerpo, todavía enclenque, con la desesperación de un náufrago que abraza la boya. Pero, ¡oh decepción! Aquel acto tardío no logró salvar el matrimonio que igual se hundió. El único consuelo, gracias a Lupe, fue que por fin lograron concebir un hijo que la sirvienta tuvo que criar porque la madre, sumida en una depresión que la relegó al lecho por el resto de sus días, no quiso saber nada de la criatura.

El santanderino murió de tristeza al poco tiempo de haber nacido su nieto. Ramón asumió las responsabilidades del despacho de su progenitor con el arrojo que lo caracterizaba. Se entregó a la profesión en cuerpo y alma para escapar del infierno de su matrimonio infeliz. Pronto se convirtió en uno de los abogados más cotizados de la ciudad. Él era el abogado de los García Allende.

Patricia siempre había oído hablar maravillas del señor licenciado don Ramón Guzmán de la Calle, pero no fue sino hasta años después de haber fallecido su marido, Javier, que lo conoció en persona. Acudió a él para que la ayudara a acabar de repartir las propiedades que sus padres les habían heredado, a ella y a su hermano Antonio. Ya desde entonces Antonio se enviciaba en las cantinas.

La escena de aquel, su primer encuentro con Ramón, se repetiría en su mente una y otra vez. La había citado en su despacho, para que juntos revisaran documentos y terminaran, de una vez por todas, el engorroso proceso del testamento. Desde el momento en que Patricia lo vio, su ser abrazó la esencia de ese hombre arrebatado cuya mirada y voz la despertaron a la vida de bofetón. La cita terminó y ella salió del despacho sin comprender exactamente qué había pasado. Hasta el día de hoy seguía sin comprenderlo. Pero lo mismo daba porque ahora, con la ayuda de la virgencita, daría fin a aquella situación que jamás debió haber comenzado.

Las damas salieron de Oaxaca por el barrio del Matadero, la antigua casa de rastro, de aspecto lúgubre. Cruzaron el riachuelo de Jalatlaco por el puente de Lara para atravesar la despejada llanura verdosa del Panteón de San Miguel y luego las canteras. Poco a poco fue desapareciendo el valle de Oaxaca, con la ciudad y sus pueblecillos circundantes. A su derecha estaban los cerros de San Antonio de la Cal y más lejos los de Teitipac; a su izquierda, a leguas de llanura, las soberbias montañas de la Sierra Madre se alzaban imponentes, y al frente, dilatándose con amplitud hacia el sureste, el valle de Tlacolula.

La caravana pasó a orillas de los pequeños pueblos de Santa Cruz y San Sebastián, con grandes adoberías y tejerías, y después, finalmente llegaron a Santa María del Tule, población digna por el coloso de los campos: el ahuehuete.

Al llegar, las bestias torcieron su línea, dejando el camino real para tomar un callejón polvoriento, acotado a los lados por tornillos, órganos, arbustos floridos y árboles copados. A un trecho estaba el pueblecillo, con su parque, su iglesia y las casas consistoriales; edificios blanqueados con su fachada de arcos. Enfrente, en el fondo del atrio estaba el templo mirando hacia el poniente y arraigado a un lado se erguía el gran árbol maravilloso, un sabino corpulento cuyo tronco era tan grueso que dos docenas de personas, agarradas de la mano para formar un ruedo, no llegaban a abrazarlo.

—¡Por fin se me hará conocer el famoso árbol! —exclamó Eugenia, la más joven de las damas.

—¡Qué barbaridad! ¿Nunca había venido usted al pueblo? —preguntó doña Cleta.

—Nunca. Ya ve usted que nos fuimos a la Ciudad de México cuando era pequeña. Ahora apenas regresamos.

—Pues en este pueblucho, fuera del árbol, no hay nada notorio —terció doña Octavia. Todo el camino se había quejado del traqueteo de la carreta.

—Tendrá que regresar en otra ocasión —comentó doña Cleta—, cuando tenga usted más tiempito, y seguirse de largo para visitar el templo en Tlacochahuaya. Es majestuoso.

—Ay, doña Cleta, ese templo es otra prueba de la codicia y soberbia de los frailes —se apuró a comentar doña Octavia—. Todo quisieron abarcar ciudades y campos, en vez de hacer el bien al prójimo, como lo hizo Nuestro Señor Jesús Cristo, sin más templo que el cielo.

La joven Eugenia, ardiente defensora de la Iglesia, brincó.

—¡Doña Octavia! No diga eso.

—¿Y por qué no he de decirlo? Es la verdad.

—Con todo respeto, señora, porque arguye ignorancia, por eso. Quien haya leído sobre la Conquista sabe que los indios en general, y más los de esta parte de la república, si están civilizados y han aprendido a vivir en orden, y a trabajar en alguna industria, y a labrar la tierra, no fue por el esfuerzo de los gobernadores, no, sino de los predicadores y los frailes. Sí, señora.

—Es cierto —comentó doña Cleta—. Los franciscanos tienen como misión ayudar a los pobres.

—Pero aquí no fueron los franciscanos, doña Cleta —la corrigió Eugenia, orgullosa de sus estudios académicos—. Lo de los franciscanos fue allá en las Californias, en Oaxaca han sido los dominicos, defensores de los débiles, y a quienes los encomenderos y los soldados siempre trataron mal. Maestros de los indios a quienes designaron un oficio, que llegaron a desempeñar con perfección, para cada aldea. A los de Azompa hicieron alfareros; a los de Teitipac, fabricantes de metales; a los de Teotitlán del Valle, tejedores de lana. Ellos los convirtieron a la fe católica, ellos los enseñaron a vestirse con lienzos, ellos lograron liberarlos de la esclavitud y trabajos forzados, ellos consiguieron rescatar sus terrenos para que cultivaran sin sujeción a los blancos. Recuerde usted los nombres de fray Bartolomé de las Casas, de fray Gonzalo Lucero, de fray Jordán y tantos otros y convendrá usted conmigo que los frailes han sido una bendición.

–Algunos pocos, es verdad. Pero no cuestionemos sobre ello –resolvió doña Octavia con acritud–. El que ciertos frailes hayan sido útiles en su tiempo, jovencita, no quiere decir que lo sigan siendo. Los tiempos han cambiado, por fortuna.

–Demos gracias por haber llegado a nuestro destino sanas y salvas –interrumpió Patricia, dando fin al debate de las damas–. Oremos.

Las damas terminaron su oración justo cuando las carretas se aproximaban a la iglesia. Los caballeros, apeándose, ataron sus caballos a los pilotes que sostenían los faroles del parque. Ramón inmediatamente comenzó a despachar órdenes. Mandó a Pánfilo y a los otros cocheros a desuncir los bueyes y darles un pienso de zacate fresco, mientras él ayudaba a las mujeres a descender de los carruajes. Solícito, se aproximó a la carreta y les ofreció una mano. Ellas bajaron, una por una, a recibir el aire fresco de la mañana.

Patricia bajó al final y al hacerlo esquivó la mirada ardiente del abogado por temor a sonrojarse. Lo cual de cualquier manera sucedió cuando la mano enguantada le dio un leve apretón.

–Voy por el padre –anunció ella y se encaminó ofuscada al atrio alejándose de él, mientras las damas se deleitaban examinando el árbol.

En ese momento se dejó ver el párroco. Era una figura digna, de aspecto bondadoso, que sonreía de oreja a oreja. Lo acompañaba un sacristán de hábito blanco.

Patricia se acercó y le besó la mano al sacerdote.

–¡Ah! Mi señora doña Patricia…

–Fray Benítez. Bendito sea Dios que podemos ser de beneficio.

–Bendito sea, para siempre, hija.

El sacerdote amablemente condujo a los viajeros a la iglesia. Las sirvientas y los cocheros acomodaron los regalos frente al altar y el padre bendijo a los peregrinos y sus ofrendas. Terminado el rezo, regresaron a almorzar a la sombra del magnífico sabino, donde se habían tendido manteles sobre unas mesas en las que ahora mismo colocaban platos y canastos con viandas.

–La Chole les hizo unos tamalitos –anunció el padre.

El aplauso fue unánime. La tamalera, al lado del sacristán, se abochornó y se apuró a servirlos.

–¿De qué son? –preguntó doña Octavia, mirándolos con desconfianza.

–A mí me tocó uno de rata –comentó doña Cleta, socarrona–. Está delicioso.

–Y a mí de lagartija –dijo Eugenia, siguiéndole la broma–. Le falta un poco de sal.

Los invitados hicieron honor a los manjares con buen apetito. Doña Octavia comió opíparamente de todo, pero de los tamales no probó bocado.

En eso estaban, disfrutando del banquete, cuando un hombre llegó corriendo. Era Hipólito, el campanero de la iglesia. Había ido a su rancho a visitar a su familia y ahora regresaba a pedir auxilio. Traía el rostro desencajado. Estaba enlodado de pies a cabeza. Se veía que llevaba rato caminando. Al ver al fraile se quitó el sombrero y se hincó a su lado a besarle la mano.

–Disculpe, mi *sinior* –le dijo sin aliento–. Se puso mala la Creteta y se nos está muriendo. Quiere que vaya usted a darle su bendición *pa'poder* irse al cielo. –El hombre ocultó su rostro entre las manos callosas y rompió en llanto.

–¿Qué le pasa a la Creteta? –preguntó el sacerdote alarmado–. ¡Pero si todavía no es su tiempo!

–No, mi *sinior*, no todavía, pero el niño no espera y ahí se viene. La curandera dice que viene chueco.

–¿Te viniste desde allá sin caballo?

–Me arrimó mi cuñado, mi *sinior*, hasta el camino real. De ahí me vine corriendo.

Fray Benítez se paró de la mesa con brusquedad y comenzó a despachar órdenes.

–Chole, por favor dale algo de comer a Hipólito. Tú, hijo –le habló al sacristán–, empácame el óleo, el tabladillo y prepara la carreta.

–No, gracias, *siniora* –dijo Hipólito, rechazando con respeto los tamales que la Chole le servía. Se mecía impaciente, arrugando nerviosamente el ala de su sombrero.

–Empácalos para el camino –mandó el padre–, y tú apúrate por la carreta.

El sacristán no se movió.

–Disculpe usted –dijo–, pero la carreta no va a entrar hasta allá. Hay mucho fango.

–Ya lo sé. Por eso necesito un valiente con caballo rápido que me acompañe. Hoy, con la ayuda de Dios, ¡no se nos muere Creteta!

–Ahorita mismo ensillo mi yegua –saltó Ramón, poniéndose de pie. El sacristán seguía sin obedecer.

–No por ser testarudo, padre, pero ¿será que la señora aguanta el viaje?

Patricia intercedió.

–Si me lo permiten, yo voy con ustedes. No soy partera, pero en su momento tuve que ayudar a mi hija cuando nació mi nieta Luchita, que también venía atravesada. Si la criatura no espera, le ofrezco hacer lo que se pueda para enderezarla.

–Dios te lo pagará en su reino, hija –aceptó el fraile–. Vámonos entonces. Ustedes, mis queridas damas, se quedan en su casa. Pero no dilaten su partida. Miren cómo ensombrece la tarde. Se nos viene el agua y ya saben qué peligroso puede ser el camino.

Patricia llamó a Pánfilo.

–Por favor, lleva a las damas de regreso a la ciudad en cuanto terminen de almorzar –le ordenó–. Me voy con el padre a auxiliar a esa pobre mujer. Regresa a buscarme mañana temprano. Explícale a Dolores lo que está pasando y dile que no se preocupe por mí.

Salieron del Tule por el lado del río. En la carroza iba el fraile con Patricia. Hipólito y Ramón montaban sus respectivos caballos a media rienda y en algunos pedazos a galope. Cruzaron el vado sin dificultades por terreno firme. El cielo pronto se cubrió de nubes densas. El bochorno hacía chillar a las cigarras con insistencia, anunciando la lluvia.

A distancia muy corta de Guelavía encontraron dos caminos, el que seguía al pie del monte era el camino más largo. El otro pasaba por los pantanos.

–¿Por dónde nos vamos, padre? –preguntó el carretero.

–Por la parte baja, hijo, es más rápido.

Comenzó a llover. El bajo se convirtió en un lodazal. A un lado y otro de la carreta, el bosque era un alto de mezquitas, huizaches, rompecapas y arbolillos con ramas espinosas. La carreta tropezaba y de pronto cayó en una concavidad llena de lodo. El carretero tronó su látigo, incitando a las bestias a jalar con más fuerza, pero no fue posible salir de aquel cieno espeso.

—Señor padre —dijo el carretero—, ya no podemos salir de aquí. La carreta está estancada.

—¡Jesús nos favorezca! —exclamó el fraile—. Anima a la yunta, hijo, grítale.

El carretero gritó a las bestias pero la carreta sólo se estremeció y rechinando se hundió más en el fangoso hueco. Los jinetes descendieron de sus caballos y empujaron con todas sus fuerzas pero la carreta no salió del cenagal.

—Ya no, padre —dijo Ramón—. Si maltratamos a los bueyes no nos van a servir de regreso, cuando seque el camino. De aquí en adelante seguimos a caballo.

—Ya no falta mucho —comentó Hipólito—. Está nomás ahí, a la *güelta*.

El carretero desunió los bueyes. Los encaminó hacia adelante y dejó caer el pértigo, lo cual produjo una fuerte sacudida a la carroza.

—¡Epa! —exclamó el sacerdote—. Nos estás zangoloteando los huesos.

El pantano los rodeaba y los caballos apenas tenían en donde apoyar los cascos sin sumirse en el lodo. Ramón acercó el caballo a la carreta.

—Venga conmigo, señora, y tú, Hipólito, lleva al sacerdote. Al rato mandamos por ti —le dijo al carretero.

Así diciendo, tomó a Patricia por la cintura y la colocó en la yegua delante de sí, estrechándola contra su pecho. El padre se encaramó la sotana y brincó al caballo de Hipólito y así partieron, andando entre las plantas y las lamas.

—Es por aquí —Hipólito señaló el camino más seguro.

Llovía. La sombra de la noche era completa. Saltando, sumergiéndose en parte y forcejeando lograron por fin salir del atascadero y pisaron tierra firme; desembocaron en una explanada donde había árboles altos. Ramón abrazaba a Patricia y dirigía a la yegua a rienda corta. Patricia no podía pensar en otra cosa que no fueran esos brazos que la comprimían al torso fornido; el aliento en su cuello y la mano que rozaba sus senos. El deseo la ahogaba y él, sabiéndolo, la acercaba aún más, haciéndola sentir su propio anhelo. Nadie hablaba. Las respiraciones fatigosas de los caballos encubrían los suspiros de Patricia.

Marcharon por la senda de Guelavía, guiándose con la luz de los relámpagos que quebraban la oscuridad. Los ladridos de los perros les dieron la bienvenida en aquella aldea olvidada por Dios, donde vivía el campanero. Unos cuantos jacales pajizos, entre arboladas y chaparrales, formaban aquel apartado pueblo, fundado hacía muchos años como estancia de ganado caballar. En los alrededores se levantaban montones grandes de limo que la gente del pueblo recogía de los pantanos para que al secarse quedara sobre la tierra una capa delgada de sal. Esta sal, disuelta en el agua del fangal, se usaba para dar fuerza a los caballos y de eso vivían muchos de ellos, de sal para los caballos.

Pasaron a galope por el pueblo hasta que por fin Hipólito paró el caballo frente a una casita de adobe y teja. Ramón ayudó a Patricia a descender sin soltarle la mirada. Ella, abochornada, se alejó de él. Los jinetes se apearon y ataron los caballos a uno de los horcones que sostenían la tejavana y penetraron en la casa. Hipólito los encaminó apurado hasta la recámara situada atrás.

Al oír los gemidos de Creteta, Hipólito cayó de rodillas y se hincó a dar gracias, sollozando. ¡Creteta estaba viva! Una mujer de facciones toscas y piel cobriza, de cabello negro y áspero recogido en dos trenzas, salió a recibirlos. Era la suegra de Hipólito.

–¡Cómo tardaste! –le dijo con reproche, y enseguida, al ver a Patricia, exclamó–. ¡Jesús mío! ¡Mire nada más qué mojada está la *siniora*! *¿Pá'qué* la trajiste, Hipólito? –no esperó su respuesta. Dirigiéndose a otra mujer, que era su hija, le ordenó–. *Traite* prontito con qué secar a la *siniora*, que va a agarrar un constipado. *¡Púrate, m'hija!*

–¿Cómo está? –le preguntó Hipólito.

–¿Y cómo quieres que esté? Mala está. *Pior* se está poniendo. Nada puede hacer la curandera, Hipólito; y nada puedo hacer yo –lloró–. Pase *usté*, padre. Pase. Dios quiera que *usté* nos haga un milagro. ¡No deje que se nos muera!

El fraile cedió el paso a Patricia y ambos entraron al cuartucho alumbrado por la luz de una vela y el brillo fugaz de los relámpagos. Ramón se mantuvo afuera, bajo el cobertizo, a respetuosa distancia.

Adentro, encuclillada en el piso de tierra, estaba la parturienta; sostenida por detrás por la curandera que le sobaba el vientre. Creteta tenía el rostro pálido, contraído de dolor. Arqueaba el cuerpo con cada contracción, meneando la cabeza de un lado a otro con desesperación.

Patricia se arremangó y se encuclilló a su lado.

–Creteta, yo no soy partera –le dijo–. Pero si me lo permites, quizás yo pueda ayudar a enderezar a tu niño.

La mujer la miró con ojos vidriosos y asintió con la cabeza. Luego miró al padre y musitó.

–Pero que me dé la bendición el padre primero. Quiero morir en paz, padre.

El sacerdote se le acercó y le ungió el aceite sagrado en la frente y en las manos.

–Por esta santa unción y por su bondadosa misericordia te ayude el Señor, con la gracia del Espíritu Santo para que, libre de tus pecados, te conceda la salvación y te conforte en tu enfermedad.

Y luego bendijo también a Patricia.

–Dios quiera, hija mía, concedernos un milagro por medio del servicio que hoy prestas a tu hermana; en el nombre del Padre, del Hijo y del Espíritu Santo.

El sacerdote se hizo a un lado y las dejó trabajar.

–Tráigame usted agua hirviendo y frazadas limpias, por favor –pidió Patricia a la comadrona, y cuando esta regresó con el encargo agregó–. Ahora ayúdeme usted. Deténgala así, mientras yo muevo a la criatura.

El hijo de Hipólito nació pequeñito, pero nadie lo hubiera adivinado con ese llanto suyo, escandaloso, más fuerte que una jauría de coyotes. La comadrona cortó el cordón que lo unía a su madre y lo guardó para después enterrarlo en el lugar indicado y saber su *tona*. Amarraron la cintura de Creteta con un ceñidor para evitar una hemorragia y le dieron su baño en el temazcal, colocando las brasas después bajo la cama, para que su cuerpo dejara de temblar y entrara en calor. Patricia lavó al niño, lo arropó y salió triunfante con él a mostrárselo a su padre. Hipólito miró al pequeño sin saber qué decir y luego, angustiado, se atrevió a preguntar.

–¿Y la Creteta?

–Su esposa está débil, pero bien –le informó Patricia.

Hipólito rompió en llanto. Emocionado, abrazó a su compadre que toda la noche se había unido a su angustiosa espera. Ramón y fray Benítez se abrazaron igual de felices, y se acercaron a felicitarlo. Una botella de mezcal rápidamente pasó de boca en boca de aquella fraternidad. La gente del pueblo comenzó a llegar, cada quien con sus ofrendas, y así pasaron el resto de la noche, en celebración de ese milagro.

–A este lo llamarás Jesús, Hipólito –dijo el padre–, porque nos ha tenido con el Jesús en la boca. ¡Bendito sea nuestro Señor!

–Sí, mi *sinior*, así se llamará.

Patricia regresó al cuarto y colocó en los brazos de la madre al pequeño, y cuando este quedó prendido al pezón, se despidió.

—Ahora sí, señora —dijo, dirigiéndose a la suegra de Hipólito—, muéstreme usted un lecho, porque me muero de cansancio.

El pueblo amaneció con un sol esplendoroso. El bullicio de las aves silvestres, los becerros y vacas reclamando su alimento matutino la despertó. Patricia había dormido en el jacal de Liopaso, una vecina de Hipólito, que amablemente le cedió su hamaca. Durmió profundamente, como no había dormido en mucho tiempo. Se levantó, envarada, y por primera vez cayó en la cuenta de su apariencia. Su vestido estaba cubierto de lodo seco y de sangre.

—Buenos días, *siniora* —la saludó Liopaso, una mujer de cara redonda. Vestía al estilo del resto de las mujeres del pueblo, telas bordadas con colores fuertes y sin pañuelo en la cabeza. Estaba embarazada, Patricia lo notó por lo abultado de su vientre, le calculó unos seis meses. Bajo el brazo desnudo traía su mejor huipil que prontamente le ofreció.

—Aquí tiene *usté*, *pa'que* se cambie, *siniora* —le dijo—, allá *ajuerita* le puse una palangana de agua *pa'que* se asee.

—Muchas gracias, Liopaso.

Patricia tomó la ropa y se encaminó al cuartucho de atrás, donde se lavó lo mejor que pudo y se cambió. La bata, holgada y fresca, era una delicia. Sin duda era la prenda más valiosa de esa mujer, pensó. La generosidad de la gente humilde era admirable, y para dar vergüenza. Ellos sí sabían dar porque daban lo que les hacía falta y no lo que les sobraba, como hacía ella misma junto con las damas del Carmen y aquellos juguetes de los Reyes Magos…

Afuera, bajo un techo de palma, encontró a Liopaso palmeando tetelas sobre el comal. Una niña de ojos enormes lavaba platos en una palangana. Otra niña, más grandecita, espulgaba frijoles en una mesa de tablas. Eran sus hijas.

Al verla salir, Liopaso le sonrió con aprobación.

—Se *vede usté rechula* —le dijo. Alzó de las brasas un jarro con el café recién hervido y se lo sirvió en un tazón. Patricia lo aceptó agradecida. El café le supo a gloria y el olor de las tortillas le abrió un apetito feroz. Su anfitriona, como leyéndole la mente, la mandó sentarse y le sirvió un plato con huevos entomatados, frijoles y tetelas. Patricia comió con ganas pero con remordimiento. Seguro esos huevos eran los únicos que habían puesto esas gallinas que ahora mismo se afanaban en picotear el pasto.

—¿Y su marido? —le preguntó a Liopaso.

—Se *jué* a la plaza a vender la sal y el poquito frijol que nos quedaba de la cosecha del *anio* pasado. Como ya viene el frijol nuevo…

—¿Qué tal van las siembras este año?

—*Rigulares, siniora*. Bueno. La milpa *vade* bien pero, ¡úchale!, esos soldados. Todo se lo llevan, oiga, y uno no puede hacer nada… Mi viejo hace puritos corajes pero yo digo, viejo, no te *amuines*, las niñas están bien, nadie les faltó el respeto, porque luego hacen cosas feas, *siniora*. Pero *ora* ya nos *aprevinimos*, no más oímos que vienen *pa'acá* y prontito nos corremos al pantano. Ahí sí no se meten.

Patricia no supo qué decir. Que el ejército fuera a aprovecharse de esa pobre gente, que la ultrajaran… ¿Cuándo acabaría la violencia? Pensó. Así era siempre, la gente humilde era la que pagaba el precio más alto… Terminó de comer y comenzó a ayudar a la niña a espulgar los frijoles.

—¿Quiere *usté* leche, *siniora*? Tenemos muy *güena* leche de la vaca pinta; la ordeñó mi marido esta *maniana* antes de irse.

—No, muchas gracias, pero le acepto otra taza de café —siguió su faena y al cabo de un rato preguntó—: ¿Sabe usted cómo amaneció Creteta?

—Buena está, *siniora*. Pasé por ahí tempranito, *pa'ver* qué se ofrecía. Y le llevé a don Hipólito sus huevitos *pa'desayunar*. Todos buenos, *siniora*. Hasta el niño, pues.

—Alabado sea Dios —se persignó Patricia.

—Alabado sea, *siniora* —y alzó sus manos enharinadas al cielo—. Ese niño va a ser *rejuerte*, oiga. Eso dijo la comadrona, porque nació el *mesmo* día que el potro.

—¿El potro?

—¡Sí!, nació ayer también. ¡Está *rechulo*! Vaya *usté* a verlo al campo. Ya está hasta retozando en el establo. Parece un venadito.

—¿Dónde está?

—Niña, lleve *usté* a la doña a ver al potro. ¡*Ándile*!

La niña se levantó, tomó a Patricia de la mano con timidez y la encaminó por el sendero. Caminaron a lo largo de la orilla del riachuelo.

La mañana estaba hermosa, el cielo límpido, los árboles frondosos, la hierba exuberante, mojada, y los pájaros, ¡tantos pájaros!, volaban de rama en rama, bulliciosos. A lo lejos, las montañas lucían esplendorosas, en tonos verdes, violetas y anaranjados. Patricia respiró el aire fresco, suave, agradeciendo la belleza de su entorno, quizás era una recompensa por la noche previa, tan tormentosa.

En el establo, la yegua relinchó en cuanto las vio. El potrillo trotó hacia su madre, obediente a su llamado celoso. ¡Era un poema! Frágil y gracioso, las miraba con la curiosidad de sus ojos azabache.

Patricia se recargó sobre la barda a mirarlo, mientras la niña chapoteaba en el arroyo. ¡Cómo le hubiera gustado mostrarle el potrito a Luchita! Algún día le compraría un caballo a su nieta, decidió. Sí. Eso haría.

De regreso del campo, de pronto un hombre entró cabalgando al establo.

Desmontó, le quitó la silla a su alazán y con unas palmadillas en las ancas se despidió del animal. Salió y al pasar al lado de Patricia, inclinó el sombrero a manera de saludo. Sólo entonces se reconocieron. Aquella mujer en huipil floreado era Patricia. Y él, aquel charro con sombrero de ala ancha, era Ramón.

El primer impulso de Patricia fue huir. Pero él, adivinando su intención, se le acercó con ese andar suyo autoritario y le bloqueó el paso.

—Señora mía… —dijo. Le tomó la mano y sus labios rozaron la piel en una caricia ardorosa.

Ella arrebató su mano.

—Ramón, dejémonos de locuras —balbuceó—. ¿Qué se propone usted con esto? ¡Mire a dónde nos ha llevado tanta tontería! Mi propio hermano me chantajea, ¡y sin razón alguna!

—Su hermano no tiene armas con qué chantajearla, señora, ¡qué más quisiera yo que las tuviera! ¿De qué puede acusarla cuando usted me ha negado la felicidad?

—Yo no soy responsable de su felicidad, mi señor.

—¿Por qué me trata usted así, Patricia?, ¿soy acaso un hombre tan vil y despreciable?

—Vil y despreciable no, pero usted no es un hombre libre.

—Mi corazón es libre y a usted se lo he ofrecido, ¡tantas veces! Le suplico de nuevo que acepte mi cariño.

–Y ya le he dicho, igual de veces, que no es posible. ¿Por qué insiste?

–Porque la adoro…

–¡Cállese! Sus palabras me insultan. ¡Deje de estar jugando conmigo!

Se dio la media vuelta y se alejó. No iba a llorar enfrente de él, ¡eso nunca! Ramón la atrapó en su vuelo, la asió del brazo, le dio la vuelta y con ambas manos sujetó su rostro, obligándola a mirarlo.

–Mi único objeto es seguir amándola, Patricia. –La pasión contenida ardía en su mirada.

–Y el mío, Ramón, es pedirle que me deje en paz. Por eso lo cité, para pedirle una disculpa si de alguna manera he alentado sus cortejos.

–¡Y mire que lo ha hecho! No lo niegue. Incluso ahora sus ojos la delatan, Patricia. ¡Admítalo! Usted también me ama.

La estrechó contra su pecho y sus labios buscaron su boca, ávidos. Ella reaccionó violenta. Lo empujó, esquivando el beso, pero por más que forcejeó, no logró soltarse del abrazo.

–¡Suélteme! –exclamó–. Lo nuestro aquí termina, Ramón. Si de verdad me ama, ¡déjeme ir!

–Cortaré mi compromiso con Carmen –prometió él, suplicante.

–Esa unión sagrada sólo puede romperla Dios.

–¡La única unión sagrada es la nuestra!

La volvió a jalar hacia sí. Hundió su rostro en la cabellera espesa y con los labios partidos, recorrió su cuello, sus mejillas y sus párpados en una caricia desesperada, hasta que ella por fin se libró del abrazo.

Patricia temblaba. El rostro le ardía y el vértigo amenazaba hacerla caer. Se sujetó de la barda y respiró profundamente. Cuando se serenó, habló pausadamente, marcando sus palabras.

–Entiéndalo. Jamás haré el repugnante papel de ser «la otra». La mujer que le arrebata el marido a una dama.

–¡Usted no habla con el corazón! –rugió él–. Pero sépalo bien, ni las amenazas de su hermano Antonio, ni la Iglesia, y ni siquiera usted misma, han de negarme la felicidad. Mi amor por usted es grande. La esperaré hasta que me muera.

Patricia le dio la espalda y caminó con prisa de regresar a la casa de Liopaso. Tras ella corrió la niña mirando de reojo, y con miedo, a ese señor encrespado.

7

Los yanquis

Oaxaca, 1847

La mesa lucía espléndida. Satisfecha, Catalina acomodó las flores en el jarrón, inspeccionó las copas de cristal contra la luz y alisó las arrugas del mantel. Había ordenado que se prepararan todos y cada uno de los platillos favoritos de Gabino: caldo de gallina sazonado con hierba santa, nopalitos, pipián con semilla de calabaza huiche, memelas untadas con asiento y por supuesto, no podía faltar, el clásico mole negro. Era su delirio. Gabino se iba a la guerra y esta sería su despedida. Sólo Dios sabía hasta cuándo volvería a comer bien. Sólo Dios sabía si regresaría de esa maltrecha guerra. Pero no, no debería pensar así, se dijo Catalina a sí misma. El Todopoderoso lo guardaría del peligro y lo regresaría a su casa sano y salvo. No podía ser de otra manera.

Miró el reloj. En cualquier momento llegarían los hombres de la casa, muertos de hambre. Cuando la comida no estaba lista, José se ponía de mal humor. Últimamente así andaba, quisquilloso. Todo lo enojaba. Con eso de la guerra, las ventas en la Casa Mercantil se habían venido abajo y ahora a diario, tras cerrar el despacho, pasaba a pedirle cuentas al administrador. José tenía razón de preocuparse. De un tiempo para acá el ingreso iba de mal en peor; apenas alcanzaba para pagarle el sueldo al empleado. Aquel almacén, en donde se vendía todo género de víveres –aguardiente, mantas, velas de grasa de chivo y otros productos de la región–, siempre había sido un buen negocio. Por desgracia ahora, con tanta inseguridad, la gente no compraba más que lo indispensable –maíz y frijol–. También compraban el aguardiente, eso sí. Porque por pobres que estuvieran siempre alcanzaba para el trago. Esta última semana lo único que se había vendido era eso, el aguardiente.

Qué molesto se ponía José con esa contabilidad, aunque todos sabían que ese negocio no era lo que verdaderamente le interesaba. Si por él fuera, le dedicaría todo su tiempo a la política, al bienestar de la patria que, como bien decía, era el tema que debía preocupar a todos. Se quejaba de que no tenía tiempo para atender el negocio como era debido, ni tampoco para atender el trapiche pero esos eran pretextos, ni uno ni otro negocio le interesaba. Llevaba meses sin poner el pie en la hacienda. Mi presencia es requerida en la ciudad, pretextaba. Y efectivamente, desde que había asumido el cargo de tesorero del estado, se pasaba tardes enteras en reuniones con todo tipo de gente, tratando de negociar y proteger el presupuesto de la tesorería, resguardando los centavos que cada quien quería gastar a su manera y a su conveniencia. Entre pleitos y disgustos se la vivía, y encima, ahora tendría que cargar con la angustia de su hijo, enlistado en el ejército. Claro, en el fondo se sentía orgulloso del patriotismo de Gabino, pero también le preocupaba que él suspendiera sus estudios en el instituto.

Lo sorprendente para Catalina era que Gabino no hubiera dejado antes la escuela. Toleraba los estudios académicos, pero estaba muy claro que la aspiración de ese joven, que tan repentinamente se había convertido en hombre, no era hacer una carrera, sino consagrar su vida al servicio de la patria ¡como su padre! Cuando se supo que los ejércitos de los yanquis habían penetrado hasta el corazón del país, y que las autoridades habían organizado las guardias nacionales para la defensa del territorio, no lo pensó. Se encendió el ardor militar de su niñez, y en unión con otros compañeros, fueron directo a hablar con el gobernador Juárez, y le pidieron que los mandara a la vanguardia para resistir al enemigo. El señor magistrado había puesto en lista a los jóvenes, y estos, creyendo que ya todo estaba arreglado, volvieron a casa con la noticia. Catalina sonrió al recordar el rostro emocionado de Gabino ese día.

–¡Me voy a la guerra! –anunció.

Lo que no sabía era que José estaba perfectamente enterado de la situación. El gobernador, en lugar de aprobar la marcha al frente que los jóvenes habían solicitado, los inscribió en la guardia nacional, que se reducía a un batallón que, por la poca edad de los individuos que lo componían, habían apodado «peor es nada». El batallón permaneció dentro de los límites del estado, haciendo el servicio de guarnición. El enfado de Gabino había sido tal, que al final José tuvo que aceptar que nada, ni nadie, detendría a ese hijo suyo que desde que nació era soldado.

—Te darás de alta en el batallón del general Antonio de León –le dijo.

Para eso José había hablado personalmente con el general De León, para recomendarle a Gabino. A Catalina le había tocado ser testigo de esa charla.

—Mi hijo será un buen soldado –le dijo al general–. Es de pantalones bien plantados mi muchacho.

El general se había portado a la altura.

—No le prometo nada que no pueda cumplir, don José –había dicho–. Pero tenga usted la certeza de que si hemos de morir en esta guerra, no moriremos en vano.

Las palabras del general habían reconfortado a José, pero ahora que el momento de su partida había llegado, la angustia volvía a quitarle el sueño. Llevaban las de perder contra los yanquis, decía. Todos lo sabían.

De haber podido, él mismo habría tomado las armas, pero esa otra guerra, ese pleito encarnizado entre los mismos miembros del gabinete, no era algo que pudiera delegar. Los tipos, divididos por sus desempatados propósitos, no permitían que el país avanzara. ¡Cómo peleaban esos señores! La postura extrema de los conservadores y de los liberales es peor que la agresión extranjera, se quejaba José enfurecido en la sobremesa. ¡Qué corajes hacía con la política! Y de nada servían los años que llevaba abogando por el régimen de la facción moderada de los liberales, los llamados borlados. Causa perdida. Las guerras por el poder continuaban sin que nadie diera su brazo a torcer. Nada podía hacer al respecto, ni él ni ella, pensó Catalina, arreglando las flores en el jarrón. Su mejor aportación a la causa, como madre y esposa, era ofrecerle a su marido y a sus hijos un almuerzo delicioso, un espacio de paz y armonía donde pudieran recuperar las fuerzas para enfrentar ese desorden que era el mundo.

Reparó en las servilletas. Las desdobló y las volvió a acomodar en el lado correcto de los platos. Por más que le enseñaba a Amalia cómo poner la mesa, no había forma de que la cocinera aprendiera. Pero claro, hoy todos andaban distraídos. La inminente partida de Gabino se sentía en cada rincón de aquella casona como una telaraña, molesta y pegajosa. Todos los sirvientes parecían estar de luto. Barrían el piso con la mirada, haciendo sus quehaceres con desidia y melancolía. Esa misma mañana había encontrado a Amalia con el rostro cubierto de lágrimas. La cocinera rápido se las enjugó con el delantal.

–Es la cebolla, señora –se disculpó, y apuntó el cuchillo a la tabla de picar. El zumo nunca antes la había hecho llorar.

–No tienes por qué esconder tu sentir, Amalia –le dijo, abrazándola–. Se va a extrañar bastante a Gabino.

Y era la verdad. La presencia escandalosa del muchacho llenaba la casa de alegría. Cuando Gabino estaba, no había paz, ni siquiera en la capilla. Hasta para rezar era ruidoso. Sí, Gabino les haría falta a todos.

En un principio, cuando recién se lo habían entregado, ¡qué trabajo le costó acostumbrarse a ese niño porque ¡cómo molestaba a Ignacio! Lo sobajaba y se burlaba de él. Ella apenas podía contener su instinto maternal de protegerlo. Varias veces estuvo a punto de propinarle a Gabino una paliza. No lo hizo porque no era mujer de golpes pero además, porque José tenía razón: los padres no deberían intervenir en los pleitos entre hermanos.

–Déjalos que se arreglen como puedan –decía.

Y así fue. Tras un par de pleitos ensangrentados, Ignacio y Gabino habían acomodado sus diferencias. Hoy día, a pesar de que los hermanos tenían poco en común, el amor filial era incuestionable. Aceptaban sus diferencias. Gabino era alegre, atrevido, listo a meterlos en problemas y, si la ocasión lo ameritaba, a sacarlos de ellos a puñetazos. Ignacio, en cambio, era cauteloso y serio, agraciado con el don de la labia. Negociaba hasta el peor conflicto. Era él quien, con gran diplomacia, suavizaba los líos de su hermano. El amor entre ellos la enternecía. Siempre había querido engendrar otro hijo, pero Dios no le había concedido su deseo. Gabino fue la respuesta a sus plegarias y ahora moriría más tranquila sabiendo que cuando ella y José faltaran, Ignacio tendría a su hermano.

Le dolía aceptarlo, pero era un hecho que José sentía predilección por Gabino que era tan afín a sus propios gustos: los caballos, el aire libre, el campo. La diferencia de afecto que bien pudo haberle molestado era, en cambio, un alivio. Antes de la llegada de Gabino, José se la vivía martirizando a Ignacio, obligándolo a participar en actividades que el niño simplemente no disfrutaba. Ahora, con Gabino como su acompañante, dejaba a Ignacio en paz, y por primera vez su hijo podía abocarse a lo suyo, a sus libros, su arte y a los bailes. Los logros académicos de Ignacio –recibía las mejores calificaciones– compensaban el afecto de su progenitor.

–Serás abogado como tu padre –le decía José orgulloso–. Me ayudarás en el despacho a defender los derechos con la ley. Y tú, Gabino –le decía al otro–, cuando la ley nos falle, nos defenderás con las armas.

Ignacio no estaba de acuerdo con la decisión de Gabino de enlistarse en el ejército.

–Ese pleito con los yanquis lo tenemos perdido –opinó, tratando de disuadirlo–, mejor aviéntate de una vez a un pozo.

¡Y cómo se lo había reclamado a José por permitírselo!

–En su conciencia quedará que algo le pase a mi hermano, señor –le reclamó cuando José dio su consentimiento.

Catalina nunca lo había visto tan enojado. Hoy, no tendría más remedio que participar en esa celebración de despedida, a la hora de la comida. Su deber era apoyar a Gabino; no era el único que temía por su suerte. Todos en esa casa lo amaban, y lo extrañarían.

Afuera, en el jardín, los pavos reales armaron escándalo. Les daban la bienvenida a los tres hombres que ya entraban por la puerta de la terraza.

–Ya llegaron, señora –anunció Amalia–. ¿Sirvo el caldo?

–Sí, por favor, para que se vaya enfriando. Ya sabes que al señor no le gusta quemarse la lengua. Tráete también las memelas.

José entró con sus hijos al comedor. Venían peleándose la palabra, discutiendo acaloradamente. El mozo corrió a recibirles los sacos, sombreros y guantes.

–Está claro que Polk no se va a conformar nada más con Texas –decía José, aflojándose la corbata–. Ahora dice que su país es una nación modelo que goza del favor de Dios, y que su deber es expandir las fronteras y propagar la democracia. Su ambición no tiene límites.

–Nunca debimos abrirles las puertas a los texanos –opinó Gabino.

–Muy cierto –asintió su padre–. Nuestro primer error fue abrirles las puertas a los colonos texanos en el 23. El segundo fue resistir su independencia. De cualquier manera hacían lo que querían, tan lejos que estaban de la capital y con ese desierto de por medio. La anexión a Estados Unidos era cuestión de tiempo. ¿Para qué resistirla? De cualquier manera, estarán ustedes de acuerdo, México no estaba en aptitud para quitársela.

–Pero, señor, tampoco podíamos quedarnos con los brazos cruzados –protestó Gabino–. Una cosa es que los texanos hayan querido su república y otra que los Estados Unidos se hayan apropiado del territorio, así nada más. Eso, mi señor, ¡es un robo!

José rio con sarcasmo.

–¡Pero, muchacho! Esa siempre fue su intención, ¿no lo ves? Lo de los impuestos y la esclavitud fueron meros pretextos. A veces la mejor estrategia es precisamente esa, hijo, quedarse de brazos cruzados. No hacer nada. Piénsalo. Si hubiéramos dejado que Estados Unidos absorbieran a Texas, esto los hubiera limitado a defender su presa, y nada más. Pero como fue, caímos en su trampa. Respondimos a la agresión en la frontera y esto les dio licencia para justificar la guerra ante la unión. Ahora está por verse qué más van a querer los yanquis.

Catalina se acercó a saludar a su marido y él le besó la frente.

–La comida está servida, señores. Por favor, pasen, antes de que se enfríe. –Se dirigieron al comedor.

–Con todo respeto, difiero de usted –terció Ignacio. Jaló la espalda de una silla y se la ofreció a Catalina con cortesía. Luego se sentó a su izquierda, en su lugar acostumbrado, y continuó con su argumento–. Aunque no hubiéramos defendido el territorio entre Las Nueces y el río Bravo, los yanquis igual habrían encontrado otro pretexto para justificar la guerra.

–Ignacio tiene toda la razón –comentó Gabino–. Para mí el error fue de Paredes. El presidente debió haber declarado la guerra desde un principio. Desde Palo Alto. ¿Para qué esperar? No. Aquí lo que hace falta es valor, señores. Otra canción sería si les mandáramos a nuestros triquis de Copala, por ejemplo. Ya vio qué bien se organizan con los tlapanecos, amuzgos y mixtecos para no pagar impuestos. Esos sí que son bravos. No se dejan.

–El valor no es todo lo que se requiere para ganar la guerra, hijo –respondió José–. Hay que tener armas y, como ya vimos, la artillería norteamericana es superior. Nuestros cañones no pueden contra los de Taylor. Punto. Es impresionante la manera como los desplazan. Si vamos a ganar esta guerra y defender lo nuestro, tenemos que armar a los soldados como debe ser.

–Cierto. Y poner al ejército en manos de alguien que sepa pelear –observó Ignacio.

–Así es –respondió José–. Y para eso ya se abrieron las sesiones del Congreso, para nombrar al exiliado presidente de la república. Es un hecho. Santa Anna ya regresó de La Habana, está en Veracruz.

–Supongo que nombrará a García Farías como su vicepresidente –comentó Gabino.

–Supones bien.

–Por favor, mi vida –interrumpió Catalina–, dejemos la política para después, ¿quieres? Hoy vamos a disfrutar de estos alimentos que preparamos con tanto cariño para agasajar a nuestro soldado. ¿Nos guías en el rezo?

José se santiguó y los demás lo imitaron. Terminada la plegaria, alzó su copa y propuso un brindis.

–Por su salud, soldado. Reciba nuestra bendición y el agradecimiento de su patria. En Dios confiamos que volverá pronto, sano y triunfante.

–¡Salud! –dijeron todos.

Ignacio alzó la copa, pero dejó la mirada en el mantel.

–¡Vaya banquete! –exclamó el festejado, y feliz se empinó la sopa y devoró su primera memela.

El café se servía en la terraza después de la comida. Era el momento del día que Catalina disfrutaba más, el merecido sosiego que proseguía al torbellino de la rutina doméstica matutina. Durante esa hora de recogimiento, Gabino los deleitaba con su flauta. Era una delicia saborear el cafecito de olla y escuchar aquellos conciertos esperados por todos. Las muchachas, ya alzada la mesa, se sentaban a comer en la cocina con la puerta entreabierta para oírlo mejor. Los jardineros se acercaban disimuladamente, dizque a arreglar las enredaderas de los pilares. Los vendedores ambulantes llegaban también. Sabían que a esa hora al muchacho le daba por soplar bonito y ahí, apiñados en la entrada, al otro lado del portón enrejado, tendían su petate y se comían su taco, deleitándose con esas melodías de su pueblo que Gabino había aprendido del viejo zapoteco, el padre de Amalia.

Hoy, hasta las nubes están tristes, pensó Catalina, mirando las alturas. La llovizna estremecía los pétalos de las begonias. Las amortiguadas campanadas de la iglesia añadían una nota de melancolía al atardecer. Era una tarde de despedidas y ella, en cuanto José se retirara a la recámara a dormir su siesta, también le diría su adiós a ese chico que el destino le había dado a criar. Había llegado el momento para entregarle el regalo que tan celosamente le venía guardando todos estos años.

Gabino terminó una última canción y el público irrumpió en aplausos. Él sonrió con modestia, limpió su instrumento y lo acomodó con cuidado en su estuche. Catalina le alargó su taza humeante, que sólo entonces aceptó.

Por su parte, José apagó su pipa, se levantó y besó la mano de su mujer.

–Me retiro a descansar –dijo, y se fue.

Catalina aprovechó el momento y mandó a Amalia a traer el paquete.

–Te tengo un regalo –le dijo a Gabino con aprehensión. En el fondo, temía su reacción. Gabino era un apasionado y quizás el obsequio, lejos de agradarle, lo entristeciera. Eso era lo último que quería, removerle tristezas.

Amalia regresó con el bulto y se lo entregó. La despidió con un gesto de la mano. Necesitaba privacidad.

–Aquí tienes –dijo, y le extendió el paquete sin mirarlo a los ojos.

Gabino no supo qué decir. Le conmovía el cariño que su madrastra le demostraba, primero con aquella comida espléndida y ahora con un regalo inesperado. Siempre había sido buena con él, generosa de corazón. Su actitud no era la norma en aquella sociedad, donde lo aceptado era maltratar a esos niños, productos de los «instintos bajos» de sus padres, según les decían. Las esposas virtuosas tenían la obligación de perdonar la infidelidad de sus cónyuges y aceptar en el seno de sus familias legítimas a aquellos hijos naturales, cuando así lo exigían sus maridos. Sin embargo, también tenían el derecho de criarlos como quisieran, y nadie las criticaba si los trataban mal, los golpeaban o los relegaban a mocitos o sirvientes. Gabino conocía a varias familias así. Cada vez que pensaba en ellas, se sentía nuevamente agradecido con aquella mujer de carácter suave, que desde siempre lo había tratado igual, si no es que mejor, que a su propio hijo.

Gabino recordaba poco del día que lo habían entregado a la casona. Tal parecía que alguien le había trapeado los recuerdos. Pero lo que jamás olvidaría era la primera noche que durmió ahí, con esa familia. Su padre andaba de viaje. Doña Catalina lo aguardaba con un banquete de bienvenida. Las horas pasaron, y al no llegar él, Catalina atendió y despachó a los invitados sin perder el aplomo. Y después, ante el asombro de los sirvientes, ordenó que se le tendiera una cama en el mismo cuarto de Ignacio a ese niño que le habían ido a dejar.

–Si quiere, que duerma conmigo –sugirió Amalia, queriendo salvar a su patrona de la burla de la que seguro sería objeto.

–De ninguna manera –había dicho ella–. El niño duerme con mi hijo, y si tú quieres dormir con ellos, ya que hablas lengua, pues adelante.

Y así había sido. Gabino lloró inconsolablemente y Amalia lo arrulló toda la noche, hablándole en zapoteco. Dormía tendida en su tapete y él acurrucado a su lado. Después, cuando se enteraron de que don José no regresaría pronto, Catalina se abocó a la tarea de educarlo. Contrató un tutor para que le enseñara el castellano y lo instruyera en los modales de todo niño de bien. Además, negoció con la escuela de Ignacio para que lo dejaran inscribirse y exigió que se le tratara como hijo del patrón. Meses después, cuando José por fin regresó, apenas si reconoció a Gabino. Era otro niño.

Gabino no resistió el empeño de la señora por educarlo. Sabía que por doloroso o difícil que fuera, lo hacía por su propio bien. Aun en sus peores momentos, cuando mucho le hubiera gustado rebelarse, no pudo. Lo desarmaba con una sonrisa, o con una caricia, y él, sediento de amor materno, inmediatamente capitulaba. Con el paso de los años fue apreciando, cada vez más, la postura descabellada de aquella dama que sin miramientos desafiaba las normas. Ante la sociedad oaxaqueña exigía que a Gabino se le diera su lugar como hijo de su esposo porque, independientemente de las circunstancias que lo habían traído al mundo, decía, tratarlo bien era el deber de cualquier cristiano. Dada la firme actitud de su madrastra, que su padre apoyaba con agradecimiento, la gente poco a poco fue ajustando su pensar. Eran pocos los que, hoy en día, recriminaban su bochornoso principio. Mucho ayudaba el color claro de su piel, y el impresionante parecido que tenía con su progenitor, y con su hermano. En cualquier lugar se le hubiera reconocido como un García Allende.

El bulto estaba envuelto en una frazada que, a primera vista, parecía ser una manta cualquiera. La desdobló y, al hacerlo, reconoció de golpe el patrón estampado. Era el *quexquémitl* que su madre había tejido y que contaba la historia de la flor de *Itu Yabi*. Al reconocerla, soltó la prenda como si le quemara las manos. Un torbellino de emociones lo azotó: asombro, coraje y rencor, todos mezclados. Más que nada sintió rencor. La prenda olía a tierra, a humo, a caña quemada. Olía a su hogar. Se levantó y la arrojó al suelo con desprecio.

—¿De dónde sacó usted eso? —preguntó con voz ronca.

Catalina se apresuró a levantar la manta. Comenzó a doblarla y a guardarla con torpeza de nuevo en la funda.

—Discúlpame, Gabino. Esto fue un error.

El joven la detuvo. Le agarró las manos con brusquedad.

—¿Quién se la dio, señora?

Catalina nunca lo había visto tan descompuesto.

—Me estás lastimando —dijo, mirándolo con reproche. La soltó.

—Perdón, señora —se disculpó, tratando de serenarse.

Ella no supo qué hacer. ¡Qué tonta he sido!, pensó. En mala hora se me ocurrió darle esta «sorpresa» que, lejos de agradarle, le enfada.

Él comenzó a dar vueltas por la terraza. De cuando en cuando miraba con asco la prenda que ella sostenía en su regazo.

—Perdone, señora —balbuceó de nuevo.

—No, hijo. La que te pide una disculpa soy yo. —Y sin poder evitarlo, rompió en llanto.

Era la primera vez que lloraba así, enfrente de él. Era la primera vez que Catalina le decía hijo. La palabra se meció entre ellos, frágil y temblorosa, como aquellas gotitas de llovizna en las begonias.

Gabino se le acercó, conmovido, se sentó a su lado en cuclillas y le tomó la mano.

—No llore, señora. Por favor. —Se la besó con ternura.

—¡Ay, Gabino! Tú no te mereces este disgusto —musitó ella entre lágrimas. Le acarició el cabello—. Mi intención era halagarte. Lo juro por nuestro señor Jesucristo.

—Yo sé, señora, y se lo agradezco. Me agarró usted por sorpresa. Dígame, por favor, ¿cómo llegó esta prenda a sus manos? —Al preguntar, sacó un pañuelo de su manga y se lo dio. Ella se secó las mejillas.

—Me la mandó Simón, el padre de Amalia. Me la dio el día después de que llegaste a esta, tu casa.

Gabino la miró sin comprender.

—Al parecer —explicó ella—, Simón hizo trueque en el mercado con una mujer tejedora, le dio la prenda a cambio de una de sus flautas. Esa misma noche vino a ver a Amalia y cuando cenaba con ella le enseñó su preciada adquisición. Estaba muy orgulloso de la manta porque, como ves, es hermosa. A la hora que describió a la tejedora, a Amalia le entró la sospecha. Ataron cabos y se dieron cuenta de que era la misma mujer que había venido a dejarte esa mañana. Tu madre, Gabino. Y que tú eras ese mismo niño, el niño de la flauta.

—Pero si don Simón tanto apreciaba la prenda, ¿por qué se la dio a usted?

—Por superstición, supongo. Ya sabes cómo suelen ser esas gentes… Tú no. Tú sí comprendes que Dios todo lo dispone. Pero Simón no quiso quedarse con ninguna pertenencia de aquella mujer sabiendo que se había ido al monte. ¡Ay, Gabino! Dicen ellos que tu madre era bruja. No te enfades, lo dicen por ignorancia. Lo bueno que tú sí eres educado y no crees en esas simplezas. El caso es que Simón no quería saber nada de ella y por eso me la mandó con Amalia. Decidí guardártela y regalártela el día de tu boda. Pero ahora que has decidido ir a la guerra… —sollozó y lo abrazó—. No sé por qué, pero algo en mí me dice que esta manta te protegerá de todo peligro. Llévatela por favor. Me quedaría más tranquila. Le pedí al sacerdote que la bendijera y lo ha hecho.

Gabino luchaba consigo mismo. Por un lado, no quería tocar el *quexquémitl*. La mujer que lo había engendrado, aquella señora que tan abruptamente lo abandonó, para él había muerto hacía muchos años. Nada quería con ella, fuera o no bruja. Por otro lado, tampoco deseaba enfadar a Catalina quien, sin tener por qué hacerlo, tan desinteresadamente le había abierto las puertas de su casa, y las de su corazón.

—Venga, señora, no llore —dijo, y le quitó la prenda de las manos—. Me la llevo si usted así lo desea, y sólo porque usted me lo pide la tendré siempre a mi lado.

Catalina lo abrazó con toda la fuerza de sus brazos.

—Sé que te he fallado, mi valiente soldado. No fui la madre que te merecías, pero igual le doy gracias a Dios que te encomendó a mi cuidado, cuando menos por un tiempo.

—Señora, con usted, Amalia y la Virgen, me han sobrado madres —dijo, sonriéndole con afecto—. Por favor, ya no se me ponga triste. Ahora mismo le toco algo alegre para que se me contente.

Así diciendo, sacó la flauta de su estuche, se la colocó en los labios y se puso a tocar y a bailar como un borrachín, dando tropezones a propósito, hasta que Catalina derramó lágrimas, pero de risa.

Lencho, Hortensia y Amalia lo esperaban en la caballeriza para despedirlo. El caballerango le tenía la yegua preparada y la escolta militar llegaría por Gabino en cualquier momento.

Al verlo llegar, muy propio en su uniforme, Amalia se cubrió el rostro con el mandil y lloró desconsoladamente. Gabino la abrazó.

–¡Epa, señora! No me llore que todavía no me lleva la calaca.

–¡No hable así, niño! –gimió ella, y lloró más fuerte. La besó en la frente y ella lo apachurró en su seno con ansiedad.

Hortensia golpeó su bastón en una piedra.

–¡Suéltelo, Amalia! ¿No ve que le está manchando su uniforme? Tan limpiecito que se lo dejé.

La lavandera se había esmerado en almidonar el vestuario militar. Con agua bendita había rociado la tela y al vapor de la plancha había invocado a las Almas para que lo protegieran.

Gabino la abrazó también. La anciana tomó su rostro entre sus manos artríticas. Le tocó la frente, los párpados, los oídos y los labios, murmurando una plegaria, y cuando hubo acabado, se dio la media vuelta y se alejó cojeando.

Sólo entonces se acercó el jardinero. Le extendió su mano callosa y lo miró directo a los ojos con su mirada tuerta. Eso bastó para decirle todo.

La guerra inútil

En los portales, los amigos del café hacían resumen de los últimos acontecimientos.

–¡Ya tomaron el Convento de Churubusco! –exclamó afligido don Guillermo, un español cuya familia había hecho su fortuna con la grana–. Son unos gigantes los güeros. De este pelo. ¡Nos están aplastando como moscas!

–¡Gigantes y desalmados! –comentó con gravedad don Felipe, el dueño del café–. Imagínese que los apaches no pudieron con ellos. Los desgraciados yanquis son peor que bestias.

José trató de contener su impaciencia. Llevaba un buen rato escuchando esa plática histérica que no llevaba a nada. La confusión y el pánico se apoderaban de todos, incluso de la gente educada como ellos; y eso, el desorden, era lo último que el país necesitaba. Bebió un largo sorbo de su lechero y se limpió los bigotes.

–Caballeros –dijo–. El que los norteamericanos lleven ventaja nada tiene que ver con su raza, sino con la superioridad de su ejército. Por mucho que nuestros hombres valientes peleen, hemos de perder esta guerra inútil si no les damos armas para defenderse. El asunto no es de estatura, ni de números, señores, sino de dineros. Hay que aportar a la causa.

–Sí, don José. Por supuesto que tiene usted razón y hay que dar –comentó don Guillermo–, y eso venimos haciendo, aportando, a veces con voluntad y a veces a la fuerza, pero estará usted de acuerdo en que la obligación no es sólo de los ciudadanos, sino también de la Iglesia. Mire usted qué lío armó el caudillo ese, Marucci, con los polkos. Y ya vio aquí, en nuestro propio estado, cómo respondió el obispado. Prefieren morir defendiendo los bienes de la Iglesia que defendiendo a la patria. ¡Vergüenza deberían tener, os digo!

El cafetero, un hombre profundamente religioso, se apuró a opinar.

–Perdone usted, don Guillermo, pero el decreto de García Farías fue un abuso. ¡Vaya embuste! Se apropió nada menos que de ¡quince millones de pesos! Era justo que la Iglesia protestara. Aquí todos queremos proteger nuestros intereses, mi querido Guillermo. Yo mi café y usted su huerta.

–En este momento no debe haber más intereses que defender a México –terció José, antes de que la plática se agriara–. Hay que dejar a un lado los beneficios propios, la religión y la política, caballeros. Seamos centralistas o federalistas, nos agrade Santa Anna o Juárez, aquí los únicos enemigos son los norteamericanos.

En eso todos estuvieron de acuerdo. Don Felipe aprovechó la pausa y llamó al mesero. Ordenó más café.

–Es cierto, licenciado –comentó–. También es cierto que hoy día los polkos luchan hombro a hombro con nuestros soldados. Si cometieron el error de no intervenir antes, hoy lo han enmendado; ahorita mismo derraman sangre esos muchachos, y con ello, digo yo, alcanzan lo heroico.

José no quiso contradecirlo pero le hubiera gustado decirle que los verdaderos héroes no eran esos fanáticos religiosos encandilados por la Iglesia, sino hombres como su hijo Gabino que, sin necesidad, había acudido a la defensa de su patria. Su hijo no esperaba ningún cielo como recompensa. Hombres como él hacían falta. No lo dijo.

Guardó silencio porque lo mismo daba que el cafetero se quedara con la última palabra. Los argumentos de los señores como ellos, que tan cómodamente discutían los sucesos sobre una taza de café, poco importaban. Y si él estaba ahí, entre ellos, entre los que mucho opinaban y poco hacían, era sólo para ponerse al tanto de la situación. Por desgracia, ahí, en ese café, era adonde llegaban las noticias confiables. La prensa estaba censurada. Con el acercamiento del ejército del general Winfield Scott a la Ciudad de México, la autoridad había cerrado todos los periódicos con excepción de *El Diario del Gobierno* –el boletín oficial–. José leía el periódico ávidamente todas las mañanas. El resto de las noticias las conseguía ahí, en ese café.

En su casa, en el muro de la sala, José había colgado el mapa en el que a diario señalaba la marcha del batallón. Seguía, con angustiado

interés, el avance del general Antonio de León –el caudillo de Huajuapan–. Gabino integraba una de las dos compañías de caballería que el
afamado general había reclutado en la mixteca. Su Batallón de la Patria constaba de tres mil hombres. Gabino había partido con ellos a la
guerra un martes de Pascua. La línea que José iba marcando denotaba
el lugar preciso donde el ejército descansó la primera noche, en Huit-
zo, y de ahí el campamento en Nochixtlán, Tamazulapan, Huajuapan,
Miltepec, Zapotitlán Salinas, Tehuacán, Chapulco, Acutzingo, hasta
llegar a Orizaba donde se habían enterado de la pérdida de Cerro
Gordo. Después de hacer prisioneros a diecisiete norteamericanos, se
había dado la contramarcha. Acamparon en San Agustín del Palmar,
Amozac, y finalmente en Puebla. En Atlixco dejaron el parque, por
instrucciones de Santa Anna, quien aparentemente había insistido en
que en México lo había en abundancia. Eso último lo sabía de boca de
un corresponsal que había ido a buscar a José a su despacho.

–Debe usted sentirse muy orgulloso de su hijo, licenciado –le había
dicho el hombre–. Permítame que le cuente lo que pasó en Ayotla. Los
soldados lloraban de coraje por las deserciones. Sí, licenciado, muchos salieron corriendo. Pero su hijo Gabino, en cambio, se trepó a
su yegua y desde ahí declamó este discurso que aquí mismo anoté, en
este papel, para poder leérselo, porque sabía que le interesaría. Con
su permiso se lo leo: «No lloren, soldados, pues no pueden borrar la
mancha detestable que llevarán por siempre los que han huido. Procu-
remos borrarla de otro modo, derramando nuestra sangre para probar
que no todos los oaxaqueños huyen al contemplarse frente a frente al
enemigo. En la batalla yo entraré primero y si al fin de ella no me ven
arrastrando a un yanqui, digan: ¡Gabino García Allende ha muerto!».

A José el discurso, lejos de agradarle, lo enfureció. ¡Ese muchacho trae pleito con la vida!, pensó. ¡Qué ganas de que lo atravesara
una bala! ¡Cuántas veces se lo había dicho! Cuídese usted porque los
muertos no le sirven ni a Dios. Pero no. Era un arrebatado ese hijo
suyo. Igualito a su madre.

Ahora, en el café, se le acababa la paciencia. Hizo a un lado la taza
y apagó el cigarro.

–Díganos, don Guillermo, ¿qué noticias nos tiene? –preguntó con
aspereza. Don Guillermo se apuró a ponerlos al tanto.

–Resulta que Santa Anna esperó al enemigo en el cerro del Peñón
Grande, pero los espías de Scott lo descubrieron. Por tal motivo des-

184

vió sus tropas y entró por Tlalpan. Santa Anna se quedó en Peñón Grande como novia de rancho, sin fiesta. La columna yanqui, mientras tanto, atacó el caserío de Padierna, en San Ángel. El general Valencia enfrentó a los gringos, espada en mano, feroz, los soldados al brillo de sus bayonetas. Y nunca imaginarán, caballeros, lo que hizo Su Alteza Serenísima.

–Hable, que nos tiene en suspenso –se quejó el cafetero.

–¡Nada! Eso hizo Santa Anna. ¡Nada! Se quedó quieto en el monte, con la flor de nuestro ejército y no lo ayudó. ¡Imagínense la traición! Aun así Valencia recobró Padierna y justo cuando redactaba su parte de la guerra recibió la orden del presidente de que se retirara cuanto antes.

–¿Que se retirara? –preguntó José incrédulo–. Pero ¿por qué?

–Eso mismo preguntó Valencia, ¿por qué hemos de retirarnos si acabamos de ganarlo con el costo de tantas vidas? No le dieron más explicación. El presidente no le dio ninguna razón.

–¿Y qué hizo?

–Mandó de retache a los mensajeros del presidente con este mensaje: «Dígale a su señor Presidente que no me muevo de aquí, mañana defenderé el lugar aún con mayor decisión, y que él vaya y chingue a su madre».

Los caballeros rompieron en aplausos. ¡Bravo! ¡Ese sí es macho! ¡Viva Valencia!

Don Guillermo continuó:

–Al otro día Valencia comprobó que Santa Anna y sus tropas se habían retirado.

La artillería yanqui cargó sobre Padierna con todos sus fuegos y lo arrasó. Valencia tuvo que huir a Toluca disfrazado.

–Pero en Churubusco, ¿qué pasó? –ese era el tema que más preocupaba a José. Sabía que las tropas del general De León habían entrado al convento junto con los dispersos.

–Ese reporte es todavía más interesante. Los generales Manuel Rincón y nuestro expresidente, el general Pedro María Anaya, estaban ahí al frente, junto con nuestros jóvenes polkos y con los colorados –los irlandeses del Batallón de San Patricio–. Esos colorados también son bravos y grandotes como el enemigo. Pelearon con decisión para defender el convento. Pero luego vieron que Santa Anna se retiraba cobardemente con el ejército. Sí, señores, ¡los dejó a su suerte! Rápido se aprestaron a defender sus puestos con unos pobres fusiles de chispa, amarrados con alambres y cordeles, ¡imagínense si no íbamos a perder! A última hora, el señor presidente se dignó a mandar siete cañones y un carro con unas cuantas cajas de parque. La división de Twiggs atacó y muy pronto cercaron el convento por todos lados. El parque se agotó pronto y nuestros soldados echaron mano de lo que había dejado Santa Anna, y, ¡sorpresa que se llevaron!, era de diecinueve adarmes, calibre mucho mayor a los de quince adarmes que ellos necesitaban. Los cartuchos no entraron en sus rifles. A los únicos que les sirvieron fueron a los patricios con sus rifles Brown Bees. Pero como saben, son sólo una fracción de la flor del ejército.

–¡El desgraciado de Santa Anna tenía que saber que ese parque no les serviría! –exclamó José indignado.

–¡De seguro lo sabía! Comparto su enfado, licenciado –exclamó el cafetero–. Pero siga contando, don Guillermo, que me va a dar un infarto.

–Pues nada. Cuando Twiggs le preguntó a Anaya: «¿Dónde está el parque?», nuestro general contestó: «Si hubiera parque, no estaría usted aquí». Combatieron por varias horas hasta que cayó el convento. Eso es todo, caballeros. Cayó el convento. ¡Otra derrota para nuestro país!

José había escuchado lo suficiente. Esa guerra era una vergüenza. ¿Quién demonios había metido a Santa Anna a representar a tantísima gente inocente? ¿Quién? ¿Acaso el hombre no había demostrado su inestabilidad y cobardía en incontables ocasiones? Las multitudes ignorantes se habían aferrado a él, a esa figura de autoridad que percibieron como su única salvación. Y claro, si el país era un desorden. Sintió un ramalazo de odio contra México y contra todos los que lo habitaban, incluyendo esos amigos parlanchines que nada hacían más que enterarse y quejarse de la situación.

Asqueado, se levantó de la mesa y se despidió.

–Estaré pendiente, señores. Muchas gracias por el café y por el reporte –y con un gesto de la mano llamó a su cochero–. Vete yendo que yo hoy quiero caminar.

Se colocó el sombrero y atravesó la plaza con paso decidido, perdiéndose en las calles, sin rumbo fijo. El aire húmedo olía a terror; a ese miedo que se esparcía por doquier, como una plaga invisible. El manto negro de la incertidumbre opacaba la ciudad. Los oaxaqueños se desparramaban por los rincones, hablando quedito, formando re-molinos en las esquinas. Trancaban puertas, redoblaban rezos y encen-dían sus velas, sin saber qué más hacer mientras esperaban la llegada inminente de esos gigantes güeros y salvajes.

Molino del Rey

Gabino abrió los ojos y los volvió a cerrar. Le ardían. Los tenía llenos de tierra. El hedor a excremento, humo y sangre le provocó náuseas. Vomitó, y al hacerlo un dolor agudo le punzó la cabeza. Las descargas de los rifles le reventaban los tímpanos. Quiso moverse pero no pudo. Algo lo mantenía ensartado a la trinchera. ¡Me alcanzó una bala!, pensó sorprendido de no sentir dolor. Abrió los ojos, una vez más, y parpadeó con firmeza, forzando las lágrimas. De pronto su mirada enfocó aquello que lo paralizaba y que lo aplastaba. Era la forma grotesca y pesada de un hombre. La cabeza, descansando sobre su pecho, escurría materias blancas y viscosas por los mechones de pelo rubio, ensangrentado. La cara –una cara brutal que no había apaciguado la muerte– lo miraba con ojos vidriosos, desorbitados. Muertos.

Se libró del abrazo fétido con un empujón. Se alejó del cuerpo arrastrándose como lagartija, alerta del peligro en su entorno. La trinchera era un pozo de cadáveres. Había hombres desmembrados con los intestinos de fuera, brazos, piernas, manos por doquier, en una sopa de miembros esparcidos. ¡El cañón los había alcanzado! Se sorprendió de estar vivo. Aquel yanqui acribillado había sido su escudo.

Se palpó el cuerpo buscando la herida que había empapado de sangre su uniforme, pero no la encontró. ¡Estaba ileso! La sangre era del yanqui salvador. Respiró con alivio y gateó hacia arriba para poder ver los sucesos desde el campo plano.

La batalla era un desorden. Las columnas estaban diseminadas. Soldados de ambos países corrían de un lado al otro, en una carrera frenética sin fin. Peleaban con el filo metálico de sus bayonetas, jalando jinetes de sus caballos, repartiendo balazos, mordidas, patadas. Los yanquis, hombres pecosos y toscos, avanzaban con pasos de ganso. Eran hileras de casacas azules con botonaduras doradas, desgarradas, cubrenucas, altos quepís de viseras cuadradas. Sostenían en las manos las espadas ensangrentadas. El enemigo aparecía y desaparecía; muchos quedaban tendidos en las laderas, y otros no se detenían. Adelantaban paso a paso. Imparables. Las tropas mexicanas, por su parte, salían de sus parapetos, exponiendo por completo sus cuerpos, haciendo fuego en una batalla de humo. La fusilería y el escandaloso impacto de los cañonazos eran seguidos por piedras que rodaban con ruido de terremoto.

Gabino alcanzó a ver, a lo lejos, a un soldado mexicano que, desesperado, trataba de izar la bandera blanca. ¡Molino del Rey caía! El hombre no logró dar la señal de rendimiento porque un soldado irlandés, del Batallón de los Patricios, que apoyaban a México, brincó y le arrancó la bandera. El irlandés desgarró la tela con furia, haciéndola añicos. El soldado mexicano, siguiendo las órdenes redobladas de su general, trató de alzar de nuevo otro trapo blanco pero una vez más se lo impidió el irlandés. Al tercer intento el soldado patricio alzó su rifle y disparó al soldado mexicano, matándolo. Los soldados mexicanos, al ver caer la bandera de rendición, se enardecieron y al grito de ¡mueran los yanquis!, se arrojaron a la línea de fuego, a pelear cuerpo a cuerpo contra las líneas azules. Era un acto suicida.

El valor del irlandés contagió también a Gabino. Desesperado, buscó su fusil y al no encontrarlo se arrastró por la trinchera de regreso al cadáver de su yanqui salvador. Arrancó el fusil que sostenían las manos engarrotadas. Se hurgó sus bolsillos y sacó su flauta. Sopló. Pronto escuchó el relincho de la Pinta. ¡Estaba viva! ¡Estaba cerca! Su alma se llenó de gratitud, valor y coraje. La yegua galopó a su encuentro, abriéndose paso entre aquella enmarañada muchedumbre. Tenía los ollares dilatados en ruidosos jadeos, el hocico lleno de espuma y los ojos húmedos. Gabino brincó a su lomo y se afianzó al estribo. Cabalgaron a todo galope entre la lluvia de balas y metralla, hacia donde el patricio peleaba feroz.

Gabino se le unió en la lucha, él desde su yegua y el irlandés con los pies en la tierra. Repartieron balazos, culatazos y patadas moviéndose al mismo ritmo, en una comparsa que parecía previamente sincronizada. El irlandés aventaba muertos de un lado al otro, implacable y ciego en su objetivo de llegar al capitán. Lo logró, y de un espadazo linchó el cuerpo del oficial yanqui. Sus subordinados, desconcertados, comenzaron a retroceder, arrastrando el cuerpo inerte de su superior cuando de pronto una segunda columna de soldados llegó a reforzarlos. Era un nuevo ataque.

En algún momento, el oficial del batallón mexicano ordenó la retirada. A quemarropa, los yanquis los obligaron a dejar atrás las piezas de artillería. Los mexicanos retrocedieron por la milpa, caminando de espaldas hacia el bosque, sin dejar de disparar.

A través de la humareda, Gabino distinguió al irlandés que corría en dirección opuesta de la retirada. Corría hacia el edificio donde quedaban soldados mexicanos.

¿Qué estaba haciendo? Galopó tras él y pronto comprendió el objeto de su enloquecida carrera: ¡el cañón!

Los enemigos desalojaban a los tiradores del acueducto a cañonazos. El cañón avanzaba lento sobre el funesto camino. Al llegar a las puertas las destrozó y abrió una brecha. Gabino y el irlandés alcanzaron a los defensores y rápidamente se unieron a su esfuerzo. Apresurados, levantaban otro muro de protección detrás del derruido. Pero era tarde. Los invasores penetraron. Se desató una batalla feroz, metro a metro.

Un hombre jaló a Gabino y lo botó de la yegua. Su asaltante luchaba con saña y con odio.

Rodaron por el lodo. Aquel se le encaramó y lo sostuvo inmóvil con las piernas poderosas. Alzó el filo brilloso de su cuchillo y trató de apuñalarlo, frenético, dirigiendo el filo de la navaja aquí y allá. Gabino lo esquivaba, desesperado, agarrando el brazo que sostenía el puñal. Era un brazo poderoso. Pesado. Poco a poco la navaja descendió milímetro por milímetro hacia su rostro. En las pupilas enloquecidas del yanqui, Gabino vio su muerte. No podía detenerlo. Tenía las palmas de las manos ensangrentadas y resbalaban cediendo a la fuerza bruta del brazo. En ese último instante encumbró, detrás de su verdugo, un garrote. El garrote descendió sobre el cráneo del yanqui. Al estrellarse con la cabeza, se oyó un ruido seco, hueco. El estallido de cañón ahogó el grito feroz del atacante y de la víctima. El garrote voló por los aires. El hombre que sostenía el garrote voló también y cayó, inerte, a su lado. Era el irlandés. Sus miradas se encontraron y el patricio le sonrió, triunfante, antes de perder la conciencia.

–Caballeros, tengo en mis manos una copia del reporte oficial de batalla del general Pedro Anaya.

Don Guillermo, subido en una silla, sostenía el documento con reverencia. El número de espectadores no cabía en el café. José, entre ellos, apenas podía contener su impaciencia. Había pasado toda la mañana esperando recibir noticias sobre los soldados y el orador se daba su tiempo, ora limpiándose las gafas, ora sorbiendo su café o arreglándose el chaleco. Sintió ganas de arrebatarle el reporte y leerlo él mismo.

Por fin el hombre aclaró su garganta y comenzó a leer.

–El general reporta las siguientes bajas al enemigo: Nueve oficiales muertos y cuarenta y nueve heridos; setecientos soldados muertos y heridos con un total de ochocientas bajas al ejército norteamericano.

–¡Bravo! –vitoreó la audiencia–. ¡Viva nuestro ejército!

Alguien convocó el silencio con un silbido agudo. Cuando el escándalo disminuyó, continuó leyendo con voz resonante.

–Por el lado de nuestras tropas, se cuentan setecientos sesenta y nueve muertos; heridos y prisioneros, jefes y militares, incluyendo a nuestro general Antonio de León, en paz descanse.

El público tardó en reaccionar y, cuando lo hizo, estallaron los gritos furibundos.

–¡Malditos yanquis! ¡Mueran los desgraciados!

Se dejaron oír también sollozos y quejidos. El lépero que vendía chicles gritó.

–¡Chinguen a su madre esos hijos de perra!

–¡Por favor! –exclamó don Guillermo–. Mantengamos la calma y guardemos un minuto de silencio en honor de las víctimas y de nuestro general. Hoy día, caballeros, ha fallecido un héroe oaxaqueño.

–¡Que viva nuestro héroe, el general Antonio de León! –gritó alguien.

–¡Que viva! –gritaron todos con ardor.

Los vítores, insultos y lamentos se fueron acallando y el minuto de silencio fue respetado. Las campanadas de la catedral sonaron solemnes.

–¡Señores! –retomó la palabra don Guillermo–. Habremos perdido la batalla pero las bajas demuestran que nuestras tropas lucharon con valor y ferocidad. ¡Con honor!

Ahora a nosotros nos toca prepararnos para recibir los restos de nuestros muertos con la dignidad que se merecen. Gracias a su sacrificio nadie dirá que Oaxaca no defendió la patria.

—¡Que vivan nuestros soldados valientes!

—¡Que vivan!

—¡Viva México!

—¡Viva!

Catalina se cansó de recorrer la sala. Esperaba con inquietud que llegara su marido a casa. Cuando José por fin llegó, corrió a su encuentro y lo abrazó con fuerza.

—Ya sé lo que pasó, mi vida —le dijo, acariciándole las cejas—. Perdimos; pero no te preocupes, Gabino está bien. Me lo dice mi corazón —y para demostrarlo le colocó la mano en su pecho.

José la abrazó.

—Pues entonces tu corazón está más enterado que yo —sonrió—. No sé nada, señora, salvo que murió el general De León.

—¡Madre Santísima! —exclamó ella, y se persignó.

—Perdimos el Molino, perdimos los cañones, perdimos el parque... un desastre.

Se quitó el sombrero y lo entregó al portero. Se le veía acabado. La angustia cuarteaba su rostro.

—Han muerto demasiados soldados. Si Gabino sigue con vida, seguro que está preso.

—¡No hables así! —lo amonestó ella y se apuró a tocar madera—. Por supuesto que está con vida. ¡Tenga fe, mi señor!

Caminaron abrazados a la terraza. Catalina tocó la campanita y Amalia llegó solícita a atenderlos. Se habían pasado la mañana en sus quehaceres y rezando rosarios, implorando a Dios por la salud de Gabino.

—¿Y nuestro soldado, señora? —se atrevió a preguntar Amalia. La angustia la estaba matando.

—De Gabino no sabemos nada —contestó ella—. Pero estoy segura de que Nuestro Señor Jesucristo lo sigue protegiendo. Por desgracia, ha fallecido el general De León.

—¡Virgen Santa! —exclamó Amalia, y se santiguó—. Dios lo tenga en su gloria.

—No puede ser de otra manera, Amalia —acertó a decir Catalina—. El general murió por su patria y su sacrificio le ha ganado el cielo. Le haremos su altar en la capilla. Hoy todos vamos a la iglesia. ¡Que Dios tenga en su seno a nuestro valiente general!

—¡Amén! —exclamaron todos.

—Sírvenos aquí el aperitivo, Amalia, si me haces favor.

La muchacha salía cuando de pronto entró Ignacio apurado. Estaba pálido. Venía de la universidad, donde los estudiantes difundían las últimas nuevas. A José le dio un vuelco el corazón al verlo así, tan agitado. ¿Qué sabía de su hermano?

—¡Hemos perdido! —exclamó Ignacio—. Los yanquis tomaron Chapultepec y ahora mismo se adueñan de la ciudad. La gente se está armando con palos y cacerolas. ¡Me voy a México!

—¿Repasaron la lista de las bajas? —preguntó José, era lo único que le urgía saber.

—No, pero de seguro ya se enteraron de que Antonio de León murió en la batalla. ¡Me voy a buscar a mi hermano!

—Tranquilo —ordenó José, aunque por dentro él estaba muy lejos de sentirse así—. Las cosas no pasan de la noche a la mañana, muchacho. Todo conlleva un proceso. El representante español, Bermúdez de Castro, y el cónsul inglés, Macintosh, ya solicitaron a Scott una tregua para negociar una paz honorable. Si es cierto que perdimos, las instrucciones directas de Washington son claras: se iniciarán las gestiones de armisticio y se entablará el canje de prisioneros como debe ser.

—En ese caso, alguien debe estar ahí para abogar por Gabino.

—Cierto. Pero ese alguien soy yo, su padre.

—Me voy con usted.

—No es lo prudente. La situación en la ciudad es inestable. Además, necesito que te quedes aquí, velando por tu madre y por los negocios.

—¡Pero es que no le estoy pidiendo permiso! —pronunció él, airado. Y antes de que su padre dijera otra cosa despachó su orden—. Amalia, por favor empáqueme usted una maleta. Me voy en este instante.

José parpadeó. Ignacio nunca le hablaba así. Dentro de todo, era un hijo dócil. Su primer impulso fue corregir su falta de respeto con una bofetada, pero se contuvo porque un sentimiento más grande que el disgusto lo paralizó. Sintió alivio. Sí. Alivio de saber que en el fondo Ignacio también tenía valor. Y que amaba a su hermano de tal manera que estaba dispuesto a arriesgar su propia vida.

Amalia se quedó ahí parada sin saber qué hacer. El duelo de miradas entre hijo y padre se volvió insoportable. Catalina, que estaba harta de pleitos, se apuró a suavizar los humores.

–Amalia, muchas gracias. Trae el aperitivo, por favor –y luego, dirigiéndose a los demás ordenó–. Acompáñenme en una oración por la salvación del alma de nuestro general.

Los tomó de la mano y aquellos no tuvieron más remedio que rezar con ella un Padre Nuestro.

Amalia regresó con la bandeja y Catalina sirvió y ofreció un plato a su marido.

–Mi vida –le dijo–, no te preocupes por mí. Me sentiré más tranquila sabiendo que Ignacio va contigo. Bien sabes que los negocios de cualquier manera están parados.

José no probó bocado. Tampoco Ignacio. José se acarició los bigotes, sacó su pipa del bolsillo y la encendió.

–Haz lo que te dé la gana, Ignacio –le dijo muy serio–. Pero eso sí; el viaje no comienza hasta mañana a la primera luz del día.

El coronel William Harney eligió como escenario de su macabra coreografía el castillo de Chapultepec, sitio de descanso de los emperadores aztecas. El cielo menstruaba, manchas rojizas ensuciaban el manto pálido de aquel funesto amanecer. Ahí, en lo alto de la cima, los irlandeses del Batallón de San Patricio, capturados en la batalla, aguardaban a que el coronel diera la orden que acabaría con ese tormento de la espera. Llevaban horas parados en los vagones con sogas atadas a los cuellos.

Gabino observó aquel humillante castigo desde las hileras de presos. A medianoche los habían sacado de las celdas para que fueran ellos los que empujaran los vagones de los condenados a lo alto del cerro. Eran treinta en total los que serían ahorcados. La tarea de los soldados mexicanos presos, como él, era escoltarlos a su último destino con todo y los vagones.

Reconoció al irlandés en cuanto lo vio. Supo que era él por su andar autoritario, desafiante. Había en él una furia contenida, un desdén admirable. Necesitaba hablar con él. Necesitaba agradecerle de alguna manera su sacrificio por la patria, el haberle salvado la vida. Cuando pasó a su lado, Gabino se tropezó a propósito para llamar su atención.

Funcionó. El pelirrojo volteó e inmediatamente supo quién era. Se detuvo en seco.

–¡Busca a mi hermana en el Hospital de San Pedro y San Pablo! –le dijo, alzando la voz–. ¡Busca a mi hermana! –repitió.

El soldado yanqui que lo escoltaba lo calló con la culata de su rifle. El irlandés se dobló en dos, pero se mantuvo en pie. Cuando recuperó el aliento volvió a gritar.

–Mi hermana Cienne. Es monja. Su nombre es Cienne McDana. Búscala.

Un segundo golpe lo tiró de rodillas al suelo.

–¡Cienne McDana! –gritó con voz carrasposa–. ¡Cuídala!

Gabino asintió con la cabeza y esto tranquilizó al irlandés. Siguió andando sin mirar al condenado, por temor a que el soldado lo arrancara de las filas y le hiciera olvidar su encomienda a golpes. Al alejarse, repitió en silencio aquel nombre extraño para grabarlo en su memoria: Cienne McDana, Cienne McDana, monja… Qué extraño que el patricio le diera esa encomienda, pensó. ¿Qué le hacía creer que él, Gabino, saldría libre de esa prisión? Seguro que el coronel Harney, el hombre desalmado que vigilaba a los prisioneros, los fusilaría a todos en cuanto terminara de ahorcar a los irlandeses. El hombre no había respetado el proceso establecido por el consejo de guerra. A los irlandeses no les había permitido defenderse durante la pantomima que había sido su juicio. Y por más que habían intercedido las carmelitas, el arzobispo, el propio Santa Anna, los diplomáticos del gobierno y las damas de San Ángel, nada ni nadie había conmovido la tremenda decisión: aquellos traidores pagarían por su culpa con la horca.

El desfile de los condenados hacia los vagones lo llenó de impotencia. Los subieron a golpes y patadas. Una vez arriba, les ataron pies y manos y colocaron la cuerda en sus cuellos. Uno de los vagones estaba vacío. El coronel recorrió la fila contando a los condenados y al observar el vagón vacío vociferó.

–Nos falta un colorado.

El cirujano de la armada dio un paso adelante y se apuró a explicar la ausencia.

–Lo tenemos en la enfermería, mi coronel. Se le amputaron las piernas.

Harney no dudó en ordenar:

–¡Traiga usted a ese hijo de puta! Mis órdenes son colgar a treinta cabrones y ¡por Dios que lo haré!

La espera se alargó hasta que aparecieron dos soldados arrastrando al enfermo por los sobacos. El hombre aullaba de dolor y en algún momento perdió la conciencia. Lo arrojaron como bulto al vagón y ahí prontamente comenzó a desangrarse. Los presos protestaron ante la brutalidad de aquel acto inhumano que horrorizó a todos, y por ello fueron golpeados. Gabino apenas podía contener el asco hacia el coronel cuyo exceso de autoridad era indigno de su rango. Algún día te veré morir, maldito yanqui, murmuró para sí. Sólo por esto seguiré viviendo, juró vehemente, y resolvió escaparse a como diera lugar. Dos razones tenía ahora para vivir: la primera, ajusticiar al coronel; la segunda, buscar y cuidar a la hermana del irlandés.

Bajo una opaca luz empañada por la lluvia los vencedores alzaron la bandera norteamericana en el castillo de Chapultepec. Era el momento que el coronel había estado esperando para dar su espectáculo macabro. Dio la orden y los vagones se alejaron. Los irlandeses, en un último acto de desafío, vitorearon a México hasta que la horca silenció sus porras.

El corazón de Catalina no se había equivocado: Gabino estaba vivo. Al enterarse, José inmediatamente se trasladó a la basílica de Guadalupe, se postró ante la Virgen Morena, y dio gracias. Desde su púlpito, la Guadalupana parecía mirarlo con compasión. Sus ojos negros y rasgados de pronto le recordaron a José otros ojos, los ojos ardorosos de antaño que tantas veces habían acogido su pasión. Se avergonzó del recuerdo. Era un sacrilegio que la imagen de la Madre de los cielos le recordara a esa mujer. Oró con más fervor, pidiendo perdón.

–Dejaré de buscar a la pagana, Señora –prometió arrebatado–. Que se pudra en el monte si quiere. Para mí, se ha muerto.

Salió de la iglesia y se dirigió al palacio a negociar la libertad de Gabino. Su emancipación era el asunto, ¡el único asunto!, que debía consternarlo, pensó. Todo lo demás podía esperar. Caminó con soltura, sintiéndose liviano y sosegado, percatándose, como no lo hacía en mucho tiempo, del aroma de los pinos, el canto de los gorriones y el chapoteo de las fuentes. Miró a los volcanes por primera vez sin maldecirlos.

El día de la emancipación, José se presentó muy temprano en el cuartel acompañado de Ignacio. La espera le pareció eterna. Cuando por fin los guardias salieron con el preso, José apenas si reconoció a su hijo. El muchacho joven e intrépido que había insistido en ir a defender a su patria no existía más. A cambio, los custodios le entregaban a un hombre enclenque, receloso, de mirada esquiva que se suavizó cuando lo vio.

El abrazo fue vehemente. José estrechó ese cuerpo indecente, cadavérico, con temor de lastimarlo. No lo soltó hasta que Gabino sacó la rabia contenida en llanto. Gabino lloró el dolor del pueblo, de la pérdida, de las viudas y de los niños huérfanos que ahora mismo espulgaban el campo bañado en sangre buscando los restos de sus padres. José también lloró. Lloró por el hijo perdido y por este otro, el suplente quebrado que tendría que atender hasta que el tiempo purgara su alma de los horrores vividos. Ignacio se unió al abrazo. Y al llanto.

–Vámonos de aquí –dijo Ignacio ansioso por partir. Su hermano se veía muy mal.

Ardía en fiebre y apenas si podía sostenerse.

Los custodios les hicieron firmar el recibo de las pocas pertenencias de Gabino.

Entre ellas estaba el *quexquémitl*, la manta en un principio repudiada que poco a poco, y por necesidad, se fue convirtiendo en su almohada y luego en su única cobija.

José la reconoció al instante. Sólo ella sabía tejer así.

Tomó la manta entre sus manos, alzó los ojos y amarró los de Gabino.

–Cuando eras pequeño te prometí encontrar a tu madre, pero esa promesa ya no la puedo cumplir. Perdóname. Le juré a la Guadalupana que si regresabas vivo la dejaría de buscar.

Gabino abrazó a su padre.

–En este instante lo absuelvo a usted de esa promesa, padre mío. No me interesa saber más de esa señora. –Y luego, dirigiéndose al custodio agregó–: Esta manta no la quiero. Quédensela.

Salieron del cuartel y atravesaron el zócalo.

Afuera, la ciudad invadida era un caos. Los yanquis desfilaban desde el Palacio y una multitud amenazante caminaba tras ellos.

–¡Yanquis hijos de puta! –gritaba alguien.

–¿Dónde está Santa Anna? ¿A dónde está ese marica? –preguntaba otro.

–¡Ya se largó, dicen que se largó de la ciudad!

Y en efecto, José sabía que Santa Anna había huido con un ejército de cuatro mil jinetes. El hombre era un asco.

De pronto alguien soltó un largo aullido. El gentío se lanzó contra los invasores.

Se abalanzaron en una ola que se arrastraba como un animal torpe, pero impulsivo, armados de piedras, cacerolas y tejas de techos que se iban quedando pelonas.

–¡Por aquí! –gritó Ignacio, guiándolos lejos de los portales para abandonar la plaza.

Gabino corrió por inercia, como sonámbulo. La luz le daba ardor en los ojos. El aire húmedo y el frío lo abofeteaban. Se abrió paso a codazos entre la muchedumbre, avanzando desorientado en esa ola que los empujaba. Le temblaban las manos, los escalofríos le recorrían su espalda como culebrillas y en las entrañas sentía un hielo pesado. Comenzó a quedarse atrás. José e Ignacio lo tomaron del brazo y corrieron con él hasta salir de la plaza.

Ignacio los adentró hasta un callejón. Se detuvo en una de las casas y tocó el portón. Un hombre abrió con cautela. Miró hacia ambos lados del callejón y los apuró a pasar. Lo siguieron por la galería hacia una sala donde los esperaba, sentado frente a la hoguera, en una silla de ruedas, un hombre de edad mayor. El hombre, al ver a José, le abrió los brazos y los amigos se palmearon las espaldas con verdadero afecto.

–Mi querido Carlos, muchas gracias por tu hospitalidad.

–Ya sabes que esta es tu casa, José. Aquí se te quiere más a ti que a mí. Mírame nada más qué jodido estoy. Soy un estorbo.

–No digas eso. Si fueras un estorbo no estarías ayudándonos ahora mismo.

–Es lo menos que puedo hacer, socorrer a nuestros soldados. Me alegra que hayas canjeado la libertad de tu hijo.

–Gracias, Carlos, pero como ves, temo que esté enfermo. A Ignacio ya lo habías conocido en otra ocasión. Es mi hijo mayor.

–¡Rigoberto! Ve a buscar al médico y dile que lo necesitamos de inmediato. ¡Date prisa! –ordenó.

Llevaron a Gabino a un aposento mientras el portero corría por el médico. José desvistió a su hijo. Tenía el cuerpo cubierto de llagas y moretones. Era obvio que todo le dolía, pero él no se quejaba. Llenaron la tina con agua fría y lo metieron poco a poco, para bajarle la fiebre. De ahí, José lo arropó en la cama.

Con los ojos entrecerrados, Gabino balbuceó.

–La Pinta. ¡Hay que rescatarla!

–Lo de la yegua ya está resuelto, no te preocupes –lo tranquilizó José.

–La tenían en la caballeriza de San Miguel –agregó Ignacio–. Ya la reclamé. Ve sabiendo que costó más su «rescate» que el tuyo.

Gabino sonrió. Estaba débil y ardía en calentura. José lo obligó a tomar agua.

–Veremos qué dice el médico –dijo–, pero en cuanto podamos, partiremos de regreso a Oaxaca. Aquí no hay nada más que hacer, muchacho. Tampoco tenemos por qué aguantar a esta plebe de yanquis bárbaros.

–No puedo irme –habló con esfuerzo–. Hay una monja que tengo que buscar.

–¿Una monja?

–Sí, sí. Una monja. Está en el Hospital de San Pedro y San Pablo. Su hermano falleció en la batalla.

–Bueno, hijo. Déjale el nombre aquí a don Carlos, que seguro él nos hará el favor de localizar a la religiosa y darle el pésame.

–No –murmuró. Los párpados le pesaban–. Tengo que verla yo. Lo prometí. Tengo que velar por ella.

–¿Velar por ella?, pero ¿y eso qué quiere decir? ¿Y por qué deberías hacer semejante cosa?

–Porque su hermano me salvó la vida. Por eso. –Y cediendo al cansancio, durmió.

El San Pedro y San Pablo

El antiguo colegio de San Pablo, abandonado por los agustinos y ocupado por un cuartel, se adaptó como hospital para atender a las numerosas víctimas de la guerra. Se arreglaron los claustros, cerrando los arcos con adobes para improvisar las salas, se acondicionó la cocina y en el refectorio se agregaron baños. El regidor del Ayuntamiento acudió a las monjas vicentinas Hijas de la Caridad y les pidió su colaboración. En un principio, el capellán de las hermanas se negó a autorizarlas pero la superiora convenció al vicario, recordándole que los postulados de la orden eran atender a los heridos y los enfermos.

—Negarse sería lo mismo que quebrantar las reglas de honrar la caridad de Nuestro Señor, patrón de la misma, asistiendo a los pobres y a los heridos —dijo vehemente.

El capellán finalmente aceptó y las cuatro religiosas, recién llegadas de Estados Unidos, recibieron la encomienda. Sor Bernardina estaría a cargo del traslado de los heridos de Churubusco al hospital. La niña, Cienne, asistiría en las labores que su mentora considerara apropiadas para su tierna edad. Las otras dos monjas ayudarían en donde hicieran falta.

El día amaneció lluvioso, pero eso no detuvo a un grupo de jóvenes polkos que muy temprano se habían presentado a prestar sus servicios. Eran los mismos chicos que apenas unos días antes habían empuñado armas bajo el lema ¡mueran los yanquis!

Llegaron empapados pero resueltos a ayudar a las religiosas en lo que fuera necesario.

—Díganos qué hacer, hermana —exclamó solícito el que encabezaba la comitiva.

–Nos urgen camas –se apuró a decir sor Bernardina–. Tenemos demasiados heridos que necesitan atención urgentemente.

–No diga usted más –dijo él y, dirigiéndose a sus colegas, agregó–: ¡A trabajar, muchachos!

Los jóvenes se arremangaron las camisolas y con la ayuda de artesanos aportados por las haciendas vecinas pronto construyeron camas usando las puertas y las lumbreras del claustro. Las mujeres de la vecindad, inspiradas por aquel acto de generosidad, se organizaron también. Lavaron pisos y ayudaron en la cocina, donde pronto ardía un alegre fogón. Cienne corría tras sor Bernardina, ayudándola a colocar y tender las camas. Trabajaron sin descanso hasta que la madre abadesa dio su consentimiento de abrir las puertas a los enfermos. El Hospital de San Pedro y San Pablo, con ayuda de dos médicos, cinco hermanas y un puñado de voluntarios, estaba listo para recibir a los lesionados.

Sor Bernardina no cabía en sí de alegría. La generosidad de la gente mexicana era sorprendente.

–Qué buena es la gente mexicana –comentó a la superiora.

–Sí, hija –dijo ella–. Los mexicanos saben llevar su cruz bendecidos por la Virgen Morena.

Trasladaron a los heridos aún entrada la noche y siempre bajo esa lluvia inclemente que nunca cesó. Los llevaron en camillas improvisadas con ramas y hojas, o sin camillas, a puro lomo. No quedó un solo lugar disponible pero igual los siguieron trayendo, arrojándolos sobre el piso de las salas como sacos de grano. El piso seco era mejor que el lodazal del campo.

Los médicos y las enfermeras no se daban abasto. Iban y venían atendiendo a los pacientes que tironeaban de las batas blancas, exigiendo y rogando que se les atendiera, que se les informara de la gravedad de sus heridas, no podían esperar más, gritaban, entre sollozos y manos crispadas. Un hedor nauseabundo a orines, excremento y vómito invadía las aulas antes limpias. Los enfermos lloraban y maldecían emitiendo quejidos apagados en un coro de lamentaciones. Algunos se rendían, se hacían bolita y morían, así, solos –era imposible atenderlos a todos–. Los voluntarios sacaban los cuerpos al patio para ser quemados. Esa era la orden del médico, quien no veía otra alternativa. No había tiempo ni manos, dijo, para darles santa sepultura.

Cienne apenas podía sostenerse en pie. Estaba agotada, pero a la vez se sentía en paz, sabiendo que había cumplido con la voluntad de Dios. Muchos heridos habían muerto. ¡Tantos hombres! Pero otros tantos se habían salvado y ¡qué dicha les daría a sus seres queridos volver a estrecharlos entre sus brazos! En algún momento se quedó dormida, recargada en el lecho de un moribundo, mientras le leía la Biblia. Despertó cuando el libro se le cayó de las manos.

–Lleve usted a descansar a esta niña –ordenó la superiora a sor Bernardina.

Obedecieron. Se retiraron, pero antes recorrieron los pasillos, dando una última ojeada a los pacientes. Caminaron, colocando mantas y acomodando vendas. En eso estaban, cuando de pronto entró un artesano, haciendo gran alboroto. Llevaba a cuestas, con gran dificultad, el cuerpo de un yanqui moribundo. El enfermo pronunciaba frases incoherentes en inglés y mal castellano. Detrás de ellos venía uno de los polkos muy disgustado.

–¡Ya le dije que no puede entrar! –dijo, y trató de impedirle el paso.

–¡Déjelo pasar! –exclamó la joven monja, y se acercó apresurada a ayudar con el herido.

–¡Con todo respeto, hermana! –protestó el polko–. Este hombre es el enemigo. ¡Hay que sacarlo a la calle! –Diciendo esto, lo jaloneaba.

–¡Suéltelo! ¿No ve que se está desangrando? –ordenó ella, airada, y cuando vio que titubeaba, repitió la orden–. ¡Déjenos pasar!

A regañadientes, el muchacho se hizo a un lado. Una enfermera llegó corriendo y entre todos transportaron al herido a la clínica.

–Este hombre es un traidor –protestó el chico.

–Nuestra misión es atender a todos los hijos de Dios. ¡Apártese!

–¡Pero primero a nuestros soldados!

–Aquí nadie tiene preferencia. –El enfermo se retorcía de dolor.

–Cienne, pásame una venda –ordenó.

La niña obedeció con prontitud. Hasta ese instante se había limitado a observar el altercado con ojos de espanto. Nunca había visto a sor Bernardina tan enojada.

Sor Bernardina limpió el rostro ensangrentado del enfermo con el lienzo, y la enfermera trató inútilmente de controlar la hemorragia. Era tarde. El hombre agonizaba. En un último gesto, asió la mano que cuidadosamente lo limpiaba, levantó una mirada acuosa y muy roja y con voz gutural, dentro de un largo jadeo, balbuceó algo. Sor Bernardina le acercó a sus labios la cruz de su rosario. El moribundo apenas tuvo fuerzas para besarla y con un último suspiro abandonó su vida. La monja le cerró sus párpados, la mandíbula, acomodó su cabeza y tomando las manitas de la niña y de la enfermera, rezó:

—Oremos. Descansa en paz, hermano, y pide al Señor por los que todavía quedamos en este valle de lágrimas.

Desde la puerta de la enfermería, Gabino miraba la escena con gran interés. Había llegado al hospital con Ignacio minutos antes a cumplir con su propia encomienda.

Después de varios días de indagar, se había enterado del nombre del irlandés que le había salvado la vida; se llamaba Rogan McDana. Los expedientes de la Armada confirmaban que el patricio, efectivamente, tenía una hermana que pertenecía a la orden de las monjas vicentinas. Se enteró, además, de que un grupo de ellas ahora mismo atendía a los pacientes en aquel improvisado hospital. No esperó un minuto más. Le exigió al cochero que lo llevara al inmueble, a pesar de las protestas de Ignacio que todo el día había recorrido la ciudad en caos con él.

—No es hora de ir a ver a nadie. Además, ¡mira cómo llueve! –dijo, pero Ignacio sabía que hablaba de balde.

—Este asunto no puede esperar –fue todo lo que contestó Gabino. Lo que no le dijo fue que llevaba días sin dormir. Noche tras noche lo asaltaba la misma pesadilla. En sus sueños, el irlandés colgaba de una soga. Su cadáver giraba lentamente, macabro, columpiándose al vaivén del viento hasta encararlo. Le veía los ojos sangrantes que se abrían desorbitados y de los labios hinchados, deformados, emergía el grito vehemente: «Busca a mi hermana. Búscala, búscala, búscala…».

Algo, un presentimiento quizás, aguijoneaba el corazón de Gabino. Tenía que encontrar a la hermana del soldado cuanto antes.

En el hospital se tardaron en abrirles las puertas. La administradora, después de cerciorarse de que no eran ningunos rufianes, por fin los dejó pasar. Gabino preguntó por el nombre de Cienne McDana y la mujer confirmó, para su alivio, que ciertamente había en la congregación una persona con ese nombre. Luego agregó:

—Lo lamento mucho, caballeros, pero en esos momentos la requerida se encuentra auxiliando a los heridos. Quizás mañana, si regresan a una hora prudente, correrán con más suerte.

—Perdone que vengamos a estas horas —se disculpó Gabino—, pero es urgente. El hermano de esta persona falleció en el campo de batalla. He venido a avisarle.

La mujer parpadeó. Acongojada, los invitó a seguirla con un gesto de la mano. A la altura de la pérgola comenzaron a escucharse las voces que discutían apasionadamente la fortuna del yanqui.

Los hermanos se detuvieron en la enfermería y ahí, desde el marco de la puerta, observaron el desenlace de la disputa. ¡Con qué arrojo defendía la religiosa al enemigo!, pensó Gabino admirado. Jamás había visto a una mujer de hábito imponerse así, con tanta pasión. Era poco lo que sabía de las monjas, pero le parecían seres enigmáticos, anulados por la autoridad de la Iglesia; mujeres sin voz ni voto sujetas a la voluntad del obispado. Aquella mujer lo desmentía. Nadie se atrevió a interrumpir el pleito. Gabino observó en respetuoso silencio el desenlace, cuando el herido murió y la monja encomendó a Dios su alma. Supuso que aquella religiosa era la hermana del irlandés, hasta que se percató de la niña que oraba a su lado. Vestía una túnica oscura y severa y sobre esta un mandil blanco, manchado de sangre. El gorrito blanco, abombado, que vestían las novicias, le cubría el cabello. Las pequeñas manos eran blanquísimas y pecosas.

Sor Bernardina cubrió el cuerpo con la manta y se dispuso a salir. Al girar miró, por primera vez, a aquellos jóvenes parados en la puerta. Se les acercó, alzó el quinqué y encaró la mirada penetrante del joven que parecía encabezar la comitiva.

Gabino no atinó a moverse. El suave parpadeo de la llama, a la altura de la niña, iluminaba el rostro que lo miraba con curiosidad. ¡La hermana del irlandés era ella! Una pequeña con cara de ángel y ojos del añil de jiquilite más intenso que había visto en su vida.

Cayó de rodillas y con torpeza tomó las manitas. Ella las retiró con sutileza.

—Se llevan a mi muchacho a la hacienda —se quejó Amalia. Preparaba el champurrado con el que cerrarían el día en el patio. Con las palmas de las manos restregaba el molinillo con coraje, como para desquitarse de la mala noticia. La espuma se alzaba bonita en la olla de barro.

Hortensia no contestó. Sacó los pocillos para el atole y guardó en la despensa el piloncillo. Lencho las esperaba en el corredor con los sarapes. Amalia cesó su labor con brusquedad, se limpió las manos en su mandil y se dispuso a servir la humeante bebida. Hortensia le alcanzó los pocillos.

En el patio los sirvientes se sentaron en el pretil de adobe. Era una noche iluminada, llena de estrellas. Había luna nueva. Las chicharras cantaban fuerte y las flores en las macetas se mecían con una brisa suave. Sorbieron la fragante bebida en silencio.

El jardinero se rascó la cuenca vacía del ojo tuerto y con el ojo sano miró hacia el cielo.

–Mañana voy a sembrar maíz, alubia y jitomate –anunció y señaló los cielos.

–¿Y por qué mañana, oiga? –quiso saber Hortensia, cubriéndose las piernas con el sarape.

–Esta luna esponja bonito la tierra –contestó el jardinero.

Algo iba a comentar la lavandera, cuando de pronto Amalia se tapó la cara con el mandil y se soltó a llorar.

El jardinero y la lavandera se miraron entre sí, sorprendidos.

–¿Y *pos'ora* qué le duele a *usté*? –le preguntó Hortensia.

Amalia lloró más fuerte. Lencho tosió, se aflojó el paliacate y se sobó el cuello. Hortensia tomó los pocillos vacíos y se fue a la cocina a servir más champurrado. La dejaron sacar la tristeza a gusto, con calma. Cuando los sollozos por fin cesaron, bebieron en silencio mirando las estrellas.

–Es la luna –declaró él, señalándola acusatoriamente–. Cuando se engorda así, le saca las penas a la gente. A la *juerza*.

–¡Y dale con la luna! –exclamó Hortensia–. ¡Todo le achaca usted a la luna, Lencho! No es eso. Lo que a Amalia le duele es que se lleven al muchacho al rancho. ¿Verdad que es eso?

–Yo no más quería verlo tantito, Hortensia –gimió ella–. Y dígame ¿para qué se lo llevan allá? Otra vez me lo van a enredar todito a mi muchacho. Le van a hacer picadillo los sentimientos.

–No crea, Amalia. Es *juerte* nuestro soldado –opinó el jardinero–. Lo que no le enredó la guerra no lo enreda nada, ni nadie. Además. *Ta'bueno* que vaya a ver a su gente.

–Es cierto –agregó la lavandera–. Alégrese usted que regresó completito del matadero. ¿Ya miró usted los lisiados en la plaza? ¡Siguen llegando! Unos sin piernas, otros sin brazos, ¡ayer me topé con uno al que le troncharon la nariz! ¡Pobres muchachos! Para nada sirven ya, más que *pa'mendigar*. La plaza está llena de limosneros.

–Tiene usted razón, Hortensia. Bendito Dios que regresó entero el niño. Pero, ¿y si llega la bruja por él al rancho? ¿Y si se lo lleva al monte?

–La bruja, como le llama *usté*, es la mujer que lo parió –le recordó Hortensia–. Su madre.

–¡Qué madre ni qué nada! –exclamó Amalia arrebatada–. ¿Quién abandona así a su hijo, como perro, sin decirle adiós siquiera? El muchacho está *dimadrado*! En cachitos, así de chiquitos, le rompió el corazón esa bruja. ¿Ya se le olvidó cómo lloraba mi niño? Por poquito y se lo lleva la calaca de la tristeza que le dio.

–Sí, pues –sonrió Lencho, recordando–. Lo curó la chirimía.

–Es flauta –corrigió Amalia–, la chirimía es otro pito.

–Eso, y el caballo –agregó Hortensia.

Un manto de silencio los envolvió. El atole se enfrió.

Hortensia se paró, sobándose la joroba. Con el pocillo en mano, se recargó en el pilar. En el cielo, un relámpago trazó una línea zigzagueada. La lavandera se acercó a las rosas, escupió un gargajo dentro del pocillo y con su mano artrítica jaló el tallo de una de las plantas. Lo apretó, enterrando las espinas en sus palmas, hasta que una gota de sangre cayó en la taza. De ahí cerró los ojos, alzó la pócima y la ofreció a las alturas, murmurando un canto ronco, a la vez que sus huaraches zapateaban el suelo. Recogidos, el jardinero y la cocinera miraron su trance. Sabían que cuando se ponía así, había que dejarla sola y no interrumpirla. Una ráfaga súbita de viento sacudió las macetas. Una sinfonía de truenos y relámpagos estalló en el cielo. La lluvia comenzó a golpear el tejado con furia. Amalia se santiguó. Lencho inclinó su sombrero. Hortensia vació el mejunje sobre el pretil y observó celosamente la forma que la mancha formó en la piedra. Satisfecha, se sentó de nuevo y se tapó con el rebozo.

–El muchacho tiene el cuerpo entero –dijo–, pero su corazón está hecho migajas.

8

Tiempo de Cuaresma

Oaxaca, 1921

–¿Qué quiere que hagamos de comer hoy, señora?

–Ay, Petra, no me hagas pensar en eso, por favor –contestó Patricia fastidiada. Estaba terminando de arreglarse y se le estaba haciendo tarde para ir a recoger a la tía Cienne–. Prepara cualquier cosa que no sea carne. Ya ves que es día de abstinencia. Ve a la pescadería a ver si hay algo fresco.

–Ya fui, muy tempranito, señora, pero estaba ya muy espulgado. Puro hueso de huachinango que olía *refeo*.

–¡Qué barbaridad! Pues entonces haz enfrijoladas, o algo que rinda porque después de misa tenemos invitados. Viene la familia Sogaroi y también la tía. Esperemos que el padre no traiga a su gente, como acostumbra. Del acólito no nos salvamos, eso es seguro. Y ya ves cómo come el hombre. Es un barril sin fondo.

–Sí, patrona.

–Avísale a Pánfilo que ya nos vamos, si me haces el favor.

–Sí, señora. Yo le digo.

Se alzó el cabello con descuido, y se dejó algo de fleco para disimular la cruz que el sacerdote le había pintado en la frente el día anterior. Todos los años, después del Domingo de Ramos, se quemaban las ramas para que las cenizas se usaran el Miércoles de Ceniza del año siguiente. La temporada de Cuaresma era la más sombría del calendario litúrgico. Era la temporada que a Patricia menos le agradaba.

Tiempo de constricción, de arrepentirse de los pecados y de tomar conciencia de que, después de la muerte, volvemos a ser polvo. Como si no lo supiéramos, pensó ella con hastío. ¡Los dogmas de la Iglesia!

El misterio de la muerte no era ningún misterio para los oaxaqueños. La calaca era reina de la ciudad. Y los párrocos, en vez de darles esperanza a los feligreses, ahí estaban, dale que dale con los pecados, los sufrimientos, los infiernos y la muerte. Encima, como si fuera poco, estaban las privaciones, como la abstinencia. Que no se comiera esto, y aquello otro, ¿para qué? De por sí la gente no tenía para comer más que tortillas y frijoles.

Por eso, benditas las tradiciones que aliviaban el duelo lúgubre de la Cuaresma. La tradición de los paseos en el Llano, por ejemplo. ¡Respiro entre tristezas! A esa celebración irían hoy después de misa. Desde muy temprano en la mañana llegaban las floristas a poner sus puestos. El parque lucía hermoso con las flores de la temporada. La gente llegaba a deleitarse con la banda del estado y, a la hora del almuerzo, comenzaban los paseos de las flores. ¡Qué alegre era esa costumbre! Los caballeros compraban sus aromáticos ramilletes de rosas, jazmines o claveles y se las regalaban, con toda galantería, a las damas casaderas, que desfilando alrededor del parque, sonreían coquetas. Una de ellas era Dolores y por eso tenía que apurarse. Su hija no lo sabía, pero Everardo Sogaroi había mandado un recado esa misma mañana con su sirvienta, solicitando el permiso de Patricia para obsequiarle a Dolores unas florecitas en el Llano.

La sirvienta, amplia y lozana, de trenzas muy gruesas, se había ruborizado al dar el mensaje.

—Que dice el joven Everardo que no quiere avergonzarla en público, pues —dijo entre risita y risita con los ojos pícaros—, y que no se ofende si *usté* prefiere que no le convide las flores a la señorita Dolores.

—Por supuesto que tiene mi autorización, dígale usted —había contestado Patricia—, y dígale también que toda su familia será muy bienvenida a almorzar después del paseo.

Everardo seguía pretendiendo a Dolores, y eso era una respuesta a sus plegarias, o mejor dicho, un verdadero milagro. Después de la vergüenza que Antonio los había hecho pasar en el baile del Año Nuevo, Patricia estaba segura de que la familia Sogaroi cortaría todo lazo de amistad con los García Allende. ¿Qué necesidad tenían de enredarse con la familia del tipejo ese que era su hermano? ¡Ninguna! Encima estaba la demanda que el padre de Everardo prontamente había iniciado por el asalto, y con justa razón. Hasta en eso don Jorge había mostrado su buena cuna. Le había pedido su bendición antes de llamar a las autoridades, porque «No querría de ninguna manera perjudicarla, señora», le dijo a Patricia. De mil amores, ella había dado su consentimiento al caballero, asegurándole que en el fondo de su corazón deseaba que la justicia interviniera y pusiera a Antonio en su lugar. Estaba harta de su acoso. Por desgracia, hasta el día de hoy nada había resuelto el proceso legal. No. La querella seguía estancada en algún escritorio de los burócratas en la penitenciaría, y lo más seguro es que ahí se quedara. Nadie prestaba atención a los pleitos domésticos cuando había tantos crímenes por resolver. Por fortuna, el vergonzoso incidente, lejos de perjudicarlos, había dado paso a un cortejo dulce y formal entre Everardo y Dolores. El joven llegaba casi todas las tardes de visita a la casona después de cerrar el almacén de granos que su familia manejaba. Se presentaba siempre con algún regalito: chocolates importados, galletitas de anís o mamelucos de gancho, tejidos por doña Julia, para Luchita. Las atenciones del enamorado incluso le tocaban a ella. Un día llegó con una bolsa de trompadas. Segurito que la chismosa de Nicolasa le había dicho cómo ganarse a la suegra.

—Hija, ¿estás lista? —llamó a Dolores—. Hay que pasar todavía por la tía Cienne.

—Sí, mamá —contestó ella. Ya estaba en la terraza, esperándola.

Dolores se veía más linda que nunca. Llevaba su vestido rosa al cual la modista le había añadido encaje y con ello lo había transformado. Buen uso le había dado al calado francés que había sido su velo de novia, pensó Patricia satisfecha. El que hubiera querido usar el velo era indicio, cuando menos para ella, de que su corazón sanaba de la decepción sufrida con su maltrecho matrimonio.

Recogieron a la tía y después llegaron al parque, justo cuando la banda comenzaba el concierto. Las damas de la iglesia del Carmen Alto ya las esperaban. Les habían apartado lugar mero enfrente.

—Buenos días —saludó Patricia.

—¡Chicas! Ya llegaron. ¡Qué alegría! Vengan, siéntense por aquí. —Doña Cleta sonreía de oreja a oreja, con su sonrisa desdentada. La primera silla se la ofreció a sor Cienne—. ¿Y cómo está usted, hermana? —le preguntó—. ¡Qué bien se le ve!

La anciana sonrió, y se sentó.

—¡Que linda estás, Dolores! —comentó Eugenia.

—Favor que me haces, Eugenia, pero eso mismo digo de ti. —Eugenia no llegó a agradecer el piropo.

—Guarden silencio, por favor, que no se oye la música —ordenó doña Octavia quien, para variar, andaba de malas.

Tocó la banda su acostumbrado repertorio y al terminar los caballeros se alinearon alrededor del parque. Se dejaron oír las risas de las señoritas que, divertidas, se apresuraron a formarse en fila para comenzar su paseo.

—Vente —dijo Eugenia, y la jaló de la mano.

—No, Eugenia, gracias —contestó Dolores abochornada.

—Anda, niña, ¡dese prisa! —la empujó doña Octavia, y Dolores, cohibida por esa señora amargada que daba miedo, se alisó el vestido y obedeció.

Las jóvenes se unieron a la fila y el paseo comenzó.

Las damas cotorrearon de lo lindo, observando desde el palco el desfile de las jóvenes. Iban todas vestidas de luces y con cada vuelta sus brazos se llenaban de más y más flores. La tía Cienne aplaudía con deleite. ¡Qué bella era la monjita cuando estaba contenta!, pensó Patricia y le dio un abrazo. A la tercera vuelta Dolores se detuvo a entregarles sus flores, para que se las sostuvieran. ¡Ya no le cabían en sus brazos!

—¡Válgame, cuántas flores! —exclamó doña Cleta—. Estás rompiendo corazones, chica.

—Ponga usted atención —se apuró a amonestarla doña Octavia—. ¿No vio que todas las flores se las dio el mismo muchacho? ¿Quién es?

Un intenso rubor subió a las mejillas de Dolores. Patricia salió al rescate.

—Se las regaló Everardo Sogaroi.

—¿Sogaroi? ¿Y quién es ese? ¡Ah sí! El cojo. Camina chistoso el pobre.

Las palabras y el tono mordaz enfurecieron a Patricia. A punto estuvo de contestarle para ponerla en su lugar, pero la tía Cienne se le adelantó.

—Tiene usted la lengua de Satanás, señora —dijo, y luego dirigiéndose a Patricia, agregó—. ¡Vámonos de aquí, *a stóirín*!

La monjita se levantó y apoyándose en el brazo de Dolores se alejó. Patricia se dispuso a seguirlas, pero por educación giró a despedirse.

—Le pido una disculpa por el mal modo de mi tía, doña Octavia —le dijo—, pero sepa usted que para mí es un honor que el joven Everardo pretenda el amor de mi hija.

La aludida quedó muda. Se hizo un silencio incómodo entre las damas.

–¡Ay, Octavia! ¿Ya lo ve? –exclamó doña Cleta, que detestaba el conflicto–. Ya ofendió usted a doña Patricia. No le hagas caso, chica. Así siempre ha sido esta señora. Imprudente.

–¡Pero si yo sólo dije la verdad! –se defendió ella.

Patricia igual se despidió. Recogió las flores de la banca y atravesó el parque.

Buscó entre la muchedumbre a la tía y a su hija pero no las vio. Se abrió paso entre la multitud como pudo. De pronto, al llegar a la esquina, alguien la jaló del brazo. Pensando que la detenía algún mendigo atrevido, hurgó la bolsa para darle su limosna. Giró a dársela y así vio que el mendigo era Ramón. Le ofrecía una rosa blanca, sonriendo. Patricia no supo cómo reaccionar. ¡Pero qué imprudencia del hombre al abordarla así, en medio de la calle, sin recato alguno! ¡Estaba perdiendo la cabeza!

Avergonzada, le dio la espalda y se echó correr, sin detenerse, hasta que llegó al carruaje. Al correr imploró a todos los ángeles que nadie hubiera sido testigo de aquel atrevimiento. ¡Qué descarado!

Dolores y la tía ya la estaban esperando en la carroza. Pánfilo le recibió las flores, le abrió la puerta y la ayudó a subir. Y ahí, en el asiento del coche, había otra rosa blanca. Miró al cochero, interrogante, pero él evitó su mirada. Cerró la puerta y apuró a las bestias con su látigo.

Esa no fue la única rosa blanca que encontró. La casona parecía panteón con tantas flores. Había rosas en el portón, en la fuente, en la terraza. Un caminillo de pétalos marcaba el paso desde el zaguán hasta la capilla. El aromático sendero terminaba, finalmente, con una rosa justo en las manos de la Virgen María.

Nadie supo darle razón de cómo o quién había desperdiciado tantas flores.

Los invitados llegaron, comieron y se despidieron, y de alguna manera Patricia sobrevivió las formalidades. Su cuerpo estaba ahí, cumpliendo con su labor de anfitriona, pero su esencia se había deshojado y ahora se marchitaba, junto con los pétalos blancos que prontamente había mandado barrer. Cuando el joven Everardo partió, Dolores se retiró a acostar a Luchita. Patricia y la tía Cienne se quedaron solas con su café en la terraza. La tarde pardeaba. La monjita se columpiaba en su sillón. Con ojos pícaros, de cuando en cuando miraba a Patricia. Al final la curiosidad empujó la pregunta.

–¿Las rosas, *a stóirín?*

–No, tía, por favor –la detuvo en seco.

–Está bien. No hablemos de ello, si no quieres –sonrió–. Pero sí sabes lo mucho que te quiero, ¿verdad?

–Yo también la quiero a usted, tía.

Sorbieron el café en silencio. Patricia se sintió cansada y por un instante se planteó decírselo todo a la anciana. Sería un alivio sacar esa piedra que la aplastaba, pensó. ¿Qué daño podría haber en compartirle su angustia? Si alguien la quería bien, era ella. Abrió los labios para desembucharlo todo, pero los volvió a cerrar. No. No podía hacerle eso a la monjita. ¿Para qué mortificarla? Además, ¡estaba enferma! Y aunque últimamente no padecía de sus ataques, o cuando menos eso reportaban las monjas, mal haría en remover esa armonía que la mantenía tan serena. Lo correcto era dejarla tranquila y distraerla con temas agradables, como su historia.

–Me dejó usted en suspenso con sus recuerdos, tía.

–Y sí. Pero ¿sabes? He venido pensando que quizás esas cosas del pasado hay que enterrarlas. Me llevo los recuerdos cuando me vaya y ya está.

–Ándele, tía –insistió–. ¿Qué pasó cuando llegó a este país? Cuénteme.

La monja no se hizo rogar.

México... Me enamoré de este país desde el momento en que pisé sus tierras. Qué diferente a mi primer viaje en barco. Recordarás el Barco Tumba y los horrores que vivimos que ya te platiqué, y que no quiero repetir. El San Pedro, en cambio, a pesar de que no era una nave de lujo, era cómoda, amplia. Nos trasladó sin percances sobre el océano Atlántico hasta el hermoso puerto de Veracruz. El mismo capitán se asombró de la travesía, la más sosegada, dijo, y lo achacó a que trasladaba «carga bendita», o sea nosotras, las cuatro esposas de Dios y Ricitos de Cobre, como me apodó. Desde que me vio le caí bien y todo el viaje me consintió, regalándome golosinas y dejándome jugar con un loro que traía al hombro hasta que me mordió. Era un loro celoso.

Desde lejos vimos la costa. ¡Vieras qué alegres bailaban las palmeras agitándose con el viento! Alguien gritó: «¡el Pico de Orizaba!». Y sí, ahí estaba el volcán, el Citlaltépetl, ¿sabes que en náhuatl quiere decir Montaña de Estrella? Imponente. Lleno de nieve.

Al divisarlo, el capitán ordenó que se arriaran las velas. Un marinero se trepó hasta los mástiles y las dejó caer. Llegamos a tierra firme y nosotras prontamente nos postramos de rodillas a dar gracias a Nuestro Señor.

Atracamos en el muelle por la tarde y justo a tiempo, porque se desataba uno de esos nortes violentos que con frecuencia azotan la ciudad jarocha. El puerto era pequeño, cerrado por una cordillera que llevaba tierra adentro a México. Bajamos del barco junto con el resto de los pasajeros, rudos campesinos que venían a hacer las Américas. Después de tantos días en altamar, las piernas nos flaqueaban; sentíamos que nos íbamos de boca. Descendimos agarraditas de la mano. Yo me moría de la risa. Te imaginarás el espectáculo que éramos, cuatro mujeres en hábitos negros con las cofias de corneta soplando al viento, caminando como borrachas y una niña loca de alegría.

En el boulevard *los marchantes ofrecían todo tipo de mercancía. Había niños por doquier, unos trabajando con sus padres y otros arrojándose al mar haciendo maromas. Me cautivaron. ¡Qué ganas de echarme al agua con ellos! De pronto, una ráfaga de viento me arrancó mi gorrita y entonces sí se armó un alboroto. Ya ves cómo mi pelo pelirrojo siempre me ha dado lata… Un niño cachó la boina antes de que cayera al mar, pero no se atrevió a acercarse a mí, ni él ni su madre, ¡les daba miedo mi cabello! Por fortuna, sor Lucía hablaba castellano y los tranquilizó, asegurándoles que yo no era ninguna aparición. Al final el niño estiró el brazo y me tocó los rizos.*

Todos nos reímos.

La belleza de mi entorno me atrapó: las casonas e iglesias majestuosas; los colores chillones en la ropa, los parques, las aves, las flores; el aroma a mar, café y caña; las calles empedradas y la mano artesana que se apreciaban por doquier, en las bancas, en las fachadas y hasta en los faroles que alumbraron nuestros primeros pasos. Supe desde entonces que había llegado a casa. De momento, sin embargo, lo que más me emocionaba era la posibilidad de reunirme con mi hermano Rogan. ¡Moría por verlo!

Nos dirigimos directo a la Parroquia donde el sacerdote nos esperaba. Dio una misa de gracias, nos convidó a almorzar los alimentos preparados por las mujeres de la iglesia y nos asignó un cuarto, modesto pero cómodo. El padre sabía que veníamos con la misión de ayudar a nuestras hermanas vicentinas. Ellas ya llevaban rato viviendo en este país. No se daban abasto atendiendo a las víctimas de la guerra en la Ciudad de México.

–Partirán al alba para que no les agarre la noche –anunció el párroco. Ya tenía designado un carruaje. Nos contó que el gobierno marchaba de mal en peor, que los federalistas peleaban contra los centralistas y los monarquistas contra los republicanos–. Y luego están los viejos partidos Realista e Insurgente –dijo–, como si aquella lucha no hubiera terminado desde los Tratados de Córdoba. Estamos metidos en una guerra perdida, hermanas. Prepárense. La ciudad está en ruinas. ¡Hay tanto sufrimiento!

Sus palabras me llenaron de aprehensión. Temí por la vida de mi hermano. No quise pensar en los horrores que estaría viviendo, el hambre que quizás estaría pasando, quizás estaba herido, quizás... Me abracé a sor Bernardina y ella me tranquilizó.

–Dios sabe cuándo llamarnos a su lado –me dijo–. Y no hay nada que podamos hacer más que aceptar su divina voluntad.

Dormimos mal. El norte golpeó toda la noche con un aullido espeluznante. El mar revuelto era una sopa de espuma. En la madrugada nos despertaron unos golpes en la puerta. El cochero había llegado a recogernos. Nos aseamos, apuradas, y abordamos la diligencia. Afuera, el norte ya menguaba. Una lluvia triste aplacaba la tierra alzada.

Salimos rumbo a Jalapa con el corazón encendido de emociones: la ilusión por cumplir nuestra encomienda con la ayuda del Misericordioso y el temor por los peligros que enfrentaríamos en aquella ciudad que era un campo de guerra. Recé todo el camino para que Dios me concediera la dicha de volver a ver a mi hermano.

¡Nunca olvidaré ese viaje! Me la pasé pegada a la ventana y México se me metió en el alma. El verde intenso de los campos, el colorido de las flores, las montañas y los rebaños como pecas del paisaje me transportaron a mi amada Irlanda. ¡Sentí que por fin había regresado a casa! De todo me enamoré: de las chocitas, de las iglesias, de las marchantes a lo largo del camino, ofreciendo fruta exótica que nunca había visto. ¡México era un paraíso! Lo mejor era la gente. Eran sonrientes y amables, no parecía que estuvieran enfrentando tiempos tan duros. Resolví aprender su idioma cuanto antes. Había tanto que quería aprender de ellos.

Tres días duró el viaje; pasamos por Jalapa, Puebla y finalmente nos encontramos a la falda de las grandes montañas nevadas, cuyos nombres indios no podíamos pronunciar. En eso nos entretuvimos, en enredar y desenredar la lengua con esas palabras impronunciables.

—La ciudad está detrás de esa lomita —anunció el cochero.

El hombre estaba feliz de ponernos a salvo en la hermosa ciudad. Pero, aye, a stóirín!, todo el encanto de la aventura se esfumó en cuanto cruzamos la loma. El resplandor intermitente de los cañones iluminaba la ciudad. Olía a pólvora y a sangre. Se escuchaban gritos y quejidos y ahí, en plena calle, había cadáveres botados. Bultos ensangrentados y rígidos, como muñecos con muecas en los rostros. ¡Escenas espeluznantes! Parecía que habíamos descendido al infierno. El conductor nos llevó lo más pronto que pudo a la iglesia de Santa Teresa, donde el arzobispo había dispuesto un Te Deum que él mismo ofició. Después de la Acción de Gracias nos llevaron a la casa que sería nuestro albergue —una casa dilapidada ubicada en el mismo barrio del Hospital de San Pedro y San Pablo.

Nada nos pudo haber preparado para los horrores que encontramos en ese colegio que habríamos de convertir en hospital. Esa fue nuestra primera misión, preparar los cuartos para recibir a los heridos. Aquello era un cuadro desolador. ¡No cabían! Había una hilera de heridos en el suelo como cascajo sobre la tierra, agrupados conforme iban llegando, porque adentro no había espacio. Tenían las heridas abiertas, a flor de piel. Las vendas no alcanzaban, por más que las reciclaban de los muertos. A estos, los fallecidos, los quemaban ahí mismo, apilados, unos sobre otros en el patio. Se confundían los alaridos, los sollozos, los gemidos de esa gente que agonizaba y moría de dolor. Y la violencia, ¡grotesca! Los cadáveres mutilados mostraban el odio despiadado de la guerra.

La superiora, viendo aquel cuadro, me despachó a la cocina con órdenes de ir a ayudar en lo que pudiera. Quería alejarme de aquellas crudas escenas. Yo, que no quería separarme de sor Bernardina, le imploré que me dejara ayudarla y por fin accedió a regañadientes. Sabía que yo, a pesar de mis escasos años, había vivido peores realidades: la hambruna de Irlanda, la muerte de mis padres, de mi hermana, las plagas y el viaje en el Barco Tumba. Además, necesitaban mi ayuda.

No me separé de mi mentora. Me convertí en su sombra. Hacíamos de todo: fregábamos pisos, lavábamos heridas, consolábamos a las fami-

lias. Sor Bernardina fue una gran maestra. De ella aprendí que la sanación del alma es más importante que la sanación del cuerpo. Aprendí que unas palabras de consuelo, o una caricia, bastan para regresarle las ganas de vivir a un moribundo. Fue ella quien me enseñó que los milagros no se dan por la voluntad de Dios, sino por la voluntad propia. ¿Sabes, a stóirín? Cualquiera diría que tuve una infancia triste pero la verdad es otra, tuve una infancia privilegiada. Desde muy temprano comprendí que la felicidad radica en el servicio a nuestros semejantes.

Un día falleció un joven que me recordó mucho a mi hermano.

—¿Qué te pasa, niña? —me preguntó sor Bernardina.

Rompí en llanto. La superiora me jaló de la mano a la capilla y me obligó a sentarme en sus piernas.

—Tienes que tener fe en Nuestro Señor Jesucristo —me dijo, adivinando mi congoja—. Sólo Él sabe cómo y cuándo nos llamará a su reino. Hay que aceptar Su voluntad. Ande, séquese esas lágrimas y póngase a trabajar. ¡Hay tanto por hacer! Hoy nos traen los heridos de Churubusco.

Y en eso estábamos, recibiendo a los heridos, cuando llegó tu tío Gabino a romperme el corazón.

Patricia pudo haberse quedado toda la noche escuchando el relato de la tía. Se hizo tarde y tuvieron que despedirse. Pánfilo llevó a la tía de regreso al hospital y Patricia recorrió la casona cerrando puertas y apagando velas y lámparas. Había sido un día largo. Intenso. Tomaría un baño antes de dormir, decidió. A ver si con eso se le quitaba el insomnio que últimamente la mantenía despierta toda la noche.

Caminaba a su recámara cuando se oyeron golpes en el portón.

Tras ellos se dejó oír la voz de Petra con un «ya voy». ¿Se le habría olvidado algo a la tía?, se preguntó perpleja. No era hora decente para que alguien viniera de visita.

Escuchó atenta el murmullo de voces en el zaguán, y después el pasado de llaves. La cocinera llegó a buscarla a la recámara con un fajo de papeles en la mano.

—Le vinieron a dejar esto, señora.

—¿A estas horas? ¿Quién era?

—Un señor mal encarado, doñita. Traía prisa.

Patricia colocó la lámpara en el buró y se sentó en el borde de la cama a leer los documentos. El aspecto oficial de su envoltura le encogió el alma. Rompió el sello. Era una orden de desalojo. El municipio le daba treinta días para desocupar la casona. La demanda instauraba que Antonio era el propietario legítimo del inmueble.

El Señor de las Peñas

El despacho del señor licenciado don Ramón Guzmán de la Calle estaba ubicado en el centro histórico, en el mismo inmueble donde el abuelo José había tenido su propio bufete de abogados. En la sala de espera, Patricia observó el cuadro que colgaba del muro. Su abuelo lo había colocado justo ahí, hacía ya muchos años. Era una réplica del Cristo de Diego Velázquez, y de niña, cada vez que Patricia iba a visitarlo, se lo mostraba con gran orgullo. «Ese gran artista era sevillano, del pueblo de mi padre», le decía para que Patricia nunca olvidara su sangre española. El cuadro, al morir el abuelo José, se lo habían obsequiado al padre de Ramón, con motivo de la larga amistad que los dos abogados españoles habían sostenido a través de los años.

—El licenciado no debe tardar, señora —se disculpó la secretaria. Era una mujer entrada en años, criolla, de mirada severa y vestimenta austera.

—No se preocupe —le contestó—. No tengo prisa.

A Ramón no lo había visto desde el día en que le diera las rosas blancas. Desde entonces lo evitaba a toda costa. Incluso acudía a misa más temprano, para no toparse con él. De por sí, con aquello de la Cuaresma, estaba entregada a las actividades de la iglesia, ayudando a las damas del Carmen Alto con cuanta labor correspondía a esos tiempos de penitencia. ¡Ah!, pero su entrega a Dios y a las cosas sagradas poco habían mejorado su suplicio. Tal pareciera que Dios quería probar su fe. Y la muestra eran aquellos papeles del desalojo que necesariamente la obligaban a acudir a Ramón una vez más. Él era el abogado más destacado en ese tema. Era el abogado de la familia. Al principio se rehusó a ir a verlo. Recorrió los demás despachos buscando quién tomara el caso, pero al final desistió. Los mismos abogados reconocían que no tenían tanta experiencia como el licenciado Guzmán de la Calle. Además, pedían honorarios muy fuera del presupuesto de Patricia. Tuvo que ir a verlo. Y ahora ahí estaba, rogándole a ese Cristo de Velázquez que la librara de la tentación, que le diera fuerza y que Ramón se comportara a la altura porque ella, desde ya, sentía que flaqueaba.

Al cabo de unos minutos lo escucharon ascender por las escaleras. A Patricia el corazón le palpitó desatinado. Las palmas comenzaron a sudarle. Respiró profundamente y se las secó, disimuladamente, en los pliegues de su falda.

–Ya llegó el licenciado –le informó la secretaria. La mujer se levantó de su escritorio con prontitud y se recluyó en el cuarto de expedientes a buscar el archivo de la familia García Allende.

La puerta del despacho se abrió de un empujón y Ramón entró, sacudiéndose la lluvia.

–Está lloviendo a cántaros –exclamó sin mirar a nadie. Se quitó el sombrero y la gabardina, también empapados. Sacudió las prendas y las colgó en el perchero. De la solapa de su chaleco sacó el pañuelo y se secó la frente–. Me enlodé los botines, ¡mire nada más! Llame usted al bolero, por favor.

Cuando nadie le contestó, alzó la mirada, perplejo. Sólo entonces se percató de que la mujer que estaba ahí parada, frente al cuadro, no era su secretaria, sino Patricia.

Patricia agradeció a los cielos que la criolla no estuviera presente. La expresión en el rostro de Ramón lo delataba. La miró con asombro y después con innegable deleite. Dio un paso apresurado hacia ella, sin soltarle la mirada, como si temiera que en cualquier momento se fuera a fugar. Justo entonces regresó la secretaria y Patricia, con el alma en un hilo, se apuró a corregir las apariencias. Acortó la distancia y le extendió la mano a Ramón con toda formalidad.

–Buenas tardes, licenciado.

Ramón se paró en seco. Guardó el pañuelo de vuelta en la solapa, planchó la expresión de su rostro y estrechó la mano tendida con torpeza.

–Buenas tardes, señora –balbuceó.

Cumplidas las formalidades, se acercó la secretaria a extenderle el expediente.

–Aquí tiene, licenciado.

Ramón, después de recibirlo, señaló la puerta hacia su despacho.

–Muchas gracias –y luego, dirigiéndose a Patricia, agregó–, pase usted, señora, por favor.

–¿Les sirvo café, licenciado? –preguntó la criolla, solícita.

–Para mí, no, muchas gracias, pero usted, doña Patricia, ¿gusta un café?

–No, muchas gracias. Le agradecería un vaso de agua, si fuera tan amable.

–Claro que sí, enseguida se lo traigo.

Entraron a la oficina y Patricia caminó directo al sillón afrancesado de alto respaldo que él, cortésmente, le ofreció. Se sentó, puso las manos en su regazo y fijó la vista en el diploma que colgaba en la pared. Ramón se le sentó enfrente, abrió el expediente y lo ojeó, frotándose la frente. La secretaria regresó, entregó su cometido y con la misma salió de la oficina.

Ramón alzó la vista del papeleo.

–Dígame, señora, ¿en qué puedo servirle?

La frialdad de su tono la desconcertó. El cambio en la actitud de Ramón era tajante. El hombre que ella conocía –el vehemente seductor–, aquel que apenas minutos antes la había mirado con tanto anhelo, había sido reemplazado de manera categórica por ese señor hosco que la miraba impaciente. Lo que más le sorprendió, sin embargo, fue su propio desencanto: la indiferencia de Ramón, aunque fuera fingida, le dolía.

–Me entregaron estos papeles –dijo.

Abrió el bolso y le alargó la orden de desalojo.

Ramón los recibió y se abocó a leerlos con detenimiento. Terminada su lectura, volvió a abrir el archivo y lo ojeó hasta encontrar la sección pertinente. Con la pluma subrayó varias frases. De ahí se incorporó, abrupto, y caminó al librero repleto de tomos gruesos. Cuando encontró el libro que buscaba, lo extrajo y se sentó a consultarlo con esmero. Los minutos pasaron en silencio, él entregado a su estudio y ella escondiendo las manos bajo la falda, temerosa de agarrar el vaso de cristal, no fuera a resbalársele, o no fuera a temblarle el pulso y delatar su inquietud.

En algún momento, Ramón tocó la campanilla y la secretaria compareció.

–Hágame el favor de comenzar una respuesta a esta demanda –le ordenó–. Y en cuanto le sea possible, sáqueme usted cita con el juez.

–Sí, licenciado, ahora mismo lo llamo.

Cuando la mujer partió, Patricia por fin se atrevió a hablar.

–¿Tendré que desocupar la casona?

Ramón escribía febrilmente al margen de los documentos. Parecía haberse olvidado de todo, completamente de ella.

–No. Váyase usted tranquila –contestó sin dejar de escribir–. Su hermano no tiene fundamentos para sostener esta instancia.

Patricia no supo qué hacer. Esperó un minuto más pero era obvio que el licenciado ya se había enfrascado en su labor. Se levantó.

–¿Cuánto le debo por la consulta, licenciado?

Ramón alzó la vista. Conforme los ojos la enfocaron su expresión cambió y de pronto ahí estaba de nuevo el hombre cálido, apasionado, que Patricia conocía y tanto temía. Él soltó la pluma, empujó el sillón hacia atrás y caminó derecho a la puerta. La cerró con candado. Giró y con paso decidido y mirada invencible regresó a su lado. Antes de que ella pudiera reaccionar, la asió por la cintura y la besó con furia desbocada. Con una mano le arrancó la peineta y le soltó el cabello; con la otra destrabó los botones de su blusa mientras sus labios, ávidos, recorrían su cuello, sus hombros y sus senos. Ella, que ya no era ella sino otra mujer, cerró los ojos y le dejó hacer lo que quisiera. Imposible resistir el deseo bruto, indomable, que aquel hombre le provocaba. Era irremediablemente suya.

–¿Cuánto falta, *a stóirín*?

–Ya casi llegamos, tía. Un ratito más.

La monjita le hacía la misma pregunta cada cinco minutos. Patricia estaba arrepentida de haberla llevado a ver al Señor de las Peñas. Pero tanto había insistido la pobre, que al final no tuvo corazón para dejarla. La familia García Allende siempre había participado en ese festejo y la tía, sobre todo, era fiel devota del Cristo milagroso. En el Carmen Alto, por lo general, celebraban la festividad el quinto viernes de Cuaresma, pero ese año las damas del comité habían organizado el viaje a Etla, la población propia de la devoción. Había más necesidad en esa parroquia por el gentío que llegaba a celebrar, comentó el párroco. Y así se decidió ir a Etla a prestar ayuda.

Efectivamente, gentes de todas partes del estado acudían hasta ese templo, al lugar conocido como La Peña. Ahí se veneraba la imagen que, según los nativos, apareció en un pequeño montículo de cantera y dejó, como testimonio de su divinidad, las huellas de su pie y de una de sus rodillas. Alrededor de las huellas se había alzado el altar. Largas filas se formaban para pasar al interior de la capilla, ahora majestuosa, a limpiarse el cuerpo con ramas de pirú y albahaca para sanar sus dolencias. Terminadas las oraciones, reanudaban el recorrido y ascendían hacia el templo principal. Algunos creyentes formaban figuras de piedra y madera con las manos para el «pedimento». Se decía que el Señor de las Peñas era aún más milagroso que la Virgen de Juquila.

¿Pero qué milagro podría pedirle ella al Señor?, se preguntó Patricia con zozobra. ¿Cómo esculpir una figura de madera que reflejara su corazón enfermo? O quizás mejor sería arrancárselo del cuerpo, de una vez por todas, como bien aconsejaba san Mateo: *si el ojo derecho te hace desobedecer a Dios, sácatelo y tíralo lejos.* ¡Ay!, pero el corazón, ¿cómo sacárselo y seguir viviendo? Dolores y Luchita la necesitaban. Además, nunca había sentido tanto amor por la vida. ¡Que Dios la perdonara, pero remordimiento no sentía! ¿Cómo arrepentirse de algo tan bello? No. Más bien el pecado estaba en seguir participando en esa pantomima. El viaje a Etla era una farsa para quedar bien con el párroco y con las damas del Carmen Alto. Y si había accedido a acompañarlas, era sólo por mantener las apariencias y el buen nombre de la familia, ahora que el noviazgo de Dolores con el joven Sogaroi caminaba viento en popa.

–¿Seguimos con la historia?

La pregunta de la tía la arrancó bruscamente del caos que era su mente. Los ojos azules y cansados la miraban con intensidad. Era como si hubiera escuchado sus pensamientos tormentosos. Le asombró que ahora ella, por su propia iniciativa, quisiera retomar sus memorias.

–Sí, por favor, tía, cuénteme –porque cualquier distracción era bienvenida–. Nos quedamos en que el tío Gabino fue a buscarla al hospital para decirle que su hermano Rogan había muerto. ¿Se acuerda?

–*Aye, a stóirín*, ¿cómo olvidarlo?

Las mujeres se tomaron de la mano, y la monja retomó su relato…

Gabino... Mi amado Gabino fue el mensajero de la muerte. Me parece verlo ahí parado, en el marco de esa puerta del hospital. Era hermoso, ¿sabes? Tenía el rostro de san Miguel Arcángel. Por un instante pensé que Dios lo había mandado para acompañar al cielo a ese pobre yanqui que acababa de morir. Tu tío era alto, de ceja espesa y mirada tierna, y a la vez apasionada. Lo que más me llamó la atención de Gabino, además de su gallardía, fue su atuendo. Iba vestido de jinete; botas de cuero fino, sombrero ancho y espuelas de acero con embutidos de plata. Fue la primera vez que vi el atuendo de un caballero mexicano. En nuestro mundo sólo había soldados, doctores y enfermos.

Y mientras yo lo miraba, maravillada, él se acercó, se arrodilló, me agarró de las manos y pronunció esas palabras crueles: «Tu hermano Rogan ha muerto, pequeña. Cuánto lo siento...».

¡Oh! El dolor me llegó en capas: la sorpresa, la incredulidad, la rabia, la impotencia y luego el ramalazo, un dolor atroz. No supe más. Perdí el conocimiento.

No sé cuánto tiempo estuve inconsciente. Horas o días, quizás. Recuerdo que el péndulo de un reloj, en algún lugar, marcaba la hora, tic, tac, tic, tac, tic, tac. Yo iba y venía de un camino oscuro, donde los árboles estiraban sus ramas ásperas, como brazos con garras, y me tanteaban. De pronto, los árboles se convertían en momias envueltas en vendas ensangrentadas, con rostros desencajados, aterradores, que se iban desmembrando al andar. Se les caían las manos, los brazos, las piernas. Una horrible pesadilla de la que no podía escapar. Estaba afiebrada. Me abrasaba la sed. Quería moverme y huir con mi hermano, pero en ese sueño espantoso él corría lejos de mí. Yo, desesperada, trataba de alcanzarlo, pero él se iba lejos, cada vez más lejos. El reloj marcaba la hora, tic, tac, tic, tac, tic, tac.

En algún momento escuché la voz del despiadado mensajero. Preguntaba con insistencia: «¿Cómo sigue? ¿Qué tiene? ¿Qué puedo hacer?». Era Gabino. No se separó de mi lecho. Yo no quería verlo. No quería despertar. ¡No quería vivir! Pero ya lo ves, Dios no me concedió mi deseo. La vida se me metió al cuerpo de nuevo, a la fuerza, y me entregó a mi realidad: yo era Cienne McDana, una niña de diez años. Mis padres y mi hermana habían muerto. Mi hermano Rogan también había muerto. Estaba sola, sola, sola en ese triste hospital. Grité. Grité hasta que se me acabó la voz y sentí, en lo más profundo de mi alma, que Dios me había abandonado.

¿Sabes qué calló mis gritos? La flauta de Gabino. Comenzó a soplarla y yo, entre mi delirio, reconocí esa balada que tocaba al pie de mi lecho. ¡Era la canción de los celtas! La misma melodía que mi madre solía cantarme de pequeña y que después mi hermano nos tocó en su violín aquella ocasión, ¿recuerdas?, en la casa del anciano. La última canción que tocó, y la última canción que yo canté... La música me arrancó las lágrimas y de ahí no pude parar de llorar. Era como si se hubiera desbordado un río dentro de mí. Lloré por horas. Lloré por días. Después, cuando le pregunté, Gabino me contó que los patricios le habían enseñado esa canción. La cantaban por las noches eternas de frío y angustia en el campamento, alrededor de la hoguera. No siempre les permitían tener hoguera, ¿sabes? Por aquello de que fueran a descubrir su paradero.

¡Pobres mis valientes compatriotas! Vinieron desde mi patria escapando del hambre y al final no se escaparon de la muerte. Mejor hubiera sido, digo yo, morir en su patria y no lejos de los suyos. ¡Qué tristeza!

Poco a poco me fui recuperando. Gabino siempre estuvo a mi lado, atento a mis necesidades, apremiándome a beber, a comer y animando mi espíritu con su música y sus chistes. ¡Hacía trucos de magia! Nos hacía reír a todos. A mí me apodó la Pequeña Irlandesa.

La superiora aceptó su buena voluntad y le asignó faenas: cambiar camas, administrar medicamentos, reparar muebles y consolar a las familias. Un día hasta le colgaron una bata. ¡Los pacientes creían que era médico! Su ayuda se le agradecía enormemente, pues ya ves que andábamos cortos de gente.

El tiempo pasó y un día se presentó al hospital tu abuelo, don José García Allende. El gobierno había firmado el Tratado de Guadalupe Hidalgo, por el que México cedía a los Estados Unidos de América los territorios de Texas, Nuevo México, Arizona y Alta California a cambio de quince millones de pesos como indemnización. ¿Puedes creerlo? Santa Anna fue desterrado. En Oaxaca, Benito Juárez había tomado posesión como gobernador interino.

—Lo necesito en la hacienda, soldado —le dijo tu abuelo a Gabino—. Los mixtecos se están revelando en Teposcolula, y hay que ver que los nuestros no se alebresten.

Gabino no quería dejarme hasta que yo estuviera sana, pero la superiora lo disculpó.

—No se preocupe usted por Cienne, Gabino. Recuerde que nuestra congregación asumió su cargo, y por lo tanto, nosotros velaremos por ella. Además, es muy posible que la niña encuentre la gracia del Señor y tome los hábitos. Por lo pronto, seguiremos educándola como debe ser. Váyase en paz a cumplir con su deber de hijo y soldado. No se angustie por ella.

Tu abuelo José agradeció las palabras de la superiora.

—Hermana, ustedes cuentan con nuestro apoyo para cualquier necesidad que puedan tener. Mi hijo tiene un compromiso hacia esta jovencita y nuestra familia honrará ese saldo, mientras Dios nos lo permita.

Yo no entendía nada. Cuando se despidió de mí lo abracé y lloré desconsolada.

—No llore, mi Pequeña Irlandesa —me dijo, secándome las mejillas—. Le prometo que le escribiré y vendré a verla.

¡Cómo me dolió que se fuera! Él era lo único que me quedaba de mi hermano, de mi familia, de mi vida… sor Bernardina, que había presenciado la escena, rompió el abrazo embarazoso y cuando los caballeros hubieron partido, me sentó en una banca y me arrulló en sus brazos.

—Sea fuerte, mi niña —suspiró—. Reserve usted sus afectos y lágrimas para Jesús, el único dignísimo esposo. Oremos para que la llame a una vida en gracia.

No comprendí sus palabras, por supuesto, sino hasta después, ¡mucho después! En ese momento, el único sentimiento que me abrazaba el alma era el amor profundo que sentía por Gabino. Iba a extrañar sus trucos de magia, su música y su sonrisa…

La Virgen de Dolores

Era viernes, último de Cuaresma, día de la Virgen de Dolores. Para Patricia, el culto de la Dolorosa, que había sido introducido desde los días de la Colonia en Oaxaca, era la celebración más importante del año. Era el santo de su hija amada. Un día alegre y triste a la vez. El dolor inimaginable de María, cuyas imágenes la mostraban derramando lágrimas sobre el cuerpo de Jesús en sus brazos, la hacía sentirse agradecida por esa hija suya que tanta dicha había aportado a su vida, y por su nieta Luchita, el regalo más preciado que una madre puede recibir de una hija.

Hoy, en especial, era un día importante. A las seis de la tarde llegarían a pedir la mano de Dolores. Everardo había elegido la fecha a propósito. Quería presentar a su amada con la más grande muestra de afecto: su amor eterno. La familia vendría a rezar el rosario con ellos en la capilla de la casona; y después, frente al altar de la Dolorosa, celebrarían el compromiso de los jóvenes en una ceremonia íntima.

Patricia llevaba días preparándose para esa ocasión. Los bocadillos para el brindis estaban listos y la casa lucía más limpia que nunca. Lo único que faltaba era adornar el altar.

Tempranito en la mañana, partió a la Alameda a buscar las decoraciones y las flores frescas. La señorita Mier andaba de viaje, lo cual estaba bien. No había presupuesto para pagarle en esta ocación.

Era una mañana de cielo despejado, el aire estaba impregnado de un grato olor a boscaje y a tierra mojada. Caminó despacio, gozando de ese momento de paz; los pajarillos brincoteaban en las fuentes, los barredores barrían las calles, y las señoras ya encendían sus comales y amasaban la masa. En el parque solariego reinaba un ambiente de alegría. Numerosos puestos ahí instalados ofrecían las plantas y ramas para el Domingo de Ramos. Patricia compró flor morada, coronas de cucharilla, ramilletes de encaje, palmillas, musgos, helechos y macetillas de milpa, trigo y chía. Cuando acabó con las compras contrató a un mocito para que la ayudara a cargar, y partió con él de regreso a la casona, justo cuando la banda llegaba. Resistió las ganas de quedarse a escucharlos un ratito; había mucho por hacer en casa, quizás regresarían después todos juntos.

Al pasar por la iglesia del Carmen Alto se detuvo. Se acercó al portón pero no entró. Sentía unas ganas tremendas de felicitar a la Madrecita, y de ver ese, su más bello retablo. Deseaba postrarse a sus pies y llorar con ella la pérdida de Jesús. Sobre todo, quería darle las gracias por contestar sus plegarias y haber puesto un buen hombre en la vida de Dolores. ¡Qué alivio era verla tan contenta y enamorada!, y ¡qué tranquilidad saber que Luchita tendría en su vida una figura de padre que no fuera el patán que la engendró! Desde lejos vio la imagen de la Dolorosa, hermosísima, pero no se atrevió a acercarse. No podía mancillar el templo. Especialmente hoy, el mero día de su santo. Ella con el alma negra de pecadora, ¿para qué entrar?, ¿para pedir perdón? A la Virgen no podía mentirle. Tampoco podía mentirse a sí misma. Ansiaba el momento de volver a estar con Ramón. El peso del morral de pronto se le hizo insoportable. Se dio la media vuelta y siguió su camino deprisa, con el mocito apurando su paso tras ella.

Le llevó el resto de la mañana alzar el altar en la capilla. Colocó las ramas de álamo y romero, y dentro de un jarrón puso las azucenas que representaban la pureza de la Virgen. Agregó tres lámparas de higuerilla, símbolos de la Santísima Trinidad, siete vasos de cristal, con aguas de colores que eran sus lágrimas, y las siete dagas, emblemas de los siete dolores. Terminó con los adornos que había comprado en la Alameda: coronas de cucharilla, que con su color amarillo pálido figuraban el semblante dolido de la Madre; y las macetas de chía, maíz y trigo que representaban la resurrección. El color morado y negro, el luto; y el dorado, la gloria. Las velas de concha hechas con cera labrada iluminaban las figuras de palma tejida, los corazones de hojalata, y las toronjas con banderas de papel. Al terminar, se alejó a mirar su obra con ojo crítico. No era el gran altar de la iglesia, pero era su propia humilde ofrenda de agradecimiento a la Madre Sufrida.

El día se le fue volando y por la tarde, a la hora fijada, se presentó el novio, muy propio, acompañado por sus padres. Patricia los invitó a la sala y les sirvió el aperitivo; ahí esperaron a que Dolores terminara de arreglarse.

El señor Sogaroi discretamente se desabotonó el chaleco. Su abultado abdomen amenazaba con reventar el botón. Encendió su pipa y, visiblemente más cómodo, sopló el humo hacia la ventana. Se empinó la copa del brindis. De ahí abordó el asunto que había que resolver antes de que su hijo Everardo se comprometiera con esa familia.

–Mi estimada doña Patricia –dijo, limpiándose los bigotes–. Hay un tema que tengo la obligación de sacar a colación.

El tono solemne de su futuro consuegro la angustió. Confiaba en la entereza del caballero, sin duda. No creía a don Jorge capaz de romper el compromiso a esas alturas. Aun así, nunca sabía uno a qué atenerse cuando se trataba del futuro de los hijos.

–Dígame usted.

–Como bien sabe, las cosas en este país van de mal en peor. Álvaro Obregón ha promulgado la Ley de Ejidos. Este nuevo decreto se las pone muy fácil a los indios para que nos quiten las tierras. Usted y yo, que tenemos tierras, tenemos mucho de qué preocuparnos. Las Procuradurías de los Pueblos ya les están dando servicio legal gratuito, para que comiencen a reclamarlas. ¿Qué cosa hará con la tierra esta gente, dígame usted, cuando no saben ni leer? No sabemos. Pero ahí lo tiene. La ley es la ley. Es una lástima. El país está de cabeza, señora. Y ahora, ya ve usted los ferrocarrileros, quién sabe cuánto dure la huelga.

Patricia sintió alivio al escuchar sus palabras. El tema que el señor tanteaba nada tenía que ver con Antonio. O con Ramón… Su temor era que después del desagradable incidente que les había tocado presenciar en las fiestas de Navidad, el señor se hubiera puesto a indagar, por cuenta propia, aquello que por ningún motivo debería saberse. Respiró calmada y le sirvió una segunda copa. Esperó paciente a que el hombre sacara lo que tenía que sacar.

–Yo ya no estoy para estos enredos, mi estimada Patricia –siguió él–. Ya no quiero seguir quemándome la sangre con estos entuertos. Mi único deseo es gozar del poco tiempo que me queda disfrutando a los nietos que Dios me conceda. Y ahora a mi nieta adoptada, Luchita, quien por supuesto llevará nuestro nombre. Pero es justo que usted sepa, señora, que en este momento estamos liquidando todos nuestros intereses en este país. Sí, señora. Regresaremos a vivir a la Madre Patria, al pueblo de mis antepasados. Entiendo que Everardo y Dolores lo han hablado y han acordado acompañarnos después de la boda. Por consiguiente, le suplico que el matrimonio se lleve a cabo lo antes posible.

Patricia se quedó muda de sorpresa. Dolores no le había mencionado ni media palabra de ese asunto. De repente comprendió por qué, últimamente, evadía toda conversación que tuviera que ver con fechas o planes de vivienda después de la boda. Que le hubiera ocultado algo tan importante le molestó. Sintió temor. Por supuesto había previsto la posibilidad de que su hija y Luchita se fueran a vivir a la Ciudad de México, después de todo, ahí vivía la familia de Everardo. ¿Pero a España? Eso nunca se lo hubiera imaginado. ¡Eso era un destierro! ¿Pero en qué estaba pensando su hija? O mejor dicho, ¡no estaba pensando! Porque además ¿cómo podía acceder a dejarla a ella en Oaxaca sola, desamparada, sin su cariño y el cariño de su nieta?

—El tema, señora, es usted —agregó el hacendado, leyéndole la mente–. Nada nos agradaría más que nos acompañara. Tengo la certeza de que el pueblo será de su agrado. Y por supuesto que contaría usted con su propia vivienda. Los gastos correrían por mi parte, claro está. Nada le faltaría a usted, mi estimada Patricia. Sería un honor que se viniera con nosotros, ahora que seremos toda una familia, a gozar en la Madre Patria de una vida tranquila, sin pestes y sin guerras.

Patricia no supo qué contestar. El hombre estaba demente. ¿De verdad creía que así nada más, porque a él se le daba la gana de largarse de México, ella saldría corriendo con ellos? ¡Qué poco la conocía! Trató de serenarse. Se sirvió otro trago y siguiendo el ejemplo de su invitado, se empinó la copa. Debía recordar que la intención de ese hombre era buena. De manera sutil le estaba ofreciendo mantenerla, y con ello sacarla de pobre. Pero ¡la humillación!, ¡la arrogancia! El disgusto le apretó la garganta. Sintió que se ahogaba. Se mordió los labios. Se forzó a mirarse adentro y así comprendió que su enojo no era tanto con él, sino con Dolores. Bien sabía su hija que ella no se iría a ningún lado. ¿Dejar Oaxaca? ¿Abandonar a la tía Cienne cuando más la necesitaba? ¿Dejar la casona, la hacienda, y lo poco que les quedaba del patrimonio del abuelo José y la abuela Catalina? ¡Jamás! En Oaxaca había nacido, y en Oaxaca enterrarían sus huesos, en las fosas de la familia García Allende. Su hija lo sabía muy bien.

—Me alegra que aclaremos esto desde ahora, señor —se forzó a hablar, midiendo sus palabras—. Y me temo que aquí ha habido un malentendido. Mi hija no tiene permiso de irse a vivir a ningún lado. Mucho menos a otro país. Y yo por supuesto que aquí me quedo.

—Señora… —comenzó aquel con tono conciliador, pero Patricia no lo dejó continuar. Giró a mirar a Everardo y le habló directamente.

—Esta es su casa, mi querido joven. Me parece que usted tendrá que decidir si se va con sus padres, o si se queda en esta tierra sufrida y pobre, con mi hija y con mi nieta. De otra forma, no sigamos esta parodia que a nada bueno puede conducir.

—¡Mamá! —Dolores apareció en la puerta de la sala. Su figura, iluminada por la luz que se colaba por la ventana, se imponía. Con el encaje vaporoso de su vestido, el cabello castaño suelto, y su mirada intensa, semejaba una aparición celeste. Todo en ella emanaba serenidad. La situación, tensa e incómoda, no la inmutó. Avanzó con aplomo hacia su madre y se sentó a su lado. La tomó de las manos y con ojos cargados de amor, y esa sonrisa dulce que Patricia tanto amaba, pronunció las palabras que le rompieron el corazón.

—Mi lugar es al lado de mi esposo, mamá. Se lo ruego, acepte la generosa propuesta del señor Sogaroi. Venga con nosotros a España, aunque sea por un tiempo. Ya después veremos cómo se siente. Pero por el amor que nos tiene, no nos niegue la felicidad ni a mí ni a mi hija.

Patricia le arrancó las manos y se levantó con brusquedad. Se alejó de ella, y sin soltarle la mirada preguntó.

—¿Y quién pretendes que lleve los negocios de la familia? —sentía ganas de abofetearla.

—No se preocupe, que de eso me encargo yo —se apuró a decir el señor Sogaroi—. Es cuestión de poner a un administrador. No estamos hablando de muchos bienes, señora… y si me permite opinar, sería conveniente que un caballero con experiencia la ayude. Sobre todo ahora que se vienen tiempos difíciles.

La sugerencia la indignó todavía más. Hacía mucho tiempo que un hombre no se entrometía en sus negocios. Hacía muchos años que un hombre no le decía qué hacer, o qué dejar de hacer. Por sí sola sobrevivía, y por muy difíciles que estuvieran las cosas, no tenía la menor intención de delegar su responsabilidad a nadie. Además, pocos eran los hombres que se habían ganado su confianza.

No pudo contestar del enojo. El hombre interpretó la pausa como punto a su favor, y se apuró a acabar de convencerla.

—Espero que no se enfade, pero me tomé la libertad de hablar con su abogado, don Ramón, y él, hombre fino que es, me ha hecho saber que estaría en la mejor disposición de ayudarla, en lo que fuera necesario.

Patricia palideció.

—Por favor discúlpenme —y sin decir más les dio la espalda y salió apresurada de la sala.

Dolores corrió tras ella.

—¡Mamá! —La alcanzó en la terraza y la jaló del brazo, deteniéndola—. Por favor, compréndame. ¿Qué vida le puedo ofrecer a Luchita en este país? La gente jamás olvidará mi deshonra, por mucho que me case con Everardo. Luchita sufrirá por mis errores, bien lo sabe, y eso, eso no lo podré soportar. Se lo suplico, ¡deme su bendición! —La abrazó y rompió en llanto.

Patricia sintió que desfallecía de dolor. Una ola de sentimientos encontrados le apretaba el pecho y le cortaba el aliento. ¡Tanto que había deseado ese matrimonio! Tanto que había pedido que su hija pudiera comenzar de nuevo. Y ahora ahí estaban. Su deseo había sido concedido, sí, pero ¿a cambio de qué? ¡De ese castigo! Perdería a su hija. Perdería a su amada nieta.

Pero claro, ese era el precio que tendría que pagar. La felicidad de su hija a cambio de la suya propia, porque la justificación de Dolores era válida. Era la verdad. La sociedad nunca olvidaría su pasado. Su nieta pagaría el pecado de su madre el resto de su vida. En cambio, en España, la pequeña familia podría comenzar de nuevo, lejos de los prejuicios sofocantes.

Postrada a sus pies, su hija lloraba como cuando era pequeña. Se agachó y la acunó entre sus brazos, arrullándola. Sacó su pañuelo de la manga y le enjugó las lágrimas.

—Deja de moquear, hija. Tan bonita que estás. Anda por Everardo que ya es hora de rezar el rosario.

En la capilla, ante aquel hermoso altar a la Virgen, don Jorge pidió la mano de Dolores. Y Patricia, con el corazón apuñalado con las siete dagas de la Dolorosa, se la concedió.

El paseo de los altares no podía faltar. Salieron los prometidos a la calle, junto con sus padres y la tía Cienne, a quien Pánfilo había traído del hospital. Caminaron alegres en comitiva sobre las calles empedradas yendo de casa en casa, admirando los altares, y bebiendo las aguas frescas que los anfitriones repartían, tal como dictaba la costumbre oaxaqueña. Terminaron en la Alameda, y ahí se sentaron en una banca a disfrutar de la música que tocaba la banda. El festejo era un duelo colectivo que observaba el dolor de María, y a la vez, anticipaba con anhelo la resurrección de Jesús.

–¡Qué enamorados se ven los novios! –comentó la tía–. Debes sentirte muy satisfecha.

Patricia se limitó a sonreírle. De nada serviría mortificarla con las últimas noticias.

–¿Cómo fue que usted llegó a Oaxaca, tía?

–¡Ah!, me vine porque nos corrieron del convento, por eso. ¿No te había yo contado esa parte?

–No, eso no.

–Recuérdame entonces, *a stóirín*, en dónde nos quedamos. A mí ya todo se me olvida…

–Me dejó usted en la parte cuando Gabino regresa a Oaxaca y usted se queda en México.

–Y sí. Ahora recuerdo… era yo una niña todavía. Te cuento…

Gabino se fue a Oaxaca y yo regresé a mis labores con mis hermanas, entregándome en cuerpo y alma a la vida consagrada. Terminada la guerra, el hospital marchaba con mejores auspicios. Las salas mejoraron de aspecto y con la generosidad de los vecinos ricos, que tenían verdadero cariño por aquella obra que nació en momentos aciagos, el inmueble fue convertido en un centro de asistencia y no de dolor. Se le asignó como centro de atención para hombres y mujeres que requerían ayuda.

Mi labor era ayudar con la doctrina a los pequeños de la vecindad. Eran un poco más chicos que yo. Las mañanas trascurrían en merecida paz; sus risas inocentes alegraban el huerto, y yo gozaba estar con ellos. Por las noches, después de la colación, a mí me daban mis propias clases. Así fue que aprendí muy bien mi español –aunque ya lo ves, el acento nunca se me quitó– y aprendí sobre la historia de nuestro amado México. Pero, pobres de nuestros mexicanos. El país seguía todo revuelto. No acababa un pleito cuando llegaba otro a disturbar la paz, y a ponernos a todas nerviosas.

Nos enterábamos de lo que estaba pasando a través de los pequeños de la doctrina. Ellos llegaban a platicarnos sobre la vida mundana. Hubo un cambio de gobierno, de don José Joaquín Herrera a don Mariano Arista. Don Mariano no gobernó mucho tiempo y al final tuvo que retirarse por aquello de la guerra de castas en Yucatán. Aye! Puras guerras. Con la renuncia del presidente, los conservadores volvieron los ojos a Santa Anna, el presidente que regaló la mitad del país. Nosotras no podíamos creerlo. Era insólito que lo consideraran el «salvador de la patria». Pero así fue. Él, «el pícaro», volvió al poder y ante el disgusto de muchos y el regocijo de pocos con él «regresaron los buenos tiempos». ¡Hubieras visto! Todo era lujo y elegancia. El señor presidente uniformó a los soldados, se abrieron los teatros y los paseos volvieron a su viejo esplendor. Notábamos los cambios cuando salíamos a hacer nuestras compras. El comercio iluminaba sus escaparates con lujo y el pueblo tenía que conformarse con mirarlo porque la gente padecía hambre. ¿Cómo es posible que haya tanto derroche entre la miseria?, se preguntaba la madre abadesa muy preocupada. ¡El presidente es un irresponsable! Los niños nos platicaban que sus padres los llevaban de paseo a ver desfiles de coches alegóricos. Pasaban por la Alameda y por la calle de Plateros para luego salir al zócalo, donde se erigió una estatua suya. ¿Has visto peor vanidad?

Como era de esperar, la fiesta no duró mucho. Una mañana escuchamos en el huerto las campanas de la ciudad que doblaban a muerto. Ese mismo día, por la tarde, horas antes de la cena, celebramos el Capítulo de Culpas en la Sala Capitular donde, después de la reflexión, cada hermana ofrecía a la comunidad su confesión. En esa reunión tratábamos cualquier asunto de importancia. El asunto en aquella ocasión, que nunca olvidaré, fue la epidemia. Había caído la primera víctima de cólera. Aye! No sabes qué terror sentí. ¿Quién de mis seres amados moriría en esta ocasión?, me pregunté. ¡O quizás moriríamos todos! Recé con fervor por la salud de mis semejantes, y recé más que nada por la salud de Gabino. Pero no fue él quien se enfermó, sino mi amada sor Bernardina.

Tú ya sabes cuánto quería yo a esa santa mujer. Aye, la quise mucho. Fue la que me cuidó en la clínica de las Hijas de la Caridad, ¿recuerdas?, cuando mi hermano y yo mendigábamos por las calles de Nueva York. Fue ella la que abogó por mí para que la congregación me recogiera de la calle y me diera albergue, y eso a pesar de que no tenía la edad requerida de los doce años. Conmigo hicieron una excepción, gracias a ella. Sabían que al irse Rogan, me quedaría prácticamente huérfana. Además les gustó mi voz, y sintieron que ese don debía pulirse en el coro, para alabar a Dios.

La superiora sabía lo mucho que yo quería a sor Bernardina, y por eso la asignó como mi tutora durante mi etapa de formación. A ella le tocó ser mi guía espiritual para ayudarme a madurar la elección libre de entrar a la congregación. Pero dime tú, ¿qué tan legítima podía ser esa elección? Yo, siendo huérfana, mi único hogar era el convento, mis únicas hermanas las monjas y mi única madre la Iglesia. ¿Qué otra cosa iba a hacer cuando no tenía a nadie en este país? ¿A dónde me iba a ir? I was alone!

Ahora bien, como ya sabes, las Hijas de la Caridad no somos religiosas, somos seculares y así debe ser, pues ser religiosas implicaría la clausura y eso impediría el servicio a los pobres. Nuestros votos –de castidad, pobreza, obediencia y servicio a los pobres– no son votos públicos, sino privados, como los que puede hacer una mujer piadosa en el mundo. Los primeros votos se emitían en voz alta, en la Santa Misa y de ahí cada año se renovaban en silencio, en la fiesta de la Asunción.

Cuando sor Bernardina se enfermó y se me acabaron las plegarias, me desesperé. Hice la peregrinación de la Virgen Guadalupana; anduve de rodillas hasta su templo sin importarme que me contagiara de aquella terrible enfermedad. Ante Ella me postré y le juré que si sanaba a mi querida tutora, haría los votos. Así fue que a los quince años tomé los hábitos, a stóirín, más que nada por ese sentimiento profundo de lealtad y cariño hacia sor Bernardina. Ella trató de no influir en mi decisión, pero yo sabía que en el fondo lo que deseaba para mí era que atendiera el llamado del Espíritu Santo. La virgencita morena me escuchó y sor Bernardina milagrosamente se curó. No lo pensé. Tomé los hábitos.

Pasaron los años. Seguido me llegaban cartas de Gabino y yo vivía por esas cartas. ¡Qué alegría me daba recibir esos sobres membretados y sellados con el escudo de la familia García Allende! De alguna manera sentía que sus cartas eran mensajes de mi hermano Rogan. «Mi pequeña Irlandesa», comenzaban todas… ¡Cómo adoraba recibir sus cartas! La superiora abría los sobres antes de dármelos, y me hacía leer las cartas en voz alta al resto de mis hermanas. ¡Poco me importaba quién las leyera! No tenía nada que ocultar. Y con tal de mantenerme en comunicación con Gabino hubiera dado machincuepas. Fuera del convento, Gabino era el único ser que me quedaba en esta vida. Cualquier noticia de él me hacía el día. Además de sus cartitas, siempre cariñosas y chistosas, me mandaba libros y golosinas que todas disfrutábamos, por supuesto. Encima, seguido llegaban donaciones de la familia García Allende al hospital. Eso mantenía a la abadesa y al vicario muy contentos.

A principios de 1862, las cosas se pusieron difíciles. Se hablaba de la separación del Estado y la Iglesia y esa ideología provocó gran alarma dentro de nuestra congregación. Una mañana se presentó el vicario a interrumpir nuestras labores. Nos convocaron en la capilla y ahí anunció lo que ya veníamos temiendo. El gobierno había ordenado que se cerraran los claustros. ¡Estábamos en guerra una vez más! Aye!, ¡cómo temí por mi amado Gabino! Redoblé mis plegarias, una vez más, para que Dios me lo cuidara.

El combate se inició el 5 de mayo de 1862 y en esa batalla ya destacaba el general don Porfirio Díaz. Rápido nos preparamos. Arreglamos las aulas para recibir a esa nueva ola de heridos, nacionales y extranjeros, que la batalla finalmente nos trajo. Hicimos espacio y usamos el claustro, tal como habíamos hecho en el 47. Yo sentía que nada había cambiado, sino al contrario. El sufrimiento de la gente mexicana continuaba, a pesar de toda la sangre derramada...

A mediados de 1864 se tuvo noticias de que Maximiliano de Habsburgo había aceptado el gobierno de México. Juárez recorría el país en su modesto carruaje, en busca de un sitio donde establecer su gobierno. No se intimidaba ante el número ni armamento de los invasores. Ahí andaba del tingo al tango gobernando el país desde su carroza. ¡Un gran hombre ese señor!

Tanta inseguridad resultó en aquello que ya veníamos temiendo. ¡Teníamos que dejar el convento y el hospital! La orden llegó directa. Había que buscar albergue con particulares, por el peligro que corríamos. Las Leyes de Reforma comenzaban a aplicarse con energía.

Desde Roma llegó el mandato de que a nosotras, las monjas extranjeras, nos sacaran de México. Pero yo para ese entonces me sentía más mexicana que el maíz. Solicité mi estadía y me la concedieron rápidamente, porque tampoco tenían dinero para trasladarnos a ningún lado. La superiora me ayudó a redactar una carta al padre de Gabino, el señor don José García Allende, para pedirle que nos diera albergue en Oaxaca, a mí y a sor Bernardina. Esperé su respuesta emocionada. Aye, a stóirín, no tienes idea de cuánto ansiaba volver a verlo. La carta de tu abuelo *llegó, accediendo a recibirnos en la casona. Incluso ofreció interceder por nosotras para que las hermanas dominicas nos recibieran en su congregación, en su debido momento. Así fue que nos trasladamos a la ciudad esmeralda.*

Llegué con sor Bernardina a Oaxaca. Tus abuelos nos recibieron con mucho cariño. Estaban muy agradecidos con mi hermano Rogan por haberle salvado la vida a Gabino. Nosotras no salíamos de nuestro asombro ante tantas atenciones ¡y tanto lujo! Oaxaca nos cautivó desde el primer instante, ¡qué paisajes!, ¡qué comida!, ¡qué bellas tradiciones! La diversidad de lenguas, costumbres y trajes era fascinante. Se me figuraba que habíamos llegado, ahora sí, al mero «mole» de México.

Tu abuela Catalina se desvivía por atendernos. Nos asignó los mejores cuartos y nos paseó por toda la ciudad. Así recorrimos las iglesias, ¡tantas iglesias magníficas! Cada templo con su historia, sus santos, sus tradiciones. Bajo la tutela de Catalina, que sabía mucho, aprendimos sobre las casas antiguas, los monumentos y los vecinos.

Íbamos, claro, siempre acompañadas y sólo a las horas que tu abuelo permitía; las revueltas estaban a la orden del día y se percibía en el ambiente cierto sentimiento en contra de la religión.

Don José también fue un magnífico anfitrión. Recordarás que lo habíamos conocido en el Hospital de San Pedro y San Pablo. Nos recibió con amabilidad y nos procuró todas nuestras necesidades, que no eran muchas, como ves, sólo albergue y sustento, y libertad para seguir practicando nuestras vidas consagradas.

Mi única decepción fue que Gabino no estaba en Oaxaca. ¡Cuánto lo extrañaba! Ansiaba verlo pero él, ya sabes, estaba entregado como siempre a la defensa de la patria; iba y venía de la hacienda también participando en las escaramuzas que nunca faltaban. Por todos lados había levantamientos y guerras, muertes y protestas.

Un día, cuando estábamos en las oraciones en la capilla, por fin llegó Gabino. Aye! No sabes qué sentimiento tan grande. Cuando escuché su flauta pensé que moriría de dicha.

9

La hacienda

Tlaxiaco, 1866

La finca, contigua a las trojes, los corrales y varias cabañas de terrazgueros, era un edificio cuadrado de un solo piso. Tenía en la fachada un mirador o galería de arcos con su pretil coronado de tiestos con flores de temporada. En un extremo quedaba la capilla, en el otro, un despacho con el zaguán que daba paso al patio central, los corredores y las piezas. En ausencia de su padre, desde ese despacho Gabino atendía los negocios de la hacienda con la ayuda de don Efraín, el mayordomo de campo.

Don Efraín era un hombre seco y apergaminado. De raza mestiza, había nacido en esa finca y desde niño trabajaba el trapiche. Su entereza y buena disposición le habían ganado el afecto y la confianza de su patrón quien, poco a poco, le fue delegando responsabilidades. En aquel entonces era la mano derecha de don José y, faltando él, del joven Gabino. Esa mañana, con motivo de la llegada de don José, se levantó más temprano que nunca a recorrer los campos. Quería cerciorarse de que todo estaba en orden. Recorrió las huertas a lomo de su potro. Las cosechas de maíz, frijol, café y caña se extendían en tableros sobre la tierra colorada, esponjosa. Quedó satisfecho con los plantíos y pasó por el trapiche. Era temporada de molienda y había que vigilar de cerca el fuego. El molino, perezoso, ennegrecía el casco de la hacienda al sacar el jugo de la caña. El olor de la panela se extendía hasta el campo.

En eso estaba cuando los perros anunciaron la llegada del patrón. Don Efraín salió a recibirlo, acompañado de un mozo. Don José se apeó y le entregó las riendas de su yegua al criado que prontamente se la llevó a la cuadra. De ahí se quitó los guantes y estrechó la mano extendida del mayordomo.

–¡Buen día, don Efraín! –lo saludó.

–Bienvenido, don José –contestó él.

Los hombres caminaron a la hacienda, José palmoteaba la espalda del empleado. Don Efraín dirigía el trapiche y a los arrieros con mano dura y eficaz. José le tenía verdadero aprecio y respeto.

En el despacho, después de informarse del viaje de su patrón y de cómo había pasado la noche, el mayordomo le sirvió un mezcal en su copero preferido. Don José era quisquilloso, para todo tenía su copa elegida. El tazón de barro grande para el café, la copa delgada para el vino espumante y para el mezcal esa copa chaparra, y ninguna otra más.

–¿Dónde está mi hijo? –preguntó José, frotándose las manos al calor de la hoguera que chisporroteaba alegre.

–Enseguida llega, patrón. Lo detuvieron en el sembrado.

–¡Ah! Vendrá oliendo a poleo según le ha dado el deseo –dijo, y soltó la carcajada–. Ya me enteraron de que las pizcadoras lo detienen más de lo debido.

–Sí, patrón. Salió bravo el muchacho.

–Está bien. Siempre y cuando no sea nada en serio. Cada quien su lugar.

Sin ofenderse, don Efraín dejó pasar el comentario. Conocía mejor que nadie la incongruencia de carácter de don José. ¿Cómo comprender, por ejemplo, que siendo despectivo de las razas indias, se hubiera arrejuntado con la zapoteca? ¿O cómo explicar que dejara los negocios al capricho de un indio como él? Sobre todo, ¿cómo entender que su hijo predilecto fuera el joven Gabino, el hijo ilegítimo con Zynaya? Muchos decían que la mujer lo había embrujado pero él, que no creía en esas supersticiones, y que además había sido testigo del dolor del patrón cuando ella lo dejó, sabía que su sentir no era cosa de espíritus ni del más allá. No. Ese sufrimiento era cosa de los hombres de carne y hueso.

–Yo diría que la única hembra a la que don Gabino quiere harto es a la yegua, patrón. –José rio con gusto. Esa era la merita verdad. ¡Qué bien conocía a su hijo!

–Y tú, Efraín, ¿cómo has seguido? –Tenía mal aspecto, notó ahora que lo veía bien. De por sí padecía del hígado. Ahora mismo traía mal color.

–Ahí voy, señor. Con la ayuda de Dios, seguimos en pie.

–Cuídate, Efraín. Aquí se te ocupa un buen rato, bien lo sabes.

Los hombres contemplaron en silencio el baile de las llamas en la hoguera. José aprovechó la pausa para abordar ese tema que no quería discutir con Gabino.

–Dime, Efraín, antes de que llegue mi hijo. ¿Qué sabemos de *aquella*? –*Aquella* era el nombre asignado a Zynaya. Desde su partida, hacía ya un tiempo, nadie se atrevía a mencionar su nombre de pila, mucho menos en la presencia de don José.

–Nada nuevo sabemos, patrón.

José sacó su pipa del bolsillo. El mayordomo, solícito, le ofreció lumbre.

–Y el señor Gabino, ahora que ha estado aquí, ¿qué tanto se ha preocupado del asunto?

–*Pos* no se había preocupado nada, patrón, hasta que vinieron a verlo los Ancianos.

–¿Cuáles ancianos?

–Los Ancianos del pueblo de la señora *aquella*...

–¿Siguen viniendo esos indios? –exclamó incrédulo.

Los indios o Ancianos era una comitiva de hombres, procedentes del pueblo de Zynaya, que de cuando en cuando llegaba hasta la hacienda a buscarla. Eso desde el día que se había ido a vivir con él. Al principio la visita molestaba mucho a José. Estaba seguro de que hacían el viaje para convencerla de que se regresara con ellos. Zynaya nunca quiso explicarle el motivo de las visitas y él, con tal de complacerla, las había tolerado a regañadientes. Los hombres aparecían como fantasmas, sin avisar. Cualquier día se alzaba la neblina y ahí estaban en el zaguán, en cuclillas, solemnemente callados, solicitando audiencia con ella. Le llevaban regalos de maíz, frijol, carne de vaca y de borrego, frutas y flores que cultivan por Guelaguetza. La visita no duraba mucho. Zynaya conferenciaba con ellos en su lengua y los viejos, después de entregar sus obsequios, se despedían respetuosamente y desaparecían tan sigilosos como habían llegado.

El día que Zynaya se fue sin dejar rastro, José inmediatamente fue a su pueblo. Pero ahí no estaba. Los Ancianos tampoco sabían de su paradero. El más viejo le informó, por medio de un intérprete, que la noticia de su desaparición los sorprendía tanto como a él, pero que igual les agradaba, pues harto se había tardado ella en cumplir con la Palabra.

—Nuestra hija no nació para ser su mujer, señor —le dijo el abuelo—. Es ella la luz de nuestro pueblo. Es ella *Yibedao*.

Aquella había sido la primera vez que José escuchó esa palabra enredada.

Desesperado, acudió al párroco para que le explicara su significado. Él sabía de sus creencias; tenía bastante trato con los indios de esa etnia.

—Se refieren a mujeres que se convierten en estrellas fugaces, don José —le afirmó—. Su misión es proteger a los suyos desde las alturas. O sea, son algo así como los ángeles.

El clérigo lo había dicho con convicción, como si él mismo lo creyera, y esto enfureció más a José.

—No me diga, padre, que usted les cree esas sandeces.

—La palabra de Dios es grande, hijo. Mientras más conozco a mis feligreses, más admiro su fe.

El hombre estaba demente, pensó José. Otro fanático que acababa igual de loco que los indios. Solía pasar. La Iglesia los mandaba a evangelizar y al rato los convertidos eran ellos.

—Cuidado, padre —le advirtió—. Usted está aquí para educarlos y no al revés.

Pero ahora, ¿qué cosa hacían los Abuelos arrimándose a la hacienda sabiendo que Zynaya no estaba?

—¿Y qué asunto tienen que hablar con mi hijo? —le preguntó a don Efraín.

—No sé decirle, señor. Ya ve cómo son ellos. Una cosa que quieren reservar no la descubre nadie. Lo que sí está claro es que tienen algún deber sagrado hacia su hijo. Desde que llegó don Gabino, han venido en varias ocasiones. Cada vez que vienen le muestran el más respetuoso afecto y le dan sus ofrendas, como solían hacerlo antes con *aquella*...

—¿Y qué cosa hace Gabino al respecto?

—Al principio su hijo no quería aceptar las dádivas, pero los Abuelos, si bien guardaron silencio, se contrariaron. Después el más viejo de la comisión le explicó que la junta de los Ancianos así lo exigía: era su obligación pagar respetos al hijo de la *Yibedao* que velaba por el pueblo.

José mordisqueó la boquilla de su pipa. ¡Era lo único que le faltaba! Que los viejos llegaran a propagar sus cábalas con Gabino.

Hablaría con él en cuanto tuviera oportunidad, porque además, ya era hora de que hablaran abiertamente sobre el tema de su madre.

—Si vuelven a venir esos viejos me avisa, por favor —ordenó.

—Descuide, patrón. Usted será el primero en enterarse.

José observó por la ventana a Gabino que llegaba con la Pinta. Venía montado en las ancas del caballo, sosteniendo en la silla, por delante, a una mujer. El joven se apeó de un brinco y ayudó a descender a su acompañante, entre risas y jaloneos. José no alcanzó a escuchar el intercambio, pero lo que vio le bastó para apreciar la situación.

Aquel par venía de revolcarse en la paja, tal como lo había predicho. Ella era una indígena lozana; si bien no era guapa, tampoco fea, de expresión risueña y coqueta; cabello negro recogido detrás en dos trenzas despeinadas, que mezclaban unos *tlacoyales*. El vestido, arrugado y alzado sin pudor, era una camisa de algodón muy escotada que revelaba sus senos voluptuosos. Una manta de lana burda sujetaba su cintura breve, fajada. Iba descalza. Gabino le robó un beso. La joven se alejó, muerta de risa, lanzándole miradas pícaras. Esa tipa hubiera seducido hasta al santo papa, pensó José, sintiendo una mezcla de orgullo y envidia.

—¿No se lo dije? —comentó José al mayordomo—. A este muchacho me lo llevo, antes de que se enrede mal con una de estas.

El mayordomo guardó prudente silencio.

La puerta del despacho se abrió de par en par y Gabino entró fajándose la camisa. Al ver a su padre sonrió de oreja a oreja y se apuró a abrazarlo con fuerza.

—¡Llegó usted temprano! —le dijo—. Habrá reventado a la yegua.

—No, muchacho. Pasé una noche toledana y decidí salir antes de que amaneciera.

—Pues me alegro. Ya se desquitará durmiendo una buena siesta. ¿Cómo anda todo en casa?

—Todo bien, hijo. Catalina algo achacosa con eso de sus reumas. Ya ves lo mucho que se afana en los negocios de la casa. No sé para qué tenemos servidumbre si todo lo quiere hacer ella. Ellos también están bien, por cierto. Amalia te mandó pasta de mole; tendremos que matar un guajolote.

—¡Delo por hecho! ¿Y mi hermano?

—De Ignacio te tengo noticias, pero mejor sírvete una copa.

El mayordomo se acercó a servírsela, pero Gabino lo detuvo con la mano. Se sirvió él mismo y de ahí los hombres se sentaron. Don Efraín, prudente como era, pidió permiso para regresar a sus labores. Comprendía que los caballeros entrarían en materia que a él no le incumbía.

–Si no me ocupan, voy a echar ojo al trapiche.

–Espera, Efraín, hay algo importante que tengo que decirles a ambos, antes de que te vayas.

–Diga usted, señor.

–En unos días llegará el general Porfirio Díaz a Tlaxiaco. Le he ofrecido todo nuestro apoyo. Ya saben ustedes lo que esto significa. Hay que prepararnos.

La noticia emocionó a Gabino.

–¡Estamos más que listos!

El país estaba en guerra de nuevo, esta vez en contra de los franceses quienes, por segunda ocasión, habían invadido el país para darle la corona al emperador Maximiliano, comisionado por Napoleón III. El antecedente que había dado paso a la situación había sido la deuda externa. La guerra había terminado con el triunfo de los liberales. Las dificultades que el gobierno había enfrentado para reorganizar el país habían sido innumerables. México estaba en bancarrota. La venta de las propiedades de la Iglesia no había proporcionado al presidente electo, don Benito Juárez, los recursos económicos necesarios para sacar adelante a la joven república. Por ello, en julio de 1861 el presidente decretó suspender la deuda externa por dos años. Inglaterra, España y Francia eran los mayores acreedores de México. Por medio de un convenio firmado en Londres, dichas naciones suspendieron su relación con el gobierno mexicano, y resolvieron intervenir para asegurar el pago de las deudas. Los ejércitos de los tres países aliados ocuparon la ciudad de Veracruz. El puerto había sido abandonado por el gobierno republicano con el deseo de evitar un conflicto armado y llegar a un acuerdo diplomático.

El ministro de Relaciones Exteriores, Manuel Doblado, fue el encomendado a negociar el Pacto de Soledad, según el cual los intervencionistas reducirían sus pretensiones solamente al pago de lo debido. Inglaterra y España aceptaron y llegaron a un rápido arreglo. Por consiguiente, ordenaron el regreso de sus tropas. Francia, en cambio, decidida a una guerra intervencionista, se rehusó a firmar los convenios.

Y ahora ahí estaban, cinco años después, pero la guerra continuaba. Al caer la Ciudad de México en poder de los franceses, Juárez había trasladado su gobierno a San Luis Potosí, y después al Paso del Norte. Desde ahí gobernaba el país, investido de plenos poderes que el Congreso le otorgaba. Los gobernadores de los estados lo apoyaban.

Contaba, además, con la lealtad de los oaxaqueños que prontamente habían organizado nuevos batallones para expulsar a los invasores. El Batallón de la Patria, reclutado en el distrito de Huajuapan de la región mixteca, y formado por más de quinientos soldados, era uno de ellos. En la batalla del 5 de mayo de 1862, había destacado la tercera división al mando del general don Porfirio Díaz.

Gabino era ardiente admirador del general Díaz. Con ávido interés seguía sus pasos y sus triunfos en esa lucha encarnizada contra el imperio. Ansiaba unirse a su causa, y el que su padre lo tuviera ahí, relegado al trapiche, le molestaba sobremanera.

—Si de verdad quieres ayudar a la patria —le decía cuando protestaba—, ayúdanos a reclutar y entrenar soldados. Enséñales a estos rancheros cómo empuñar las armas.

Eso, precisamente, era lo que Gabino venía haciendo; entrenando a los montañeses, además de participar en todas y cada una de esas escaramuzas que se seguían dando en los alrededores. Nadie conocía el terreno como él. La última vez que el general había tomado Tlaxiaco, lo cual ya había hecho un par de veces, para luego perderlo de nuevo en manos de los húngaros, Gabino personalmente lo había guiado a él y a sus seguidores a la gruta conocida como la Cueva de las Lanzas. Fue entonces que el general les había dado a Gabino y a su padre la encomienda de solicitar alianza para la lucha contra los franceses. Gabino se había abocado a la labor, por obediencia y respeto, pero lo que deseaba, más que nada, era luchar hombro a hombro con aquel valiente caudillo.

—¿Para cuándo esperamos al general, patrón? —preguntó don Efraín.

—No lo sé con certeza, pero es cosa de días.

—Por mi parte estoy más que listo —declaró Gabino—. Esta vez me voy con él.

—No todavía —dijo su padre—. Antes hay otro asunto de familia que debemos atender.

El mayordomo comprendió que en ese asunto no era requerido.

—Los espero en el trapiche, patrón –dijo, y se despidió.

—Gracias, don Efraín, ahora mismo lo alcanzamos. –En cuanto salió, José entró de lleno al tema.

—Ignacio se casa.

—¿Qué? –Gabino se atragantó con el mezcal–. ¡No sabía que estaba comprometido!

—Está comprometido con la señorita Gloria de la Huerta Echavarría, hija de mi estimado don Joaquín de la Huerta.

—¿De la hacienda Del Valle?

—El mismo.

—¡Vaya! Pero si mi hermano no es materia para el campo, señor, y para el matrimonio, menos.

—¿Y por qué no? A Ignacio no le desagrada la señorita Gloria.

—A mi hermano no le desagrada ninguna mujer. Ese es el tema. Nunca ha tenido prejuicios contra el sexo femenino. Con cualquier mujer se enreda y de todas se enamora. Es inquieto, y usted lo sabe.

—¡Pues mira quién habla! –rebatió José–. ¿Quién era esa mujer que traías ensillada?

Gabino soltó la carcajada.

—Es Natividad, la sobrina del chinanteco.

José vagamente recordaba a esa niña famélica que seguido llegaba a sonsacar a Gabino de niño, para ir a jugar al río. Los chiquillos eran parientes del chinanteco, el hombre que cada año en la Cuaresma hacía el viaje a la Chinantla a pescar el exquisito bobo. Regresaba con harto pescado seco y salado que les duraba hasta diciembre.

—No será nada serio –dijo José con mirada interrogante.

—¡Ay, mi señor! Pero, ¿y eso por qué le preocupa? ¿O acaso ya me escogió también alguna esposa?

Lo decía sin enojo. El enfado de su padre más bien le divertía.

—Para usted tengo otros planes, muchacho. Tenemos mucho por hacer para mejorar la patria, y lo primero es echar a los húngaros.

—Hablando de ello, ¡venga! Hay algo que quiero mostrarle –y diciendo así dejó la copa y se paró.

—Espérate. Tengo otros temas que hablar contigo.

El tono solemne de su padre lo consternó. Se volvió a sentar.

—Y bien. Suéltelo todo.

—Se trata de tu protegida. La monja irlandesa. Como sabes, el gobierno ha cerrado los claustros. Hace unos días recibí una solicitud de la madre abadesa, pidiendo albergue hasta que las cosas se calmen. Por supuesto que acepté y la monjita ha llegado a la casona acompañada de otra de las hermanas. Catalina las está atendiendo, pero necesito que mientras yo me quedo aquí a recibir a don Porfirio, te vayas a la ciudad y comiences los trámites necesarios para que se integren con la orden de las dominicas.

–Pero usted me necesita aquí, señor –protestó él–. Las cosas se pueden poner mal con la llegada del general. Y eso es lo que quiero mostrarle, las armas que conseguí para la defensa.

–No. Te necesito en Oaxaca. Y por favor no discutas. Pero esto sí te prometo, hijo: una vez que el general tome Tlaxiaco, porque ahora sí lo hará, te daré mi bendición para que acompañes su ejército a Puebla.

Amalia espulgaba los frijoles cuando escuchó la dulce melodía de la flauta. Era una canción de su pueblo, y sólo dos personas sabían tocarla así, con tanto sentimiento: su padre y Gabino. Entonces se acordó de golpe que su padre ya había pasado a mejor vida. Aventó la olla y corrió como loca a la terraza. ¡Dicha de dichas! ¡Ahí estaba Gabino! ¡Ahí merito estaba! En carne y hueso.

Antes de alcanzarlo la sirvienta cayó de rodillas y se tapó el rostro con el mandil.

–¡Gracias, virgencita! –sollozó–. ¡Gracias, diosito! ¡Gracias!

En dos zancadas Gabino llegó a su lado. La ayudó a pararse y la abrazó, y alzándola al aire con sus fuertes brazos, le dio de vueltas como marioneta.

–¡Bájeme, *usté*! –protestó ella muerta de risa–. ¡Bájeme que me rompe la espalda!

El escándalo alocó a los pavos reales. Los pajarillos en sus jaulas también brincotearon con gran alborozo. Al oírlos, el jardinero dejó de podar los helechos; soltó su machete y se acercó, limpiándose las manos con su jerga.

–¡Lencho! –exclamó Gabino. Una amplia sonrisa arrugó la faz del jardinero y una lagrimilla rebelde brotó de la cuenca de su ojo tuerto. Se acercó y le extendió la mano con timidez. Gabino lo jaló y lo abrazó con fuerza.

–¡Qué bien se le ve a usted, Lencho, y qué hermoso está el jardín!

El jardinero miró su obra, enjugándose el sudor de la frente. Era cierto. Las palmas, los helechos, las magnolias y los tulipanes se veían bien.

–Ha salido bueno el abono –dijo con modestia.

–La tierra y el abono obedecen a la mano maestra. Es usted un artista. Y ¿por dónde anda Hortensia? –preguntó, encaminándose al tendedero.

–Fue a comprar jabón –explicó Amalia–, pero ya no tarda. ¡Venga por aquí que le tengo un guardadito, muchacho! Y *usté* también, Lencho, véngase. Al cabo ya casi es la hora del almuerzo.

–Más vale que el guardadito tenga harto chile –comentó Gabino, siguiéndola feliz a la cocina–. ¡Me muero de hambre!

–¿*Pos* qué no le daban de comer en el rancho? –preguntó ella, y se detuvo. Lo miró de cerca. Se veía más delgado y esto le encogió el corazón. Lo volvió a abrazar, ahora compungida.

–¡Está *usté reflaco*! *Orita* mismo lo pongo en engorda junto con los guajolotes.

En la cocina encendió el comal y comenzó a calentar la olla de mole fresquecito que venía preparando, todos los días, desde que se enteró de que Gabino estaba por llegar.

Gabino metió un dedo en la salsa y la probó.

–Mmmmm –se relamió–. Allá en el rancho nadie me daba las delicias que usted hace aquí, Amalia.

–*Usté* sigue igualito de hablador –dijo ella, sonrojándose de placer. El jardinero lo miró con picardía.

–Por ahí dicen que otras cosas sabrosas le daban a *usté* en el rancho –dijo. Amalia dejó de palmear la masa y lo regañó.

–¡Mire nomás por dónde trae Lencho los sesos! Se nota que anda hambreado pero no de tortilla ¿verdad?

Gabino soltó la carcajada.

–¡Vaya entrometido! –zanjó Amalia.

El almuerzo se convirtió en un banquete de huevos, chorizo, mole y tortillas. Amalia les sirvió y los hombres le entraron con gusto. Gabino limpió su plato con una última tortilla. Con la panza a punto de reventar y el pocillo de café en la mano, salieron todos a sentarse en el patio.

Gabino observó en silencio la pajarera de Amalia, al fondo del corredor, siempre con la puerta abierta para que los pajarillos volaran libremente. La cocinera no soportaba encerrarlos como a los pobres periquillos del primer patio, que por ser bonitos y caros, los tenían enjaulados. La jaula de Amalia ahora mismo se hallaba vacía. Los bribonzuelos pajaritos andaban de parranda.

—Al rato regresan —comentó Amalia, siguiéndole la mirada—. Los que me quieren bien siempre regresan. Como *usté*, Gabino. ¡Ya regresó! ¡Bendito Dios! Ahora sí se queda *pa'l* real ¿verdad? Ya es hora de que asiente cabeza, muchacho.

El jardinero meneó la cabeza con reprobación.

—Deje *usté* que acabe de llegar, Amalia —dijo.

—Sí. *Orita* lo dejo —zanjó ella—. Nomás que me prometa que ya no se nos pela. Ya estuvo bueno de estar tentando a la muerte. Usted andará muy contento de pleito en pleito, joven, pero sépalo que aquí, este corazón ya no aguanta tanto susto. Me trae con el Jesús en la boca.

Gabino se abrió la chaqueta y extrajo un recorte del periódico *El Cronista de México*.

—Mire esto, Amalia. ¡Léalo!

—Ay no, léalo usted. A mí los ojos ya no me sirven. Díganos qué dice.

—Habla de nuestro general, don Porfirio Díaz. ¡Ese sí que es bravo! Todos le tienen miedo. Más que nadie ese dizque rey húngaro, Maximiliano. ¿Y sabe por qué? Porque un día de estos le va a ganar la guerra. Por eso. Cualquier día nos trae de regreso a don Benito, nuestro verdadero presidente. ¡Oiga bien lo que le digo! Los franceses ya comienzan a escurrirse por los rediles, como ratas. A Francia ya no le interesa ayudar a Maximiliano. Mi deber como soldado es ayudar al general Díaz. Es luchar con él. México volverá a ser de los mexicanos.

—¿Y de ahí *pa'qué*? —rebatió Amalia—. ¿*Pa'que* lleguen otros más a invadirnos? Españoles, yanquis, franceses y luego ¿quién más? ¿Los chinos? ¿A cuántos vamos a tener que correr, oiga?

—A todos los que quieran subyugarnos, señora. Porque como bien dijo don José María Morelos, «morir es nada cuando por la patria se muere».

—A mí no me ponga de ejemplo ese padrecito pelón. Cuánto pleito armó dizque en el nombre de Dios, ¡imagínese! Jesusito nunca le armó bronca a nadie. No, muchacho. ¡A nadie le peleó nada nuestro Señor! ¡Y qué patria ni qué nada! No es eso lo que pelean, no. Son puritas ganas de pelear. Por eso decía mi padre, en paz descanse, «*pa'dar* de golpes cualquier palo es bueno». Todos quieren ser el mandón.

El jardinero se empinó el resto de su café y se levantó. No quería seguir oyendo los reclamos de Amalia al pobre muchacho recién llegado.

—Hay mucha yerba que jalar —dijo, y se puso el sombrero—. Ahí me dirá *pa'qué* le soy bueno, joven. Amalia, muchas gracias por el almuerzo.

Gabino aprovechó y se levantó también. Llevó los pocillos a la cocina.

—Lo acompaño, Lencho. Quiero cortarle unas flores a doña Catalina. —Abrazó una vez más a la cocinera antes de salir.

—No se preocupe usted por mí, Amalia. La muerte y yo tenemos un trato. Si me deja vivito y coleando, le voy a entregar a todo un batallón francés.

—¡Virgen de la Misericordia! —exclamó ella, persignándose—. ¡No hable *usté* así, muchacho, ni de broma! Esos arreglos son del diablo.

En el jardín, Lencho cortó un ramo de gladiolas para la señora y se lo dio a Gabino. Desde que había llegado, Gabino no había entrado a la casona. Ahora sí se dirigió a la sala, de donde provenían voces. Ahí encontró a Catalina conversando con Ignacio, y con una joven desconocida.

—¡Gabino! —Catalina corrió a su encuentro—. ¡Alabado sea Dios! ¡Qué sorpresa! ¿Cuándo llegaste? —Lo estrechó con emoción revisándolo de arriba abajo, cerciorándose de que ahí estaba. Gabino le entregó las flores y ella le plantó un beso agradecido. Tocó la campanilla y Amalia llegó con prontitud.

—Lleva las flores al oratorio, por favor —pidió—. Y arregla bien el altar para que demos gracias por la llegada de Gabino.

Ignacio se incorporó a saludarlo y los hermanos se abrazaron.

—¡Qué trajeado estás! —comentó Gabino con tono de burla, sacudiéndole la hombrera de su chaqueta—. ¿Dónde es la fiesta?

Ignacio iba de traje completo, confeccionado de la misma tela, el sombrero de copa muy alta. Era la moda del momento.

—Y tú, ¿qué me dices de esos bigotes? —sonrió, y le palmeó las mejillas—. Límpiatelos que los tienes llenos de mole. Fuiste derechito donde Amalia, bribón.

Gabino, haciendo uno de sus tantos trucos de magia, apareció el pañuelo debajo del sombrero de Ignacio y se limpió la boca. La joven, quienquiera que fuera, aplaudió con deleite.

–Ignacio, no seas descortés y presenta a Gloria –dijo Catalina.

La chica se acercó con timidez. Ignacio la tomó de la mano y la presentó, inflado de orgullo.

–Hermano, me da gusto presentarte a la señorita Gloria de la Huerta Echevarría, mi prometida.

Gabino besó la mano que la joven extendía. Era una moza de piel cobriza, cara redonda y cabellera intensamente negra. Vestía telas finas, de colores resaltados, sin pañuelo en la cabeza. Le agradó de golpe. Emanaba paz y alegría.

–¡Vaya suerte la tuya! –dijo y luego, dirigiéndose a ella que se sonrojaba vívidamente, agregó–. Señorita, si algún día mi hermano se atreve a enfadarla, sólo tiene que mencionarlo y yo con gusto lo pongo en su lugar. Nada me causa más placer que recordarle quién manda.

Todos rieron.

–Siéntate, Gabino –suplicó Catalina–, cuéntanos todo. ¿Cómo dejaste a tu señor padre?

Gabino se acomodó en la silla ancha y les participó las últimas nuevas, hasta donde pudo. Ciertas cosas no podía ventilar, como la inminente llegada de don Porfirio a la hacienda. No había necesidad de preocupar a Catalina, decidió. Ya después, cuando fuera pertinente, hablaría a solas con Ignacio. La pregunta era qué tan interesado estaría su hermano en el tema, porque de momento lo único que acaparaba su atención era aquella señorita de finos modales. No era una belleza, no. Más bien era simple de aspecto, pero tampoco era fea. Lo atractivo en ella era su sonrisa, cálida y honesta. Y su alegría. Sería buena esposa para su hermano. Su padre había elegido bien; una mujer tranquila que supiera aguantar los deslices del enamorado quien, ahora mismo –y a saber por cuánto tiempo–, se desvivía en atenciones hacia ella.

–Te habrá contado tu padre que tenemos un par de invitadas en casa –comentó Catalina.

–Sí, señora. Mañana mismo comenzaré los trámites para que se resuelva la situación del albergue de las hermanas.

–No tienes por qué apurar las cosas, hijo. Ha sido una delicia tenerlas en casa. Por cierto, ahora mismo estarán comenzando la Sexta en la capilla. Vamos a los rezos y cuando acaben, las saludas. A ustedes dos –agregó, despidiéndose de Ignacio y Gloria– los espero a la hora del almuerzo.

–Gracias, señora. Ahí estaremos puntuales –respondió Gloria.

Catalina tomó a Gabino del brazo y juntos atravesaron el jardín, deteniéndose aquí y allá para que Gabino apreciara las dalias que Lencho acababa de sembrar, o la fuente que don Tomás les había mandado de regalo, o las palmitas coqueras, enanas, que José había traído de Veracruz. Llegaron por fin a la capilla, justo a la hora de los salmos. Se arrodillaron en la parte de hasta atrás para no interrumpir a las monjitas que adelante oraban con fervor. Vestían los mismos hábitos que Gabino recordaba, de cuando las vio por última vez en el Hospital de San Pedro y San Pablo. El recuerdo lo regresó de golpe a esa escena cuando, postrado ante esa bella niña de ojos celestes, le había tenido que participar de la muerte de su hermano. ¡Cuánta tristeza y desamparo había reflejado esa carita pecosa! A través de los años nunca dejó de contestar sus cartitas, por muy ocupado que estuviera. La niña le inspiraba ternura y cariño a la vez. Hoy sentía curiosidad, más que nada, por volver a verla.

Los rezos terminaron con el cántico a la Virgen. Las voces dulces de las monjas hicieron eco. Gabino no resistió. Sacó de su bolsillo su flauta y acompañó la melodía. Al escucharlo, una de ellas giró bruscamente y, olvidándose de todo: su rezo, su Dios, sus hábitos, corrió, loca de felicidad, a abrazarlo.

Catalina y sor Bernardina se miraron, sorprendidas y mortificadas, mientras la imagen de la Virgen de la Soledad sonreía desde su púlpito, benevolente.

El olor a jazmín

El problema era su aroma. Olía a flores, y eso, el olor, lo estaba enloqueciendo. Por más que Gabino trataba de alejarse de ella, la olía en todos lados; en la sala, en las recámaras, en las cortinas, ¡la olía hasta en el jardín!, ahí, en ese espacio abierto que debería oler a pasto recién cortado o a estiércol –el abono que ahora mismo don Lencho esparcía por doquier.

–¿A qué diablos huele esa mujer? –le preguntó al jardinero en su desesperación.

–Huele a jazmín –contestó el aludido, pero siguió arrojando el abono como si nada; como si fuera lo más normal que una monja oliera a flor. Gabino resistió el impulso de arrebatarle la bolsa del excremento y echársela en la cabeza.

El jardinero sintió el enojo del joven.

–Ande a averiguar con Hortensia –le aconsejó, y se alejó antes de que el joven patrón hiciera berrinche.

¡Eso es!, pensó Gabino. De seguro la lavandera sabría explicarlo todo. ¿Cuándo se había visto que un ser humano oliera así? ¡Nunca! Lo bueno que Hortensia sí entendía de esos misterios perversos. De seguro ella sabría explicar el enigma y enderezar lo chueco.

La encontró empinada sobre su lavadero, como siempre. Restregaba sábanas bajo un sol incandescente. Gotas de sudor resbalaban por las morenas mejillas surcadas de arrugas. ¡Qué viejita se había puesto!, pensó y el constatarlo lo sorprendió. Nunca imaginó que Hortensia fuera capaz de envejecer. Y ahora ahí estaba, pasita y enana. Su joroba la apachurraba. Su piel, pellejos más secos que el sobaco de una tortuga, se zarandeaba al restregar. Gabino se arremangó la camisa y se plantó a su lado.

Comenzó a exprimir lo lavado, sin dar explicación. Hortensia le hizo un lugar y juntos trabajaron en silencio, ella concentrándose en su vaivén sobre la piedra surcada y él exprimiendo los churros de tela pesada. El callado ritmo de la faena lo llenó de paz.

Ahí sólo olía a jabón de pan.

Cuando acabaron, acarrearon las palanganas al tendedero. Gabino apenas podía creer la fuerza de esos brazos raquíticos. Aquello pesaba más que diez sacos de maíz.

¡Qué fuerte era Hortensia! ¡Y qué sabia! De pronto sintió un gran cariño hacia ella; se le acercó con ganas de abrazarla, y Hortensia, presintiendo la inminente muestra de afecto de ese joven arrebatado, que ya no era el niño desamparado de antaño, sino todo un señor, soldado y patrón, se apuró a cortarle la inspiración.

—Arrímeme la cubeta —le ordenó, señalándola. Ya no podía permitirle esos despliegues de apego. ¡Ancha era la distancia que hoy los separaba!

Tendieron el lavado en la reata y después Gabino la siguió a la cocina con las cubetas vacías. Amalia no estaba en casa; había salido al mercado. Hortensia le sirvió un café pero para ella cortó un pedazo de caña. Se sentaron en el patio a mirar el jardín, él sorbiendo su tazón y ella pelando, a filo de navaja, la vara seca para después chuparle la miel. Con la mirada en las palmeras, Hortensia esperó a que Gabino sacara del pecho lo que traía atorado.

—Me dijo Lencho que hablara con usted —dijo al cabo de un rato. La lavandera sonrió y escupió un gargajo.

—Este Lencho se cree que yo todo lo puedo remediar —dijo con voz carrasposa—. ¡Ah, qué Lencho!

—Yo también pienso eso, Hortensia. Es más, estoy seguro de que usted me puede ayudar.

—Hay cosas que nadie puede cambiar, muchacho. Están asentadas desde antes…

—Eso es lo que cree la gente, señora, pero no es la verdad. Nosotros mismos nos forjamos nuestro propio destino. Y ¿sabe algo? ¡Ese es el problema de nuestro pueblo! Se rinden antes de comenzar. No ponen de su parte y luego le echan la culpa a Dios, o al gobierno, o al destino. La cosa no es así, Hortensia. Como bien dice el dicho: «A Dios rogando y con el mazo dando». Si algo no nos gusta ¡hay que aporrear!

Hortensia soltó una risita. ¡Necio era el pensar de ese muchacho!

–*Pos* dígame, oiga, *¿y'ora* qué cosa quiere *usté* golpear?

Gabino no supo cómo interpretar semejante pregunta. Buscó sarcasmo en el tono de la lavandera, o en su actitud, pero ella simplemente lo miraba serena, con aparente curiosidad. Hortensia aventó la caña carcomida al basurero.

–No sé a quién quiero aporrear, señora. Eso es lo peor. Traigo rabia aquí adentro porque soy víctima de un hechizo. ¡Una maldición! No sé por qué, o quién está detrás de esta desgracia, pero míreme nada más, ¡no me sirve la nariz! Sólo huelo cosas que no debo oler. Me estoy volviendo loco, Hortensia. ¡Ayúdeme!

Hablaba como un chiquillo, pensó ella. Turbias eran las aguas de su razón. Lo peor era que no la dejaría en paz hasta que se hiciera su voluntad. Sus sentidos había perdido el joven patrón, y no sólo su olfato; tenía los ojos cerrados, las orejas tapadas y la conciencia perdida por ahí, entre las patas. De nada serviría hablarle con la verdad.

–Venga a mi cuarto pues, a ver qué le damos.

Gabino respiró con alivio. Se paró de inmediato y la siguió. Nunca, en todos esos años, había entrado en la recámara de la lavandera. Estaba refundida en el último patio, junto al almacén de los granos. De chico, seguido había amenazado a Ignacio con encerrarlo ahí, en ese cuarto arrinconado, pero al final, ni siquiera él se había atrevido a entrar, por temor a lo que pudiera encontrar –o a lo que pudiera pasar–. Si quisiera, Hortensia lo podía convertir en chinche por andar de fisgón. Hoy día sabía que Hortensia era curandera, y de las buenas. Su fama se desbordaba hasta los pueblos colindantes. Incluso en la hacienda, cada vez que los Abuelos iban a buscarlo, preguntaban por ella. Le tenían respeto.

Hortensia abrió la puerta y lo dejó pasar. Era una pieza mediana con una sola ventana. La lavandera se encaminó a abrirla de par en par, para aliviar el calor sofocante, pero la puerta la cerró con firmeza. Gabino miró su entorno con curiosidad. Había tablas por todos lados, sostenidas con piedras. A un lado estaba un petate, y junto a la pared canastos cubiertos con lienzos y trapos. Una vela de cebo, apagada, sobre un baúl. Del techo colgaban racimos de plantas, plumas, hierbas y cueros atados con reatas. En el suelo, cerca de la ventana, había un fogón sobre el cual estaba colocado un comal encendido a fuego lento; encima, un par de ollas y cazuelas –cuyos contenidos hacían espuma– despedían un olor recargado. Hortensia meneó los líquidos con un cucharón. Sopló con un periódico las brasas del fogón avivando la llama, quitó la vela de la mesilla y lo invitó a sentarse en el baúl mientras ella bajaba los ramilletes de hierbas. Con los dedos arrugados de tanto lavar, cortó las hojas de las matas que fue agregando a sus pócimas. Cuando acabó, se sentó en un banquito y encaró a Gabino. Tosió antes de hablar para afinar su voz carrasposa.

—Más vale que usted se olvide de esa muchacha de Dios –advirtió, dejando caer sus palabras como fardos contundentes–. Llévesela de esta casa. Entréguesela usted al convento, tal como se lo pidió su señor padre, antes de que pase algo peor.

—Nada quisiera yo más que sacármela de la cabeza ¡y de la nariz! –exclamó él molesto–. Y claro que ya quiero que se vaya, pero los trámites no han sido nada fáciles. No la aceptan. No todavía.

—Esos nomás son pretextos –zanjó–. Aquí, en su corazón, no quiere que se vaya, ¡no lo niegue!

Gabino se levantó. Había acudido a Hortensia para que lo ayudara, no para que lo regañara. Caminó de un lado a otro, frotándose la sien, indeciso sobre si debería quedarse, o irse.

—Esa mujer me ha hechizado, Hortensia. Soy víctima de una maldición. ¡Eso es! Una maldición. No puedo dormir. Hasta en mis sueños se me aparece. Y también su hermano, el soldado ese que me dejó semejante responsabilidad. ¡Mejor me hubiera dejado morir en el campo de batalla! ¡Nunca debí haber aceptado velar por ella! ¿Qué culpa tengo yo de todo esto? Mi sufrimiento no es merecido. Ahora la huelo en todos lados. Mire que trato de ignorarla, usted ha sido testigo de cómo la evito, al punto de ser majadero. No hablo con ella. No la miro; ya ve usted qué ojos tiene. ¿Dónde se habían visto ojos así?, a ver ¡dígame! No son de este mundo, en eso estará de acuerdo. Pero ella me busca y me busca. ¡No me deja en paz! Me habla y me sonríe así, con esa sonrisa suya. No soy yo el que peca en pensamiento, Hortensia. Es ella la que me seduce. Sí. ¡Es ella! Y eso siendo monja. Eso está mal. ¡Mal!

—No diga palabras basura, muchacho. No hay ni una pizca de maldad en esa joven. *Usté* es el que tiene su pensar cochambroso. Nada sabe ella de las cosas de hombres. Nada. Y óigame bien, ¡mal haría usted en deshonrarla! Así como aplaca *usté* a su yegua, así igual tendrá que aplacar sus humores. A mí no me niegue que la desea. Me lo dicen sus ojos. Váyase usted a saciarse a la calle, *sinior. Pa'eso* están esas mujeres que por un taco le hacen a usted machincuepas. Pero a esta mujer de Dios, me la respeta. ¡Óigalo bien! Si la toca, entonces sí le caerá la maldición, no sólo a *usté* sino a todos sus parientes. ¡A mí misma! Hágame caso. ¡Llévela de *güelta* al convento! Aleje *usté* la tentación. ¡Llévesela ya!

Lo dijo, clavando su mirada penetrante sin divagar un momento.

–Y eso haré, señora, en cuanto pueda, pero mientras tanto algo podrá hacer usted, Hortensia, para romper el hechizo, ¡ayúdeme!

La lavandera meneó la cabeza con tristeza. Ese muchacho cabeza-dura no había abierto las orejas. ¡Qué lejos estaba de la Palabra! ¡Qué atrancado su pensar!

Le dio la espalda y se afanó sobre el fogón. La pócima la venía guisando desde hacía días. Sabía que tarde o temprano Gabino vendría a pedirle ayuda. Sabía, además, que de nada serviría su remedio. Lo escrito, escrito estaba. Daba igual lo que creyera el muchacho.

Sirvió el líquido humeante en un pocillo de lata y se lo dio.

–Bébaselo de un jalón, aunque se queme la lengua.

El volcán

La comitiva gozaba de un paseo matutino por la hacienda Del Valle en donde, al día siguiente, se celebraría la muy anticipada boda del joven Ignacio García Allende y la señorita Gloria de la Huerta. Los convidados habían viajado desde Oaxaca y esa mañana iban de excursión para conocer las tierras que se extendían a un lado del caserío.

Encabezaba el grupo el mayordomo de campo, un indio canoso, bien parecido. Vestía camisa y calzón de manta blanca, sujetos a la cintura con una faja roja. Un sombrero ordinario, de ala ancha, le resguardaba la cara del sol. A su lado caminaba la joven monja, Cienne, quien no se perdía ni una palabra de lo que el guía platicaba. Todo aquello –la vida del hacendado y de los campesinos– le interesaba sobremanera, porque le recordaba aquellos tiempos de niña en los campos de Irlanda. Aquí el paisaje era diferente, por supuesto, pero la suerte de los campesinos parecía ser igual: tanto los irlandeses como los mexicanos estaban sujetos a la gente rica, los caciques y los hacendados. Eran los esclavos de los terratenientes. Al andar hacía mil preguntas, toreando el tortuoso terreno. Para no caerse, alzaba las faldas de su hábito y se agarraba con firmeza del brazo de Gabino, quien a su lado la hacía de su escolta.

–¿Qué hacen esos señores? –preguntó Cienne.

A uno y otro lado del carril se extendían las milpas en extensos tablones de tierra labrantía. A través de los acahuales, que delimitaban los maizales, se veían las rectas cañas del maíz con sus ricas mazorcas de granos apretados, envueltas en resistentes espatas. La monja señalaba a unos indios que cargaban dos carretas sin toldo, con zacate de milpa.

–Están haciendo el zacateo –explicó el mayordomo.

–¿Y qué es eso?

–Así se acostumbra aquí. Hay que despojar las plantas de maíz de las hojas altas del tallo, para dejar en pie sólo la parte inferior con las mazorcas. Lo hacen al final de las lluvias, cuando el grano está ya en sazón para que en el último periodo de vida de la planta, todo el jugo que absorbe la tierra se concentre en la semilla, dándole mayor tamaño.

–También para que no las tronche el viento del norte que siempre nos llega en el otoño –agregó Gabino.

–¿Y qué hacen con tanto zacate? –preguntó ella al mayordomo.

–Se aprovecha como forraje para los bueyes y los caballos.

–¡Qué vastos terrenos tiene la hacienda! ¡Qué grande la cosecha! –exclamó Cienne maravillada.

–Esta cosecha no es de la hacienda, señora, sino mía. Por eso los traje aquí primero.

–¡Cómo! ¿No son las tierras de don Joaquín de la Huerta?

–Sí, señora. Las tierras son del patrón, pero esta es mi cosecha que yo sembré, a partido.

–¿A partido? ¿Y eso qué es?

Gabino temió que tanta pregunta agobiara al anfitrión. Se apuró a responder él mismo.

–Yo se lo diré. Los señores de las haciendas escogen sus tierras de sembradura. De los terrenos sobrantes hacen reparto en un mes fijo del año, entre los terrazgueros, para que ellos siembren y cosechen por su cuenta, dando al dueño una parte de la cosecha: a eso se le llama partido.

–¡También en Irlanda los campesinos rentábamos la tierra! –comentó ella, sintiendo aún más curiosidad–. ¿Pero qué porcentaje tienen que pagar a su patrón?

–Depende –contestó el mayordomo–. Hay varios partidos: si el dueño sólo da la tierra, y el campesino pone los bueyes, semilla y aperos para cultivarla, el partido es el quinto de la cosecha; si el dueño da la tierra, riego y apeos, el partido es el tercio; ahora, si la hacienda pone todo, tierra, grano, agua, yunta y útiles, el trabajador da la mitad de lo recogido.

A ella tal arreglo le pareció justo, cuando menos más justo que lo que le había tocado vivir en su patria. Al inglés, el hacendado, siempre tuvieron que pagarle renta, además de entregarle un gran porcentaje de la cosecha.

–Y los terrenos que reserva la hacienda ¿cómo los cultiva usted?

–Los que rentamos la tierra tenemos la obligación de trabajar doce días al año sin recibir paga. A cambio nos dejan tener nuestras casas en el lugar de nuestro agrado. Yo aquí tengo mi granja. Ahí la puede ver –dijo, y señaló en la distancia–. Ahí tienen ustedes su casa. Tenemos ganado, gallineros, frutas y verduras sin que nos cueste nada. Mi obligación como mayordomo de campo es citar a los campesinos que me parecen buenos a trabajar los días, hasta que pagan los doce días que quedan a deuda. De este modo se ara, se limpia y se pisca. Una vez que completan sus días, se les pagan sus jornales.

–¡Qué calor! –comentó ella. Tenía las mejillas encendidas y el rostro sudado.

El mayordomo detuvo a los paseantes bajo la sombra de un árbol. Gabino caballerosamente ofreció a Cienne su paliacate. Ella se enjugó el rostro, y le sonrió agradecida. Estaba feliz de estar con él. ¡Cuánto lo había extrañado! Él, en cambio, estaba de mal humor. Le molestaba que ella hubiera insistido en acompañarlos a la caminata. El ejercicio vigoroso no era propio para una religiosa. Las otras damas, incluyendo sor Bernardina, prudentemente habían rechazado la invitación.

–Es una caminata larga –le había advertido, tratando de disuadirla–. El terreno no es fácil, y hay que cuidarse del calor y de los animales, que nunca faltan.

–*Nonsense!* Tú me protegerás, Gabino –respondió ella juguetona–. Y no te preocupes, que soy más fuerte de lo que te imaginas.

Las fuerzas pronto se le habían acabado, y ahora ahí estaba el resultado de su terquedad, pensó Gabino. Tenía calor, claro, con tanto trapo que traía colgado encima. La sombra del árbol era un respiro, al igual que esa suave brisa que de vez en cuando movía las hojas y las espigas de las milpas, produciendo un agradable rumor y recogiendo a su paso los aromas de la tierra húmeda. Gabino respiró profundamente. El olor a milpa era una bendición. A veces todavía detectaba el olor a jazmín de Cienne, pero ya no como antes. La pócima que Hortensia le había dado regresó su olfato a la normalidad; a la monja ya no la olía, excepto cuando lo tocaba, como ahora que le agarraba el brazo para no caerse. Resistió las ganas de arrancárselo.

El mayordomo ordenó al mozo que los acompañaba que repartiera las aguas frescas que traía en la carreta. El resto del grupo se acercó a recibir su parte. Desde ahí observaron a los indios echarse al hombro sus jergas. Los hombres empuñaron las garrochas y picaron suavemente las yuntas, dándoles un grito ronco para hacerlas andar. Las carretas, colmadas hasta el tope, se fueron alejando, crujiendo con ruido agudo.

Cienne se empinó su agua.

—¿Y les tiene buena cuenta a ustedes trabajar de esta manera? —preguntó.

El mayordomo sonrió. Le causaba gracia que esa joven religiosa estuviera tan interesada en los asuntos del campo.

—Con el favor de Dios. Así verá usted que se hacen de fortuna los campistas de este valle.

—No así los labriegos de otros estados —aclaró Gabino—. Allá sólo trabajan por un jornal muy reducido, por eso contraen deudas con la hacienda, y acaban siendo esclavos del terruño.

—Eso dicen —repuso el mayordomo algo molesto—. Aquí no aguantaríamos esas cosas, señor. De don Joaquín no tenemos ni una queja y la gente le responde. Es más, los obreros más viejos han juntado ollas de dinero. Se compran sus propias tierras, ganado, y ya tienen sus ranchos. Vea usted todo esto que yo mismo me he procurado.

—Y a esos mozos, ¿usted les paga? —preguntó ella.

—No, señora. Vienen a trabajar por tequio.

—¿Otra costumbre oaxaqueña?

—Yo creería que sí. Cuando uno tiene que hacer alguna labor, llama a los compañeros y estos vienen a ayudar a abrir la tierra, a tapar maíz, o lo que sea, pero queda uno en deuda con la misma labor cuando ellos lo necesiten a uno en sus campos. De este modo puede trabajarse mucho sin necesidad de hacer gastos.

Cienne meditó sobre tal sistema de trabajo. Un régimen como ese de los partidos hubiera sido mucho mejor —y más equitativo— en Irlanda. Era justo el arreglo laboral que los presuntuosos ingleses necesitaban para que el obrero pudiera, a la larga, formar algún ahorro y salir de la miseria.

El mayordomo miró al sol y calculó la hora.

—Es hora de regresar —dijo—. Si alguien está cansado y quiere viajar en carreta, vayan por favor con el mozo, que él sabrá regresarlos.

—Regrese usted con el mozo, Cienne —sugirió Gabino.

—De ninguna manera —contestó ella—. Anda, Gabino, te reto, ¡veamos quién llega primero!

Y así diciendo se alzó la falda y se echó a correr por la milpa, zigzagueando entre los maizales.

—¡Espera! —gritó él, pero no tuvo más remedio que seguirla. El campo era un laberinto. ¡Cienne se iba a perder! Una cosa era andar a lomo de animal, y otra a pie. Por eso, precisamente, los habían mandado con el mayordomo, para que los guiara entre las cañas. ¡Qué testaruda era esa monja!

La siguió por su voz. Ella corría, muerta de risa, como una chiquilla. Se alejaba de la hacienda, sin saberlo, en lugar de ir hacia ella. ¡Qué rápido corría! De pronto un ruido ensordecedor estalló en los cielos. Gabino se arrojó al zacate, seguro de que alguien los atacaba con un cañón. Buscó, desesperado, la trinchera en donde refugiarse, mirando en derredor para tratar de comprender qué estaba pasando. Las cañas se estremecían, presas de una agitación insólita. En la distancia las coníferas del bosque se inclinaban de manera grotesca. Un pino gigantesco, próximo a la orilla del río, se inclinó y con un crujido se desplomó por encima de las aguas. La tierra se sacudía violenta. ¡El volcán! A lo lejos oyó los gritos amortiguados del mayordomo y de las bestias. Trató de ponerse de pie pero cayó de espaldas. Lo intentó nuevamente. ¡Tenía que encontrar a Cienne! Esta vez se quedó erguido, inseguro sobre cuál rumbo tomar.

Sintió un rumor sordo, que se convirtió en un estrepitoso rugido aterrador; un olor repugnante a humedad surgió de una grieta que de pronto se abría en el suelo. ¡Los surcos de tierra se partían! El campo se levantaba de un lado y se hundía en el otro. Gabino miró, horrorizado, la grieta que comenzó a rajar la milpa. Piedras, cañas y arbolillos caían en la brecha que seguía abriéndose, mientras la corteza se resquebrajaba en convulsiones. A un lado de la zanja, que se hacía más profunda, estaba él. Al otro lado divisó a Cienne, alejándose por ese movimiento atroz que de pronto los separaba. Ella lo miró en la distancia, perpleja, y al ver lo que estaba sucediendo, corrió hacia él.

—¡Detente! —le gritó Gabino.

Pero era tarde. La brecha la jaló a sus entrañas y se la tragó. Gabino miró el pequeño cuerpo girar cuesta abajo, vertiginosamente, enrollándose en sus hábitos cual muñeca de trapo.

Se abalanzó a zancadas, brincando baches, atravesando el campo devastado en furiosa carrera. Las botas se le hundían en esa tierra movediza que no dejaba de zarandearse. Cada paso era una lucha contra sus piernas, ¡troncos inútiles que no respondían a su urgencia! Lanzó majaderías al aire y redobló el esfuerzo. Alcanzó por fin el borde de la brecha y la vio, abajo. El derrame comenzaba a sepultarla. ¡Estaba hundiéndose! Se arrojó a la abertura y aterrizó de rodillas junto al cuerpo inerte.

–¡Cienne! –gritó, sacudiéndola–. ¡Cienne!

La joven no respondió. Gabino la jaló de los brazos luchando contra esa tierra que amenazaba sepultarla. Escarbó desesperadamente. La avalancha seguía cayendo, y comenzaba a enterrarlo también a él. Rascó febrilmente, trepándose él primero, y jalándola a ella después, hacia arriba, ascendiendo, jalón por jalón. De repente la tierra se sacudió violentamente y ambos quedaron enterrados hasta la cintura.

–¡Maldito volcán! –gritó él con rabia.

El rugido cesó y la tierra agitada se calmó. Le llevó un segundo comprender que el sismo había terminado tan abruptamente como comenzó. Nada se movía. Un silencio apocalíptico los abrazaba. La nube de polvo, que todo envolvía, se fue asentando poco a poco. ¡El volcán estaba quieto! El suelo volvió a estremecerse, asentándose, y se oyó un rugido sordo en las profundidades, como si la tierra estuviera haciendo la digestión de una comida engullida sin masticar.

Preso de pánico y con manos temblorosas, Gabino comenzó a escarbar de nuevo para desenterrarse, aterrado de que la brecha volviera a abrirse. Liberó su cadera, después una pierna, y por fin, la otra. Cuando logró salir del todo, se arrodilló al lado de Cienne pero no pudo, no se atrevió a indagar si respiraba o no. Siguió rascando, liberándola torpemente de esa tumba, en un estira y afloja, hasta que la tuvo en sus brazos. Ella gimió. ¡Estaba viva! ¡A Dios gracias estaba viva! Tenía una herida en la frente. La sangre teñía su cofia. Gabino le arrancó la tapa blanca de un jalón y el cabello, antes aprisionado, se esparció sobre la tierra. Gabino miró atónito esa cascada de rizos desordenados. ¡Jamás había visto semejante cabellera! Enredó sus dedos en aquella melena roja, ¡tan roja!, que enmarcaba el rostro angelical. Lo tocó, maravillado, seguro de que al tocarlo caería preso, irremediablemente, de algún hechizo.

Cienne balbuceó incoherencias. Su pecho ondulaba por su laboriosa respiración.

–Shhh. No hables –musitó él, y volvió a lo apremiante.

Jaló su bufanda y la aplicó directamente a la lesión. Enrolló la prenda alrededor de su cabeza, con infinito cuidado, y la anudó en la nuca. La hemorragia por fin cesó. De ahí revisó, con aprensión, el resto de su cuerpo. Recogió los brazos que de forma grotesca yacían dispersos a los lados. Enderezó las faldas encaramadas hasta la cintura, y limpió el rostro ensangrentado. Estaba descalza.

Entreabrió los párpados. Las pupilas dilatadas lo reconocían.

–¿Qué pasó, Gabino?

–Calla. No hagas esfuerzo –ordenó él–. Tenemos que salir de aquí.

La levantó en brazos y ascendió con dificultad. Subió, resbalándose, impulsado por el ruido del volcán, que a lo lejos roncaba amenazante. Cuando por fin emergieron, la recostó en el campo agrietado y miró su entorno. El tapiz de tierra antes peinada, con sus maizales perfectamente alineados, era ahora una maraña de palos quebrados; una tierra descarnada de arbustos desarraigados. Estiró la vista y vio, a unos metros, una mula que mugía asustada. Se incorporó y fue por ella, antes de que se alejara. Se le acercó, hablándole quedito para tranquilizarla. La bestia bufaba, como si hubiera corrido desbocada. Le acarició el cuello, calmándola; y la jaló de las riendas, llevándola hacia Cienne. Al llegar a su lado, subió a la joven en su lomo y se encaminó hacia la granja del mayordomo, en el bosque de pinos. A través de los ojos empañados por la arena suelta, que le enturbiaba la vista, miró hacia esa selva de coníferas. Delgados haces de luz se filtraban por entre las ramas tupidas de los árboles, algunos caídos sobre la tierra en un revoltijo de maleza.

En un claro del bosque estaba la casa del mayordomo y hacia allá se dirigió. Los animales, espantados, se resguardaban en una esquina del corral. Gabino tocó la puerta de la casa, pero nadie contestó. La puerta cedió y él entró, temiendo por lo que fuera a encontrar adentro. Los cuadros se habían caído de la pared. El suelo estaba tapizado con vidrios de platos rotos, cazuelas, y demás objetos todos desparramados. La imagen de la Guadalupana se había desmoronado al derrumbarse su pequeño altar. Gabino recorrió la casa, llamando a voces al mayordomo, pero este no respondió. La casa estaba vacía. Sólo un gato maullaba dolorosamente, atrapado bajo un cajón volteado. Gabino alzó la caja y el felino huyó por la ventana de un brinco.

Regresó a la mula, bajó a Cienne del animal y la cargó hacia la recámara. La acostó en el único lecho de la vivienda. Salió a buscar leña y agua del pozo. En la cocina, encendió el fogón. En una palangana puso a hervir agua sobre la lumbre, y en lo que hervía, tomó alguna ropa limpia del mayordomo y regresó al pozo a darse un baño rápido de jícara. Le urgía asearse. Estaba enlodado de pies a cabeza. Se vistió y el contacto de aquella tela de manta sobre su piel lo transportó, de golpe, a ese tiempo en que era niño. Recordó, sin querer, la ropita en el morral que por tanto tiempo había guardado bajo su cama, creyendo que algún día su señora madre regresaría por él… El agua hirvió. Regresó a la cocina y la vació en un recipiente para que se enfriara, hasta que quedó tibia. Se armó de paños limpios y regresó a la recámara a limpiarle la herida a Cienne. Ella también estaba cubierta de tierra. De alguna manera tendría que asearla.

Se acercó al lecho y se sentó a su lado. Ella le sonrió, y él, tratando de no mirarla, le quitó el parche de la frente y remojó y exprimió el trapo limpio, que aplicó directo a la herida. Ya no sangraba. Satisfecho, la vendó ahora con paños limpios y de ahí se abocó a asear el resto de su cara, los ojos azulísimos que lo miraban con ternura; las mejillas ruborizadas, tapizadas de pecas; los labios delgados; las orejas pequeñas escondidas entre esa mata de cabello rizado. La lavó tratando de no sentir, o pensar, o inhalar ese perfume que pronto comenzó a aturdirlo. Le limpió el cuello. Metió la mano por debajo del hábito enlodado y le limpió los hombros hasta donde pudo alcanzar. Al hacerlo sus dedos tropezaron con su escapulario. Se detuvo. Y ella, sin inmutarse, se cubrió con la manta hasta el cuello y se quitó las prendas sucias y, resuelta, las arrojó a un lado. Cayó al suelo el cinturón de lana, el hábito santo y las enaguas. Luego tomó la mano paralizada y la guio debajo de la sábana para que le siguiera frotando la piel con el trapo húmedo, a ciegas.

Lo despertó el maullido del gato. Al pie del lecho, el felino lo miraba con desconfianza, parado sobre la ropa desparramada en el suelo. Volvió a maullar y Gabino recordó de golpe dónde estaba, y por qué.

¿Cuánto tiempo había dormido?, se preguntó desorientado. Estiró la mano para sacarse el reloj del bolsillo, pero claro, la ropa ahí tirada, junto a aquellos hábitos enlodados, era la ropa del mayordomo; y esa cama era su cama, su casa, su gato. ¿Qué le habría pasado al buen hombre? Brincó de la cama. El gato se escabulló por la puerta. Con torpeza se vistió con la ropa de manta. Alcanzó las botas enlodadas y se las puso, deprisa. La cabeza le dolía. Todo el cuerpo le dolía. Tenía los músculos agarrotados como si alguien le hubiera dado de palos; su mente era un caos; un remolino de imágenes que no le permitía enfocarse en la sencilla tarea de meter las agujetas en los gafes de las botas.

Salió de la recámara tratando de ignorar ese hilillo cálido, metálico, que emanaba de su cuello y le recorría la espalda.

Buscó a Cienne por toda la casa. Abrió puertas, la llamó, pero nadie contestó. Alguien se había afanado en alzar el daño del terremoto. Los cuadros, antes caídos, ahora yacían recargados contra la pared. En el piso no había vidrios; alguien los había barrido. El pequeño altar de la Virgen de Guadalupe era lo más arreglado; los pedazos de su imagen estaban cuidadosamente colocados dentro de un recipiente justo al centro, en el lugar de veneración. Una luz tímida, titilante, alumbraba su nicho. Un vaso de flores recién cortadas alegraba el baldaquín.

La puerta se abrió y ella entró. Llevaba en sus brazos una canasta de blanquillos.

Al verlo, la depositó en el piso, y se le acercó sonriente.

–¡Gabino! Por fin despiertas –dijo con cariño. Estaba irreconocible. Vestía la ropa del mayordomo, una muda igual a la que él vestía, una camisa de manta, holgada, que le llegaba hasta las rodillas; pantalones arremangados que sujetaba con un refajo, y en la cabeza un paliacate que a manera de toca improvisada le cubría la herida en la frente y aprisionaba su cabello. La expresión en su mirada, su voz y su andar habían cambiado.

–¿Por qué no me despertaste? –le reprochó–. ¿Dónde está el mayordomo? –Arrojó las preguntas con ganas de lastimarla.

–No lo vi –contestó ella desconcertada–. Hace ratito llegó un caballo a la cuadra, sin jinete. Me parece que es su caballo.

Gabino salió de la casa. Necesitaba alejarse de esa mujer. Nada quería con ella.

¡Nada! Le urgía borrar ese día infame, quitarse esas ropas de indio y salir de aquel campo que olía a ayer. Ansiaba ponerse su uniforme, trepar a su yegua y reventarla en una carrera desbocada. Quería, ¡necesitaba!, enredarse en una locura de pólvora y sangre con un enemigo que pudiera tocar.

Encontró el caballo en la caballeriza y, en efecto, era el potro del mayordomo. Lo había montado cuando fue por ellos a la hacienda, antes del paseo matutino. El animal estaba sudado y nervioso. Jadeaba y lanzaba mordiscos al aire. Al ver a Gabino, plegó las orejas y relinchó. Gabino se le acercó y le sujetó la rienda, aplacándolo con su voz. Le revisó los cascos, las patas y enderezó la silla ladeada. Cuando se hubo calmado, lo montó. Lo cabalgó un rato, mostrándole desde la silla quién mandaba. En cuanto su trote obedeció sus órdenes, regresó trotando a buscar a Cienne.

Ella lo esperaba afuera.

—¡Vámonos! —le dijo él, y le extendió la mano.

Galoparon juntos de regreso a la hacienda sorteando el camino devastado por el sismo. Aun antes de llegar, Gabino observó con gran alivio que la casa principal estaba intacta. Los peones se esmeraban en hacer reparaciones al caserío que bordeaba el inmueble; así como a la barda derrumbada que daba entrada a los jardines. Montado en una yegua, dirigiendo la obra, estaba el mayordomo. Al verlos llegar, cabalgó a su encuentro.

—¡Don Gabino! Mandé a una comitiva a buscarlos. Nos tenían muy preocupados.

El hombre no podía disimular su asombro. Reconocía los atuendos que vestían.

—Nos refugiamos en su casa —explicó Gabino—, y como puede ver, nos tomamos algunas libertades… caímos en una brecha, vea usted. Estábamos enlodados.

Gabino se sintió ridículo dando tanta explicación. El mayordomo lo miraba con intensidad, los ojos yendo y viniendo de él a ella, el rostro cuidadosamente planchado.

—Faltaba más, señor. Me alegra que se sintieran en casa.

—Y ¿cómo están todos por aquí? —preguntó ella ansiosa.

—Todos bien, hermana. De milagro no hubo muertes, sólo daños y heridos, pero nada grave. Nada que no se pueda reparar… Pero por favor, no se detengan. Síganse a la casa mientras yo voy por los rastreadores que los andan buscando en el cerro. Su familia está muy preocupada.

La noticia de su llegada corrió por la casa como pólvora, causando júbilo.

La familia y los amigos salieron a recibirlos.

–¡Gracias, Dios mío! –sor Bernardina no dejaba de abrazar a Cienne. Cuando hubo enjugado sus lágrimas de alegría, la revisó con ojo pícaro–. ¡Vaya disfraz el suyo, hermana! Le sienta bien ese atuendo.

–*Aye!* Viera qué cómoda es esta ropa, hermana –comentó ella–, así deberían ser nuestros hábitos. ¡La tela es tan fresca! Hoy mismo le escribiré al papa para sugerirlo.

Todos rieron.

–¡Bendito sea el Señor! –exclamó Catalina–. ¡Están sanos y salvos! Temíamos lo peor. Ignacio anda en el bosque buscándolos. Se fueron en comitiva con todo y los perros.

La señora De la Huerta los invitó a sentarse en la sala. Ordenó que se les diera de comer y de beber, y de paso que sirvieran algún aperitivo para que se les acabara de pasar el susto a todos. Gabino se mantuvo parado cerca de la ventana, pendiente del regreso de Ignacio, quien no tardó en llegar. Los hermanos se abrazaron con verdadero cariño. La reunión se tornó en un festejo de sobrevivencia.

–¿Y ahora cuándo será la boda? –preguntó Gabino.

–Se postergó, por supuesto –respondió Ignacio–. Lo primero era encontrarlos a ustedes. Ahora hay que esperar a que llegue nuestro padre.

–¿Cómo? ¿No ha llegado todavía?

–No, y a decir verdad el asunto me tiene preocupado. Se suponía que estaría en Oaxaca hace dos días. Nunca llegó.

Gabino no alcanzó a contestar. Afuera se escuchó el arribo estrepitoso de varios caballos. Se acercaron todos a la ventana y desde ahí miraron a varios hombres apearse. Venían armados. Estaban cubiertos de polvo, como si hubieran viajado por días. El hombre que los encabezaba era don Efraín. Montaba el alazán de don José, y esto le bastó a Gabino para comprender que algo le había sucedido a su padre.

–Esperen aquí –ordenó, y salió en compañía de Ignacio a recibir al capataz.

–¡Patrones! –exclamó don Efraín al verlos. Se estrecharon las manos y el hombre prontamente soltó la temida noticia–. Los soldados arrestaron a don José. Lo tienen preso en la iglesia. –Gabino no perdió un segundo.

–¡Tráigame a la Pinta! –ordenó al peón–. Y tráeles caballos frescos a estos señores.

Y después de repartir armas, partió con ellos a todo galope, alzando una nube de polvo.

–Mire qué rojas tengo las rodillas de tanto rezar –se quejó Amalia–. Y ni así me escucha la virgencita. Algo anda mal, Hortensia, lo siento aquí en los meros huesos; algo pasó.

La tarde pardeaba. Los tres sirvientes desgranaban mazorcas en el jardín. El silencio reinaba en la casona –hasta los periquillos piaban quedito, como si compartieran el presagio de la cocinera–. La familia había partido a la boda de Ignacio y Gloria y no regresarían antes del domingo. Los tres sirvientes habían quedado con la encarecida encomienda de desgranar y empacar el maíz para que les durara todo el año.

–Nada pasó, Amalia –comentó el jardinero, tratando de aliviar su pesadumbre–. Pero *pos ora* sí amarraron *rebonito* al joven Ignacio.

Hortensia soltó una risita. Se sacudió las manos en el mandil y encendió un cigarro. La luz tenue del tabaco iluminó su rostro ensimismado.

–Váyase *usté* a su pueblo, Amalia –sugirió a la larga–. A *usté* lo que le hace falta es distraerse. Falta le hace darse un agarrón con ese novio que dejó *usté* encampanado allá en su pueblo...

–¡Ay, Hortensia! *Usté* dice cada burrada. ¡Dios me libre de los hombres de mi pueblo! Quieren ellos esclavas, no esposas. No, muchas gracias. Además, a mi pueblo ya no puede ir uno. ¿No está viendo cómo andan las cosas? A cada rato llegan los delincuentes esos, que se dicen enviados por el gobierno; llegan a robar, a matar, a deshonrar a las mujeres y niñas, sin respetar edad. ¡Viera el odio que traen en el alma! ¡Son hijos del diablo! Mi gente a cada rato tiene que huir al monte. Salen jalando lo que pueden y allá se están, escondidos en el matorral, hasta que esos salvajes se van. Andan con sus tiras de balas cruzadas así, en el pecho. Arrasan con todo, y lo que no se pueden comer o robar lo queman, los campos de maíz, frijol, calabaza, aguacates... ¡Tantos años que nos lleva crecer nuestras plantitas y estos ahí van y las chamuscan, por purita saña!

Hablaba arrebatada, pelando las mazorcas con coraje. Hortensia iba a contestar, cuando se escucharon golpes en el portón. Alguien tocaba con insistencia.

−¡Dios nos ampare! −exclamó Amalia−.Van a botar la casa con tanto golpe. Vaya a ver quién es, Lencho, por favor.

Era extraño que alguien viniera a la casona a esas horas, especialmente cuando lo más estimado de Oaxaca sabía que la familia andaba de boda. Eso y la urgencia con la que tocaban la angustiaron.

Lencho agarró un trapo, se secó las manos y se fue a averiguar quién era. Las mujeres escucharon atentas las voces en el zaguán. El portón chirrió al cerrarse y el jardinero regresó en breve. Estaba pálido. La mejilla del ojo tuerto se le convulsionaba de manera grotesca. Al verlo, Amalia supo que algo terrible había sucedido.

−¡Se los dije! ¿Qué cosa pasó? −preguntó, agarrándose el corazón. El jardinero no podía hablar.

−¡Suéltelo! −exigió ella−. ¿No ve que me está matando? ¿Qué le hicieron a mi muchacho?

Por fin el hombre pudo hablar.

−Don Gabino está bien −dijo con voz trémula−. Pero mataron al patrón. Mataron a don José por ayudar a don Porfirio Díaz.

−La patrona no sale de su cuarto. −Amalia se enjugó las lágrimas con el mandil.

−Déjela sufrir su dolor en paz −aconsejó Hortensia.

−Es que no come, Hortensia. Ni siquiera abre la puerta. ¡Se nos va a morir de tristeza!

−Es digno morir de amor, Amalia. *Piores* muertes hay. *Ande*. Tómese su sopa.

La cocinera no probó bocado. Habían pasado ya nueve meses desde la muerte de don José, y doña Catalina seguía sufriendo. Ya era hora de que se le pasara la tristeza y en cambio, estaba malita, cada día peor. Últimamente no comía nada. Y que no comiera, ni siquiera los platillos que con tanto esmero le preparaba, no estaba bien. ¡Algo tenían que hacer por ella!

Justo ayer el señor Ignacio la había regañado muy feo.

−Ponga usted de su parte, mamá −había dicho el joven patrón a medio almuerzo, enfrente de su señora−. Aquí todos estamos de luto. Usted no es la única.

Lo dijo golpeando la mesa exasperado y ¡qué triste se había puesto doña Catalina! ¡Y qué ganas le habían dado a Amalia de jalarle las orejas! ¿No estaba viendo que esos regaños ponían *pior* a la patrona? Ella nada había dicho. Se había apartado de la mesa y encerrado en su cuarto. Ahí seguía. Hoy ni siquiera había abierto la puerta. ¡Pobre señora!

Hortensia sirvió el asado y Lencho lo comió sin meterse en esa plática. Limpiaba el plato con su tortilla y, cuando acabó, recogió las migajas y las guardó para los pajaritos.

—Deberíamos mandar por Gabino —dijo Amalia—. Él siempre hace reír a la patrona. Además, nada gana con querer vengar la muerte del patrón. ¿Ya para qué? Eso no va a traer a don José de *güelta*.

El jardinero se limpió la barba.

—Tampoco puede dejar que se queden las cosas así, Amalia —opinó con gravedad.

—*Pos* yo no acabo de entender qué le pasó al patrón, ¿*usté* sí? —preguntó.

—Sólo tengo razón de lo que contó Efraín en el velorio.

—¿Y qué contó?

—Dijo que don José escondió a don Porfirio en la hacienda, y que por eso lo mataron. Según esto, cuando el gobierno tuvo noticia del paradero del general, mandaron una fuerza a agarrarlo. Don Porfirio rápido salió disparado de la hacienda. Se *jué* a Chalcatongo porque ahí merito contaba con ayuda. Por eso no lo encontraron. Eso les dio harta rabia a las autoridades. Se regresaron a Tlaxiaco y ahí agarraron a gente, así nomás, entre ellos a don José. Los encerraron en la iglesia y los amenazaron, a punto de fusil, *pa'que* les dijeran el paradero de don Porfirio. El patrón no les dio razón y ahí mismo se lo echaron. ¡Pobre don José! Lo mataron cobardemente. No le dieron justicia, pues. Eso *jué* lo que contó don Efraín en el velorio.

Amalia jamás olvidaría ese velorio. ¡Qué susto se habían llevado! Ahí estaban, con el cuerpo de don José en la capilla, la gente habiendo presentado sus condolencias y ahora en el patio tomando sus tandas de mezcal para que no les hiciera daño el sereno, cuando se miró en el cielo un resplandor muy grande, que fue aumentando hasta que se tragó a la noche, y se volvió de día. Todos cayeron al suelo a pedir clemencia. ¡Es el fin del mundo!, exclamaban, golpeándose el pecho. ¡Perdona mis pecados, Dios mío! Fue entonces que se escuchó un estruendo y en las alturas apareció una gran bola de fuego. Pasó fugaz, muy alto, por encima de las casas con un sonido ensordecedor. Los perros aullaron; los caballos relincharon, el pánico se apoderó de todos. Muchos corrieron a sus casas. Otros se quedaron a conversar, nerviosos, sobre lo que habían visto.

Querían cerciorarse de que aquello que presenciaron no lo habían soñado. Más tarde, cuando por fin se retiraron todos, doña Catalina entró a la cocina a hablar con Hortensia. Quería que le explicara lo ocurrido. Al principio la lavandera no quería hablar, pero la patrona insistió tanto, que por fin habló.

–Esa luz era ella, señora. La *Yibedao*. Vino a recoger a don José.

¡Qué pálida se puso la patrona! Y a ella, a Amalia, casi le dio el soponcio. Incluso ahora, con sólo recordarlo, se le ponía la piel de gallina. La señora partió, sin decir media palabra, y Amalia regañó a Hortensia.

–¿Y para qué le dice esas cosas a la patrona?

–Dije la verdad.

–¡Pues aunque sea la verdad! Mire nada más qué nerviosa la puso. Y míreme a mí, ¡me da escalofrío enterarme de que esa bruja *haiga* venido hasta acá!

–Le digo que no es bruja, Amalia. ¿*Pos* qué no la vio? Ella es luz, no bruja.

–Igual me da que sea estrella, cometa, o cuete, pero que no se arrime por acá. ¡Eso no!

–*Pos* no se apure *usté* que ya se *jué*, *ora* si *pa'no* volver.

–¿O sea que ya se murió?

–No, Amalia. *Usté* no entiende. La luz nunca se muere. Tampoco la Palabra.

La cocinera no indagó más, ¿para qué? Las creencias de Hortensia eran puritas blasfemias. Mejor era poner su susto en las manos del Jesusito, y rogarle a la virgencita piedad para que la patrona sanara pronto. Ya bastante tiempo había pasado desde que muriera don José. ¡Dios misericordioso! ¿Cómo convencerla de que comiera? ¡Se les iba a morir!

Lencho se levantó de la mesa y sirvió el café. Amalia siguió sin probar bocado.

–Yo nomás digo que don Gabino hace mal en querer agarrar venganza, cuando la señora está tan malita –se quejó.

–Lo primero es lo primero, Amalia –replicó Lencho–. Si *juera* mi señor padre don José, igual iba yo tras los matones.

–Y luego recuerde que es soldado –agregó Hortensia–. Nació *pa'l* pleito. Así que ándele, olvídese de ese muchacho, que él sabe cómo defenderse, y tómese su sopa. Le quedó *resabrosa*.

Amalia agarró la cuchara y probó el caldo pero sólo para confirmar que sí estaba buena. Tampoco quería que su sazón fuera el motivo de esa huelga de hambre de la patrona.

El claustro

–No podemos seguir viviendo aquí, hermana, ¡siento que me ahogo!

Sor Bernardina se concentraba en la labor que las monjas dominicas les habían asignado y que venían haciendo desde hacía más de cuatrocientos años: la elaboración de las hostias. En una palangana mezclaba con vigor el agua y una harina compuesta de diferentes variedades de trigo. Cuando la masa estaba en su punto, se la pasaba a Cienne quien, a su vez, la esparcía en las planchas del horno de carbón. Desde las dos de la mañana las mujeres cumplían con el «turno de las hostias». Lo único bueno de esa labor, cuando menos para Cienne, eran los recortes que se comían hasta saciarse. El pan de levadura era una delicia.

–Deja de quejarte, hija. Es la voluntad de Dios y debes aceptarla, aunque no sea de tu agrado.

–¿La voluntad de Dios? ¡La voluntad del gobierno, dirá usted, hermana! Pero está bien. Tenemos que apoyar la causa del Partido Liberal; la causa que Gabino defiende hasta la muerte.

–Calla, hija, que si te oye la madre abadesa nos corre del convento.

–Que Dios me perdone, hermana, pero esa señora se equivocó de profesión. Debió haber sido carcelera.

Sor Bernardina la miró con impaciencia.

–Pásame el saco de harina, por favor. –La lámpara de velas iluminó su perfil contrariado. Cienne inmediatamente se arrepintió de su insensatez. Nada lograba con abrumar a la hermana con su pataleta.

Trabajó en silencio limpiando las planchas con un trapo mojado; les pasó el aceite cuidando que la masa no se quemara. La esparció con destreza, y apretó la tenaza para que las formas salieran finas del horno. Bastaban diez segundos para hornearlas. De ahí había que despegar los «panales» –las láminas rectangulares– con un cuchillo, y alzarlas con un dedo húmedo, para luego dejarlas enfriar.

La hermana tenía razón, pensó mientras trabajaba. No tenía derecho a quejarse, y sin embargo, estaba segura de que aquel encierro la iba a matar. Por más que lo intentaba, no podía adaptarse a la vida enclaustrada que llevaban las dominicas. Ellas se pasaban la mayor parte del día en el coro, consagradas a la oración. El resto del tiempo transcurría en la sala de labor, donde elaboraban objetos para la sacristía para ayudarse con los gastos. ¡Qué aburrición de vida!, pensó, sintiendo lástima por ellas.

Las dominicas, además de llevar una vida contemplativa, eran una comunidad de clausura. Al momento de profesar, se comprometían a pasar el resto de su vida dentro del convento. No abandonaban ese recinto ni siquiera después de la muerte; eran sepultadas en el coro. En cambio, las Hijas de la Caridad, la orden a la que ella pertenecía junto con sor Bernardina, se dedicaban al servicio a los pobres y enfermos. ¡Esa labor sí que era importante! Sus obligaciones las llevaban a donde se les necesitara; fueran hospitales o casas de beneficencia. Esta era la primera vez que no podían salir ni a la esquina, y ahora mucho menos, con el sentimiento antirreligioso que permeaba en la ciudad. Era un peligro salir con los hábitos, y las monjas encargadas de las compras tenían que disfrazarse como cualquier mujer para poder andar en la calle con libertad. Ella se había prestado para ese servicio incontables veces, pero la madre abadesa, hasta ahora, se había rehusado a darle el cargo, por aquello de su melena indomable. Por más que se estiraba el cabello, sujetándoselo en la nuca con aceite de tragacanto, aun así, los rizos rebeldes se escapaban y, si salía con los pelos al aire, aquello sería poco menos que un suicidio.

–Ya puedes cortar las obleas, hija –ordenó sor Bernardina.

Colocó las torres de panales junto a la ventana, para que se acabaran de enfriar. Se arrimó un banquito y se sentó a cortar los pequeños círculos con las tijeras. Las hostias enteras iban en un recipiente, y los recortes y las sobras, en otro. Estos últimos los regalaban a los monaguillos o a los niños del pueblo. Ahí nada se desperdiciaba.

Miró por la ventanita las torres de la iglesia, bañadas con la luz de la luna llena.

La cruz de hierro forjado las remataba. ¡Una hermosura! Ahí, en aquel campanario abandonado, se refugiaban los gorriones y las palomas que, irreverentes, hacían sus nidos. Seguido las espiaba desde la ventana de su celda. Qué ganas de volar alto, y lejos, como ellas; y después volver al nido sin temor de que las corrieran. Ya nadie tocaba esa campana. Nadie llamaba a la casa de Dios. El gobierno se había apropiado de la iglesia y del convento que habían convertido en cuartel. A ellas, las monjas, las habían echado.

Gracias a las protestas de los parroquianos, y por temor a una revuelta, el gobernador finalmente les había permitido ocupar la parte más refundida y tétrica del inmueble, pero cualquier día las volvería a correr. Cosa que para ella, en realidad, sería un alivio, porque prefería mendigar en la calle que vivir en ese encierro. Llevaba días con pesadillas. ¡No podía dormir! Soñaba que se encontraba en el Barco Tumba en medio de una tormenta. El mar enfurecido golpeaba la nave y la arrojaba sobre cadáveres descompuestos. Edena era uno de esos cadáveres. La nave comenzaba a hundirse, y ella, con el hábito atorado entre las tablas, no podía huir. Justo la noche anterior se había despertado a gritos una vez más. Sor Bernardina había acudido a calmarla, y con su bondad de siempre, pasó el resto de la noche velándole el sueño, hasta las dos de la mañana, cuando se levantaron para comenzar el turno de las hostias.

Probó uno de los recortes y luego otro, paladeando ese pan austero que se derretía en la lengua.

—Somos las reinas de las hostias —dijo, sonriendo, y le pasó un puñado de recortes.

Sor Bernardina se lavó las manos, las secó en el mandil y las probó, asintiendo con la cabeza con satisfacción. De ahí se sentó a su lado. Una a una fue empacando las obleas adentro de las cajitas de madera, de donde los sacerdotes las sustraerían a la hora de santificarlas. Había algo que quería platicar con Cienne, pero no se decidía si aquel era el mejor momento. Ambas habían dormido mal. Por otro lado, el asunto no podía esperar.

—Me llamó la madre superiora, hija, para darme noticias de la familia García Allende.

Cienne detuvo las tijeras y la miró sin parpadear. El tono grave de sor Bernardina la alarmó.

—¿Qué pasó?

—Lamento decirte que la familia ha sufrido otra desgracia.

Al decirlo se le llenaron los ojos de lágrimas. Cienne sintió que su entorno daba vueltas. Se sujetó a la mesa. ¿Otra desgracia? ¡Algo le había pasado a Gabino! Lo hacía con las tropas del general Díaz combatiendo al frente del batallón, en una misión suicida para vengar la muerte de su padre. ¿Y todo para qué? ¿Para colgarse más medallas en el pecho? ¡Qué coraje le daba su egoísmo! ¿Acaso no sabía que él era la razón de su vivir?

¿Y por qué se había marchado así, sin despedirse siquiera? Había tanto por decir, tanto que aclarar… Y ahora ¿qué le había pasado? No quería preguntar. ¡No podía!

Sor Bernardina adivinó su angustia.

—No, hija, Gabino está bien. Es doña Catalina quien ha caído enferma. ¡Se muere de tristeza! Oremos, hija.

La tomó de las manos y comenzó a rezar. Cienne seguía paralizada de terror. No acababa de asimilar que Gabino estaba bien, y que la señora Catalina era la enferma. Poco a poco se fue tranquilizando. Sintió alivio y después una alegría casi eufórica que a duras penas pudo contener. Agradeció, desde lo más profundo de su ser, a Dios, a la Virgen y a todos los santos, que nada le había pasado a Gabino. Y a la vez sintió remordimiento; culpa de alegrarse cuando aquella mujer, ¡tan buena!, yacía en su lecho, enferma.

Cuando recobró la voz se unió a la plegaria; y en eso estaban, rezando, cuando una monja dominica entró a interrumpirlas.

—¡Vengan, hermanas! ¡Apúrense! La priora nos ha convocado en la capilla. —Jadeaba, había corrido a buscarlas.

—¿Pero qué cosa sucede? —preguntó sor Bernardina alarmada.

—No sé con certeza, pero parece que los franceses ya se fueron. Ayer fusilaron al príncipe Maximiliano en el Cerro de las Campanas.

Corrieron a la capilla y buscaron asiento. El lugar estaba atiborrado; las monjas cuchicheaban entre sí, aguardando ansiosas el mensaje de su superiora. La presencia del párroco aumentaba la inquietud colectiva. El que estuviera ahí a esas horas de la madrugada, y el que se hubieran cancelado los cantos vespertinos y el rosario, significaba que algo andaba mal.

Oró en silencio. «¡Por favor, virgencita! No permitas ningún daño a nuestro amado soldado. Es lo único que te ruego.»

Por fin, la madre abadesa tomó la palabra:

–Hermanas, me temo que les tengo malas nuevas. A pesar de nuestras plegarias, el enemigo de la religión, el señor don Benito Juárez, ganó la guerra.

Cienne no pudo contener su alegría.

–¡Alabado sea Dios! –exclamó feliz–. ¡Gracias, virgencita!

El semblante del párroco palideció. La abadesa buscó, mortificada, a la mujer que se había atrevido a dar gracias. Una por una las dominicas giraron a ver a Cienne.

–¡Sor Cienne! –exclamó la abadesa–. ¿Cómo se atreve usted a celebrar esta tragedia? ¡Explíquese!

Cienne se incorporó con lentitud. El rubor le ardía las mejillas. Sabía que lo prudente era pedir perdón y volverse a sentar. Pero no pudo. Estaba harta de tantos días de enclaustro, de no saber nada de Gabino. Además, la falta de respeto al presidente era indignante. La autoridad eclesiástica no tenía derecho de imponerles su postura política, en contra del Partido Liberal; el mismo partido que Gabino defendía en cuerpo y alma. Las palabras escaparon de su boca.

–El presidente don Benito Juárez no es enemigo de la religión.

Un cuchicheo recorrió las butacas. La madre abadesa parpadeó. El párroco alzó la mano para acallar el tumulto y tomó la palabra.

–Me temo que usted no ha leído las Leyes de Reforma, hermana. Esas leyes, le aseguro, están escritas por Satanás. Por si no lo sabe, el señor presidente es un ateo y el propósito de sus leyes es destruir la Santa Iglesia.

El tono condescendiente de aquel hombre de Dios la encendió.

–Con todo respeto, difiero de usted, padre –dijo, alzando la voz–. He leído las leyes juaristas. Esas leyes no tienen como propósito atacar a la Iglesia católica, ni a ninguna Iglesia. No, señor. Su objeto es hacer circular la riqueza estancada durante más de tres siglos para que el pueblo pueda comer, pueda vivir, pueda salir de su ancestral miseria. El presidente quiere difundir la educación y hacer libre la ciencia para que todos podamos gozar de ella. Lo que quiere es hacer un México moderno; un México nuevo para el progreso y la felicidad de sus hijos, progreso y felicidad a los cuales tienen derecho.

Habló apasionada sin importarle su acento. Se hizo un largo silencio. Sor Bernardina, que en vano trataba de calmarla, se levantó y la tomó de la mano en un gesto de solidaridad. Cualquiera que fueran las consecuencias de su abrupta rebeldía, quería que todos supieran que contaba con su apoyo.

La madre abadesa intervino, antes de que algo peor sucediera.

—Por favor retírense en este instante —ordenó contundente, señalando la salida con su brazo, y dirigiéndose al sacerdote, añadió—. Lamento la desagradable interrupción, padre, pero como puede ver, estas hermanas no pertenecen a nuestra congregación. Ahí tiene lo que pasa con las congregaciones que consienten el contacto de nuestras hermanas con la vida mundana; ¡se pervierten! Pero descuide usted, con la ayuda del Espíritu Santo, lograremos expiar las malas influencias. ¡Oremos por ellas!

—Sor Bernardina, la llamé para informarle que, de ahora en adelante, usted asumirá las labores de la cocina. Por lo tanto, necesito que se mude cuanto antes a los aposentos de sor Teresa, nuestra cocinera.

Las gafas de la madre superiora se resbalaban gradualmente por su nariz encorvada de halcón. La atravesaba con una mirada penetrante, acariciándose los nudillos artríticos de sus manos.

Sor Bernardina llevaba días esperando ese castigo. Sabía que tarde o temprano la abadesa se cobraría el arrebato de Cienne en la capilla. Había humillado a la superiora enfrente del párroco. Grave error. Nada era más frágil que el ego de esa mujer. Y ahora ahí estaban las consecuencias; qué mejor castigo que sacarla de la celda que compartía con ella desde que habían llegado.

—Le suplico que no me separe de sor Cienne. Me necesita.

—Lo que nuestra hermana necesita es humildad, y usted, en lugar de ayudarla, le aplaude su petulancia.

—Comprendo que hizo mal en contradecirla durante la audiencia, Madre. Pero por favor, trate de comprender; el cambio para una joven como ella, acostumbrada a una vida común, no ha sido nada fácil. Este encierro está afectando su juicio.

La abadesa soltó una risita burlona.

—¿Encierro? La vida contemplativa es un *privilegio*, hermana. Y eso precisamente es lo que quiero que aprecie sor Cienne; quiero que aprenda a buscar a Dios en el silencio, a pensar en Él e invocarlo. Quiero que valore nuestra vida de rezo y que se enamore de nuestra labor espiritual. Nosotras, con nuestras fervientes plegarias, con nuestras vidas orantes, elevamos a Dios el clamor de tantos millones de personas que no saben o no pueden orar. Nuestras oraciones tienen una fuerza propiciatoria y reparadora capaz de atraer las bendiciones del Señor sobre la humanidad sufriente. No hay misión más trascendental que la nuestra. *El encierro es un lujo.*

Sor Bernardina comprendió de golpe lo que había detrás de tanta explicación. ¡La abadesa quería integrar a Cienne a la orden dominica! Y claro, el convento estaba en crisis; la Ley de Exclaustración prohibía la existencia del convento y por ello la formación del clero era escasa. Encima estaba el decreto que suprimía la coacción civil de los votos religiosos; ese decreto autorizaba a las monjas a renunciar a sus votos. Las monjas que quisieran podrían colgar los hábitos y dejar la Iglesia, y la orden a la que pertenecieran estaba obligada a regresarles su dote.

—Cada orden tiene su misión, Madre, y hay que respetarla; sor Cienne tendrá que atender el llamado de Dios, pero dudo que cambie de hábitos.

La madre superiora se enderezó las gafas y la miró con desdén.

—Ella es una mujer inteligente, hermana. Con nosotras tendría tiempo para la oración, para la celebración de la Eucaristía, para el estudio sereno de la palabra de Dios, y para el canto festivo de la liturgia. Sobre todo eso: podría cantar a su antojo y cultivar el don que es su voz. Pocas mujeres sin dote, como ella, tienen la oportunidad de unirse a nuestra hermandad.

—Estoy segura de que ella sabrá apreciar y agradecer la oportunidad que usted le brinda tan generosamente. Yo misma se lo agradezco. Como ya sabe, las Hijas de la Caridad se han dispersado, y por ello estamos huérfanas en este país. El que nos hayan acogido ustedes se agradece en el alma, y a mí en lo personal, me daría paz que sor Cienne tomara los votos permanentes y encontrara con ustedes un hogar. Sin embargo, porque la conozco bien, debo advertirle que su temperamento no es afín al claustro; ella se nutre en la secularidad y la misión de nuestra compañía: servir a cualquier clase de pobre, en cualquier lugar, y a cualquier hora. Mientras más se le aleje de la vida común, más querrá su libertad; y mientras más se le exijan los votos permanentes, menos querrá tomarlos. Le confieso, Madre, que cada año, cuando se llega la fecha de renovar sus votos, de acuerdo a nuestra tradición, me entra la duda de si lo hará. Se lo digo con toda franqueza: no estoy convencida de que sor Cienne tenga vocación de religiosa.

Había hablado con el corazón. El semblante de la abadesa se suavizó. Apreciaba el respeto y la sencillez de esa mujer; el afecto que profesaba a su hermana era palpable.

–Pues ahora lo sabremos, sor Bernardina. Le agradezco su honestidad, y le pido que se aleje de sor Cienne para que ella pueda en solitud, y mediante la oración, escuchar al Espíritu Santo.

–¿Qué hará con ella? ¿Qué faena le asignará?

–La labor que se le asigne no debe preocuparla a usted, pero para tranquilizarla, le informo que ayudará con la ornamentación de la capilla y el coro. El resto de su tiempo lo dedicará al trabajo espiritual en su celda, como ya comentamos.

–Permítame usted hablar con ella, una última vez.

–De ninguna manera y, por favor, no insista. La única comunicación que nuestra hermana tendrá durante su retiro será con Dios, y conmigo.

Sor Bernardina se mordió la lengua. Sabía que discutir con ella era inútil. Lo único que lograría era provocar su enojo. Y entonces podría irles peor. ¡Qué difícil es tener que aceptar la autoridad de esa mujer!, pensó frustrada. ¡Qué difícil cumplir con el voto de obediencia!

Resignada, se dio la media vuelta y se fue, arrastrando su tristeza.

Fin del imperio

Ciudad de México, 15 de julio, 1867

–¡Viva México! –vitoreaba la gente apiñonada en ambos lados de la calzada de Chapultepec–. ¡Viva don Benito Juárez!

Eran las nueve de la mañana y el carruaje landó negro, en el que viajaba el presidente, don Benito Juárez, con su reducido gabinete compuesto por Sebastián Lerdo de Tejada, José María Iglesias e Ignacio Mejía, avanzaba rumbo al Paseo Nuevo de Bucareli. En los balcones de hierro de las casas –palacios heredados por la aristocracia durante la Colonia– lo mejor de la sociedad lanzaba flores y vítores. El resto del pueblo, parado en las banquetas, prorrumpía en aplausos y manifestaciones de júbilo al reconocer en el interior del primer coche la figura estoica e inconfundible del presidente. Hoy, después de cuatro años de guerra contra los invasores franceses, el indio de Guelatao cumplía su juramento de mantener la Independencia nacional y la integridad de la Constitución de 1857, al regresar la patria a sus debidos dueños: los mexicanos.

Gabino cabalgaba airoso escoltando la diligencia. Iba embriagado de felicidad. Con una mano sostenía las riendas de la Pinta, y con la otra la bandera mexicana. Las medallas que poblaban la chaqueta de su uniforme centelleaban la luz del sol resplandeciente. La Pinta, garbosa, respondía al alborozo colectivo con un trote bailarín. Sacudía su crin, resoplando y alzando las patas al compás de los tambores y las trompetas que acompañaban la marcha triunfante.

¡Era el momento de gloria que Gabino tanto había deseado! Los invasores habían huido como ratas. Los traidores habían sido fusilados. La sangre derramada de tantos mexicanos valientes, ¡como su amado padre!, no había sido en balde. México volvía a ser un país independiente. ¡Y qué orgullo era ser oaxaqueño!, como los dos protagonistas célebres a quienes México debía su libertad: don Benito y don Porfirio. El haber luchado hombro a hombro con ese caudillo de inigualable valor, compartiendo triunfos y derrotas, había sido un privilegio. ¡Cuánto había aprendido del general! Y dijeran lo que dijeran, en aquella marcha triunfal –y a pesar de las ovaciones dirigidas al presidente–, el verdadero héroe, el que se llevaba las palmas, era él: don Porfirio Díaz.

La toma de la Ciudad de México se había logrado el mes previo, tras un encuentro con las tropas del Imperio. Al filo de su espada cargada de rabia, Gabino había luchado feroz. Era la segunda vez que tenían que correr a los franceses. La primera vez su padre había tomado las armas, para echarlos en Veracruz. Ahora le había tocado a él. ¡Cómo le hubiera gustado compartir ese momento de gloria con su padre!

Don Porfirio estaba consciente del sacrificio de don José, y Gabino sospechaba que quizás por eso el general lo trataba con marcada preferencia. Durante la batalla lo había hecho partícipe de sus designios y le había asignado cargos estratégicos. A él le había concedido el gran honor de llevar la bandera nacional.

–Izaremos la bandera en el Palacio Nacional –decretó el general– pero sólo en la presencia del señor Juárez. Así es que usted, Gabino, la llevará en el desfile.

El general, de haber querido, podría haber izado la bandera él mismo en la toma de la ciudad. Estaba en su derecho después de haberla defendido a sangre y fuego. No lo hizo. Decidió, en cambio, ceder ese momento glorioso a Juárez. Y esa actitud de respeto y humildad era, precisamente, una de las virtudes que le ganaban el afecto y la admiración del pueblo.

La diligencia se detuvo donde se encontraba la estatua de Carlos IV. La autoridad civil salió a su encuentro para darles la bienvenida. El jefe político, don Juan José Baz, y el consejero municipal provisional, don Antonio Martínez de Castro, pronunciaron sus discursos, que a Gabino le parecieron eternos. El cielo oscurecía. Se venía una tormenta y si no se apuraban acabarían todos ensopados. El presidente fue breve, por suerte, pero la brevedad no quitó peso a esas palabras, que Gabino recordaría toda su vida:

–…tengo la convicción de no haber más que llenado los deberes de cualquier ciudadano que hubiera estado en mi puesto al ser agredida la Nación por un ejército extranjero. Cumplía mi deber al resistir sin descanso hasta salvar las instituciones y la independencia que el pueblo mexicano había confiado a mi custodia.

El sonoro aplauso no se hizo esperar. El señor Baz se acercó, y con la formalidad que la ceremonia requería, le entregó un laurel de oro. Se depositaron las ofrendas florales en el altar a la patria y de ahí siguieron en la carroza por la Alameda Central hasta que por fin entraron a la Plaza de la Constitución, por el arco triunfal.

Gabino se apeó de la Pinta y entregó su preciado encargo. La bandera mexicana volvió a ondear en la Plaza de la Constitución.

Una comida popular en la que se celebraría la victoria estaba prevista para la una de la tarde. Gabino llegó al banquete de la Alameda, en el Colegio Nacional de Minas, a la hora precisa, justo cuando se desataba el furioso aguacero. Iba acompañado de Antonio, un joven soldado de la banda. Su instrumento era la flauta y ese interés común nutría la amistad.

–¡Pero qué tormenta! –comentó Gabino al entrar. Se sacudió la lluvia y le entregó al portero su paraguas.

–Una lástima –comentó el portero–, pues me temo que el agua impedirá exhibir los fuegos artificiales que el ayuntamiento les tenía preparados. Iban a ser sorpresa.

Gabino le palmeó la espalda.

–Pero ya vio usted que, con todo y lluvia, los balcones de la ciudad están llenos de luces.

–Sí, señor. Y lo mejor es que todos los convidados han hecho acto de presencia. Si me permite decirlo, el general Díaz y el municipio han acertado al obsequiar esta comida al presidente. Muy buen detalle. Pero pasen, por favor. Se les espera en el salón de actos.

Los jóvenes se dirigieron al recinto y se sentaron en la mesa asignada. El regocijo colectivo era palpable. Los invitados degustaban de un magnífico banquete y cambiaban impresiones con su charla bulliciosa y alegre. La música de fondo amenizaba el ambiente. Los meseros iban y venían repartiendo platillos y llenando copas. Al frente, en la tarima, el presidente y su gabinete ocupaban el lugar de honor.

Después de saludar al resto de las personas que ocupaban la mesa –gente de alcurnia– los jóvenes soldados se abocaron a lo apremiante:

una sopa de fideos con camarón. Gabino hubiera preferido un pozole con hartas tortillas, en lugar de ese pan francés porque, además, le pareció de mal gusto que lo sirvieran en esa ocasión, ¿acaso no habían corrido a los franceses? Además, esa *baguette* estaba tan elaborada, que parecía una escultura y hasta miedo daba meterle quijada...

–Me imagino que regresarás a Oaxaca en unos días, Gabino –comentó Antonio. A él poco le importaba la etiqueta; había cortado su pan en dos, y ahora mismo se hacía una torta de fideos. Los caballeros que tenían enfrente procuraban no mirarlo. En cambio la única dama de esa mesa, vestida a la moda de la emperatriz Carlota, quien unos meses antes había abandonado México en su vano intento de obtener ayuda de Francia y del papa, lo miraba horrorizada.

Gabino sofocó su risa, y embarró su pan con mantequilla con toda propiedad.

Alguien tenía que demostrarle a la matrona que algunos soldados sí sabían comportarse ante la crema y nata de la sociedad.

–¿Qué dices de ello? –insistió Antonio–. ¿Te regresas a Oaxaca?

–Eso espero, aunque no sé si nos darán sólo unos días, compañero.

–¡Cómo! ¿A qué te refieres?

–Las tropas enemigas han abandonado el país. Ahora nuestro gobierno tiene un serio problema con las fuerzas y cuerpos armados. Ya no nos necesitan.

–¿Estás sugiriendo que nos van a despachar? ¡No lo creo! El país siempre debe tener un ejército.

–Y lo seguirá teniendo, Antonio, de seguro. Pero un ejército de amplias proporciones como el nuestro ya no se necesita. Sería un desperdicio que el presidente mantuviera un cuerpo armado que ya no tiene razón de ser. Me imagino que usará esos recursos económicos en otros ramos de su administración, como hacienda o educación.

Antonio reflexionó sobre ello. Se empinó la copa y pidió otra más.

–Pues a mí me tendrán que sacar a patadas. No voy a regresar a trabajar de campesino. ¡A mí no me dejan sin empleo!

–Y a mí no me dejan sin armas, Antonio.

–¡Eso! Tú sobre todo, Gabino. Eres un jinete y tirador consumado, ¡un militar hecho y derecho! Y ahora ¿qué pretenden? ¿Que regreses a una vida de ocio? Los soldados, con uniformes y sin ellos, siempre seremos soldados. Nuestro destino es defender y servir a la patria.

–Cierto, amigo, pero hay muchas maneras de servir a la patria. Hay que ser realistas y estar preparados para lo que venga, Antonio. Yo, mientras las cosas se resuelven, me voy con la familia; no sé cuándo, o por cuánto tiempo.

Los meseros sirvieron el postre. El jefe del municipio se subió a la tarima para dar la bienvenida a la concurrencia con su largo discurso. Tras él comenzaron a pronunciarse los brindis, unos tras otros. Gabino participó por inercia, alzando su copa y aplaudiendo a su debido momento. Ese tipo de eventos eran un suplicio. Su mente divagó a otros lados, como su eminente regreso a Oaxaca. Ansiaba ver a la familia, sin duda, sobre todo, le urgía saber cómo estaba doña Catalina. Le habían dicho que su salud flaqueaba con motivo de la muerte de su esposo. Eso lo tenía preocupado. Era capaz de morirse de tristeza. El amor vehemente que siempre le había profesado a su marido era un enigma para Gabino. ¿Cómo podía amarlo así, cuando la había traicionado tan descaradamente? Su padre no había sido un mujeriego, como Ignacio; lo suyo no había sido una «canita al aire» sino una relación de compromiso con otra mujer. Con otra familia. Y era cierto que muchas mujeres aceptaban el adulterio porque no tenían remedio. Sin embargo, había un gran trecho entre tener que resignarse por necesidad, y seguir amando. El perdón después de la traición ¿cómo le hacía?, ¿cómo olvidar?, ¿cómo lograr que el amor siguiera intacto? ¿O acaso era una virtud concedida sólo a los santos, como ella? Esa era la pregunta que le quitaba el sueño. Y era entonces, durante esas horas largas de insomnio, que los recuerdos desfilaban por su mente: el aroma de panela en el campo, la brisa del volcán, el llanto del *bsiá*-águila, y las manos diestras, morenas, en un sube y baja el alzador, la espada, el tramero, ajusta, rota y gira, ida y vuelta, ida y vuelta, ida y vuelta…

¡Quisiera poder perdonar a su madre! Lejos de ello, cada vez que pensaba en ella, volvía a aborrecerla. Lo peor era que ese sentimiento arraigado –del cual estaba consciente y contra él luchaba– le impedía entregar su corazón a nadie, ¿para qué? ¿Para que cualquier día lo dejaran y se fueran al monte? Y él ¿qué tan capaz era de ser fiel, teniendo el ejemplo de su padre, de su hermano y de la mayoría de los hombres en esa sociedad que toleraba, ¡que celebraba!, el adulterio? Por eso, cualquiera que fuera la piel que lo tocara, cualquiera los ojos que lo sedujeran, cualquiera las caricias, las promesas, todas ellas, ¡todas falsas!, las rechazaba. Ese era el legado de su madre –un corazón castrado–. Así ¿cómo perdonarla? Y la ironía era que la única mujer que misteriosamente había penetrado sus murallas era Cienne. La mujer prohibida. La hechicera. La monja.

No dejaba de pensar en ella.

Sólo el caos de la batalla suspendía el tormento que era recordarla. Ahí, en ese encuentro brutal de hombres y bestias, sangre y pólvora, vida y muerte, se sentía en paz. Pasada la euforia y al encontrarse vivo después de la lucha, ¡cosa que siempre lo sorprendía!, con el uniforme ensangrentado, ya despojado, y su cuerpo en el lecho, entonces, justo entonces, regresaba el olor a jazmín a enloquecerlo. El remedio de Hortensia no había funcionado. La monja se le había metido por la nariz y ahí seguía, trastornándolo. Y ahora que la guerra había acabado, ¿qué haría para arrancársela?, ¿cómo aguantar las largas horas de ocio? No, como bien decía Antonio, el campo no era para él. La vida en el trapiche jamás lo haría feliz. La vida en la ciudad que a Ignacio tanto le agradaba, con aquellas interminables charlas en los cafés, el teatro y las tertulias, le era insoportable. ¿Qué haría? Primero muerto que ceder su fusil…

Un sonoro aplauso interrumpió sus pensamientos. Los invitados se levantaron de sus asientos para recibir al presidente quien, por fin, tomaba la palabra. Con voz templada don Benito Juárez expidió el manifiesto más elocuente que Gabino jamás había escuchado.

–…Mexicanos: encaminemos ahora todos nuestros esfuerzos a obtener y a consolidar los beneficios de la paz. Bajo sus auspicios, será eficaz la protección de las leyes y de las autoridades para los derechos de todos los habitantes de la república. Que el pueblo y el gobierno respeten los derechos de todos. Entre los individuos, como entre las naciones, el respeto al derecho ajeno es la paz.

La concurrencia rompió en vítores y alabanzas. Gabino se adueñó de la última frase y la desmenuzó. *El respeto al derecho ajeno es la paz.* ¡Qué verdad tan profunda!, pensó. Sin respeto no hay paz. El adulterio es una falta de respeto entre los cónyuges, pensó; el abandono de un hijo, una falta de respeto a la misma vida. Desear a Cienne, como la deseaba, una falta de respeto a Dios. No obstante, ella no tenía por qué renovar sus votos, si no quería. Las Hijas de la Caridad era una orden secular. Y aunque no lo fuera, las nuevas leyes le permitían renunciar a sus votos. Esa era la respuesta. ¡La única respuesta! En cuanto llegara a Oaxaca buscaría a Cienne y la obligaría a decidir, de una vez por todas, entre él y Dios.

La ley divina

Se dirigió directo al convento. Había cabalgado desde la madrugada, y la Pinta ya estaba agotada.

–Ya casi llegamos –le prometió, acariciándole el cuello sudado. La yegua resopló y siguió su trote por la calle empedrada.

El inmueble ocupaba toda una manzana. La fachada plateresca combinaba armoniosamente con el estilo barroco de las ventanas y las puertas. Disponía de un claustro de dos pisos, con sólidas columnas de piedra, ornadas con escudos y zapatas de madera labrada. La propiedad, adjudicada al gobierno, era ahora una cárcel municipal; y el atrio, las oficinas del ayuntamiento. Los noviciados estaban cerrados y las monjas exclaustradas habían sido relegadas a la parte sur del edificio.

Gabino se dirigió a la segunda puerta donde habitaban las monjas. El gobernador había sido incapaz de echarlas a la calle. Ahora, faltaba ver qué haría con ellas. El presidente Juárez tenía toda la intención de aplicar sus leyes a como diera lugar. Las religiosas tendrían que irse y Cienne, una vez más, se encontraría sin hogar. Quizás eso la convencería de que su destino no era ser monja, sino ser su esposa.

Se apeó de la Pinta y la amarró al barandal. Tocó el portón con el chicote de su vara y aguardó, inquieto, a que alguien atendiera su llamado.

La rendija de la puerta se abrió y la voz de una mujer se dejó escuchar.

–¿Quién llama a la casa del Señor?

–Buenas tardes, Madre. Soy Gabino García Allende, necesito hablar con sor Cienne McDana.

–Caballero, en este claustro no recibimos visitas. Cualquier mensaje que tenga para nuestra hermana tendrá que enviarlo por carta y dirigirlo a la madre abadesa.

–Este asunto no puede esperar, hermana.

–Lo siento, joven, no puedo llamar a nadie a menos que sea un asunto de vida o muerte.

Gabino no titubeó.

–¡Lo es! Habrá una muerte inminente si no la llama.

No estaba lejos de la verdad. No podía seguir viviendo sin que ella le diera una respuesta a la pregunta que debía hacerle.

–Aguarde aquí.

La ventanilla se cerró y Gabino esperó lo que le pareció toda una eternidad. Por fin se abrió la puerta y la religiosa, cuya cara cubría con su velo, lo dejó pasar.

Caminaron a lo largo de un corredor hasta que la monja se detuvo frente a una puerta. Lo hizo entrar. Gabino se encontró en un aula amplia y oscura. La hermana se detuvo en la entrada, a prudente distancia.

La superiora estaba parada a un lado de la ventana. En una mano sostenía la Biblia, y en la otra una cruz. Al escucharlo giró, y al percibir el uniforme juarista que vestía el joven soldado, no pudo ocultar su menosprecio.

La figura alta y autoritaria de la abadesa sorprendió a Gabino. Había imaginado que la esposa de Dios, la que tenía a su cargo el bienestar del resto de sus hermanas, sería una persona amorosa y sencilla, como Cienne. Quizás una santa. En cambio, ahí estaba esa señora rígida, enfundada en sus cotones negros, mirándolo con esos ojos de ave de rapiña. Su instinto le avisó que con aquella mujer tendría que tener cuidado.

Se quitó el sombrero, caminó hacia ella y se arrodilló a besar la cruz que la priora le extendía.

–Dígame usted en qué podemos servirle, joven.

–Necesito hablar urgentemente con sor Cienne McDana, es de la orden de las Hijas de la Caridad.

–Me temo que eso no es posible, pero cualquier mensaje urgente que tenga para ella me lo puede dar a mí.

–El asunto que debo comunicarle no concierne a nadie, más que a ella.

–Pues cuánto lo lamento. Como ya le dije, nuestra hermana no está en posibilidades de hablar con nadie.

La contundencia de la respuesta lo alarmó.

–¿Está enferma? ¿Qué le pasa?

–No lo está, pero aunque así fuera, ¿qué derecho tiene usted para indagar lo que no le concierne?

–¡Por supuesto que me concierne! –exclamó molesto–. Soy Gabino García Allende. El bienestar de sor Cienne es mi obligación. Su hermano, que en paz descanse, la encomendó a mi custodia.

La superiora lo escuchó sin pestañar.

–Sé perfectamente quién es usted, caballero. Conocí a su padre, don José. También a doña Catalina. Ambas personas muy finas; siempre generosas con nuestra congregación. Es por eso que cuando nos lo pidieron, acogimos a sor Cienne y a sor Bernardina en nuestro claustro, a pesar de las penurias que el gobierno nos ha hecho pasar. Permítame que le informe que hoy día la custodia de sor Cienne es responsabilidad de la Iglesia. Por la gracia de Dios nuestra hermana atendió el llamado del Espíritu Santo y el mes pasado tomó los votos perpetuos de nuestra orden. Ha elegido una vida contemplativa. Por lo tanto, sor Cienne ha muerto para el mundo. Y para usted.

Gabino escuchó las palabras tajantes, pero lo único que su mente registró fue la sonrisa burlona, malévola, de aquella mujer. ¡Adivinaba el verdadero propósito de su visita! Sus ojos de zopilote lo atravesaban y le veían el alma. Sabía que había venido a llevársela.

–No creo lo que me dice, señora, pero aunque fuera cierto, la nueva ley prohíbe la formación de nuevas novicias. Por lo tanto, cualquier rito en el que ella haya participado no tiene ninguna validez. Cienne es libre de dejar los hábitos, como son libres cualquiera de estas mujeres.

Al decirlo, señaló a la monja que escuchaba atenta desde la puerta.

A la abadesa no le interesaba discutir el tema de la ley con ese muchacho intrépido, que claramente defendía los principios antirreligiosos de su presidente. Así se lo hizo saber.

–La ley divina no depende de los hombres, joven, pero claro, no puedo pretender que alguien como usted, ignorante de la palabra de Dios, lo entienda.

Se encaminó a su escritorio, tomó un pliego de papel y una pluma, y se los ofreció.

–Cualquier mensaje que quiera escribir a sor Cienne, anótelo usted aquí.

–Señora, lo mío no es un mensaje, sino una pregunta que requiere una respuesta urgente.

–Usted puede escribir las preguntas que quiera, y ella sabrá si contestarlas. Y ahora por favor discúlpeme, pero tengo otros asuntos más importantes que atender.

Gabino comprendió que sería inútil insistir. La negativa de la superiora era terminante. La mujer tenía el poder de negarle la visita, y nada la desviaría de su decisión. No le permitiría ver a Cienne. Tampoco le entregaría su mensaje, de eso estaba seguro. Su única esperanza era que la otra monja, aquella que había escuchado la plática desde la puerta con aparente interés, lo ayudara. ¡Eso haría! O cuando menos lo intentaría.

Tomó la pluma y escribió en el papel el mensaje. Dobló el papel y lo colocó encima del escritorio, mirando a la superiora con desprecio.

–Hermana –dijo ella, dirigiéndose a la portera–. Haga el favor de acompañar al señor García Allende a la puerta–. Y sin despedirse se sentó en el sillón y comenzó a leer una pila de documentos, ajustándose las gafas e ignorando la presencia del soldado.

Gabino se dio la media vuelta y siguió a la monja. Cuando se acercaron al portón, se le adelantó.

–Madre, ruego a usted que me ayude. Yo sé que la abadesa no entregará mi mensaje. Le suplico que usted lo haga, porque de otra forma ¡juro en Dios que me mato!

La monja brincó hacia atrás, sobresaltada.

–¡Apártese! –exclamó–. ¡Y no jure el nombre de Dios en vano!

–¡Antes prométamelo! –exigió él–. O ahora mismo termino este suplicio que es mi vida.

Y así diciendo, sacó su espada y se la colocó en el vientre.

–¡Madre María Purísima! –exclamó ella horrorizada–. ¡Está bien! ¡Lo prometo! ¡Pero váyase ya! ¡Váyase!

Gabino volvió a enfundar su arma y en un arrojo de agradecimiento, abrazó a la monja.

–¡Dios se lo pague, hermana!

La monja lo empujó a la calle con todas sus fuerzas y le cerró el portón.

A la hora de los rezos la monja entró a hurtadillas al despacho de la abadesa. Se acercó de puntitas al escritorio y buscó, muerta de miedo, la carta de ese joven imprudente. No la halló. Sintió alivio; el no hallarla la absolvía de la promesa, se dijo a sí misma. A la vez sintió tristeza, ¡el pobre joven guapo moriría de despecho! Lo que hiciera, pensó, ya no era cosa suya. No quedaría en su conciencia. Se dispuso a salir cuando su mirada cayó en el bote de basura. ¡Ahí estaba el papel! Hecho añicos.

No lo pensó. Vació el basurero en el bolsillo de su mandil, agarró otro papel en blanco y lo rompió en pedazos, reemplazando la carta. Así, si regresaba la superiora, el basureo vacío no despertaría sus sospechas.

Salió del despacho y corrió directo a su celda. Trancó la puerta y sólo entonces respiró con alivio. Se persignó, dando las gracias, y se enjugó la frente que le sudaba por los nervios. De ahí, vació el contenido del bolsillo en su humilde mesita y bajo la luz de una vela, armó el rompecabezas que eran esos trozos de papel. La caligrafía descuidada poco a poco fue tomando forma y las palabras pasaron de aquel papel arrugado a su entender.

Mi Pequeña Irlandesita: regresé de la batalla ileso y vine directo a verte, pero la visita me fue negada. No tengo más remedio que plasmar mi amor por ti de esta manera indigna. Sé que eres mía y yo soy tuyo. No puede ser de otra manera. ¡Admítelo! Te pido, ¡te suplico!, que seas mi esposa. Te ofrezco mi amor eterno y si me aceptas, te juro que Dios será el eje de nuestra unión sagrada. Si me rechazas, respetaré tu decisión y te dejaré en paz. ¡No sabrás más de mí! Espero ansioso tu respuesta. No estoy siendo impaciente pero es que ¡estoy desesperado!

Gabino

La monja no durmió en toda la noche. Rezó con ardiente fervor para que el Espíritu Santo la iluminara y le dijera qué hacer. Su voto de obediencia dictaba que confesara su robo, y regresara esa carta a la madre superiora; era ella en quien Dios confiaba para que las guiara con sabiduría. Si había visto a bien destrozar la carta, ¿quién era ella para contradecirla? Sin embargo, le había hecho una promesa al pobre soldado y ella jamás faltaba a su palabra. «¿Qué debo hacer, Dios mío?», oró: «¡Muéstrame tu voluntad!».

En la mañana, a la hora del desayuno, recibió la respuesta de los cielos. La hermana asignada a atender su mesa era sor Bernardina.

¡A ella entregaría la carta!, decidió. Sí. Ella conocía mejor que nadie a sor Cienne y ella sabría qué hacer.

—Y ¿*ora* qué le picó al muchacho?

Los tres sirvientes lo esperaban afuera de la iglesia. Gabino seguía en la capilla, a pesar de que la misa tenía rato de haber terminado. Ellos, cansados de esperarlo, habían salido del sagrario y se habían encaminado a los puestos de nieve, situados frente al gran reloj. Esa era la costumbre los días de aguinaldo, como aquel; comprarse su helado de pétalos de rosas, el cual era servido con una buena dotación de *mamones*. Y ahora ahí estaban, sentados en los tableros de los sirvientes, saboreando su manjar y esperando la buena hora de que al joven patrón le diera la gana de salir del templo.

—Sí que está raro —comentó Hortensia—. No es de rezos él.

—No vino a rezar, Hortensia. Nomás vino a oír el coro —la cocinera tenía la lengua rosa, como el helado que chupeteaba—. ¡Oigan qué bonito cantan las monjitas! Y ese órgano… ¡me dan ganas de llorar cada vez que lo escucho! Es música de ángeles.

Lencho y Hortensia intercambiaron una mirada entendida. Las monjas, claro. Eso lo explicaba todo. Amalia no lo sabía, pero don Gabino no había ido a la iglesia para adorar a Dios, sino a ver a uno de esos ángeles.

Hortensia terminó su helado. Se limpió la boca y se encaminó al basurero a dejar el vasito vacío. Iba de regreso cuando alguien la llamó.

—¡Hortensia!

Se paró y giró hacia la voz. De alguna manera la reconocía. Una monja caminaba apurada a su encuentro, mirando su entorno, como si temiera que alguien la estuviera persiguiendo. La reconoció. Era sor Bernardina, la monja que habían alojado en la casona un tiempo atrás. Sí. Era ella pero con otros hábitos, no tan bonitos como los de antes. ¿Qué asunto traería entre manos ahora esa mujer? Y ¿qué cosa podría querer con ella?

—Hortensia, necesito su ayuda —dijo la monja, nerviosa. La lavandera no acertó qué decir.

–Por favor entregue esta misiva a don Gabino –siguió ella. De su amplia manga extrajo un sobre cerrado y se lo extendió–. Prométame que lo hará con la mayor discreción, por favor.

Hortensia se limpió las manos pegajosas en su huipil. Agarró el sobre blanquísimo de una orilla, como si quemara.

–*Ta'bueno, siniora.* Yo se lo doy. –La monja respiró con alivio.

–Dios la bendiga.

Se dio la media vuelta y se alejó, su hábito negro ondulaba al compás de sus pasos.

La lavandera miró aquel sobre membretado un largo rato. Qué bonita letra y qué fino papel popotillo. Sabía lo que decía esa carta. ¡Ah…!, pobre don Gabino, pensó con congoja. Tanto que había sufrido de chiquillo para aprender a leer esos garabatos ¿y todo para qué? ¿Para que lo matara un rechazo elegante y perfumado como aquel? Mejor sería que muriera de un balazo…

–Prométame que va usted a comer, señora.

–Prométame usted que regresará pronto, soldado.

Gabino abrazó el cuerpo frágil de su madrastra en un arranque de cariño. ¡Estaba en los huesos! Ella le tomó la cara entre sus manos, le besó la frente y le regaló todo su amor en una mirada de adiós. No se volverían a ver. Ambos lo sabían.

Caminaron con los brazos entrelazados hacia la entrada de la casona. Ahí los esperaba la comitiva de despedida.

Ignacio dio un paso y le estrechó la mano.

–Buena suerte en Puebla, hermano. No creo que duren mucho por allá.

–Sospecho lo mismo –sonrió él–. Pero yo sólo acato las órdenes de mi general.

Era sabido que Porfirio Díaz ambicionaba la presidencia del país y que el presidente Juárez quería alejarlo de la ciudad a como diera lugar. Había disuelto la Guardia Nacional del Estado y había nombrado al general Díaz como titular de la División Oriente del Ejército, compuesta de cuatro mil hombres. Gabino era uno de ellos. Hoy partían al lugar de su sede, Tehuacán, Puebla.

–Cuídate, cuñado –se despidió Gloria–. Y procura gozar de las delicias poblanas. ¡No te pierdas los tamalitos de frijol en hoja de agua-cate! ¡O del mole!

Amalia, a su lado, respingó.

—*Pos* ni crea que le va a gustar ese mole, oiga. Es puro chocolate. No tiene *nadita* de gracia.

Gabino sonrió con ternura y abrazó a la cocinera.

—El mejor mole es el suyo, Amalia.

La cocinera hundió su cara en la chaqueta poblada de medallas y se soltó a llorar.

—Yo ya no estoy para estas despedidas, muchacho —sollozó—. ¡Bús-quese un trabajo normal, por amor de Dios! ¿No está viendo que aquí se le necesita harto?

Gabino la separó y la miró con gravedad.

—¿Recuerda cuando usted me dijo, hace muchos años, que cada quien tiene su lugar? ¿Y que su lugar era aquí mero, en la cocina?

—Es verdad.

—Pues mi lugar es el ejército, Amalia. ¡Alégrese de que no me qui-taron mi chamba! Mire cuántos soldados andan por ahí, perdidos, sin saber qué hacer…

—*Pos* yo sí me alegro, joven —terció el jardinero. Le extendió la mano callosa—. Lo felicito por todos sus logros. Vaya usted con Dios.

—Gracias, Lencho. Ahí le encargo a Amalia y a Hortensia.

Y así diciendo giró para despedirse de la lavandera. Ella se irguió lo más que pudo. La joroba le pesaba cada día más. Se le acercó y se tomaron de las manos.

—Hace *usté* bien en respetar lo ajeno —dijo.

¡Era lo último que Gabino esperaba oír de ella! Sorprendido, qui-so retraerse pero ella lo sujetó con fuerza. Enganchó sus pupilas y su-surró.

—*Chaahui' duga' hraca ni ti yága xcú nandaá ne cuananashi nanixhe.* La paciencia es un árbol con raíces amargas y frutos sabrosos. Dele tiempo al tiempo.

Frente a la hoguera del campamento, Gabino sacó la carta de la solapa de su uniforme y la leyó por última vez:

Mi querido Gabino, doy gracias a Dios porque regresaste ileso de la guerra, y a la Virgen le pido que te mantenga en Su regazo y te proteja siempre de todo mal. No puedo, aunque quisiera, aceptar tu propuesta. Bien sabes que mi único esposo es Nuestro Señor Jesús Cristo y que a ti, mi querido soldado, te quiero como se quiere a un hermano.

Ruego a Dios que ponga en tu camino una mujer digna de tu amor, que sepa valorar el sacrificio que haces por nuestra patria. En el nombre de Dios te bendigo hoy, y siempre.

Tu Pequeña Irlandesa, sor Cienne.

Gabino arrojó el papel a las llamas que a lengüetazos lo devoraron. En el cielo una estrella fugaz rayó la noche y un cuervo voznó, asustado por el destello.

La niña

La despertaron a medianoche.

–Venga pronto –ordenaron y ella, todavía adormilada, obedeció sin demora.

Las dos monjas, que sor Bernardina no reconoció, la guiaron hasta el sótano de aquel convento lúgubre. Descendieron las escaleras a la luz de una vela, sin hablar. El ruido ensordecedor de la tormenta hacía eco en las paredes húmedas. Sor Bernardina sintió miedo. ¿Qué estaba pasando? Se preguntó angustiada. ¿Por qué la habían despertado así, a medianoche? ¿Por qué la llevaban a esas celdas, cuya entrada tenían prohibida? Decían que ahí, en el subsuelo del inmueble, deambulaban las almas en pena, víctimas de la Inquisición, que ahí mismo habían sido torturadas.

–¿Adónde me llevan? –preguntó temerosa.

Las hermanas no contestaron. El destello de un relámpago iluminó la escalera seguido de un trueno rimbombante que estalló, estremeciéndola. Iba a repetir la pregunta cuando se escuchó un grito desgarrador.

–¡Virgen purísima! –exclamó presa de pánico–. ¿Qué pasa? ¿Quién grita así?

–¡Apúrese! –dijeron ellas. Sor Bernardina caminó más rápido. No quería ir con ellas, pero más miedo le daba que la dejaran sola, ahí, en ese lugar infame.

Caminaron por el pasillo oscuro en cuyos costados había celdas con puertas cerradas. Al fondo, en el último calabozo, una luz titilante escapaba por los resquicios del portón. Los gritos provenían de adentro. Al llegar, alguien les abrió. La puerta crujió. Las monjas la dejaron pasar. Sor Bernardina titubeó. Pensó en huir. ¡No quería ser testigo de lo que estaba sucediendo en esa celda! Antes de reaccionar, el portón se cerró a su espalda.

Enfrente, la luz de una vela parpadeaba, iluminando la caverna. A un lado había un lecho y sobre ese lecho, una mujer que gritaba. La reconoció de inmediato por la melena suelta, desordenada, que agitaba con desesperación.

—¡Cienne! —exclamó, y se abalanzó hacia ella.

La tenían amarrada de las manos y los pies. Gritaba, revolcándose como una poseída. Sacudía la cabeza con el rostro contraído en una mueca de dolor. Arqueaba la espalda y miraba con ojos desorbitados, presos de terror, a una mujer que ahora mismo se le encaramaba y le apretaba el vientre.

—¡Empuja! ¡Empuja fuerte! —ordenaba la tipa. Sor Bernardina se abalanzó a auxiliarla.

—¡Déjela! —gritó—. ¿Qué cosa le hace? ¡Suéltela!

Forcejearon. Las monjas guardianas intervinieron y la apartaron, sosteniéndola por los brazos.

—¿Qué le hacen? ¡Suéltenla!

—¡Sor Bernardina! —sollozó ella, y le estiró los brazos.

—¡Apláquese usted! —ordenó la mujer que le empujaba el vientre—. Mandé a que la trajeran para que me viniera a ayudar, y no para que empeorara las cosas. Así es que si la quiere, ¡ayúdeme, que se nos muere!

Sor Bernardina sintió como si alguien le hubiera sorrajado un golpe en la cabeza. ¡No podía ser! ¡No! Aquello era una pesadilla. Cienne jamás sería capaz.

¡Imposible!, pero si era una inocente. Además, ¡nunca había estado sola con un hombre! ¡Nunca! ¿Y cómo no se habían dado cuenta? Había subido de peso, sí, pero eso era de esperarse; así solía sucederle a las monjas dedicadas al rezo, como ellas. Su mente recorrió veloz los últimos meses desechando posibilidades. Nunca salían del convento. ¿Entonces cómo? Vivían enclaustradas después de haber regresado de la hacienda. De la boda de los García Allende. Sí. Desde el temblor. El temblor. Hacía ya ¿cuántos meses? Nueve… nueve meses.

El grito desgarrador la aterrizó. Se libró de las guardianas y corrió hacia Cienne.

—Tranquila, mi niña —le dijo. Le acarició el rostro que sudaba a pesar del frío—. Tranquila. Shhhhh. Aquí estoy. No pasa nada. Nada.

El cambio en Cienne fue instantáneo. Su cuerpo dejó de zarandearse. Se aferró a los brazos de su protectora y sollozó, quedito. Sor Bernardina comenzó a rezar y las monjas se unieron en plegaria. Cienne se fue calmando con cada oración. Sor Bernardina comenzó a soltarle las ataduras, sobándole las muñecas, los tobillos. La ayudó a sentarse y le dobló las piernas. Ella misma se sentó tras ella y le sobó la espalda. Sabía qué hacer.

—Anda, hija —le susurró a la oreja—, tú puedes. Respira conmigo, inhala, exhala, así. Profundo.

—Me estoy muriendo —murmuró ella, temblando.

—Shhhhh. No, querida. No morirás. Te lo prometo. Calla y respira. Anda. Inhala, exhala. ¡Eso es!

Respiraron y oraron.

—Padre Nuestro que estás en el cielo, inhala… Santa María Madre de Dios, exhala…

—Me viene el dolor —gimió—. ¡No! ¡Ya no, por favor!

Sor Bernardina le sujetó las rodillas con ambas manos con fuerza.

—Deja que el dolor venga, querida. ¡Verás que pronto pasa! ¡Puja! Yo te ayudo. ¡Puja con todas tus fuerzas!

Esta vez no hubo grito. Cienne gimió y pujó con intensidad. Las monjas contuvieron el aliento. De pronto, un débil vagido, una queja, quizás, se dejó escuchar. Un suave lloriqueo. La vida lograda.

—¡Gracias, Dios mío! —suspiró sor Bernardina. La abrazó y lloró.

—¿Qué pasa? —Cienne no acababa de comprender. Miraba atónita a ese ser escurridizo, sanguinolento, que lloriqueaba entre sus piernas, como si fuera una aparición.

—Es niña —anunció la mujer, y levantó a la criatura. Con una navaja, y una rajada precisa, cortó el cordón que la unía con la madre.

Las monjas intercambiaron miradas. La más alta se acercó y envolvió a la criatura en una frazada.

—*It's a baby!* —exclamó, dudando de sus propias palabras—. *It's my baby!* —sollozó, afirmándolo. Extendió los brazos y suplicó—. ¡Démela! ¡Déjeme verla! —y al ver que la monja titubeaba repitió esta vez con un dejo de histeria—. *Give me back my baby! Give me my child!*

Pero la monja, en lugar de hacerlo, salió apresurada de la celda.

La encomienda

Terminaron de comer en silencio y cada quien regresó a sus faenas. Lencho tenía pendiente la teja del gallinero, había que repararla. A Hortensia le tocaba planchar. Amalia se abocó a lavar los platos y de ahí, cuando terminó, espulgó las lentejas. Iba a hacer la sopa que más le gustaba a la patrona: la sopa de lentejas con maduro. A ver si cuando menos, comía un poquito. Doña Catalina seguía sin probar bocado…

¡Qué triste es la vida!, rumió, quitando las basurillas. ¿De qué sirve amar a un hombre si después, cuando uno menos se lo espera, se lo llevaba la calaca? Mejor era estar sola, decidió, como ella siempre había estado. Su corazón jamás soportaría un dolor así. Tampoco una traición, como la que había soportado la patrona todos esos años al saber del idilio de su marido con esa bruja. ¡Eso nunca!

Puso a hervir las lentejas, vació los restos de la comida en un traste y se encaminó a la entrada de la casona. Ahí, con la nariz entre las rejas, la esperaba el chiquillo de siempre. El hijo de la pordiosera iba todos los días a pedir su taquito y Amalia siempre le daba los restos de la comida para él y para su mamá, que padecía del azúcar y siempre estaba enferma. ¡Pobre mujer! Al mocoso le había agarrado cariño porque le recordaba al joven Gabino de pequeño. Por lo general iba solito a pedir la limosna, pero en esta ocasión había otras personas con él. Eran tres indios callados y solemnes, ya de edad. Se veía que llevaban rato esperando.

La cocinera le entregó el traste al niño y este le devolvió otro, ya vacío y limpiecito, en el que se había llevado su taco del día anterior.

—Dios se lo pague, señora —dijo, haciendo la señal de la cruz, y rápido se fue con su convidado.

En cuanto el niño partió, los hombres se quitaron el sombrero y se dirigieron a ella en lengua.

—Venimos a pedir audiencia con su patrona —dijo uno de ellos. Algo en su voz autoritaria la puso nerviosa. Eran gente de su pueblo, lo sabía por su modo de hablar; eran hombres de mando, quizás del concilio. Pero por importantes que fueran, lo que pedían no podía darles. Y así se los dijo.

—Tendrá que ser otro día. La señora está indispuesta. —Se disponía a retirarse cuando el más viejo la detuvo.

—La luz de su patrona se está apagando, señora. Pronto se marchará doña Catalina.

Las palabras fúnebres del hombre la paralizaron.

—¡Dios no lo oiga! —exclamó, persignándose—. ¿Y usted cómo sabe semejante cosa? —preguntó cundida de pánico.

—Está escrito —contestó él. Sus compañeros asintieron con gravedad. Amalia se estremeció hasta la médula.

—Antes de que su patrona se marche, hay algo que ella debe hacer —agregó el viejo—. De otra forma se perderá allá, a donde pronto iremos todos. ¡No hallará su camino! En usted está, Amalia, que no se pierda. Déjenos verla.

La cocinera creyó desmayarse. ¡Ese señor sabía su santo nombre! ¿Quién se lo había dicho?

El hombre le leyó la mente, y sacó un objeto de su morral. Se lo alargó por la reja. Ella lo reconoció al instante, ¡era la chirimía de su señor padre! ¿De dónde la habían sacado? ¿Quién se las había dado? El indio se explicó.

—Nuestro hermano y padre suyo, Simón, nos encomendó que le diéramos esto a usted, cuando se llegara la hora buena.

La cocinera le arrebató la chirimía.

—Esperen aquí —balbuceó, y con el corazón exaltado, corrió a buscar a Lencho.

—¡Lencho! ¡Lencho! —lo encontró encaramado en una escalera, martillando el techo del gallinero. Al verla, detuvo su labor.

—Aquí ando, Amalia —dijo.

—Venga rapidito, por favor. ¡Bájese!

El jardinero descendió la escalera con el martillo en la mano.

—Allá en el portón hay unos señores. Quieren hablar con la patrona. Hágame usted el favor de abrirles el portón. Métalos usted al zaguán, pero quédese con ellos, y no les quite el ojo por ningún motivo hasta que yo regrese. ¡No me los suelte!

–Lo que *usté* mande –dijo él, y se dirigió obediente hacia el portón.

Amalia corrió a la recámara de doña Catalina. Pegó la oreja a la puerta y, al no oír nada, tocó con timidez.

–Señora. Hay unos hombres que quieren verla a usted. –Nadie contestó. Tocó con más vigor–. Señora, son los Ancianos y no se irán sin verla. Ábrame, patrona, para que le explique yo qué quieren.

El silencio se alargó. Amalia comenzó a alarmarse.

–Doñita, contésteme. Me está *usté* espantando. –Por fin la voz débil de Catalina se dejó escuchar.

–Diles que no estoy, Amalia, por favor.

La sirvienta se armó de valor. Nunca antes había entrado sin permiso, pero su angustia era tal, que no resistió. ¡Se le oía muy mal! Abrió la puerta y entró, resuelta. Lo que encaró la sobrecogió. La patrona estaba acostada sobre el lecho, en un desorden de sábanas y mantas. Sostenía en el pecho la santa Biblia y en la mano su rosario. Tenía el cabello hecho un nido de paja, la ropa sucia de días, y el rostro desencajado. ¡Nunca la había visto tan descompuesta!

–¡Madre de Misericordia!

Corrió a su lado y la ayudó a recargarse sobre los cojines. Le sirvió un poco de agua y la forzó a beberla. Le sintió la frente. ¡Estaba afiebrada!

–*Orita* mismo voy por don Ignacio –dijo con zozobra y trató de irse, pero Catalina la detuvo con la poca fuerza que le quedaba.

–No lo llames –suplicó con voz trémula–. No lo molestes.

–¡Pero está *usté* malita, patrona!

–Mi enfermedad ya no la cura nadie, Amalia. Sólo Dios. Ruega que me reciba pronto en Su Santa Gloria.

La cocinera escondió su rostro en la cobija y lloró. Catalina le acarició la mano.

–No llores, Amalia.

–No soporto que se nos vaya, señora, pero si esa es su voluntad, por caridad de Dios hable usted con los Ancianos –la sirvienta sollozaba desconsolada–. Son de mi pueblo ellos. Son los Abuelos. Y dicen que si usted se muere así nomás, sin atenderlos, se va a perder en el otro lado. ¡Ay, señora! Deles audiencia.

–Amalia, yo no creo en esas supersticiones, bien lo sabes. Nadie se pierde en el reino de Dios.

–¿Y qué tal que se atora usted en el purgatorio? ¡Ay, doñita! ¿Qué pierde usted con atenderlos? Hable con ellos rapidito, patrona, se lo ruego. Averigüe qué los trae hasta acá. No por nada vienen. Hágalo por el amor que les tiene a sus hijos. Hágalo por el amor a la virgencita que tanto la quiere. ¡Hágalo por mí!

Catalina cerró los ojos. Estaba cansada. No tenía fuerzas para discutir. Tampoco quería negarle a su fiel sirvienta, que tanto la había ayudado todos esos años, su única súplica.

–Está bien. Ayúdame a ponerme decente; y pásalos a la sala.

–Quién sabe qué asunto traían esos señores con la patrona –comentó Amalia a Hortensia–. Se encerraron a hablar en la sala y de ahí, se fueron sin despedirse siquiera. Mejor así. ¡Sabían de cosas que todavía no son! Todavía no se me quita el susto.

Las mujeres doblaban colchas en el patio. Las agarraban de las orillas opuestas y hacían los dobleces, en un baile de acércate y aléjate.

–¿Adónde mandó la señora a Lencho? –preguntó la lavandera.

–No sé. Ya nos dirá él *orita* que regrese. No debe de tardar.

Acabaron con las colchas y comenzaron a doblar manteles. Trabajaban en silencio, cada quien sumida en sus propios pensamientos. Al cabo de un rato llegó el jardinero. Las mujeres suspendieron su labor.

–¿A dónde lo mandó la patrona? –preguntó Amalia muerta de curiosidad. Algo abrumaba al buen hombre.

Lencho tardó en contestar. Entró, se quitó el sombrero, se sentó en una silla a sobarse la frente.

–Me mandó a recoger su encomienda.

–¿Cuál encomienda?

–*Pos* la encomienda de los indios.

Las mujeres intercambiaron una mirada de desconcierto.

–¿Y qué cosa le encomendaron esos señores a la patrona? –preguntó Amalia.

–Una niña.

–¿Una niña? ¿Los indios le encomendaron a doña Catalina *una niña*?

–Sí, eso hicieron ellos.

–¿Y se la dieron a usted?

–Sí. Me la dieron *pa'que* se la trajera a la patrona. –Hortensia y Amalia no salían de su asombro.

–¿Y dónde está la niña? –preguntó al fin Hortensia.

–La patrona se la dio a doña Gloria *pa'que* la críe. Según le dijo, es hija de don Ignacio.

Amalia soltó el mantel y corrió apresurada a ver con sus propios ojos lo que sus oídos no creían.

10

La Virgen del Carmen

Oaxaca, 1921

Tomaban un licor de anís con galletas de piloncillo en la terraza de la casona. Patricia había convocado a la familia Sogaroi para que conversaran los pormenores de la boda. Tenían mucho que planear y no quería que le agarraran las prisas en el último momento.

–De ser posible, nos gustaría que la misa fuera en la parroquia del Carmen Alto –comentó Dolores.

El señor Sogaroi se sacudió las migajas que le habían caído en la solapa.

–Me parece que la ocasión amerita algo mejor, hija, como la catedral. El obispo Eulogio Gillow podría oficiar la ceremonia. Si se lo pido, estoy seguro de que me haría el favor.

Le daba orgullo sostener esa amistad con el pontífice, quien recién había regresado de su exilio en los Estados Unidos. Su llegada había sido de lo más celebrado en la sociedad. Treinta coches de motor habían acompañado su diligencia haciendo de la ocasión todo un espectáculo.

Dolores y Patricia intercambiaron una mirada de alarma. Everardo tomó la mano de su prometida y la besó.

–Deseamos que sea un evento íntimo –dijo Everardo–. Algo modesto.

–Y que sea el día de la Virgencita del Carmen –agregó ella, agradecida con el apoyo de su prometido–. No sé si lo sabrán, pero mi madre y las señoras de la iglesia son las encargadas de decorar el templo. ¡Vieran qué bonito lo arreglan!

Patricia sonrió.

–Gracias, hija, la labor es fácil. Es lo mejor que podemos hacer por la parroquia.

La señora Sogaroi no pudo ocultar su desmayo.

–Pero esas son bodas de muchedumbre. Toda la gente revuelta. ¡Qué horror!

–Así es, madre –sonrió Everardo–. Será una boda en grupo y por lo tanto, más barata. Yo, por mi parte, agradezco la sensatez de Dolores.

–De los gastos no se preocupen que corren por mi cuenta –anotó su padre con tono autoritario.

El comentario, lejos de agradar a Everardo, lo molestó. Dolores se apuró a planchar los humores.

–Muy generoso de su parte, señor. Pero el dinero no es la única razón por la que elegí esa iglesia. Verá: la Virgencita del Carmen ha sido mi protectora desde que nací; ahí me bautizaron, y en mis peores momentos ha sido Ella quien me ha dado consuelo. Quiero compartirle nuestra dicha y encomendarle nuestra unión. Y algún día, si Dios nos bendice con otra hija, con una hermanita para Luchita, la llamaré Carmen en su honor. Se lo tengo prometido a la virgencita.

La mención de una futura nieta, y la sonrisa angelical de esa joven tan prudente que sería su nuera, desarmó a los futuros suegros.

–Que sea como tú quieras, hija –dijo el suegro, que ya se imaginaba a una niña preciosa en su regazo.

Por su parte, Patricia estaba feliz con la decisión. El santo de la Virgen del Carmen era una de las fiestas de mayor esplendor en Oaxaca. La calenda más lucida, así como su procesión. El festejo duraba un mes, el mes Carmelitano. Y luego estaba la tradición de la subida al cerro, la arraigada costumbre que dictaba que los vecinos ascendieran por las tardes a buscar azucenas, para ofrecérselas a la Virgen.

–Podríamos organizar una subida al cerro –sugirió al pensarlo–. Quizás después del fandango.

–¡Magnífica idea, señora! –exclamó Everardo, quien aprovechaba cualquier pretexto para caminar y demostrar que él no era ningún adefesio.

–Entonces está decidido –declaró el señor Sogaroi y alzó su copa–. ¡Brindemos por los novios!

El día de la boda, Patricia acudió a la iglesia muy temprano, junto con las damas del Carmen Alto. Las indígenas de Coyotepec, Huayapan, Tlaxilac y Tlacochahuaya las esperaban en el atrio cargando sus bultos de azucenas silvestres, con las que doña Cleta llenó los jarrones del templo. La joven Eugenia vistió las velas con cintas de seda.

Patricia pulió la plata. Las mujeres engalanaron el templo que alegraba el regocijo colectivo; incluso doña Octavia se mostraba más cariñosa que de costumbre, hablando maravillas de la familia de Everardo quien, después de todo, dijo, no tenía la culpa de ser un «cojo». Cuando las damas terminaron, regresaron a sus respectivas casas para alistarse para la gran boda.

A la hora precisa, la banda llegó a la casona para acompañar a la novia a la capilla. Everardo no tenía ojos para nada, ni nadie, que no fuera ella. La miraba embelesado. ¡Parecía una reina! Había peinado su larga cabellera en una trenza que sujetaba con una diadema diminuta en la frente. Su vestido era sencillo y elegante. Su sonrisa iluminaba todo su ser. Por su parte, Dolores nunca había sentido tanta alegría y paz. Sabía, en el fondo de su alma, que Everardo sería un esposo ejemplar y, sobre todo, un padre cariñoso para Luchita.

Marcharon todos a pie, la familia y los invitados, yendo por el camino pedregoso. El sacerdote dio la bienvenida a las numerosas parejas que desbordaban de amor. Se ofició la misa y se selló la unión. La procesión de recién casados salió del templo por el pasillo lleno de pétalos. Everardo llevaba en brazos a Luchita. La damita le jalaba los bigotes mientras él la besuqueaba, haciéndola reír a carcajadas. Al verlos así, Patricia no pudo contener las lágrimas. Eso era lo único que siempre había deseado para su hija: una familia de verdad; una pareja que supiera apreciarla a ella y a su nietecita.

En el atrio, bañaron a los novios con arroz y confeti, y la banda comenzó a amenizar el baile alegre de las marmotas disfrazadas de novios. Las chinas oaxaqueñas, vestidas en sus trajes regionales, balanceaban sus canastas de ofrendas y abanicaban el pavimento con sus faldas, al compás de la música. La banda comenzó su marcha y las parejas de recién casados, junto con sus invitados, desfilaron todos por las calles en colorida procesión.

A la altura de la casona, Dolores y Everardo se desprendieron de la calenda y se dirigieron con su comitiva a celebrar el fandango. El cochero ya los esperaba en el jardín con el portón abierto de par en par. El vergel estaba poblado con mesas arregladas con flores frescas y copas llenas de tepache, todo había sido acomodado con anticipación. Petra había preparado el tepache de acuerdo a su propia receta, con el aguamiel de magueyes castrados. Nadie lo hacía tan sabroso como ella.

Los invitados se fueron acomodando en sus lugares, y cuando los novios entraron, al final, rompieron en aplausos y vítores.

Patricia tomó la palabra para hacer el brindis.

–Le doy gracias a Dios de poder contar con un hijo, a partir de hoy. Everardo, esta es tu casa y esta tu familia. Por favor tomen todos sus copas y ayúdenme a brindar por la felicidad de los novios.

–¡Que vivan los novios! –gritó alguien.

–¡Que vivan! –respondieron todos.

El sacerdote bendijo los alimentos y el desfile de platillos comenzó. Patricia había contratado a una cocinera para la ocasión, para que viniera a ayudar a Petra. Trini era del pueblo de Xoxocotlán; tenía fama por la preparación de la comida de fandangos, que en los pueblos duraban hasta tres días. Desde hacía una semana la cocinera había llegado a instalarse en la casona con sus utensilios: el brasero, sus ollas y sus metates. También había traído de su pueblo los chiles, ya molidos, y el maíz de su propia milpa. La contrató porque quería que sus consuegros disfrutaran de un banquete tradicional de su tierra oaxaqueña. A la una de la mañana las cocineras se habían despertado a preparar los higaditos que sirvieron en el almuerzo, con pan de yema y resobado, y chocolate de agua. Y ahora servían el *chileatole*, la *cegueza* con espinazo de cerdo y *mextlapique* de hongos, y pipián. Plato tras plato salía de la cocina: *chimole* con tasajo, frijoles y tortillas embarradas con asiento. De postre, cuando ya nadie podía comer un bocado más, presentaron los garbanzos en miel.

La comida se prolongó hasta las tres de la tarde y durante todo este tiempo los músicos que habían contratado estuvieron tocando. Los concurrentes lamieron los platos, y con eso las cocineras se dieron por satisfechas. Sabían que habían cumplido con su cometido.

Patricia entró a la cocina a felicitarlas.

–Nadie se irá con hambre, señoras, la comida estuvo sublime. Muchas gracias.

–Estamos *pa'servirle*, patrona –dijo Petra–. Y si salió sabroso todo es porque *pos*, bueno, estamos muy contentas. Nos da harto gusto que doña Dolores se haya amarrado a un buen hombre.

Nicolasa, que lavaba los platos, lanzó una carcajada y se apuró a añadir.

–*Ora* nomás falta que *usté* amarre el suyo, patrona.

¡Ay, esa Nicolasa!, pensó ella. ¡No se componía! Dejó pasar el comentario y salió de la cocina. Ya eran casi las tres de la tarde.

Afuera, tocó la campanilla.

–¡Atención, por favor! –dijo–. Los que quieran acompañarnos al cerro por favor alístense pues partiremos en unos minutos.

El señor Sogaroi alzó la voz.

–Pero antes de irnos, cuéntenos usted sobre esa subida al cerro, doña Patricia. Me confieso ignorante de la tradición.

–Cómo no, mi querido consuegro, con mucho gusto les platico. La fiesta de los Lunes del Cerro se vincula con los ritos prehispánicos dedicados a Centéotl, la diosa del maíz. Cuando llegaron los españoles, los franciscanos y los dominicos prohibieron los cultos a esta diosa y destruyeron su altar situado en las faldas de Daninayaoloani, el Cerro de la Bella Vista, que es hoy el Cerro del Fortín. En su lugar construyeron el templo dedicado a la Virgen del Monte Carmelo, el templo del Carmen Alto. La tradición es subir a disfrutar de un día de campo, pero nosotros, damas y caballeros, subiremos para bajar el almuerzo. ¡Que falta nos hace!

Los invitados rompieron a carcajadas.

–Por favor no se sientan obligados a acompañarnos –agregó–. Los que deseen pueden quedarse con Petra, que con todo gusto los atenderá.

Se corrieron las sillas y se repartieron las chalinas. Sólo unos cuantos invitados quedaron atrás. Afuera, se unieron al vecindario en masa, y comenzaron a desfilar por las calles de la Libertad, de Crespo y Pinto, en dirección al Fortín. La tarde estaba despejada, pero fresca. Apuraron el paso para entrar en calor, y pronto llegaron al cerro.

Las damas subieron con brazos entrelazados, charlando sin cesar. Los caballeros iban tras ellas, resguardándolas de los vendedores ambulantes y de los mendigos.

Subieron alegres hasta la cima, donde recibieron su merecida recompensa: el panorama de la ciudad; los campos cruzados por la plateada banda del Atoyac, la vista de los pueblos aledaños y de los amplios horizontes que circundaban el valle. Las damas recogieron azucenas que había en abundancia. En eso estaban cuando comenzó a soplar el aire. El cielo se nubló. El silbido del viento fue aumentando hasta que tuvieron que sostener las enaguas y los sombreros en medio de un torbellino de hojas secas.

–¡La lluvia nos agua la fiesta! –se quejó una de las damas.

–¡Qué bueno! Que se moje el velo de la novia, para la buena suerte –rio otra de las invitadas.

Descendieron a toda prisa, al filo del crepúsculo, sorteando los riachuelos que corrían como culebras de agua por las calles. Cuando por fin llegaron a la casona, Patricia no alcanzó a entrar. En el portón la esperaba Pánfilo, con la carroza lista para partir.

–Se puso muy mala su tía, señora –dijo con el semblante apenado–. Quieren las monjitas que vaya usted corriendo para allá.

Tenía pulmonía y no había nada que se pudiera hacer por ella.

–Lo mejor es aplicarle estos paños en la frente –comentó el médico con tono grave–, pero me temo que su hora ha llegado, señora.

–¿Cuánto tiempo? –acertó a preguntar Patricia.

–Difícil saberlo. Pueden ser días, pueden ser horas.

La madre abadesa escuchaba la plática e inmediatamente ordenó que se le administraran los santos sacramentos. La noticia puso en movimiento a todas las monjas, que reunidas en coro bajo, iniciaron una procesión con el santísimo sacramento hasta la enfermería. Una de ellas mandó a llamar al sacerdote.

Patricia se acercó al lecho y se sentó en la orilla de la cama. La tía dormía un sueño tranquilo; si el doctor no hubiera insistido en su gravedad, juraría que estaba perfectamente sana. El único indicio de su enfermedad era su rostro sonrojado que la hacía verse más bella todavía.

Remojó el paño y lo aplicó en la frente, siguiendo las órdenes del doctor. La tía Cienne entreabrió los ojos. El azul intenso de sus pupilas la abrazó.

–*A stóirín!* –exclamó, sonriéndole con ternura–. Ya me voy…

–¿A dónde cree que se va, tía?

–Me voy al encuentro de Jesús, hija. Con la gracia del Espíritu Santo se me perdonarán mis pecados, y se me concederá la salvación.

–No hable así, tía. Ya verá que pronto se mejora. ¡Échele ganas!

–*Aye!* Lo único que anhelo es descansar en Su santísimo regazo. Ya viví lo suficiente. Dame tu mano.

En vez de darle la mano, la abrazó, y dejó que las lágrimas corrieran libres por sus mejillas.

–No llores, *a stóirín* –suplicó ella, acariciándole el cabello–. Escúchame. Quiero terminar la historia antes de marcharme. Dame agua, hija, y no permitas que me duerma hasta que acabe de contártelo todo. Prométemelo.

A veces me es difícil creer lo que sucedió, ¿sabes? Quizás los hechos no fueron como los recuerdo. Quizás estoy loca de verdad. No por nada estoy aquí. No lo sé. Tú sola tendrás que decidir lo que fue cierto, y lo que no…

Es verdad: amé a Gabino con cada fibra de mi ser, pero lo amé con un amor puro, sin malicia, sin lujuria, ¡de alma a alma! No lo quise como se quiere a cualquier hombre, no. Tampoco como se quiere a un hermano. Se podría decir que en la escala de los afectos del corazón, lo que yo sentí por Gabino ocupaba un lugar entre el amor a Dios y el amor humano. No existe palabra que describa el sentimiento, ni en español ni en irlandés.

Por desgracia, el amor que Gabino me profesó a mí nunca traspasó las reticencias del amor mundano. Me llevó tiempo comprender esta gran verdad. Yo le entregué todo mi ser casto, sin reserva, amándolo más allá del cuerpo. Él, en cambio, me quiso como se quiere a cualquier mujer. Quería adueñarse de mí. Aye, a stóirín!, Gabino tuvo la noción de la justicia, la ley, el deber, el derecho y la obediencia, pero nunca tuvo la noción de Dios.

Te podrás imaginar mi sorpresa y decepción aquel día que un dolor tremendo me partió las entrañas. ¡Pensé que me estaba muriendo! Cuando las monjas me informaron con reproche: «Estás dando a luz», ¡no les creí! ¿Cómo podían las hermanas decir semejante cosa? ¿Por qué me hablaban así, con tanta crueldad?, y ¿por qué me llevaban a los jalones a esa celda de terror, en lugar de ir por el médico? «¡Suéltenme!», gritaba yo. «¡Llamen al médico, que me muero!» Pero no hicieron caso. En lugar de consolarme me jaloneaban, tratándome con asco, como si tuviera lepra. Yo no entendía nada. ¿Qué había hecho para merecer esa humillación? ¿Cómo podían creer semejante blasfemia?, y ahora, ¿qué me iban a hacer? ¿A dónde me llevaban? ¡Nunca sentí tanto miedo! Me arrastraron por aquellos pasillos de terror. Nadie atendía mis gritos de socorro. ¡Nadie! Me bajaron al sótano y me metieron a una celda. Me acostaron y me amarraron. Grité desaforada. Exigí que trajeran a sor

Bernardina. Entre cada puñalada de dolor, recé. Me encomendé a Dios porque pensé que moría.

En algún momento llegó sor Bernardina y el evento que nunca debió haber sucedido sucedió. Di a luz a una criatura. Y por increíble que te parezca esta es la verdad: nunca supe que estaba embarazada. Aye! ¿Cómo iba a saberlo? La vida consagrada me había mantenido en la ignorancia total. Ni siquiera sor Bernardina, que era la única mujer con la que intimaba, jamás se atrevió a hablarme del acto sexual. «¡Te fallé!» Ahora lloraba ella, mientras que me abrazaba. «Debí haberte explicado la necesidad perversa de los hombres», decía. Hombres esclavos de sus bajos instintos, de sus torpes apetitos.

Después, cuando todo hubo pasado y paró de flagelarse me explicó, entre lágrimas, la mecánica del coito. ¡Oh, horror! Me parecía insólito que alguien fuera capaz de participar en tal acto asqueroso. «¡Yo jamás dejaría que me hicieran esas porquerías!», le dije muerta de vergüenza. «¡Y no conozco a ningún hombre que osara ultrajarme de tan vil manera!» Ella me miró con compasión y el que me mirara así, con lástima, me enfureció todavía más. ¡No me creía! Me sentí totalmente defraudada. Sola. So alone! Tampoco podía culparla por su escepticismo. Ahí estaba esa bebé, mi bebé, la niña que había emergido de mi cuerpo tan inesperadamente. ¿Cómo explicar su existencia? Yo no era, y nunca fui, una santa. Ambas lo sabíamos. Mi hija no era producto de una concepción milagrosa. Sentí enloquecer.

Me encerraron en mi celda y no me dejaron salir, ahora sí, ni a los rezos. Tenía que orar y pedir perdón por mi pecado. Sobre todo las monjas no querían, ¡no podían!, dejarme salir hasta que dejara de preguntar por la niña. Ningún derecho tenía yo de ser madre, me decían. Mi obligación era pedir clemencia, arrepentirme y nada más.

Me sumí en una depresión absoluta. Me pasaba las horas postrada ante la Virgen, rogándole que me iluminara y que me ayudara a comprender esa pesadilla. Perdí la noción del tiempo. Y fue así, entre rezo y rezo, que las imágenes que se habían borrado de mi mente comenzaron a surgir, salpicadas, como piezas sueltas de un rompecabezas. El gato maullaba en la ventana… la cama olía a tierra… Gabino me curaba la herida. El agua tibia resbalaba por mi piel. Sus manos fuertes, tibias, acariciaban mi cuerpo con la frazada. Yo lo abrazaba. Aye!, el abrazo fue mío, cargado de ternura. Luego, la mirada amorosa, intensa, de él, cambió. Se tornó vehemente. El peso de su cuerpo sobre el mío. El mun-

do que de pronto se azotaba. ¿Qué cosa hacía Gabino? ¿Qué le pasaba? ¿Por qué fruncía el rostro así? ¡Estaba poseído! Mi sorpresa. Mi temor. Mis brazos empujándolo y abrazándolo a la vez, y él que seguía y seguía y no salía de ese trance inexplicable. El placer que de pronto me recorrió el cuerpo. Mi huida hacia los verdes prados de Irlanda. El gato maullando en la ventana...

Así fue.

Diez años después, en su lecho de muerte, sor Bernardina me entregó una carta. Era una carta de amor que Gabino me había escrito, y que no me entregó jamás. En ella me profesaba su amor y me pedía ser su esposa. ¡Imagínate mi sorpresa y mi dolor! La mujer que más quería en este mundo me había engañado. ¡Nunca me mostró esa carta! Y ahora ahí estaba, moribunda, pidiendo mi perdón. Se justificó recalcando lo que siempre había sostenido: que el único esposo digno era Jesús... Confesó que ella misma había escrito una carta de rechazo a Gabino, pidiéndole que no me volviera a contactar. Aye! De pronto comprendí por qué todos esos años no había sabido más de él. No te imaginas el dolor que sentí, a stóirín. ¿Cómo pudo mi amada tutora haberme traicionado así? Ella sabía lo mucho que yo quería a Gabino. Y yo nunca lo hubiera rechazado, ella me había arrebatado la oportunidad de tomar esa decisión por mí misma. Sor Bernardina había alejado de mí al único otro ser que amaba con toda el alma, además de ella.

La perdoné pero le exigí que me contestara la pregunta que ardía en mi corazón, y que nunca me había querido contestar, ¿en dónde está mi niña?, ¿qué habían hecho con mi baby? Fue entonces que me soltó la terrible verdad: mi bebé había nacido muerta, dijo, y la habían enterrado en el jardín. Aye!, muerta mi niña y ellas, mis supuestas hermanas, las esposas de Jesucristo, ¡la habían sepultado en el jardín y nunca me lo dijeron! My baby, my little baby. Muerta.

Corrí al jardín y escarbé con las manos aquí y allá, desquiciada. No podría, ¡no quería creerlo! Perdí la noción de nada que no fuera esa tierra roja. Escarbé y escarbé y escarbé... Las monjas trataron de detenerme pero yo repartí golpes a diestra y siniestra. Estaba ciega de furia y dolor. No sé cómo, o quién, me atajó. Unos brazos me cargaron y me llevaron a la enfermería con las manos ensangrentadas. Yo daba patadas. Me obligaron a tomar algo. ¡Nunca supe qué me dieron! Perdí el conocimiento.

Sor Bernardina murió y yo tomé la decisión de dejar el convento a como diera lugar. No podía ver a mis hermanas sin sentir, aquí en el pecho, el aborrecimiento más delicado que se puede albergar en contra de un semejante. Con la ayuda de la monja portera, que siempre se había mostrado amable conmigo, le escribí a Gabino inmediatamente y le supliqué que fuera por mí, ¡que me sacara de ese infierno!, y que me diera albergue en la casona. Él no tardó nada en llegar. Se presentó con un documento que autorizaba mi salida del claustro. Recuerda que las leyes ahora nos permitían dejar los hábitos. Nadie, ni siquiera la madre abadesa, pudo evitar mi partida. Me fui sin despedirme. Me llevé a mi Dios conmigo, y después, con el tiempo, Su luz volvió a llenarme de amor, y de perdón...

Gabino había cambiado. Yo había cambiado. En diez años no nos habíamos visto... sin embargo, en cuanto lo vi comprendí que aquello sin nombre que ataba nuestras almas seguía intacto, a pesar de los hábitos y del uniforme. A pesar de los engaños...

Me aferré de su brazo y salí de mi entierro de nuevo a la vida. Pero Aye!, no estaba preparada para ese cambio abrupto. Cuando crucé la puerta de la clausura, y el portón del monasterio se cerró a mis espaldas, me abrazó el temor y la confusión. Me sentí presa de una gran incertidumbre. La ciudad me pareció caótica, el ruido bloqueó mi cerebro. Me tapé las orejas y me encuclillé. No podía dar un paso más. Y es que habían pasado demasiados años en el silencio y la soledad. Diez años donde el único ruido era el sonido de la campana, o la voz misma de Jesús que llamaba al coro para las horas canónicas; los almuerzos en silencio, y las largas horas arrodillada en el tabernáculo, o en el vacío de mi celda en la oscuridad... Gabino trataba de alentarme, pero en mi aturdimiento yo no lo oía. Me alzó en brazos y me llevó a la carroza. Ahí, me refugié en sus brazos y lloré desconsolada. Él dejó que me desahogara, hasta que se me acabaron las lágrimas. En algún momento se bajó de la carroza y corrió al puesto de enfrente. ¡Regresó con una nieve de limón! La nieve y su alegría, ¡que tanto había extrañado!, me regresaron el alma al cuerpo. Me la comí todita y me supo a gloria. Mi congoja fue desapareciendo con cada lengüetazo.

Hablamos por horas. Cuando supo que sor Bernardina había escrito esa infame carta de rechazo ¡qué enojado se puso! Y yo a punto estuve de compartirle ese secreto que me apretaba el corazón: que nuestro abrazo había producido a una niña. Una niña que había muerto al nacer... No se lo dije. Me contuve. Nada cambiaría el hecho de que la niña había muerto. Cuando me sentí mejor, Gabino me llevó a la casona y ahí me *hizo partícipe de su truco de magia, ¿te acuerdas? Quizás no… fue el día que te conocí, a stóirín. Eras una niña hermosa. ¡Te quise desde el primer momento en que te vi!*

El resto de la historia ya la sabes. Qué delicia fue vivir con ustedes. El calor de ese hogar y el amor apresado entre las paredes fueron mi salvación. Ustedes eran, ¡siempre fueron!, mi verdadera familia. Sin su amor no hubiera soportado la muerte de Gabino…

Al poco tiempo de haberme instalado en la casona estalló la Revolución de Tuxtepec. El general Díaz se alzó en armas en contra del presidente Lerdo de Tejada bajo el lema de «No reelección». Aye! Te podrás imaginar mi tristeza. ¡Gabino se iba una vez más a la guerra! Cuando se despidió de mí, me declaró su amor y me pidió una vez más ser su esposa. Prometí darle una respuesta cuando volviera pero sentí, aquí en el pecho y con certeza, que no nos volveríamos a ver. Y así fue.

La muerte de Gabino sorprendió a todos, menos a mí. La Revolución de Tuxtepec llevó a Porfirio Díaz a la presidencia y con eso mi amado guerrero cumplió su misión en esta tierra. Gabino entregó la patria a su héroe. Sí, eligió el momento más glorioso para morir. Y yo, habiéndolo perdido, le entregué mi alma a Dios.

Ahora ya lo sabes todo, a stóirín. Ahora sí me voy tranquila al encuentro de mi amado esposo, de mi amado Gabino, de Rogan y mis padres. Ruego que Jesús bese tu alma y bendiga tus pasos en mi ausencia. ¡Escucha! ¡Oye eso! ¡La flauta divina! Abrázame, a stóirín… abrázame fuerte.

La santa sepultura

El sacerdote oraba.

–Poco importa, a la verdad, que la vida sea larga o breve; lo que importa es que se viva bien, que se logre una buena muerte y se llegue a la patria celestial. Así, piadosamente, esperamos que merezca sor Cienne McDana oír las mismas dulcísimas voces con que su celestial Esposo la convidará para que pase de este valle de lágrimas a ser coronada en el cielo. Te pedimos, Señor, que recibas a nuestra hermana en tu gloria.

Terminada su oración, el padre se dirigió a los presentes y los invitó a que pasaran a observar el cuerpo de la difunta. La tenían puesta en el féretro para darle sepultura con palma y guirlanda como era la costumbre en el sepelio de las hermanas.

Patricia se acercó con aprensión a despedirse de su querida tía. Al verla se llenó de gozo. No parecía estar muerta. Su singular hermosura, serena y pálida, irradiaba paz. Casi alegría.

–Qué bonita se ve, mamá –comentó Dolores a su lado.

–Sí, hija. Siempre fue bella. Pero cuánto lamento que se nos haya ido justo el día de tu boda.

–Pues a mí me da gusto porque así siempre nos acordaremos de ella. Además ¡mira qué apacible sosiego! Parece como si ya estuviera gozando de la gloria.

–Lo está, hija. Lo está…

Dolores abrazó a su madre y juntas regresaron a reunirse con el resto de la familia. Everardo y sus padres habían pasado la noche en vigilia con ellas. Había sido un día largo, de fuertes emociones, de profundas alegrías y profundas tristezas.

La muestra del cuerpo acabó y la procesión trasladó el ataúd hasta el coro bajo, en donde le dieron santa sepultura. Cuando la ceremonia terminó salieron todos al patio, y ahí Patricia anunció a los interesados que los consabidos nueve días de rosarios se llevarían a cabo en la casona.

—Ya bastante lata les hemos dado a ustedes, hermanas —dijo, dirigiéndose a la superiora—. Con nada agradecemos sus bondades.

—Ha sido un placer tener a sor Cienne en la congregación —contestó ella, palmeándole la mano.

—Sí. Vamos a extrañar mucho a la gringuita —agregó la portera, y se enjugó una lagrimilla.

Patricia no se molestó en corregirla; en cambio le dio un abrazo. La tía se había encariñado bastante con ella.

—Regresaré en Navidad con las damas del Carmen Alto para traerles las dádivas a los pacientes, como siempre.

—Y aquí las recibiremos con su chocolatito caliente, como siempre, señora —sonrió ella.

La administradora se acercó a entregarle una caja con las pocas pertenencias de la tía.

—Le puse hasta arriba esa flauta que ya ve usted que no soltaba para nada.

—Gracias. Esa flauta la pondremos en su altar.

—Hará usted bien, señora, y aquí también le haremos los honores el Día de los Muertos.

Se despidieron.

En la casona, Petra ya se esmeraba en la cocina preparando el chocolate y el pan de manteca que habría que repartir entre los parientes y conocidos, para que soportaran las desveladas de los rosarios. No había tiempo que perder, y aunque Patricia deseaba con toda el alma igualar al resto de la familia y dormirse una buena siesta, no pudo darse ese lujo. No, todavía. Había mucho por hacer; recoger las decoraciones de la boda y vestir la casona de luto. Arreglar la capilla. Pedir los arreglos de amapolas y caléndulas, y regalar las azucenas que de por sí ya marchitaban.

—Pánfilo, vaya usted a buscar a la señorita Mier, por favor. Avísele de la muerte de la tía, y pídale que nos traiga las flores para el velorio, tan pronto le sea posible.

—Sí, señora —contestó él con prontitud—. ¿Quiere que pase de camino al camposanto a buscar a los rezanderos?

–Sí, por favor. ¡Por poco y se me olvidan! Ya no puedo ni pensar.

El oficio de los rezanderos era rezar y cantar los rosarios para acompañar a los difuntos a sus siguientes vidas. Patricia no podía imaginarse peor labor, pero la realidad era que para los dolientes, como ella, contar con su presencia era un alivio. La tarea era desgastante.

–Busque *usté* a don Manuel –sugirió Nicolasa, que escuchaba atentamente mientras barría–. La cuidadora de las tumbas lo conoce porque hace unas liturgias *rebonitas*. Nomás no deje que el señor le vea la cara de tonto. Dígale que le cobre igual por el responso y por los rosarios.

–¡Cómo! ¿No cobran lo mismo por todo? –preguntó Patricia.

–No, señora. No cobran igual. Todo depende de qué quiera *usté*. Si quiere música le cobran más, por ejemplo, sea el teponaxtle o la chirimía. Depende. Luego unos cobran más por los misterios gozosos, y no tanto por los dolorosos. Y hay que tener cuidado, porque no todos se saben el librito de memoria y revuelven toditos los cantos. Por eso el pobre muertito se pierde en el camino, y luego no puede uno quitárselo de encima. ¡Ay, Diosito, qué miedo! Por eso le digo, traiga *usté* a don Manuel. Ese sí sabe todito el silabario en orden. Reza y canta como si estuviera tejiendo el manto del muerto, cada misterio en su lugar. Ya verá que rápido llegará al cielo su tía. Derechito hasta allá.

–Mi tía ya está en el cielo, Nicolasa –dijo con enojo. El tono tajante de su voz sorprendió a la sirvienta. El cochero se mantuvo mudo–. Perdón. Estoy cansada –se disculpó–. Vaya usted por el hombre, Pánfilo; y dígale que traiga su chirimía, por favor.

Nicolasa no resistió hacer una última sugerencia.

–Si me lo permite, patrona, yo me encargo de la levantada de cruz.

–No, gracias. No vamos a levantar ninguna cruz.

Si por Nicolasa fuera, pensó Patricia, observarían todas las tradiciones de su pueblo; primero habrían colocado una cruz de cal bajo el cuerpo de la tía y después, cuando ella fuera sepultada, habrían decorado esa misma cruz con flores durante el novenario. La revestirían cada día con flores que reflejaran los misterios del día: colores claros para los misterios gozosos, colores tristes como el morado para los misterios dolorosos, y violeta o blanco para los misterios gloriosos. Cómo le hubiera gustado a Nicolasa meter en el ataúd de la tía un perrito negro de cerámica que la ayudara en el más allá a atravesar el río de sangre, o unas cazuelas con agua para que ella, en su viaje a la otra vida, no pasara sed, o cuando menos una muda de ropa limpia, un rebozo y zapatos de buena suela. Y quizás todas esas tradiciones pueblerinas efectivamente la ayudaban a uno a «morir bien». Quizás cuando ella misma viera la muerte próxima, le pediría a Nicolasa que la llevara a su pueblo para que su viaje al más allá fuera más placentero.

Pero de momento tenían encima la novena de una monjita irlandesa, muy querida, que no necesitaba que le levantaran ninguna cruz, y quizás ningunos rosarios porque toda su vida se la había pasado haciendo eso precisamente: rezando rosarios.

—Mira qué negro se está poniendo el cielo. Corre a levantar las mesas del jardín —ordenó a Nicolasa—. Y en cuanto venga la señorita Mier con las flores, mándala a la capilla, que allá estaré, arreglándola. Pásame el plumero que de seguro hay una montaña de tierra.

—*Ta'bueno*, señora. Aquí tiene.

Patricia se encaminó al oratorio por los pasillos, justo cuando comenzaba a pringar. Tendrían que poner las sillas en hilera ahí mismo, pensó, bajo el techo, porque el jardín sería un lodazal. Le pediría a Pánfilo que lo hiciera, en cuanto regresara con el rezandero aquel. El tal Manuel.

La capilla olía a humedad. Abrió las ventanas un poco, para ventilarla sin que entrara la lluvia. Tomó los cerillos del recinto y encendió las veladoras a los pies de las imágenes. Había gotas de cera seca que comenzó a rascar con las uñas, a falta de mejor herramienta. Cuando acabó, se abocó a sacudir los muebles, el recinto, las butacas; concentrándose en su labor no se dio cuenta de la tormenta que se avecinaba. Sintió bochorno y se acercó a la ventana. Se desabrochó el vestido, por el cual goteaba el sudor, y se enjugó la cara y el cuello. La puerta se abrió de golpe. Alzó la mirada, esperando encontrarse con la señorita Mier, y en cambio ahí estaba él, con un racimo de rosas blancas.

Ramón cerró la puerta tras de sí, se quitó el sombrero y avanzó hacia ella sobre la alfombra con pasos callados, deliberados, sin quitarle la mirada de encima. El agua caía sobre las tejas de forma torrencial. En una banca dejó el sombrero.

—Cuánto lo siento —dijo y le ofreció las flores.

Ella cerró la ventana y se alisó su cabello despeinado. Tomó las flores y las colocó, con torpeza, en el primer jarrón a su alcance.

—La novena será aquí, en esta capilla, si gusta acompañarnos.

Lo dijo con su tono más desapegado. Ofuscada, asió el plumero y sacudió el agua del marco de la ventana, por hacer algo.

—Patricia, por favor escúchame.

Se le acercó, la tomó por los hombros y la obligó a mirarlo.

—Vine a darle el pésame, pero sobre todo vine para decirle que el asunto con tu hermano Antonio está resuelto.

El plumero cayó de su mano.

—¿Cómo? ¿Qué pasó?

—Ganamos la querella y por lo tanto la casona es enteramente de usted. El juez dictaminó que Antonio ya había tomado su parte de la herencia. Además, falló en favor de la familia Sogaroi en la demanda criminal. Lo encontró culpable de asalto y de robo.

Sus palabras, el calor de sus manos en sus hombros, y esa mirada anhelante no le permitieron hablar. La noticia de la casona la llenaba de alivio, el inmueble estaba resguardado, no tendría que salirse de su casa. Y sin embargo, lo que su corazón sentía, ante todo, era angustia.

—¿Y qué pasará con mi hermano? —preguntó, temiendo la respuesta.

—La sentencia fue cárcel por dos años o destierro voluntario. Que se fuera de la ciudad y no volviera a Oaxaca. Eso fue lo que eligió.

El cansancio acumulado de aquel, el día más largo de su vida, la envolvió. Sintió desfallecer. Él la abrazó a tiempo y ella rompió en llanto. Se dejó llevar a la banca sin resistir. Hundió el rostro en su solapa y dio rienda suelta a su tristeza. La lluvia golpeaba el techo. El viento se colaba por las rendijas. La luz tenue de las veladoras parpadeaba. El destello de un rayo iluminó el espacio.

Ramón comprimió el abrazo. Le levantó el rostro, le apartó el pelo de la cara y bebió sus lágrimas, una por una. El cuello blanco, abierto, ofrecía una vista completa de sus senos firmes. Ella, ante la mirada ardiente que le quemaba el pecho, trató de abotonarse pero él la detuvo a la vez que atrapaba sus labios con los suyos.

Patricia se permitió ese beso. Ese último beso. Cobijada en aquel santuario que desde niña había alojado sus plegarias recibió la revelación, límpida como una llama blanca, y se entregó a la caricia sin astucia ni engaño. Cuando la mano descendió anhelante debajo de su blusa, la detuvo.

Se levantó.

—Muchas gracias por todo, Ramón.

El bramido de la tempestad llenó el silencio que acompañó el duelo de miradas, la de él suplicante y la de ella sosegada. La pausa se alargó hasta que por fin, Ramón se paró de la banca, resignado. Era hora de partir. Se esculcó el bolsillo y le alargó un objeto.

–Me parece que esto es suyo –dijo, mostrándole el collar de la abuela Catalina. Se le acercó, tanteándola, y al ver que ella no ponía reparo, le colocó la joya en el cuello.

Patricia sollozó y lo abrazó. Ramón le besó la frente, se puso el sombrero y partió a encarar la tormenta.

Los muertos hablan

Oaxaca, 1921

Patricia sacó las bandejas del armario afrancesado y las colocó con cuidado a lo largo de la mesa del comedor. A cada charola le asignó su servilleta bordada con las insignias de la familia. Ella misma las había almidonado esa mañana pensando en cuántos años habían pasado desde que la abuela Catalina las bordara.

El aroma de los tejocotes y la calabaza que hervían en el anafre en el patio endulzaba la brisa húmeda de la mañana. Las tabletas de chocolate se enfriaban en el tablero y las calaveritas de azúcar, a su lado, le regalaban su sonrisa macabra. Otro día de lluvias, pensó. Otro Día de Muertos mojado y triste.

¿A dónde se había ido el tiempo?

Armó las fuentes sin prisa. Estaba sola. Sola con sus muertos. Dolores y Luchita habían partido a España con la familia de Everardo hacía ya algunos meses. Le daba gusto saber que su hija era tan feliz, viajando y gozando de la vida, después de haber sufrido tantas desdichas, pero ¡ay, cómo la extrañaba! A ella y a Luchita. Todo le recordaba a su nieta; el cunero en la recámara, el corral en la terraza, las sonajas aquí y allá, los chupones y las ollas enormes donde se hervían sus mamilas. Qué triste se veía el tendedero sin sus pañalitos. Qué largas las tardes sin su risa...

Comenzó a llover. El repique del campanario, mermado por la lluvia, se escuchó a lo lejos. De pronto el silencio se le hizo insoportable. Se acercó a la ventana y la abrió de par en par, para que el bullicio de la calle entrara en la casona. Afuera, desde tempranito, las sirvientas corrían a repartir sus muertos. Ahí estaban; yendo y viniendo con sus ofrendas, brincando charcos, resbalándose y riéndose entre ellas.

¡Cómo se divertían! ¡Qué ganas de andar así!, pensó. ¡Qué ganas de corretear por las calles con la enagua enlodada y las trenzas mojadas, sin nada ni nadie que inhibiera su desfachatez! Después, cuando terminaban la encomienda, casi todas se escapaban al callejón. Y ahí, en alguna esquina, bajo el jorongo de su enamorado, se entregaban sin pudor y sin importarles las consecuencias.

Nicolasa conocía bien ese callejón. De eso se había enterado un día sin querer, cuando escuchó a las muchachas discutir en la cocina.

–¡Deje *usté* de empiernarse con ese señor! –regañaba Petra a Nicolasa–. Le va a hacer un chamaco y luego la va a dejar sola. Así son los hombres. ¡Cuídese! No sea tonta.

El diálogo la había dejado preocupada, pero igual se hizo la sorda, porque lo último que necesitaba era meterse en esos líos que las muchachas, al fin y al cabo, siempre resolvían de una manera o de otra. Un día Nicolasa se fue a su rancho y no regresó. Petra, viendo a su patrona tan apurada, y a punto de ir a buscarla hasta allá, no tuvo más remedio que decirle la verdad.

–*Jué* a que le sacaran un tumor que le estaba creciendo en la panza, doñita, y se puso malita. Por poco y se *petatea*. Pero no se apure, que ya mandó razón su tía. Dice que ya pronto se cura y que ya viene *pa'atrás*.

El tiempo pasó y Nicolasa no regresó. Patricia pidió al cochero que la llevara al rancho y ahí confirmó lo que venía temiendo. ¡Nicolasa se estaba muriendo! Inmediatamente la trasladó a la casona y mandó a llamar al médico. Petra y Patricia la velaron, día y noche, hasta que por fin la fiebre cesó. Hoy el «tumor» estaba de nueve meses y en cualquier momento nacería. Eso, cuando menos, era un consuelo. Falta hacía el lloriqueo de un bebé en esa casa triste y vacía.

Este año de seguro Nicolasa no irá al callejón, pensó. No andaría con aquellas que allá iban, frescas y juguetonas, listas para el amor. No. Andaría, en cambio, con aquellas otras, esas que caminaban un poco atrás, cabizbajas, escondiendo sus verguenzas bajo el rebozo.

Regresó a la mesa y terminó las dádivas.

–¡Nicolasa! –llamó.

La muchacha llegó secándose las manos en el delantal abultado.

–Dígame usted, señora. *Pa'qué* soy buena. –Estaba desgranando mazorcas. Traía granos de maíz en todo el cuerpo, en la cara y hasta en el pelo.

–¿Ya mero acabas con la masa?

–Sí, doñita. Ya *orita* se la iba a dar a Petra.

–Está chispeando. No quiero que te agarre el chaparrón.

–Sí, oiga. Se viene el agua *rejuerte*.

–Deja que Petra termine la masa y tú vete yendo a repartir los muertos.

–*Ta'bien*, señora. Rapidito ya me voy.

–Pero primero aséate. Estás llena de maíz. –Nicolasa se sacudió el mandil y la cara.

–¡Ay, doñita! Nadie se fija en mí. No se apure.

–Por favor, te regresas derechito. Necesito que me ayudes con el altar.

Nicolasa la miró de lleno. Las mejillas se le encendieron pero aun así, no bajó la mirada.

–No se apure, señora. Voy y vengo derechito. No tenga cuidado.

Patricia se avergonzó de sus palabras.

–Perdón, Nicolasa –balbuceó–. No quise ofenderte.

Se acercó a Nicolasa y le quitó un grano de maíz de la trenza.

–Soy una tonta –le dijo y la abrazó.

–No, doñita –dijo ella, perdonándola al instante–. *Usté* no es tonta. Lo que *usté* tiene es añoro. Pero no se apure. Petra y yo no la vamos a dejar solita. Aquí vamos a celebrar con *usté* y con sus muertitos. ¿Se los voy trayendo?

–Sí, por favor, anda. Trae el baúl antes de que te vayas.

En la capilla comenzó a levantar el altar con cempasúchil y cresta de gallo. Fijó los costados con las cañas secas de maíz, y con un trapo sacudió la monigotería. Vistió el retablo con la mantilla y en una esquina puso el vaso de agua y el plato de sal, y en la otra el copal.

Nicolasa y Petra entraron arrastrando el baúl de los muertos y la caja que contenía las pocas pertenencias de la tía Cienne.

–Este año le dedicaremos el altar a la tía Cienne –declaró Patricia.

Abrió la caja y sacó el retrato que le habían tomado de joven en el convento, el día que tomó los hábitos. Había visto ese retrato muchas veces; cuando la tía vivía en la casona lo tenía colgado en la pared de su recámara. Ahora lo miró de cerca, con detenimiento, y por primera vez notó la expresión en el rostro de la joven monja. Su faz delataba dolor y resignación. Tomó el trapo y limpió el retrato con cariño, antes de colocarlo en el centro del enmantillado retablo. En la caja, bajo esa foto, estaba la flauta del tío Gabino. La sacó y la puso enfrente de la tía Cienne.

—Aquí tiene a sus abuelos —comentó Nicolasa, pasándole el óleo de la boda de don José y doña Catalina—. ¿No los va a poner en medio?

—No en esta ocasión. Ya te dije que este año el altar es para la tía. Pásame el retrato del tío Gabino, por favor.

Y ante el asombro de las sirvientas, lo colocó justo a un lado de la tía.

—¿Ahí va a poner usted al soldado? —Nicolasa no resistió la pregunta.

—Sí. Ahí lo voy a poner. Se te está haciendo tarde, Nicolasa. Córrele a entregar los muertos, que te va a agarrar la gripa.

La sirvienta se fue y entre Patricia y Petra terminaron de alzar el altar. Cuando acabaron Patricia se dio un baño, y se arregló con calma. Después se sentó en la terraza a tejer una frazada para el bebé de Nicolasa. Los muertos llegarían a la hora del pan.

Todo estaba listo para recibirlos.

No habían pasado ni cinco minutos cuando alguien tocó el portón. Escuchó la voz del cochero llamando a Petra, y en breve la cocinera la vino a buscar.

—Señora, hay unos indios que quieren entrar a pagar sus respetos. No los reconozco, doñita. ¿Los dejo pasar?

—¿Indios?, ¿qué tipo de indios?

—De esos que llaman Ancianos, señora. O sea, de los que mandan en sus pueblos. El más viejo hasta trae bastón. Si quiere se los mando con Pánfilo, por si acaso.

Sintió más curiosidad que temor.

—No. No es necesario. Déjalos pasar, Petra.

El trío de hombres indígenas entraron y la saludaron respetuosamente. Patricia los invitó a sentarse, pero aquellos se quedaron de pie, con esa gravedad paciente que distinguía a su raza.

—Díganme, señores, en qué puedo servirles. —El patriarca de la vara habló.

—Señora, somos los padres del pueblo de su noble abuela. La *Yibedao.*

—¿Perdón?

—Somos miembros de la asamblea directiva del pueblo. Nuestra obligación es velar por los nuestros. Venimos a pagar nuestros respetos y ofrecer condolencias a usted, hija de Gabino, nieta de Zynaya.

Patricia se apuró a corregirlos.

–Señores, agradezco la visita, pero me temo que están confundidos. Yo soy hija del señor Ignacio García Allende. Gabino García Allende, en paz descanse, fue mi tío.

El patriarca la escuchó imperturbable. El más joven sacó de su morral una prenda y se la ofreció a Patricia, sin dar explicación. Ella tomó la dádiva y la desdobló. Era un tapete hermoso, bordado a mano. Nunca había visto uno igual. El diseño mostraba un paisaje de montañas nevadas, y en medio del valle emergía, prominente, una flor. El contacto con la tela de alguna manera acrecentó su inquietud. La actitud de los indios, autoritaria y serena, la molestó.

–Un tapete hermoso –comentó ofuscada–, y si lo que desean es vendérmelo, por favor hagan el trueque con Petra en la cocina. Ella lleva todas las compras.

–A vender no venimos, señora –comentó el más joven, ofendido. Algo más iba a decir, pero el patriarca lo silenció con una mirada.

–Esta manta es el último *quexquémitl* que su abuela Zynaya tejió.

–¡Que le digo que esa mujer no era mi abuela! –lo interrumpió ella con enfado y le devolvió la manta. Se llevó la mano al cuello y tocó las perlas de la abuela Catalina como para reafirmar su vínculo con su verdadera abuela.

Los hombres la miraron con compasión y el que la vieran así aumentó su molestia. ¿Quiénes creían que eran? ¿Qué hacían ahí? ¿Qué cosa querían? Comenzó a sentir mareo. Se sostuvo en el pilar.

–Siéntese, señora –sugirió el patriarca preocupado. La doña se veía muy pálida. Le alcanzó una silla, solícito, y ordenó a su compañero–. Vaya por un vaso de agua.

El compañero se fue apresurado y el anciano prontamente sacó un abanico de mimbre de su morral. Se lo ofreció. Ella comenzó a abanicarse, agradecida. Sentía que se ahogaba.

El mareo pasó y el color, poco a poco, volvió a sus mejillas. El anciano se encuclilló a su lado, y con una señal de mano, indicó a sus acompañantes que hicieran lo mismo. Así estuvieron un buen rato, sin hablar, con la mirada perdida en los volcanes que se asomaban a lo lejos, por encima de la barda. Los pajarillos piaban alegres en sus jaulas. La campana de la iglesia invitaba a misa. Ella se tomó su agua paulatinamente, a propósito. Comenzaba a adivinar lo que había detrás de esa visita pero aquello que su mente pronosticaba su corazón lo negaba. No podía ser... Al final comprendió que los Ancianos jamás partirían sin cumplir su encomienda. Y lo último que quería era que la familia y los vecinos llegaran a encontrarla así, en la terraza, con tres ancianos encuclillados.

Colocó el vaso en la mesilla y se dirigió al patriarca.

—Y bien, hable usted. Dígame lo que tenga que decirme.

El anciano tosió ligeramente y habló con voz clara y serena.

—Hace muchos años nuestra hija, la noble Zynaya, respondió a su destino, y partió al monte a cumplir con el mandato de la Palabra. Aquí, en esta casa, dejó a su único *'xhin*, a quien llamó Gabino. El hijo del hacendado. Desde entonces ella vela por nuestro pueblo, allá en las alturas, y nosotros velamos por sus hijos, aquí en la tierra. Un día la *Yibedao* mandó razón de que su nieta estaba por nacer, y que la vida de la niña peligraba. Nos alistamos. Escuchamos con el corazón y los cauces del saber se abrieron. Una cesta apareció a los pies de la Virgen de la Concepción, la Virgen que ella veneraba, y así supimos que la noble Zynaya la había mandado. Adentro de la cesta estaba esta manta y una vela, para que iluminara nuestro camino. Muchos días y noches anduvimos desde allá. Bajamos siempre siguiendo la luz de esa estrella que era ella. Así llegamos al convento. La razón dictó que nos instaláramos enfrente, en la banqueta, y ahí esperáramos a que llegara la señal. Una noche la estrella fugaz voló sobre nuestras cabezas. El portón del monasterio se abrió quedito y afuera salió una monja encapuchada, sin rostro. Nada dijo ella. Estiró los brazos y me dio a la niña que yo rápido envolví en la manta. Nos fuimos con la encomienda a la casa de mi hermana, que vive aquí cerca. Cuidamos a la niña con esmero durante la cuarentena. Le pusimos cal a su ombliguito, y cuando se desprendió, lo enterramos para ver qué animal se le acercaba, y así saber su *tona*. La bañamos en temazcal, la purgamos para que no se nos «empachara», le limpiamos los ojitos con té de manzanilla y la nutrimos con leche de burra. No la miramos mucho, para no «hacerle ojo», pero siempre estuvimos pendientes de ella, para espantar los malos vientos, el susto, la pérdida de su alma. La niña se logró sin el pecho de su madre. Y cuando se llegó la hora, venimos a esta, la casa de su padre Gabino, y se la entregamos a doña Catalina, para que ella la criara. Ella a su vez se la dio a doña Gloria, su nuera, haciéndole creer que era hija de don Ignacio. Ahora ya lo sabe, señora. Usted es esa niña...

La voz melodiosa del hombre había sumido a Patricia en un trance hipnótico.

Sacudió la cabeza para espabilar esa nube pesada que atrofiaba su pensar.

–Está usted equivocado, señor –dijo finalmente sin convicción–. Mi tía me confesó lo ocurrido antes de fallecer. Es verdad que dio a luz a una niña pero esa niña falleció al nacer. Su cuerpo está enterrado en el jardín del convento.

Los hombres se miraron entre sí.

–Bien se imaginó doña Catalina que este día llegaría. Sabia fue su decisión de dejar testamento de la verdad, en caso de que se cuestionara. Tome usted, señora, la evidencia.

El Anciano sacó de su morral una carta, y se la entregó. La estampa de la familia García Allende sellaba el sobre.

Patricia no tuvo que abrirla para saber el secreto negado a la pobre tía Cienne: su madre.

Epílogo

Amalia había esperado a que cayera la tarde para irse de la casona. No quiso despedirse de la niña Patricia ni del niño Antonio. No pudo. Se había encariñado bastante con ellos y su corazón, de por sí roto desde que Gabino se había ido al cielo, no soportaba más dolor. Mejor esperó a que se fueran al parque con doña Gloria, y sólo entonces salió de la casa con su morralito, rumbo a su rancho.

En la esquina la esperaba el lechero. Le había pedido de favor que la arrimara a las afueras, a donde pasaban las carretas que iban a su pueblo. Por un poquito de dinero, les hacían hueco a los pasajeros.

–Buenas tardes –le dijo. Él se quitó el sombrero, se apeó y la ayudó a subirse. Las mulas mansas se miraban inquietas; habían terminado la repartida de leches y les andaba por regresar al jacal.

–¿Ya se va *usté pa'trás*, doñita?

–Sí, me voy.

–¿De aquí *pa'l* real?

–Sí. Aquí ya acabé de estar…

El lechero tiró de las riendas y arrió su jumento. No habló más. Él no era nadie *pa'remover* las tristezas de Amalia. Pero igual se le iba a extrañar, pensó. Siempre le convidaba un dulce cuando le entregaba las leches. Era buena la señora.

–Déjeme usted por ahí por el cementerio, por favor.

–Sí, señora. Si quiere la espero.

–No, gracias, váyase usted. Mire qué hambreadas están sus mulas.

El lechero detuvo la carreta y la ayudó a bajarse. Ella sacó unos centavos de su monedero y se los ofreció.

–No, señora, no me insulte. Vaya usted con Dios.

–Muchas gracias, pero entonces acépteme usted esta estampilla.

Y así diciendo le extendió la imagen del milagroso Santo Niño de Atocha. Era una de sus pocas y preciadas posesiones porque la había bendecido el obispo.

El lechero agradeció y se fue; Amalia se encaminó al lote de la familia García Allende. Frente a la tumba de Gabino dobló su rebozo, lo puso sobre la piedra y se arrodilló. Se persignó, alzó la vista al cielo y rezó como no lo había hecho en mucho tiempo.

–Ya me voy, muchacho –dijo, sollozando–. Ruego a la virgencita que pronto me llame para poder verlo en el cielo, a usted y a mi santo padre. ¡Qué alegres estarán los ángeles oyéndolo soplar su flauta! Padre Nuestro que estás en el cielo...

Oraba con tanto fervor que no sintió la presencia de una persona que calladamente esperaba a su lado.

–¡Lencho! ¡Qué susto me dio! –exclamó sobresaltada al verlo. Se limpió las lágrimas con el rebozo y se levantó, sobándose las rodillas.

El jardinero doblaba el ala de su sombrero con sus manos anchas y callosas.

–Se *jué usté* sin despedirse –le reclamó–. ¿Qué mala cara vio *usté pa'irse* así nomás?

Amalia nunca lo había visto tan contrariado. La mejilla se le contraía, acentuando su ojo tuerto. Las palabras le salían apretadas, y lo único que el pobre hombre alcanzaba a hacer era darle de vueltas al sombrero.

–¡Ay, Lencho! No se enoje. Usted bien sabe cuánto me duele el corazón. Pensé que el tiempo aplacaría mi dolor pero ya ve, ni siquiera me consuelan las risas de los niños. Nomás me recuerdan a mi muchacho... Y no quiero morir de pena, como doña Catalina. Eso tampoco.

–*Pos ta'bien* que ya no se *halla usté* ahí, *onde* los patrones. Pero tampoco tiene por qué irse tan lejos. *Usté* misma lo dijo. En su rancho no se puede vivir.

–Y sí que están mal las cosas en el pueblo, Lencho, pero ¿qué quiere usted que haga? ¿Adónde más me voy?

El jardinero luchaba por controlar sus sentimientos. Tenía las manos heladas y el cuerpo sudado. Sacó de la manga su paliacate y se enjugó la frente. Con el corazón acelerado, habló:

–*Pos* yo vivo por allá en la última casa, a un lado del arroyo que baja de los limares. Nadie va *pa'allá* porque dicen que penan... Tengo un jacalito, unas gallinas y un terrenito con maíz. En la noche prendo el ocote y miro el cielo. Se ve *rebonito*. Si quiere, quédese ahí mero.

—¡Jesús sacramentado! —exclamó ella desconcertada. No sabía si llorar o reír—. Pero ¿qué está *usté* diciendo, Lencho? ¿Quiere que me arrejunte con *usté*?

El jardinero se le acercó y la miró con su único ojo, como nunca antes la había mirado.

—No tengo nada que ofrecerle, Amalia, pero si *usté* me lo permite, vivirá contenta.

Se sentaron bajo el ocotal, en las sillas de madera. La claridad de la noche se fue quedando como un leve hilo azul y morado en el contorno de las montañas. La noche se atrapó en la oscuridad. Los coyotes aullaron a la luna llena.

Lencho tenía razón, pensó Amalia. El cielo se veía *rebonito*.

En la ciudad esmeralda fueron muchos los que vieron cómo una bola de fuego rodó hasta el río Atoyac. Otros juraron que esa misma bola había caído del cielo: una estrella que estalló y que rodó, vertiginosa, hasta el río. Las versiones del suceso fueron variadas, pero en lo que todos coincidieron fue en que la bola de fuego finalmente se apagó.

Glosario

Aye. Expresión irlandesa que significa «sí».

A stóirín. Palabras que en irlandés significan «querida» y en inglés «darling».

Aimnt. Expresión irlandesa que significa «Yo no soy».

Amarillito. Amarillo es uno de las trece moles de Oaxaca, sazonado con pitiona u hoja de hierba santa. Lleva masa y chile guajillo.

Amuinado. Enojado o enfadado.

Ate. Pasta dulce de frutas como membrillo, durazno o guayaba.

Atzompa. Santa María Atzompa es una localidad conocida por su cerámica con grecas; la cual se vende en los mercados de la ciudad de Oaxaca.

Barbacoa. Platillo típico de México elaborado con borregos o con chivos.

Biche. Adjetivo que denota el color claro de los ojos.

Cacharritos. Se usa para designar a diferentes objetos en desuso, pueden ser desde un pocillo viejo hasta un carro muy viejito.

Calabaza «huiche». Es una calabaza que usualmente nace en los campos de temporal, es decir, los que dependen de los ciclos de la lluvia.

Calaca. Esqueleto humano.

Calenda. Parte fundamental de las festividades en Oaxaca. Es un singular acontecimiento que potencia la alegría, renueva y fortalece vínculos familiares, comunitarios y personales.

Carrizo. Cualquiera de varias plantas gramíneas con tallos largos. En Oaxaca se le da múltiples usos y aplicaciones.

Cempasúchil. Flores amarillas con un olor particular que se colocan en altares y panteones en el Día de Muertos.

Chachacuales. Parte de las fiestas folclóricas.

Chamaco. Niño o muchacho.

Changarro. Es un pequeño negocio que da sustento a una familia y se distingue por tener precios baratos, mala calidad en el servicio, poca higiene y porque algunos se encuentran en medio de las vías públicas.

Che Gorio Melendre. En 1834 dirigió una revuelta en contra del gobierno de Oaxaca. Demandó que se otorgara autonomía al municipio para administrar los yacimientos de sal al sur de Juchitán.

Chepil. Planta de tamaño mediano con hojas verdes usadas en diferentes platillos, especialmente en Oaxaca y en el Estado de México.

Chicozapote. Es un fruto muy dulce y jugoso de color café.

Chiquihuites. Canastas de tamaño mediano para cargar en los brazos, de uso más común que una canasta de asa.

Chintele. Lagartija.

Chongo. Peinado que se hacen generalmente las mujeres; se alzan el pelo en una coleta, lo tuercen, lo enrollan y lo sujetan con peinetas o listones.

Coloradito. Uno de los trece moles del estado de Oaxaca usado principalmente como salsa para cubrir las tortillas en las enchiladas.

Comal. Disco de barro o de metal que se utiliza para cocer tortillas de maíz o para tostar chiles, granos de café o de cacao.

Coyolxauhqui. Diosa de la Luna en la mitología nahua.

Cresta de gallo. Flores de tonos rojos y rosáceos que emulan las crestas de los gallos y tienen una textura aterciopelada. Muy usadas en el Día de Muertos.

Enjulio. Madero por lo común cilíndrico, que se coloca de forma horizontal en los telares de paños y lienzos.

Escobeta. Utensilio pequeño hecho de zacate, que se utiliza para lavar ollas grandes o cualquier objeto que necesite ser cepillado.

Escuincle. Se usa para referirse a niños en forma despectiva, sinónimo de «mocoso» o «pelado».

Espulgar. Espulgar los frijoles se refiere al acto de limpiarlos antes de lavarlos, para asegurarse de que no tengan ninguna piedrita o grano distinto o apolillado antes de ponerlos a cocer.

Fiesta de Muertos. En México es una celebración en honor a las personas que ya han fallecido. Se cree que una vez al año vienen a visitar a los que eran sus afectos y a degustar las delicias que sus familias les dejan en los altares a manera de ofrenda.

Grupera. Almohadilla que se pone en las sillas de montar sobre los lomos de los caballos para colocar encima la maleta u otros efectos que han de llevar sobre la grupa.

Guajolote. Pavo.

Guelaguetza. Es la costumbre más importante del pueblo de Oaxaca según la cual todo aquel que acude como invitado a cualquier tipo de fiesta lleva consigo su cooperación o Guelaguetza como comida, bebida o dinero en efectivo.

Huarache. Sandalia tosca de cuero o hule.

Huipil. Especie de blusón largo y bordado, propio de los trajes indígenas.

Huitzilopochtli. Dios azteca de la guerra cuyo nombre significa colibrí del sur. Fue la principal deidad de los mexicas.

I'm as mad as a box of frogs. Expresión irlandesa que significa «estoy loca».

Itu Yabi. Flor típica de Tlaxiaco.

Ixtle. Es una fibra textil usada en México en la industria textil, alimenticia, medicinal y como estimulante.

Jarcia. Conjunto de objetos de fibra vegetal.

Jiquilite. Planta de la que se obtiene el añil, colorante natural muy apreciado en la elaboración de los textiles.

Juchitecos. Gentilicio para los habitantes de Juchitán, ciudad mexicana ubicada al sureste del estado de Oaxaca.

Malinalli. Es un nombre personal femenino de origen náhuatl cuyo significado es «hierba para hacer cordeles». Conocida como Malintzin, La Malinche o Doña Marina (c.1502 - c.1529) fue una mujer nahua del golfo de México que desempeñó un papel importante en la Conquista española del imperio azteca.

Marmota. En Oaxaca se llaman así a unas figuras con forma de animal o de persona confeccionadas con carrizo, papel maché y otros materiales; se usan como disfraces para bailar en las calles durante las calendas.

Menudo. Conocido también como pancita, se prepara en países de América Latina y en España, siempre usando como ingrediente principal la panza del vacuno. En México es común para curar las resacas, pero también se sirve en desayunos familiares tradicionales.

Morral. Bolsa o saco normalmente elaborado de plástico de colores o palma, muy común en los mercados de México, especialmente en Oaxaca, para ir a comprar.

Nanches. Frutos amarillos y pequeños con un olor muy pronunciado, muy populares en los mercados de Oaxaca especialmente durante los meses de mayo y junio.

Nicuatole. Postre oaxaqueño, una especie de gelatina hecha a base de maíz y decorada con carmín.

Ñáñaras. En México se usa cuando algo que se ve, se toca o se prueba, causa cierta expectación o ansiedad, por lo general se refiere a algo desagradable.

Palangana. Tina pequeña. En Oaxaca es un recipiente hondo y grande donde suelen lavarse diversos objetos como ropa, frutas o vegetales.

Paliacate. Pañoleta. Pedazo de tela rectangular normalmente de color rojo, que se coloca en el cuello o se usa en los bailes tradicionales.

Patarrajada. Adjetivo que se le asigna a la gente muy pobre.

Petate. Estera de palma que se usa en los países cálidos para dormir sobre ella.

Petateado. Adjetivo equivalente a muerto. Petatearse es sinónimo de morirse.

Petril. Construcción generalmente de ladrillos que se usa como altar, repisa o lugar para guardar diferentes objetos en las comunidades.

Piloncillo. Azúcar morena que se vende usualmente en panes cónicos.

Pizcador. Cosechador.

Posadas. Fiestas tradicionales en México celebradas durante la época navideña, donde las personas rezan y cantan villancicos desde el 16 hasta el 24 de diciembre.

Quexquémitl. Prenda característica de la indumentaria indígena de México destinada a cubrir el torso de las mujeres.

Reata. Cuerda, tira o faja que sirve para sujetar diferentes cosas.

Talavera. Tipo de mayólica que se fabrica en el estado de Puebla. Se distingue por su acabado vítreo en color blanco marfileño como base de la decoración.

Tejate. Bebida preparada a base de maíz, cacao, semillas o huesos de mamey y flor de cacao.

Tequio. Costumbre de las civilizaciones originarias de México y algunas otras regiones de América. Consiste en la cooperación en especie y con fuerza de trabajo de los miembros de una comunidad para realizar alguna faena en beneficio de todos.

Tenmeacá. Expresión que se usa como código entre los adultos para que entretengan a los niños y así no escuchen las conversaciones de adultos.

Tenochtitlan. Fue la capital del Imperio mexica, una de las mayores ciudades de su época en todo el mundo.

Tetelas. Es un platillo de la región de la mixteca en el estado de Oaxaca.

Tiliche. Baratija, cachivache.

Tlachquiauhco. Es el significado en náhuatl de Tlaxiaco, ciudad localizada en el estado de Oaxaca.

Tlaco. Moneda que valía la octava parte del real columnario.

Tlacoyal. Cinta de lana que usan los indígenas para adornar el cabello.

Tona. Diversos grupos indígenas actuales consideran que, al nacer, cada persona tiene un animal protector que la cuida a lo largo de la vida. Nuestra tona se define por el primer animal que deja sus huellas sobre el círculo de cenizas que se coloca cuando nace un niño.

Trapiche. Molino para extraer el jugo de algunos frutos de la tierra, como la aceituna o la caña de azúcar.

Traqueteados. Expresión que alude a incómodo, áspero, adolorido, molesto.

Trompadas. Dulces típicos originarios de Michoacán, México.

Yibedao. Cometa (*Diccionario de Zapoteco Cajono*).

Zaguán. Espacio cubierto situado dentro de una casa, que sirve de entrada a ella y está situado cerca de la puerta de la calle.

Zangolotear. Agitar o mover algo con violencia y de forma continuada.

Zoyates. Cinta de palma; una trenza hecha con delgadas tiras de hojas de palma.

Referencias bibliográficas

Aceves Martínez, Dora Cecilia, *Parece que fue ayer. Crónica del Oaxaca que se fue*, tomo I, México, 2005.

Álvarez, Luis Rodrigo, *Historia general del estado de Oaxaca*, México, Siena Editores, 2008.

Aoyama Reina, Leticia, *Historia de los pueblos indígenas de México. Caminos de luz y sombra*, México, Centro de Investigación y Estudios Superiores en Antropología Social (CIESAS)-Comisión Nacional para el Desarrollo de los Pueblos Indígenas (CDI), 2004.

Apuntes para la historia de la guerra entre México y los Estados Unidos, México, Conaculta, 2005.

Bradomín, José María, *Leyendas y tradiciones oaxaqueñas*, México, 2009.

Beas Torres, Carlos, *La batalla por Oaxaca*, México, Ediciones Yope Power, 2007.

Calvo, Tomás, *Vencer la derrota*, México, El Colegio de Michoacán, Centro de Estudios Mexicanos y Centroamericanos, CIESAS, Universidad Autónoma Benito Juárez de Oaxaca (UABJO), 2010.

Castellanos, Javier, *Leyendas zapotecas de la sierra: de maldiciones y esperanzas*, México, Ediciones Conocimiento Indígena, 2008.

Castellanos, Javier, *Diccionario Zapoteco-Español, Español-Zapoteco, variante Xhon*, México, Ediciones Conocimiento Indígena, 2008.

Castellanos, Javier, *Gaa Ka Cnhaka Ki. Relación de Hazañas del Hijo del Relámpago*, México, Conaculta, 2002.

Chassen-López, Francie R., *Oaxaca, entre el liberalismo y la revolución. La Perspectiva del Sur (1867-1911)*, México, Universidad Autónoma Metropolitana Iztapalapa (UAM Iztapalapa)-UABJO, 2010.

Cox, Patricia, *Umbral*, México, Editorial Jus, 1948.

_____, *El heroico batallón de San Patricio*, México, Fondo Dr. Juan Bustamante, 1959.

_____, *Recinto Sagrado, Las Monjas Vicentinas en México*, México, Edamex, 1989.

Dabdoub, Enrique, *El Niño Verde*, México, Editorial Ramdashs, 2005.

Delaney, Frank, *Ireland*, Nueva York, Harper Collins Publishers, 2006.

Díez de Urdanivia Serrano, Fernando, *México: un paseo por la ciudad en 1910*, México, Luzam, 2010.

Esparza, Manuel, *Fortunato Harp, Comerciante hasta el final*, México, INAH-Oaxaca, 2008.

Fenochio, Arturo, *El valle de Tlacolula*, México, Editorial La Hoja, 1953.

García Carrera, Juan, *La otra vida de María Sabina*, México, Universidad Autónoma del Estado de México, 2000.

Garner, Paul, *La Revolución en la provincial. Soberanía estatal y caudillismo serrano en Oaxaca, 1910-1920*, México, Fondo de Cultura Económica, 2003.

Gay, José Antonio, *Historia de Oaxaca*, México, Porrúa, 2006.

Guerra Falcón, Aída, *Medicina tradicional: Doña Queta y el legado de los habitantes de las Nubes*, México, 2009.

Iturribarría, Jorge Fernando, *La intervención Norteamericana*, México, Editorial Stylo, 1955.

McNamara, Patrick J., *Sons of the Sierra. Juárez, Díaz & the People of Ixtlán, Oaxaca, 1955-1920*, Chapel Hill, Universidad de Carolina del Norte, 2007.

Molina Cruz, Mario, *Pancho Culebro y los naguales de Tierra Azul*, México, Conaculta, 2006.

Ojeda Bohórquez, Ricardo, *Los Cuerudos. Una historia de la Revolución Mexicana en Oaxaca*, México, Porrúa, 2007.

O'Connor, Joseph, *Star of the Sea*, Nueva York, Random House, 2004.

Parra, Eduardo Antonio, *Juárez, el rostro de piedra*, México, Grijalbo, 2008.

Relatos Zapotecos, Lenguas de México, 18, México, Conaculta, 2007.

Ríos Morales, Manuel, *Los zapotecos de la sierra Norte de Oaxaca. Antología etnográfica de Oaxaca*, México, Instituto Oaxaqueño de las Culturas-Centro de Investigación y Estudios Superiores en Antropología Social (CIESAS), 1998. Roa Bárcenas, José María, *Recuerdos de la Invasión Norteamericana (1846-1848). Por un joven de entonces*, tomo I, México, Conaculta, 2003.

Ruiz Cervantes, Francisco y Sánchez Silva, Carlos, *De oficios y otros menesteres. Imágenes de la vida cotidiana en la ciudad de Oaxaca*, Colección Memoria e Imagen en la Historia de Oaxaca, México, UABJO, 2005.

Scheffler, Lilian, *Los indígenas mexicanos*, México, Panorama Editorial, 2007.

Serna, Enrique, *El seductor de la patria*, Barcelona, Litografía Roses, 2000.

Stephen, Lynn, *Zapotec Women*, Austin, University of Texas Press, 2005.

Vasconcelos, Francisco, *Costumbres oaxaqueñas del siglo XIX*, México, Ediciones Bibliotecarias del Ayuntamiento de Oaxaca de Juárez, 1993.

Whipperman, Bruce, *Moon Oaxaca Handbook*, Berkeley, Avalon Traveling Publishing, 2001.

Agradecimientos

A los autores oaxaqueños que nos dejaron al Oaxaca de antaño en sus obras para que yo pudiera revivirla. A los que me convidaron el Oaxaca de hoy: primeramente Lucero Topete, mi pilar intelectual y amiga generosa. Gracias a Melitón Bautista, al licenciado Francisco José Ruiz Cervantes, al licenciado Rubén Vasconcelos Beltrán, Flor Alarcón y Luis Pazos. A los ángeles que mejoraron el texto: mi amada hermana Pilar Victoria de Salazar, Guadalupe Salazar Narváez, Rita Wirkala, Jaime Velázquez, Luna Egido, Carlota Gedovius, Dalia Maxim, Laura González, Toni Carter, Montesarr Linkletter, Pepe Montero, Alicia Spinner, Rocío Luquero y Elena Westbrook.

Agradezco el apoyo de mi entrañable amiga la profesora María Gillman.

Quedo en deuda perpetua con mi editora Carmina Rufrancos quien desde la primera novela ha sido mi luz y con Ángela Olmedo por velar cada palabra de esta mi «hija» oaxaqueña.

Índice

10